2/25/16
$19.95
AFSP

D1572463

EL CAPITÁN DEL *ARRILUZE*

LUIS DE LEZAMA

EL CAPITÁN DEL *ARRILUZE*

PLAZA JANÉS

Primera edición: septiembre, 2015

Printed in Spain – Impreso en España

ISBN: 978-84-01-01540-3
Depósito legal: B. 15.820-2015

Compuesto en Anglofort, S. A.
Impreso en Liberdúplex
Sant Llorenç d'Hortons (Barcelona)

L 0 1 5 4 0 3

Penguin
Random House
Grupo Editorial

A mi madre, Ebi Barañano

Más cruel que el hombre, el dolor o el mar.

Shakespeare, *Otelo*,
acto V, escena II, verso 362

Prólogo

No sé de dónde me venía mi afición infantil a los barcos. Nada me ilusionaba más que, cuando era niño, en aquel Bilbao de la posguerra, ir a la ría a ver barcos. En cuanto podía les pedía a mis padres que los días de fiesta me llevaran a verlos. Cuando fui más mayorcito buscaba amigos con los que poder ir. Cuanto más grandes eran los barcos, mejor. Si con bandera extranjera, más interesantes se me hacían.

Llegaba al puente de Deusto por la mañana y veía a mi izquierda los grandes cargueros que se reparaban en los muelles de Euskalduna. Abría los ojos y permanecía extasiado hasta perder la puntualidad a la misa, que el padre jesuita José Julio Martínez decía a las monjas a las ocho de la mañana cerca de la universidad.

Contemplar aquel enjambre de marineros, soldadores, mecánicos y chapistas, pintores y carpinteros, que acicalaban un gran barco, era para mí un grandioso espectáculo. Sobre todo cuando se abrían por dentro como una gran manzana y te dejaban ver su corazón de acero, expuesto al aire, para ser curado. Me parecía que los soldadores, envueltos en sus buzos galácticos, iban con los sopletes de fuego cicatrizando sus heridas por las que manaba la sangre de su aceite y de su agua salada. Lo cual debía de ser peligroso para la vida del barco porque se encharcaban sus pulmones. Desde que había recibido la primera clase de anatomía pensé que los barcos, con sus pulmones de acero, tenían que poseer mucho aire dentro para poder navegar lejos y ser poderosos. Son como las personas: si no respiran no tienen vida. Son como los escaladores pero sus montañas más altas son sus mares más lejanos, y sus picos son los picos de las olas más grandes.

Cuando estaba en clase de matemáticas fantaseaba con el mar. En mi cuaderno de apuntes dibujaba rosas náuticas y no ecuaciones ni fórmulas. Tan pronto era un pirata en mi imaginación como el almirante de una flota inglesa. Me perdía soñando cuál sería la ceremonia de partida de mi barco y el encuentro de la recalada en mi destino.

Todo esto bullía en mi cabeza a mis diez años. Aunque no estaba seguro de querer ser marinero. El día de mi primera comunión, siguiendo una tradición muy bilbaína, mis padres me vistieron de marino. Pero esa foto, que aún cuelga en mi dormitorio, con el peto blanco a la espalda y mi corbatín azul, no me seducía. «Si fuera marino lo sería de los de verdad», me decía a mí mismo cuando me veía. Estaba claro, a mí de los marinos lo que más me gustaba era su permanente afán de aventuras en el mar para luego contarlas en tierra.

He de reconocer que los domingos a la tarde, mientras mis amigos iban al cine de la Quinta Parroquia a ver las películas de Fu Manchú y Tarzán, yo me gastaba la pequeña paga en tomar el tranvía e ir a las rampas de Uribitarte a ver barcos. Si tropezaba con algún marino que hacía guardia del suyo, y conseguía llamar su atención hasta decirle algunas palabras, era el ser más feliz. Me parecía que había hablado con habitantes de otro mundo situado en el más allá. Para mí, el más allá estaba en la mar y el más acá en la tierra. Hubiera vivido con mi pasión del mar como un ermitaño pero sin la lujuria de las olas, que en mi mentalidad infantil siempre se me figuraban un goce sexual y un pecado. Me daban miedo.

Volvía a casa muy contento, como si hubiera descubierto un nuevo continente.

—Luisito, ¿dónde has estado? —me preguntaba mi madre—. ¿Fuiste al cine de la catequesis?

Y yo le mentía. A mis padres no les gustaba que fuera a ver barcos si no era con ellos. Eso ocurría muy de tarde en tarde. Para ellos era muy peligroso hablar con gente desconocida. Además, te podían raptar. Resultaba tan temerario que hasta deseaba ser raptado. Pero no me atrevía a confesárselo a nadie. Creía que sería una gran aventura... ¡Ser raptado! Montarme en un barco y recorrer el mundo con un nombre supuesto que no fuera el de Luisito... Yo quería ser Ahmed el marino, llevar turbante y pintarme la cara de moreno.

Bien es cierto que cuando iba con mi padre, él fumaba en pipa mientras me explicaba las características de aquel barco. A mí me daba mucha rabia que no fuera marino, sino solo comerciante. Pensaba que si mi padre lo fuera yo conocería los barcos por dentro y viajaría en ellos como el hijo del capitán. Creo que a veces mentía cuando me preguntaban chicos desconocidos.

—¿Tu padre qué es?

—¿Mi padre? ¡Capitán!

Cuando fui mayorcito descubrí que los barcos tienen alma. El alma es propiedad de las personas que los mandan. Navegan según el alma. Un barco sin alma es un cuerpo vacío. Puede ser arrastrado por el viento o llevado por las corrientes hasta el naufragio. El alma de los barcos es lo importante.

Distinguir los barcos: de motor y de vela, de tanta eslora, de tanta manga, etc., era un arte de marinería que no me importaba mucho. Lo que me importaba era lo que pasaba dentro del alma de cada barco. Cómo era la vida en alta mar y cuando estaba atracado en tierra. Pronto empecé a familiarizarme con el argot de los marineros, su forma de hablar, la precisión de sus palabras en el trabajo y la fantasía narrativa en las largas veladas de descanso. En un puerto, cuando no podían navegar eran seres de otro mundo que hablaban en otro idioma y miraban hacia dentro.

Aquella afición de ir a ver barcos grandes como casas me llevó a conocer historias contadas por viejos marinos a un chiquillo curioso, desde la cubierta o sentados en los peldaños de la escalera real de acceso al barco. Algunos hablaban mal el castellano, porque eran extranjeros, y otros se ayudaban de un compañero que hacía de intérprete ante mis atónitos ojos de adolescente. Yo procuraba compensar su confianza con pastillas de leche de burra, que eran dulces, baratas y duraban mucho en la boca, o regaliz de palo que llamábamos «palulú». Ellos los masticaban entre bocanadas de humo de tabaco. Se nos ponía la lengua amarilla. Me tenía que lavar muy bien antes de llegar a casa porque lo tenía prohibido. Las manchas amarillas de mis boqueras de regaliz me delataban.

—Este niño ha comido regaliz de palo —decía mi madre—. ¡Cómo le gusta andar con los chicos del barrio de Indautxu y no con los del colegio!

Era verdad, los amigos de La Casilla eran más atractivos y aventurados que los niños del colegio de los jesuitas. Los amigos del barrio me enseñaron a andar por la vida y los amigos del colegio a pensar en la vida y a tomar conciencia de clase. La síntesis está aquí. Cuando salía del colegio nos reuníamos en el portal de Manuel Allende, 12. Allí fraguábamos nuestras aventuras: los retos futbolísticos en el patio de la escuela y las peleas contra los de Iralabarri. Allí nacían novietas, ritos iniciáticos propios de pandillas callejeras, rivalidades y liderazgos que ya pertenecen a la historia. A algunos nos marcaron distintos derroteros.

Las tardes de domingo en los muelles de Uribitarte eran las mejores. Yo estaba toda la semana esperando que llegaran. Allí solo me acompañaban los chicos del barrio como Javi, el hijo de un bombero, que sabía más que yo de la vida y me enseñaba a vivirla. Admiraba a Javi porque era mayor que yo, más osado y tenía novia. Eso era importante: descubrí cómo eran las mujeres y en qué se diferenciaban de los hombres gracias a él y a sus amigas. En el colegio todo eso estaba mal visto. Ni se hablaba de ello.

El colegio era todo nuestro mundo. Crecíamos en la destreza del cuerpo y del alma. Nuestros conductores intelectuales, morales y hasta físicos eran jóvenes jesuitas como el padre Ignacio Mena o expertos abuelos como el padre Pérez. Sabían latín y muchas cosas más. Esforzaban la capacidad de nuestra memoria y el conocimiento de las ciencias. Todo el mundo decía que los chicos de los Jesuitas salíamos muy bien formados. También lo pensaban así las niñas de las Esclavas del Sagrado Corazón con las que ligábamos mucho en cuanto teníamos tiempo al acabar nuestras jornadas escolares. El lugar de encuentro era la lechería de la plaza de Albia. La hora: al salir del colegio. Ante un vaso de horchata con dos pajitas o un agua de limón, o lamiendo un helado para dos, declarabas tu amor y llegabas a casa desazonado por tus pensamientos. Nos hicimos grandes y cada uno salió por su cuenta al mundo de los mayores, tras despedirse del cole recitando como niños la poesía del Padre Alarcón:

Dulcísimo recuerdo de mi vida,
bendice a los que vamos a partir.

Así salíamos a la mar, a la mar grande del mundo. Acabar con el colegio era como la botadura de un barco, mi barco fabricado en aquel astillero con las incertidumbres de la gran singladura que da el cabotaje de la vida.

Yo era muy pequeño cuando empecé a oír una historia que contaban en mi casa. Al principio nunca llegaba a conocer los pormenores del final. En el hogar se hablaba de ella como algo lejano y misterioso, tratando de no hurgar en los sucesos para no hacer sufrir.

Se interrumpía a su debido tiempo. Era una historia sin final. Conforme fui creciendo conocía detalles de unos y otros hasta que, ya mayor, comprendí que era una gran historia, una dramática historia que me tocaba muy de cerca y con un final nada feliz.

Luego han transcurrido largos años en los que la distancia me ha hecho comprender la repercusión de lo sucedido en la historia de mi pueblo. Tuve que hacer un trabajo de campo pormenorizado, durante el cual descubrí lugares para mí inéditos y conocí testigos que habían vivido la historia y sus circunstancias. Las personas reales que componen mi novela me impresionaban mucho porque, al cabo de un tiempo, era conocedor de muchas cosas que habían marcado sus vidas y que para mí tomaban valor en la distancia. A los supervivientes los observaba y trataba de comprender sus reacciones.

Esta historia pertenecía a un reducto íntimo y familiar. Pero en algún momento trascendió a la prensa y el gran reportero de la Guerra Civil, Vicente Talón, hizo crónica de ella en los reportajes de *La Gaceta del Norte*, en el año 1986. Se llegaron a cruzar cartas entre mi madre y él, que le pedía a ella cada vez más detalles. Hasta que un día le dije a mi madre:

—¡No la cuentes más! Guárdamela, porque cuando llegue el momento oportuno quiero escribirla yo.

En virtud de esta promesa, está aquí.

Yo oí hablar de los hechos, la mayoría de las veces tergiversando la realidad según quien los contara. Fui consciente de que tenía que esperar a que las pasiones se distendieran para obtener criterio. La verdad no es siempre verosímil.

Fue durante tiempo mi secreto bien guardado. Para publicarla necesitaba que este país tuviera paz, sosiego y madurez. Había que asimilar muchas cosas y curar algunas heridas. Como en toda guerra civil, se había vivido trágicamente y era difícil perdonar y establecer un diálogo. Mientras esto sucedía yo añadía más datos a mi cuaderno. En algunos momentos fui sorprendido por nuevas personas que habían vivido la historia y que se asomaban inesperadamente creando luces y sombras en el dramático retrato de la guerra, como el padre Fermín, a quien encontré fortuitamente en Madrid, cuarenta años después, al ayudarle a cruzar una calle. También los testigos de la aldea de San Martín de Podes hicieron que comprendiera la trágica escena del naufragio en los acantilados de cabo Peñas y sus consecuencias. Sus testimonios me sobrecogían pero era como una fuerza que me empujaba a concluir lo que, día a día, me costaba reconocer y escribir: la crueldad del hombre y de la vida más allá del dolor y del mar, como recita Otelo.

A veces he tenido que parar la pluma y sosegar el alma para no dejarme influir por la pasión y la venganza que me suscitaba el conocimiento de los hechos al ser tan cercano a las personas que protagonizan esta historia. No puedo evitar la huella que en mí ha dejado, y que sin duda va a permanecer largo tiempo en tu memoria cuando acabes de leer este libro. Más que una novela es toda una confidencia que te entrego.

Luis de Lezama

1

De Sestao a Bilbao

Aquella mañana de finales del invierno de 1936, Poli dejó atrás su casa de Sestao. Caía un incipiente sirimiri, calabobos, lluvia fina, que hacía barruntar un día típico en Bilbao. Desde el puente del Arenal apenas se veía el Ayuntamiento. Poli llevaba una buena gabardina impermeable y un sombrero flexible de fieltro marrón que se había comprado en la última travesía a Londres. Cuando se miró en el espejo del perchero antes de salir de casa, vio que estaba elegante. Quería causar buena impresión a la gente con la que se había citado en el bar de Patxo, frente al Arriaga, para hablar de negocios.

Subió al tren de cercanías que iba a llevarle por toda la margen izquierda de la ría hasta el mismo centro de la capital. En los apeaderos subían y bajaban jóvenes y mayores, obreros de mono azul, ese azul Bergara que caracteriza la ropa de trabajo del País Vasco. Eran obreros que empezaban o acababan los turnos continuos de las siderurgias y los talleres que jalonaban la ribera del Nervión. Los que habían terminado su trabajo venían tiznados de polvo y hulla, oliendo a aceite de máquinas. Los que iban a comenzarlo llevaban los monos limpios y, en la mano, la cesta de la tartera con la comida que habrían preparado sus madres o sus mujeres. Poli, con su sombrero y gabardina,

19

destacaba. Algunos estudiantes, verduleras retrasadas yendo al mercado y poca gente más eran el paisanaje del tren. Gracias a éste, cada día corría el río de la vida en la más populosa zona industrial de Vizcaya.

Daban las doce en el reloj de la parroquia de San Nicolás cuando empujó la puerta giratoria del clásico bar donde le esperaban don Anselmo y su socio don Lucas, los de la antigua Vasco-Navarra, en ese momento constituida en Catalana Marítima, S.A., naviera propietaria del buque que Poli capitaneaba y con la que iba a realizar un trato importante. Era la hora del aperitivo. Allí se reunían muchos emprendedores del Botxo para tomar un *amarretako* e iniciar las conversaciones que luego acabarían cerrando en la sobremesa de cualquiera de los buenos restaurantes de las Siete Calles. Poli había reservado una mesa para tres en Casa Ricardo por si todo iba bien. Era su día, confiaba en la suerte. Aquella cita la soñó y esperó largamente durante tiempo, metido en la mar y varado en tierra. Era su deseo. En el Botxo hacía bochorno.

Poli había luchado toda su juventud por hacerse un hueco en la dura competencia del transporte marítimo de cabotaje. Desde que acabó la carrera de marino mercante en la Escuela Náutica de Bilbao, no paró de navegar recorriendo todos los puertos. A sus cincuenta y un años sumaba muchas vigilias en los puentes de los mercantes. Era un hombre constante en su trabajo y austero en sus caprichos. Se había labrado su fama de experto y de buen marino. El cabotaje de las costas españolas, el adentrarse en los mares del Norte y el conocimiento del Mediterráneo no tenían secretos para él. Poli era un buen navegante y daba alma a sus barcos y a sus tripulaciones. En las tabernas portuarias hacían hueco a su paso y dejaban sitio en sus mesas, como a un navegante vasco legendario que había sorteado tormentas en la mar y marineros en tierra. Poli era casi una leyenda.

Ese día era especial para él. Estaba decidido a poner en juego sus ahorros, su crédito personal y profesional. Quería tener parte en su barco, ser un poco dueño de su alma. Bien es cierto que eran momentos difíciles para la economía del país. La República tropezaba con serias dificultades después de la abdicación de Alfonso XIII y su marcha de España al exilio. La incertidumbre social y política añadía riesgo a cualquier nueva empresa. Aquellos señores que le esperaban en el Patxo eran los dueños y consignatarios de su buque, el *Arriluze*. Trabajaba desde hacía años para ellos. Pero todo podía cambiar. Era necesario un acuerdo para continuar. Poli estaba enamorado de su barco. Los dueños quizá solo de su dinero. Tenía que averiguarlo, debía descubrir cuánto valía su amor al *Arriluze* y si podía pagarlo.

Se cruzaron los saludos de cumplimiento. Poli pidió un txakoli. Don Lucas inició la conversación hablando de la «lamentable política del momento».

—Este Azaña no sabe lo que está haciendo con tantas concesiones. No se ponen de acuerdo las izquierdas. ¡Aquí cualquier día va a pasar algo!

—Sí, las cosas están muy negras, Poli —dijo don Anselmo—. No entiendo cómo quieres entrar en la aventura de hacerte empresario con nosotros. Tienes más fe que nadie.

—¡Con lo buen capitán que tú eres! —apostilló don Lucas—. Limítate a tu oficio. Yo creo que te has enamorado de tu barco. Te quieres embarcar en su vida. No en su casco. Eres un romántico. A los románticos como tú les cuesta la vida. No merece la pena, Poli. Un barco es un barco. Como las personas, tienen la vida limitada. Los inteligentes no se amarran al mástil. Son banderas que se arrían a tiempo o se izan en cualquier palo y ondean según el viento. Nuestro viejo mercante no tiene futuro. Es un anciano rey de los mares.

Poli permanecía callado. Sorbía el txakoli. Don Lucas le ofreció un cigarrillo que él desechó. No era fumador de pitillos. Alguna vez le gustaba saborear una pipa de olorosa hierba holandesa y en todo caso un buen cigarro habano.

La conversación derivaba hacia la situación política sin entrar en el motivo de aquella reunión: la posible venta del *Arriluze* a Poli. Hasta que él mismo la abordó.

—Don Anselmo, comprendo que no es el mejor momento, pero quiero ser patrón de mi barco y correr el riesgo de pagarlo a plazos, si ustedes me lo conceden, entrando paulatinamente en la propiedad de la sociedad. Yo lo tengo muy claro. Vamos al porcentaje.

Hacía tiempo que conocían esta historia. Era una obsesión para Poli.

Don Lucas y don Anselmo se miraron. No entendían aquella actitud insistente y tozuda del que hasta entonces había sido el eficaz y paciente capitán del mejor buque costero de Bilbao.

Aquel barco había pertenecido al marqués de Arriluze y se vendió a la Catalana Marítima, financiado por el Banco Urquijo de Barcelona. El puerto de Barcelona era bien conocido de Poli. Hasta tuvo que alquilar un piso allí para poder convivir con su familia, que se desplazaba a menudo desde Bilbao. El *Arriluze* ya estaba en manos de la Catalana Marítima y Barcelona era el principal puerto del Mediterráneo para la obtención de fletes.

Los socios no acababan de entender el interés de Poli por hacerse con el barco, en los albores de una guerra civil que ya se vislumbraba. Poli hablaba también en nombre de Agustín Beitia que, además de pariente, era el primer oficial del *Arriluze*. Agustín era un hombre de Portugalete, buen profesional y buen amigo de Poli. Don Lucas se atrevió a contestarle.

—No entiendo que éste sea un negocio apetecible para los profesionales. Es pagar con sangre, sudor y lágrimas una propiedad fungible y devaluable como es un barco carguero que ya tiene sus años. ¿Lo has pensado bien? Cada año que pasa vale menos...

El *Arriluze* se había construido en los astilleros Wood, Skinner and Company de Newcastle-on-Tyne para F. Clair and Son de Southampton, en Inglaterra, el 20 de noviembre de 1892. Llegó a Bilbao en junio de 1917. Todo eso estaba en la mente de aquellos hombres acostumbrados a poner en valor sus 275 metros de eslora y sus 11,40 metros de manga, con cuatro bodegas. Cuando iba cargado en abarrote se hundía panzudo y lento como abrazando la mar. Era por tanto un buque que contaba ya con cuarenta y cuatro años de vida. Para entonces ya había navegado múltiples singladuras por el océano Atlántico y el mar Mediterráneo.

Les habían contado que en 1903, sorprendido por un temporal mientras navegaba en el golfo de Vizcaya, a la altura de la isla de Oleron, estuvo a punto de perderse luchando contra la mar durante dos días. Era un buen barco que navegaba bien. Un fogonero fue arrastrado por una ola y desapareció. Cinco tripulantes resultaron heridos y finalmente entraron de arribada forzosa a Rochefort (Francia), para reparar averías. Todavía se habla de esa hazaña en las tabernas de los pueblos. Los cuentos de la mar y sus protagonistas se hacen pronto leyendas. Vendido a la Compañía del Vapor Arriluze S.A. de Bilbao el 2 de octubre de 1923, luego pasó a la Catalana Marítima S.A. el 30 de abril de 1928.

Poli sacó su vieja cartera del bolsillo de la chaqueta. Iba llena de papeles. Guarecido por el caucho transparente se vio al abrirla el recuerdo de un retrato de familia y en el anverso, como si fuera un ser querido, la fotografía del *Arriluze* saliendo de un puerto desconocido.

La extrajo y la puso sobre la mesa.

—¿Cuánto vale este viejo amigo? —preguntó.

Don Anselmo bajó la cabeza. Escupió al suelo delatando en la costumbre su procedencia minera de Las Encartaciones. Tenía mucho dinero hecho con la chatarra y lo seguía haciendo. El mineral, la pirita, era su mundo. Don Lucas se quedó pensativo, tratando de disimular la máquina calculadora que había en su cerebro. Él era el amigo comerciante con el que don Anselmo hacía negocios de oportunidad.

Sorbieron el vino, picaron los últimos calamares fritos y se levantaron, mientras Poli les decía:

—Vamos a comer una merluza donde Ricardo y seguimos hablando.

Abandonaron el Patxo, lleno de conocidos y amigos. En una sociedad tan familiar como era la bilbaína de aquel tiempo, donde los negocios y las familias se trenzaban los unos en los otros, casi todos se conocían y saludaban.

Se encaminaron haciendo la ronda por el Arenal. En el centro se levantaba el frondoso tilo bajo el que se sentaban los ancianos, siguiendo una costumbre de muchos años. Allí se cocían rumores y se fraguaban sentencias, se hacían amigos y se delimitaban poderes o estrategias que afectaban a la ciudad entera. Bilbao se había industrializado tanto que quedó atrás el simple puerto de entrada o de salida de las lanas y los corderos de Castilla.

En los arcos de la plaza Vieja que entonces llamaban «la Nueva», jugaban los chiquillos huyendo del sirimiri. Varios bares captaban la atención de los bilbaínos en un día laborable como aquél, pasada ya la Semana Santa. Si no fuera porque alguien pregonaba las noticias confidenciales y los rumores de boca en boca, nadie diría que el país estaba inmerso en un conflicto político. Como siempre la política enturbiaba la vida de la gente, frenaba el comercio y separaba a las personas aun dentro de las propias familias.

El periódico del día se hacía eco de noticias muy locales: «Tres robos de alhajas en un chalet de Getxo», «Vapores ingleses cargando mineral en la ría». En el cine Buenos Aires echaban *El secreto de vivir*, de Frank Capra. En el teatro Trueba representaban *La Generalita*, una opereta que entusiasmaba a todo el personal romántico. Todo era aparentemente normal bajo la República de Manuel Azaña. Nacían más hombres que mujeres y morían más hombres que mujeres. Pero la sombra de la guerra ya estaba encima y no se quería aceptar. Se evitaba hablar de eso.

Como todos los días Ricardo extendía el mantel blanco sobre la mesa donde recibía a sus comensales. Sobre ella, sin preguntarlo, ponía una botella de tinto rioja cosechero y un sifón de Iturrigorri, para quien quisiera rebajarlo. Ante ese altar, se postraron los tres comensales, que desde el Patxo, atravesando el Arenal, se habían calado de agua por no llevar paraguas. Sacudieron sus gabanes, se quitaron las chaquetas y se quedaron en mangas de camisa. Los tres lucían gemelos al uso en los puños. Los de don Anselmo destacaban en oro ornados con sendos brillantes. Poli llevaba un timón de plata como emblema. Era mucho más modesto. Los gemelos distinguían a las personas y las clases sociales.

El ambiente era bullanguero. La casa de comidas de Ricardo estaba abarrotada. Guisaban muy bien el pescado. Tenían buen género. También verduras y carnes traídas todas las mañanas de la lonja de San Antón. Don Lucas abrió el diálogo con el dueño del local.

—Ricardo, ¿qué nos recomiendas hoy?

—Tengo percebes. —Lo dijo con especial entonación. Era un producto singular y no frecuente—. También magurios, nécoras, angulas... y merluza, una buena merluza del Cantábrico, de pincho, no de arrastre.

El énfasis de calidad estaba en sus palabras. Desgarró un sinfín de estrellas del mar y se quedó tan ancho. Como si fuera normal un mercado tan suculento.

Don Anselmo optó por una buena merluza en salsa verde. Los demás le secundaron, no sin antes repartirse una docena de ostras con un blanco Monopole, como era costumbre. Y picar los percebes singulares, grandes y sabrosos.

Poli quería volver a poner la cuestión sobre la mesa. Sabía que era difícil llegar a hablar del precio del «Buque de Bilbao», como había quedado en llamarlo para sus amigos. Por otra parte, conocía que lo que menoscaba el tiempo, el tiempo y el uso, sin embargo, lo valora la historia, la marca y el corazón. Aquella foto que tenía en su mano frecuentemente estaba preñada de historias ya vividas. Para él y para Agustín, el *Arriluze* era ya un poco el cuerpo de su alma marinera. ¿Quién valoraría eso? Pero había que centrarse en la realidad y cuantificar a la baja su precio en situación de crisis.

Animados por la comida y por el vino, la conversación de la mesa tomó otros derroteros. Don Anselmo quería saber cómo era la vida en Barcelona y si le compensaba o no trasladar su domicilio a una ciudad que le fascinaba. Se había puesto de moda como ciudad internacional después de la exposición. Estaba llena de ofertas culturales. La ciudad catalana era la aspiración para todo burgués que deseara salir de la rutina de la vida en provincias y entrar en una sociedad cosmopolita y reconocida. Barcelona era mucho más que Madrid, a pesar de ser ésta la capital de España. Era la aspiración de todo cateto refinado con dinero para presumir. Allí se podía montar una nueva vida sin tener en cuenta el pasado.

—Tú, Poli, estás viviendo en ella. El buque está allí. ¿Qué me dices de la sociedad catalana?

Poli apenas tenía vida social. Su Barcelona no era la de las grandes fiestas, que los periódicos pregonaban. La revista *Lecturas*, con Irene Dunne en la portada, dedicaba muchas páginas a la moda, a los eventos sofisticados que ocurrían en Barcelona. Pero el círculo de amistades de Poli se reducía a un asentador de verduras del mercado, Jordi, y su mujer, una valenciana huertana que debía de tener muchas tahúllas que enamoraron al catalán. Le gustaba compartir con ellos la vida del campo más que las anécdotas de la taberna de la Puñalá, el bar de alterne más famoso de la Barcelona portuaria. Allí, donde se comentaban todos los sucesos, el capitán apenas se asomaba a tomar una cerveza con su tripulación al volver de una travesía.

Poli contó de sus amigos, los catalanovalencianos, el apego a la tierra, para distraer la desidia de la conversación.

—Los catalanes y los valencianos tienen muchas cosas en común. Son fenicios. El apego a la tierra es parecido al nuestro. Constituye parte importante de su identidad. Les gusta su pequeña propiedad. El que posee seis tahúllas que apenas son unos seis mil setecientos ocho metros cuadrados, que no es un latifundio, tiene un tesoro al que se aferra. Para ellos la tierra no se trabaja, se borda. Otra cosa son los *ciutadans*, los que aterrizan en la *ciutat* sin más afán que engrandecerse y poseerla. En Barcelona, la Barcelona de verdad, todos son círculos muy cerrados al forastero. Luego estamos los «de paso». Puedes estar toda la vida de paso en Barcelona. No se consigue penetrar fácilmente en el ambiente y la sociedad catalana. Es muy suya. Están acostumbrados a soportar a mucha gente «de paso».

A don Anselmo no le gustó este panorama. Él era de Guernica y aunque vivía en Algorta, se consideraba un privilegiado al haber nacido en la villa foral. Lo que menos le agradaba era la discriminación clasista y aún menos la racial. Como vasco se sentía ciudadano del mundo. Era de los que creían que su condición de vasco le abría las puertas allá donde fuera.

Prácticamente llegaron al postre sin saber si era posible comprar el *Arriluze*, y tampoco cuánto valdría. Poli se sentía un tanto desanimado. Cada vez que trataba de guiar la conversación hacia el objeto de su interés, se la desviaban. Era un continuo tira y afloja. La salva verde de la merluza de su plato estaba aún sin rebañar con el pan blanco, que era lo mejor. Parecía perdido el interés por su regusto.

Hasta que al fin con la perspectiva del café, una buena copa de coñac francés y un cigarro puro habano, don Lucas guiñó un ojo a su socio y habló.

—Poli, consideramos que eres una buena persona y aún mejor profesional. No nos importa tu ideología republicana. Ni que simpatices con el Partido Nacionalista Vasco. Eres un hombre cabal. Te queremos como socio. El buque es en parte tuyo. Sabemos el cariño que le tienes, y en la medida en que tú quieras puedes hacerle a Agustín Beitia partícipe de la sociedad en la que queremos ser accionistas con vosotros. Hemos estado tanteando tu romántica decisión. Es así, pero es tuya. No queremos inducirte a ello. Anselmo y yo estamos de acuerdo en daros parte progresiva, al fin y al cabo no somos marinos. Vosotros sí. Estamos en esto por el negocio. Pero..., las cosas van a cambiar. Si don Juan March se empeña, las cosas van a cambiar... nosotros ya lo habíamos pensado. Estábamos esperando oír cuáles eran tus pensamientos. De ahora en adelante no va a ser fácil navegar sea cual sea la bandera. Mar y tierra son ríos revueltos, nadie mejor que tú para navegar en estos tiempos. El buque es tuyo.

Lo dijo con indudable convicción. Todo había cambiado de repente.

«Qué capacidad de fingir», pensó para sí el capitán.

Poli no lo podía creer. Miró a uno y a otro de sus interlocutores, hasta entonces sus patrones. En aquel momento posiblemente ya sus socios. Era lo que había tratado de plantear desde hacía casi tres horas. Pero no acertaba a calcular si era todo una trama interesada. Bajó la mirada, apuró el habano, soltó con el dedo meñique la ceniza sobrante en el cenicero y se atrevió a decir:

—Es lo que hoy venía buscando. ¡Gracias! ¡Seremos socios y amigos! No me lo esperaba.

Él era un hombre de pocas palabras. Le costaba expresar sus sentimientos.

Don Anselmo y don Lucas habían calculado bien la vejez del navío, la coyuntura comercial difícil, los riesgos de una inminente crisis por el sobrevenir de una probable guerra civil. ¿Qué sería de ellos sin un hombre capaz de poner alma a su barco?

Poli estaba radiante. Deseaba volver pronto a casa para comunicárselo a su mujer, Asun, y a sus hijos. No tuvo palabras para despedirse. Se empeñó en pagar la comida, pero sus socios no se lo permitieron. Estrecharon las manos como un pacto. Don Anselmo, más generoso, le dio un abrazo. Habían sellado un pacto sin papeles, como era costumbre entre gentes de honor en aquel tiempo.

Apurando la colilla de su habano, fue a coger el tren de Feve al otro lado del puente, frente al Arriaga. Había parado de llover. Se abría el cielo entre nubes por el funicular de Begoña. Pero ahora lo notaba, era verdad el dicho de que en el Botxo hacía más bochorno que nunca. Al menos se lo parecía a Poli. El Nervión bajaba crecido a buscar la ría tras saludar a los puentes y al Ayuntamiento. Bilbao estaba bonito teñido por el suave color del último sol del invierno cayendo sobre las fachadas de sus casas.

Poli pensó que seguramente aún había nieve en los altos de Orduña. Le trajo motivos de alegría saber que su familia, mujer e hijos, allí, en Amurrio, junto a sus suegros vivían felices. ¡A todos ellos había que darles la noticia! El *Arriluze* era suyo. Durante mucho tiempo, lo habían deseado en las tertulias familiares. Su suegro, don Pedro de Avendaño, alentó la idea y respaldaba la decisión de Poli. Él sí que había sido un emprendedor salido de la nada.

Cuando montó en el ferrocarril de vía estrecha que le conducía a Sestao, empezó a pensar en sus planes inmediatos. Había quedado con sus socios en proponerles una ruta de trabajo con cabotajes partiendo desde Barcelona, según salieran los fletes. Para ello tendría que movilizar sus contactos en los diversos puertos del Mediterráneo. ¿Cómo hacer rentable un transporte de dos mil toneladas, con cuatro bodegas, en tiempo de crisis? No le parecía difícil cuando las líneas regulares de las grandes compañías estaban paradas porque siempre había cargas que transportar de un sitio a otro. La vida de los cargueros no se detenía nunca.

Nada le asustaba. Ni siquiera la guerra civil que se barruntaba. Ya no leería los periódicos intrascendentemente. En un cabotaje los periódicos del día, en cada ciudad, eran como el cuaderno de bitácora, que señalaban el futuro inmediato. Habría que tenerlo en cuenta para calcular las rutas preciadas y saber buscar la mercadería adecuada al momento, cosa que no podían hacer los buques de líneas regulares. También era importante escuchar las emisoras de radio para saber por qué mares de paz se podría navegar y por cuáles el tráfico marítimo civil se complicaría con el armado. Marchaba con presteza por el puente que atravesaba el río Nervión de la orilla derecha a la izquierda. Entró en la estación apurando el justo momento de la salida del tren obrero. Lo cogió. Se sentó cómodamente en los asientos de madera. Era la hora de viajeros. Se aflojó el cuello duro almidonado y la corbata para poder pensar relajadamente. «En Amurrio será fecunda la primavera», se dijo. Era el pueblo de su mujer. Allí estaban sus cuatro hijos con ella, pasando una temporada entre la casa de los abuelos y su nueva casa, que él construyó con sus ahorros. Menos mal que la había pagado antes de entrar en la aventura de su buque.

Él era un *tramp*. Él era un vagabundo. Los buques *tramp* eran aquellos que nutrían los efectivos de las casas navieras de Bilbao, gracias a los estímulos legales que había proporcionado la Ley de Comunicaciones Marítimas de Antonio Maura, en 1909, y que durante la Gran Guerra de 1914-1918 habían desarrollado una intensa actividad trabajando precisamente en la crisis, la exportación del mineral e importando carbón, primeras materias y víveres. Esto fue —los fletes— uno de los pilares que asentó la prosperidad de la ría del Nervión como eje natural de riqueza. Ellos, los *tramp*, resolvieron los problemas de abastecimiento nacional y contribuyeron a la expansión de la economía española. Los llamaban así. Eran «vagabundos» de la mar porque no tenían línea regular. Traficaban libremente, sin puerto de escala fijo. Como el *Arriluze*, se trataba de buques de tipo medio, económicos, de poco calado, capaces de entrar en casi todos los puertos. Se movían a la búsqueda de mercancías a granel: minerales, cereales, abonos, azúcar, sal, chatarra, madera, etc., aprovechando la coyuntura del comercio internacional.

Poli tenía buenos contactos. No había viaje de ida sin retorno cargado. Sabía buscar en cada puerto la mercancía precisa que hacía rentable su cabotaje. Eso le animaba a participar en el negocio y no ser un simple asalariado como hasta entonces.

—¡Poli, o ahora o nunca! —sentenció Asun, su mujer, la última vez que hablaron del asunto.

Por eso estaba deseando llegar a casa. El hogar de sus padres era su cobijo en el puerto de Sestao. A pesar de que ellos habían muerto, la casa se mantenía en perfecto estado, pues su mujer y él habían vivido allí desde el inicio de su matrimonio. En el tiempo del viaje del cercanías fue pensando en cómo armar su tripulación. Ahora sí que no admitiría imposiciones de nadie ni recomendados. Su tripulación era su equipo: de catorce a dieciséis hombres de buena fe, conocedores de la mar, dispuestos a soportar la carga de noche si fuera necesario y el navegar con riesgo cuando había que saltar del Mediterráneo al Atlántico, forzando el cabotaje por esos acantilados de Finisterre. Había puertos en los que daba pereza entrar. Los fletes libres tenían ese riesgo. Navegar en un *tramp* no era lo mismo que navegar en un petrolero. Los petroleros estaban modificando las costumbres y por supuesto los conocimientos de un buen capitán. La fuerza del viento fue sustituida por la fuerza del vapor. Un petrolero era un señorito del mar. Nacían para un futuro inminente. Un carguero con casco de madera era un barco maduro con su esqueleto de señor mayor que había que cuidar.

Además el *Arriluze* tenía clase: era un barco inglés, no solo un transporte. En sus cuatro camarotes de pasajeros casi siempre había viajeros que adornaban la ruta con su presencia y honraban la mesa del capitán. En el comedor de oficiales, servido por un camarero con chaqueta blanca, el *Arriluze* parecía un transatlántico. Las sobremesas eran ricas en aventuras propias del mundo de la mar. Allí hasta la política tomaba distancias de tierra. Se hablaba de ella como de «un cuerpo extraño a la vida» pero necesario. Un buen marino no podía ser buen político. Viven de la tierra pero gobiernan su barco. No saben gobernar la tierra. En la mar los temas de política y religión siempre se evitaban para que no se produjeran discusiones. Había muchas supersticiones en esos asuntos.

Mientras llegaba a su casa pensó en contarle a Benito, el cocinero y camarero que siempre le acompañaba, las buenas nuevas del *Arriluze*. Estaba seguro de que se iba a alegrar al conocer la noticia de que el barco era algo suyo. Ahora sí que llevarían a bordo un buen bacalao salado como Dios manda, para hacer el pilpil que tan bien le salía, y frutas y quesos y buen aceite de oliva. Se sonrió. Miles de detalles vinieron a su mente como tomando conciencia de que en su barco las cosas iban a cambiar. Mejoraría la comida y en su mesa habría vajilla inglesa y cubertería de plata sobre los manteles blancos. Como en los buenos mercantes europeos.

Al llegar a Sestao, lucía un atardecer espléndido. Se habían disipado las nubes y la tormenta. Por la ribera se asomaba el sol en sus últimos destellos y creaba contraluces entre las calles y las chimeneas de las fábricas. Sonaban las sirenas de las grandes siderurgias que proclamaban el final de la jornada. A su música se asomaban por los vericuetos los obreros con la cesta de comer ya vacía entre las manos.

Poli entró en el bar de Justo, debajo de su casa. Le saludó desde la barra con simpatía:

—Justo, ¡ya estoy de vuelta en casa!

—¿Qué dice y qué toma el gran capitán?

—Hoy tengo razones para celebrar el día. Sácame un rioja del bueno. Déjame el teléfono. Quiero hablar con mi Asun que está en Amurrio en casa de sus padres. ¡Se van a llevar una sorpresa!

Justo era un hombre bonachón. El típico tabernero confidente de sus clientes. Buscó el teléfono de baquelita negro con un gran cable que guardaba como un tesoro en la trastienda. Dio al contador de pasos.

—¡Ahí tienes, habla con el amor de tu vida! —le dijo sonriendo.

Poli le dio al molinillo hasta que la telefonista le gritó:

—¡Vale, vale, que no estoy sorda!

—Póngame con el quince de Amurrio, la casa de don Pedro de Avendaño.

Al cabo de un rato contestaron.

—Soy Rosalía, ¿y tú quién eres?

—Soy Poli. Tu yerno, el marido de Asunción.

Doña Rosalía y don Pedro vivían retirados en su casa de Amurrio: un precioso chalet blanco inglés, con miradores de madera que daban al paseo de los Tilos. Tenía en la parte de delante un cuidado jardín lleno de hortensias encerradas en pasillos de boj bien moldeados. Don Pedro había sido director de los altos hornos de Santa Ana en Bolueta. Su única hija, Asunción, era la esposa de Poli, con la que había tenido cinco hijos, tres varones y dos hembras. Uno de ellos, Pedro, murió a los quince años.

Pronto Asunción acudió al teléfono. Estaba atenta a su marido y acostumbrada a las largas ausencias propias de un marino. El teléfono era muchas veces el instrumento de sus confidencias.

—¿Cómo estás, querido?

—Yo estoy bien. Pero ¿tú y los niños?

—Ebi está aún en Bilbao. Ha ido con su marido y el niño al médico. Está precioso y criando bien, ya verás cuando lo conozcas. A los chicos los han movilizado. Han aceptado voluntariamente ser gudaris del batallón Araba. A Paco creo que le van a hacer oficial pero tiene que dejar los estudios de medicina. Víctor anda aún por aquí. La pequeña Asun está conmigo, y yo estoy muy bien. ¡Todos estamos deseando verte! ¿Tú cómo estás? ¿Hay novedades?

Parecía que su mujer intuía algo. No en vano habían hablado durante tiempo del proyecto de hacerse con el barco. Su suegro, hombre emprendedor, se había brindado a ayudarle. Pero tal vez se trataba de un nuevo viaje. Tenía la costumbre de llamarla antes de emprenderlo, cuando el consignatario le anunciaba la derrota segura.

Con gran sorpresa, su marido se puso a cantar un *zortziko* al otro lado del hilo telefónico.

> *Desde que nace el día*
> *hasta que muere el sol*
> *resuena en mis oídos*
> *el eco de tu voz.*

Asun no entendía nada. Hasta que pudo decirle:

—Poli, sinsorgo, pero ¿qué estás haciendo? ¿Estás borracho o qué?

—Asun, te juro que no he bebido para eso. Acabo de entrar en la taberna de Justo, junto a casa. A él le he pedido que te ponga esta conferencia. Solo puedo decirte que ¡te quiero!

—Bueno, eso ya lo sé. Me has dado cuatro hijos, más uno que se nos perdió. Eso que no paras en casa...

—Asun, te amo y porque te quiero a ti y a mis hijos he comprado un trocito del *Arriluze*. Don Lucas y don Anselmo me han prometido que me venderán la otra parte cuando hagamos dinero.

—¡Jesús, María y José! ¡Qué locura!... Ahora, con lo mal que se están poniendo las cosas.

—No, Asun, que los *tramp* ganan con las guerras. Acuérdate cuando yo salí de la Escuela Náutica, se estaban forrando los dueños de los *tramp* al acabar la Gran Guerra.

—Eso era antes. Ahora ya veremos, Poli. Pero si lo has hecho, hecho está. Ánimo y ¡enhorabuena!

A Poli le consolaba siempre el buen conformar de su mujer.

Cómo le apoyaba en sus decisiones. Ella era consciente del riesgo de trabajar por cuenta propia. Había recibido de su padre una educación pragmática. Como mujer de marino, tenía que prever las largas ausencias y las incertidumbres económicas asegurándose los gastos fijos en las remesas de dinero que la compañía naviera hacía con poca regularidad.

—Te va a costar mucho la conferencia, cariño —dijo Asun agarrada al aparato como si fuera a estrujar a su propio marido.

—Bueno, Asun, ¿estás contenta o no?

—Pues sí. Pero ¿dónde vamos a vivir?

—Seguramente en Barcelona, mi amor. Porque desde ese puerto sale ahora mucho más trabajo. Nos quedaremos a vivir en Barcelona, que después de la gran Exposición Universal os gustó mucho.

—A ver si la República resiste —espetó Asunción.

—Cuéntaselo a los niños. Que su padre ha comprado el buque más bonito de Bilbao, el *Arriluze*.

—Si pueden vendrán el sábado a comer con los abuelos. ¡Será el tema del día! Mi padre se va a poner muy contento. Ya sabes cómo es. Si pudiera se iba a navegar contigo y a ayudarte a gestionar las cargas.

—¡Cuídate, cariño!

—¡Cuídate, mi amor!

—Os veré al regreso de Barcelona. Tengo que estar con nuestro consignatario y preparar la nueva documentación del buque para hacerme a la mar cuanto antes. Un barco parado es un mal negocio. ¡Un beso!

—¡Un beso muy fuerte, mi amor!

Las crisis solo sirven para morir o para resucitar. Las crisis no se pueden parar. En las crisis el que más tiene más pierde. Y el que menos tiene puede aprender a flotar. Poli lo tenía metido en la cabeza: aquél era un tiempo de crisis. Había que salir flotando. Pero como él decía: «Cuando no hay viento hay que remar».

Se obsesionaba en pensar que él era un buen marino, un buen capitán, un buen patrono de la mar. No le gustaba la adulación de sus tripulaciones. Pero sí el reconocimiento sincero de sus valores cuando las cosas se torcían.

«En alta mar, cuando las cosas se ponen mal, uno depende mucho de su cerebro y para aquel que es creyente, de su Dios —se decía a sí mismo—. Al contrario de un barco: si cruje la quilla en la mar, quiebra el alma de todo marino bien nacido.»

A Poli le gustaba leer a Joseph Conrad. En sus libros aprendía a interpretar los sentimientos que le sugería el mar. Pensaba que cada barco es un individuo distinto al que hay que saber tratar.

«Son criaturas que nosotros hemos traído al mundo.»

De todos aquellos barcos con los que había navegado, con ninguno se había identificado más que con el *Arriluze*. Él sentía el ancho de su amura y los doscientos cincuenta caballos de fuerza dentro de su viejo casco de madera como si fuera un cuerpo al que él daba vida.

Poli discurría sobre el mar mejor que sobre la tierra. Si en tierra algo se movía bajo sus pies, entonces sí que era hombre al agua. Él notó que la tierra se movía bajo sus pies cuando descubrió que la recesión económica en el propio valle de su pueblo hizo surgir el desequilibrio de aquella cruel posguerra. Se habían acabado las «vacas gordas» para España, que se había mantenido neutral en la guerra de 1914-1918. Durante aquel tiempo había podido vender y aprovisionar desde su posición ventajosa. Cuando Poli se reunía con sus amigos en el círculo del Tilo del Arenal, costumbre que se transmitía de padres a hijos, en aquel Bilbao del comienzo del siglo xx, sabían que el desarrollo industrial que impulsaran los emprendedores del final del xix proporcionó muchas oportunidades de generar riqueza. Era la historia frívola del Agua de Bilbao y la efervescente realidad de las compañías, de las siderúrgicas que cotizaban por las nubes y que empezaban a ser nostalgia en las tertulias de los cafés alrededor del Arriaga.

Las acciones de Sota y Aznar se cotizaban por encima del cien por cien del nominal. Altos Hornos de Vizcaya a 510 enteros. La ría era el oro de Bilbao.

Cuando Poli decía «Bilbao», pensaba que era una ciudad redonda. Porque como alguien había dicho, Bilbao gira en la *o*, gira en la boca al pronunciarla. Nada más cursi que decir «Bilbado». Porque no lo es. Está rodeada de montañas. Los bilbaínos que quieren descubrir el mundo tienen que ser escaladores. Pagasarri, Archanda, Artagan... hay que subir a las cimas. Poli sabía que el Abra era algo más que el cauce de la ría, era su gran carretera al mundo. Su orgía es la gran marea. En Bilbao los puentes son calles: no se cruzan, se pasean. Así San Antón, Sendeja, La Ripa, el Campo Volantín, Uribitarte...

A Poli le gustaba pensar en estas ideas que había escuchado tantas veces: el viento sur en Bilbao es como si nos fuéramos de marcha al Caribe. Con el viento sur, todo se transforma en América y en sexual. Con el viento sur se cambia de ropa y hasta de pareja. El viento sur en Bilbao es una esquizofrenia pasajera que deja huella. Pero se pasa. Es como el sueño de una noche de verano. Poli estudió en la Escuela Náutica, en un tiempo en el que no había ni gonios ni radares, solo telegrafía. Les enseñaban el misterio de las constelaciones, el secreto del cálculo de situación, la red sideral. Sabía muy bien localizar las Pléyades, el Cinturón de Orión y la Cruz del Sur. Miraba y conocía las estrellas como a los rostros de sus hijos, con cariño. En alta mar dialogaba con ellas para que le guiasen los rumbos. Eran sus amigas. Los vientos, a veces sus enemigos y las nubes de tormenta, su amenaza. Los marinos de aquel tiempo eran buenos con el sextante, los guarismos y las tablas. Pero los alumnos de la Escuela Náutica eran más de los pueblos que de Bilbao. Ya en aquella época los de Bilbao querían ser banqueros.

En los burdeles de la calle San Francisco, no se veían nunca marinos porque temían encontrarse a la mujer conocida. El barrio de las Cortes era para los de fuera y para don Vicente, el coadjutor de la Quinta Parroquia que controlaba con buen fin todo lo que pasaba. Como decían: «Era un cura especialista en putas». Porque a él recurrían con sus problemas las señoras de la vida.

El concierto económico entre el Estado español y las provincias vascas de 1925 salvó el crac del crédito de la Unión Minera y el Banco Vasco de 1921. La crisis económica estaba encima. Una buena boina vasca valía cinco pesetas. El periódico se pagaba a quince céntimos. La moda era comprarse una radio. La 450 B Clarion costaba nada menos que 495 pesetas. Pero se podía pagar a plazos de cinco pesetas al mes durante toda la vida en Radio Ortega.

Cuando Poli escuchaba a sus mayores en Sestao, recordaba la crisis de 1921. Se tradujo en un paro forzoso, casi general, de la mayoría de las industrias. La contracción del crédito y la retirada de capitales de los bancos eran agudas. Algunos bancos se tambaleaban y otros, como el Río de la Plata, se fueron a pique. España sangraba: Marruecos era una sangría de hombres y de dinero. La industria naval se resentía.

Pero curiosamente en Euskalduna había trabajo: se hacían lanchas de motor de vigilancias para México. Bien es cierto que aquellos barcos los pagaron durante la Segunda República con garbanzos. Los periódicos estaban llenos de chistes de los garbanzos mexicanos y del presidente Azaña.

Debido a esa represión del comercio mundial, bajó el mercado de fletes, bajó la cartera de pedidos y en La Naval de Sestao empezaron a construir material ferroviario que se puso de moda. De los barcos pasaron a las locomotoras.

Era curioso cómo gente emprendedora bilbaína al estilo de don Ramón de la Sota, que había aprovechado la crisis para lanzar el más grande de los buques fabricados en Euskalduna, el *Artza-Mendi*, de seis mil toneladas, se aventuraba con nuevas iniciativas para salir de esa crisis. Pero en Bilbao la gente avispada miraba más a la mar que a la tierra adentro. Para ellos las soluciones estaban en la mar. Tenían enfrente a Inglaterra. Era la mar lo que les hacía grandes y los caminos hacia Castilla eran estrechos. Por la mar iban a un mundo nuevo.

Así, don Ramón de la Sota había buscado la salida de sus minas de Somorrostro para los barcos a mar abierta en la ensenada de Saltacaballo. Todo estaba cambiando con innovaciones para sortear la crisis. De vez en cuando se leía en el boletín náutico del puerto: «El *Arriluze* salió para Rotterdam con pirita».

En él iba Poli pensando cómo abordar su crisis. Él sabía también en qué consistía la crisis. Pero era un emprendedor nato. Más que morir lo que quería era resucitar.

Mientras, en el Club Náutico, se fraguaban las batallas del desarrollo y la expansión industrial de Bilbao. El petróleo ya llamaba a las puertas y la transformación del transporte de carga líquida y no sólida iba a hacer cambiar la flota mercante española. Era la amenaza. Poli buscaba para su viaje de retorno de Rotterdam hulla de Cardiff para Santander; haría una buena estiba con el máximo aprovechamiento de las bodegas y obtendría así un flete óptimo.

2

De Valencia a Cartagena

El *Arriluze* estaba varado en Valencia. El último viaje antes del verano lo llevó desde Barcelona con carga general hasta la ciudad del Turia. Algún problema del casco y de la transmisión a la hélice obligó a sacarlo al dique seco. Tenía que hacer una revisión de fondos y reponer algo del calafateado bajo la supervisión del primer oficial. Agustín Beitia había accedido a quedarse tutelando el barco. Era un buen segundo. En un barco el segundo siempre hace de madre: lo cuida, custodia sus anclas y permanece junto a él cuando está varado en dique seco. Ver un barco sin agua debajo, mostrando la intimidad de su casco, es como estar desnudo. Rodeado de estachas parece un enfermo desolado al que hay que mimar. Para eso estaba Agustín. Poli era incapaz de aguantar la visión del barco en dique seco. Menos aún pasearse mirándolo desde la altura de su calado como si fuera un monstruo dormido, un animal herido, un ser anestesiado.

Poli llegó a Valencia en un largo viaje de ferrocarril desde Barcelona. Allí acababa de concretar sus compromisos con la Catalana Marítima y su consignatario, el señor Monroy, y estaba feliz y orgulloso de reencontrarse con su buque y con su gente. El señor Monroy era un personaje curioso. Pertenecía a esa clase social catalana que convierte en oro su gestión. Buen mediador,

41

buen prestamista y buen negociante. Para él representar al *Arrilu-ze* era un juego en medio de sus múltiples negocios. Le gustaba ser contestatario del monopolio de March y jugar a romántico mediador de lo vasco en Cataluña no exento de intereses.

Una vez que le pasaron las novedades y el barco se hallaba en el agua, tendría que navegar bajo mínimos de tripulación hasta Cartagena, lugar donde completar la dotación, pedir salvoconductos y hacer una revisión para ver si todo iba bien. En el muelle de Poniente se encontró con el *Arriluze*. Allí estaba también su hombre de confianza y primer oficial, Agustín, esperando en el puente de mando. Se sentaron en la banca roja almohadillada del comedor del capitán y Poli tomó café del que siempre había frío o caliente sobre la mesa. Era mañana de relente. Se abrigó con las solapas de su chaquetón azul de paño de sarga. A pesar de ser verano estaba destemplado del viaje nocturno en el tren.

—¿Qué hay, Agustín? ¿Tenemos al mozo listo para nuevas singladuras?

—¡Por supuesto! El buque más bonito de Bilbao está recién afeitado y no tiene algas enredadas en su eje, limpias como el oro las hojas de sus hélices y deseando emprender una nueva aventura. El único que está fastidiado soy yo, que voy a tener que pedirte baja o vacaciones. He de irme a Bilbao a averiguar qué demonios me pasa en el estómago porque sigo con los vómitos y dolores. No he mejorado nada desde que me dejaste. Esto es más que una gastritis y con pastillas no se arregla. Necesito ir a ver al doctor Galíndez, que es el que más sabe de esto.

—No te preocupes. Vete por Madrid que llegarás antes. Cuídate ahora que tenemos parte en el negocio como te conté por teléfono. Todo ha ido muy bien con nuestros socios y en Barcelona he contratado al señor Monroy como consignatario. Sabes lo que nos aprecia. Nos hará preferentes en sus cargas. Tiene las exclusivas de Riotinto en Huelva que dan mucho dinero. Además, es nacionalista como nosotros.

—¡Ya me alegro! Estabas obsesionado y lo has logrado. Poli, has conseguido la ilusión de tu vida. En cuanto a mí, por ayudarte hago lo que sea. Lo que siento es dejarte solo ahora, en nuestro primer viaje como socios.

—¡Gracias, Agustín! Efectivamente el *Arriluze* es nuestro. Pronto te curarás y podrás disfrutar de ello. ¿Te acuerdas de tantas noches y desvelos? ¿Te acuerdas de cuando estábamos a punto de naufragar en aguas inglesas cerca de Plymouth? —Hizo una pausa y prosiguió—: ¿Estibasteis la carga? ¿La primera?

—Sí.

—¿Sin problemas?

—Sin problemas.

—Pues vete cuanto antes. Ya siento que no vengas a nuestra primera travesía de socios.

Poli se sintió a gusto con su entorno. Bajó a su camarote. Abrió la puerta. Se encontró con todo ordenado por su camarero Benito: la cama hecha con la sábana vuelta, las zapatillas y el pijama colgado en la percha, la linterna dispuesta para una emergencia. El pañol del capitán perfecto. Y detrás de la puerta, el chubasquero amarillo que había ya soportado las grandes galernas del Cantábrico, su mar, el más bravo. La mar de las tormentas repentinas, de las olas grandes como castillos, la mar verde por contraposición al azul mediterráneo. Su mar del golfo de Vizcaya. «Como el golfo de Vizcaya no hay otro», solía decir.

Se fijó en las fotos de sus padres, su mujer y sus hijos bien enmarcadas. Estaban en el mamparo principal del camarote. Eran sus recuerdos. Poli se miró al espejo. Tenía los ojos castaños pero brillantes. En las cejas se asomaba alguna cana caprichosa que arrancaba con presteza. La tez sonrojada y tersa, curtida pero sin arrugas en una cara redonda bien contorneada. Un bigote de marino con la perilla afeitada. Dibujó una sonrisa en el espejo. Pensó que ése era el día en el que al amanecer y a toda máquina llevaría su barco hasta cerca del Arsenal de Cartagena. Había que hacer lista y recluta. Él sabía muy bien dónde iba a encontrar la mejor tripulación complementaria y la orientación de cargas para el trayecto hasta Bilbao, su último destino. Tenía la sensación de que la carga no era toda. Había que aprovechar bien las bodegas. Su cuaderno de bitácora estaba más repleto que sus bodegas. Había surcado muchos mares.

Aquella noche, después de despedir a Agustín en la estación de tren rumbo a Madrid, durmió tranquilo hasta el día siguiente. Eran las seis de la mañana cuando un marinero de guardia acudió a despertarlo; estaba amaneciendo.

—Don Poli, le buscan de parte del gobernador.

—¡Qué extraño! Nadie me ha anunciado nada, ni me advirtieron de una visita así.

Se vistió rápidamente y salió a cubierta. Allí le esperaba un mandatario oficial acompañado de dos policías que se identificaron. En el muelle había un coche en marcha con los faros apagados. Se sorprendió.

—Capitán, soy el secretario general del gobernador. Vengo a confiarle en secreto la carga que ayer depositamos en sus bodegas. Le entrego dos sobres lacrados. El primero lo deberá abrir en alta mar, para conocer lo que lleva, que es patrimonio de la nación. El segundo, cuando haya doblado el cabo de Finisterre y entrado en aguas del mar Cantábrico. Por ese sobre sabrá el destino final de la carga. No revele a nadie esta misión. La República y el gobernador confían en usted. Sabemos que es usted un hombre leal y fiel a su palabra. Si alguien le habla de este asunto la contraseña es «Yerma». No lo diga a nadie. Se le confía una gran misión. Dé la contraseña pactada cuando llegue al destino de la carga.

No hubo tiempo para más.

El secretario estrechó su mano. Los tres enviados descendieron del barco y el coche les sacó del muelle hasta perderse por las calles de Cartagena.

Poli no pudo decir palabra. Había conocido por teléfono la existencia de la carga oficial, pero no su contenido. Agustín la había recibido la víspera. Venía perfectamente cerrada en contenedores de madera numerados sin rótulos, señas ni remites. A nadie debía decir nada de aquella misión que iba a ser, al parecer, bien recompensada. Era un *tramp* y asumía la carga libre y el destino. Constituía parte de su oficio. Pero no esperaba aquel protocolo complementario. Pensó que se trataba de trámites normales en transportes de avituallamiento de maquinaria. Bajó a revisar la carga, eran seis cajones precintados con fleje. Bien sellados y aparentemente correctos.

«Será material para talleres de fundición —pensó—, maquinaria para hacer moneda. El parte solo declaraba "máquinas". Estos levantinos son fenicios. Copian muy bien a los alemanes y franceses lo necesario para sus industrias, el hierro, la madera o cualquier material. ¡Son la leche!» Había oído hablar de las manufacturaciones de juguetes cuyas fábricas en Alcoy ya hacían pistolas para la Guardia de Asalto. ¿Qué secretos artilugios transportaba?

A Poli le gustaba la cantina del Pelao en Cartagena. Era su sitio favorito. Lugar de tropa y lugar de tripulaciones. En el bar del Pelao se convivía entre mercantes y militares de la Armada. Probablemente era el único lugar donde la graduación no era obstáculo para la buena camaradería. Le gustaba porque él, un vasco considerado buen marino, se hacía notar entre los marineros del Arsenal, los patronos de los buques en dique seco por averías y los parados amarrados por las circunstancias de la crisis.

Era precisamente del Arsenal de donde salían los rumores políticos sobre la situación que afectaba, favorable o desfavorablemente, a los *tramp*. Las cosas estaban cambiando y los fletes empezaban a tener otros contenidos y destinatarios sinuosos. Eran aprovisionamientos que barruntaban la guerra. Pero nadie hablaba de ello. Todos hablaban de transportar patatas, no armas.

Cuando llegó a Cartagena y amarró el buque, una vez en

tierra, no dudó en dirigirse a la cantina del Pelao para encontrarse con viejos conocidos.

Era el atardecer de aquel junio de 1936. Poli le había puesto un telegrama a su hija Eusebia felicitándola por su cumpleaños y por el reciente nacimiento de su primer nieto. Le pilló de faena en Barcelona arreglando los papeles de su buque. Había sido abuelo por primera vez, pero no se sentía viejo, más bien empezaba una nueva vida que algún día contaría a su nieto como gusta hacerlo a los viejos lobos de mar. Contar, contar era la pasión del marino en tierra. A veces hasta la fantasía de sus viajes se convertía en cuentos exagerados para llamar la atención de quien le escuchara. Pero solo en la intimidad de los amigos o de la familia.

Eulogio, el Pelao, era un *granaíno* metido a marino mercante que admiraba y quería a Poli. Tenía su oficina y su sede de contratas permanentes para tripulantes en una mesa de la cantina. Allí se inscribían y se enrolaban los más avezados y los más torpes de la marinería española. Cuando vio entrar a Poli pegó un brinco y le dio un grito con el encanto de su acento.

—¡Chiquillo, Poli! ¡Bienvenido a Cartagena! Ya te echábamos de menos. El vasco, tu paisano Iñaki que navega en el *Ventolera*, nos dijo que habías abandonado el *Arriluze*.

—Buenas tardes, gitano. No es verdad. El *Arriluze* es ahora mío. Lo estoy comprando. He llegado a un acuerdo con mis socios y si todo va bien y hay fletes libres para los *tramp* lo pagaré en poco tiempo. Así que ayúdame y oriéntame que llevo cualquier mercancía a cualquier puerto.

Eulogio mandó traer unas cervezas con pijotas para obsequiar a Poli. Despidió a quien le acompañaba y quiso quedarse a solas con el recién llegado, el «vasco», como también le apodaba. Con él tenía una confianza extrema. Por eso le habló en estos términos:

—Poli, las cosas no van bien por aquí. No sé lo que pensáis

por allá arriba, pero aquí se avecina una gorda. Parece ser que están tramando una huelga general de la mercante. Debe de ser maniobra del golfo de Juan March que lo controla todo. Así que «Antes de la Virgen del Carmen apareja y tira por avante...». Esa es la consigna que los amigos me están dando. Anda, ¡échate un trago!

Eulogio tenía un tono de sinceridad nada común en sus palabras. Aunque trataba de eludir el dramatismo de lo que decía, era inevitable su crudeza.

Poli se quedó pensativo. Era lo que menos se esperaba. Sabía que el riesgo del *tramp* es la aventura. En ello estaba su ganancia. Los *tramp* eran un enemigo para los grandes y para las líneas regulares. Eulogio, después de sorber la jarra de cerveza, continuó:

—March, el último pirata del Mediterráneo, no se contenta con lo que tiene. Sus líneas regulares, su Transmediterránea, es el pez grande que quiere comerse al pequeño. El poderoso marino se hizo rico con el tráfico de la guerra del catorce y don Miguel Primo de Rivera le entregó las mejores líneas de navegación.

Eulogio sabía muy bien lo que eran las compañías Trasatlántica y Transmediterránea, ambas en manos de Juan March. No en vano había trabajado en ellas hasta retirarse y establecerse por un tiempo de trampero y ahora de contramaestre en tierra. Tabernero lleno de trapicheos y de negocios por debajo de la mesa. Criticaba o aplaudía según conveniencia. Provocaba para sacar verdad de mentira. Elogiaba o difamaba según el precio. Ser su amigo era una audacia. Pero Poli lo era.

Se trataba de un buen servidor y alcahuete de Juan March, lo que le había dado particular relevancia a su persona. La fortuna del gran magnate se había consolidado ya en la mar, porque las compañías subvencionadas o que se convertían en cabotajes con primas se hacían gravosas para el Estado pero muy beneficiosas para aquel hombre que de un simple campesino de Mallorca, criador de cerdos, llegó a hacendado contrabandista de tabaco, agente de espionaje inglés y proveedor de los submarinos alemanes que merodeaban por el Mediterráneo. Así consiguió ser naviero, tras apoderarse de las líneas interinsulares del archipiélago balear y de la compañía Transmediterránea. Las dos compañías subvencionadas, la Trasatlántica y la Transmediterránea, eran de él, pero la primera vivía a régimen del déficit que el Estado saldaba. La segunda, con una subvención de veinte millones de pesetas y un suculento contrato de prioridades hecho durante la dictadura de Primo de Rivera.

—Me han dicho en Bilbao —abundó Poli— que March controla la compañía Pinillos y tiene en sus garras a la compañía Nervión, a Sota y Aznar, trabajando de forma graciosa para el erario público bajo la supervisión de Juan March. Es decir, que los pequeños independientes somos muy pocos. Si nos llevan a la huelga nos hunden. Somos cuatro gatos sin fuerza.

—Poli, en mala hora te has hecho patrón. Es tu amor al *Arriluze* el que te ha perdido. Eres un romántico de la mar. ¿Dónde lo tienes?

—Hemos amarrado en el muelle de Poniente.

—¿Cómo está?

—Como un muchacho de veinte años —exclamó Poli orgulloso de su mercante.

Él sabía muy bien las debilidades y fortalezas de aquel casco de fines del siglo XIX.

—Esta huelga va contra el gobierno y contra vosotros los *tramp* —aseguró Eulogio.

—Pues sí. Los *tramp* sacamos dinero de debajo de las piedras, y lo que es más importante, cobramos al momento y en divisas que vienen bien a este país. Cuando cargo en Inglaterra me hago con libras. La libra inglesa es siempre una moneda fuerte. El pedir aumentos de sueldos y sublevar a la marinería, ocultando el trasfondo político, es fácil. El primer oficial y el fogonero de un barco cobran más o menos igual que los de otros países por donde rondamos: Italia, Grecia, Chipre, Francia...

—Lo que urge es reorganizar la marina. Hay mucho zángano en los consejos de administración que no hacen nada —comentó Eulogio—. Pocos como tú se lo ganan en la mar. A ésos hay que llevárselos a los despachos, a tierra, sin tormentas. El aumento de sueldos que va a ser la justificación de cara a la galería no tendrían que abonarlo las compañías, sino el Estado que las subvenciona, a las grandes, o paga las primas de navegación. Como siempre las compañías se aprovecharán del conflicto para fomentar la desesperación de los huelguistas, tirar al régimen y hundiros a vosotros, los pequeños, que no podréis competir. Poli, tratan de dar un golpe contra la República. Ya verás. La mar es una disculpa, solo una disculpa para manipular la política.

El panorama que pintaba Eulogio era aciago pero real. Poli se estaba percatando de la gravedad de lo que su amigo, como siempre tan bien informado, le contaba. Eulogio estaba situado. Tenía contactos en la mercante y en el Arsenal. Su centro, la cantina del Pelao, era un buen observatorio.

María Salvadora se acercó a la mesa donde charlaban los dos marinos. Conocía muy bien a Poli. Llevaba muchos años gobernando los sentimientos y los afectos de Eulogio, que sin ella era un barco a la deriva. Trataba de ser su compañera. Era una mujer brava. Venida de México se había aclimatado muy bien a vivir en la madre patria. María Salvadora era una mujerona de buen cuerpo y de buenas hechuras, capaz de entusiasmar a cualquier hombre que apreciaba inmediatamente sus incontenibles pechos deseosos de salir de su esclavitud y dejar escapar su belleza. Su carácter era exuberante.

Besó en la mejilla a Poli. Sabía que era un hombre serio que se daba a respetar. Luego echó su naturaleza sobre Eulogio y puso un beso en su boca.

—¿Qué hacéis, pareja? —preguntó—. ¿Confabulando contra la República?

María Salvadora era directa como un dardo. Dominaba plenamente cualquier situación. Además de amar a Eulogio, era su portavoz oficial. Si alguien quería llegar a Eulogio había que pasar por María Salvadora. Ella sabía lo que ocurría en la ciudad, en el Ayuntamiento y en la base naval. El mismo general don Toribio era su amigo.

Eulogio relajó su alma al verla y se dejó llevar por su espíritu conquistador metiéndole la mano entre las domingas tersas y generosas. Había en el ambiente de la cantina un entusiasmo general. Brillaba la euforia del alcohol. Estaba llena. Se despachaban los mozos y las mozas con destreza cervezas y vinos y cuencos de aceitunas gordales machacadas aderezadas con ajo, comino y laurel, como si fueran las vísperas de la santa patrona.

—Por el Carmen no está esto más animado —dijo Poli tratando de quitar importancia a la situación.

Eulogio y María Salvadora se morrearon un ratito, como si el amigo no existiera. Al fin Eulogio dijo:

—Esta mujer, ¡mira que ya es cansina! Pero no puedo contener el ardor que me levanta. ¡Si hemos pasado la noche juntos! Pero el cuerpo es así, cuanto más le das más quiere.

María Salvadora, bajando la voz y juntando su cabeza a la de los dos amigos, buscando complicidad a la cuita, se apresuró a contar:

—En el Arsenal andan a tortas. No saben quién es fiel a la República. Y se preguntan desde los mandos hasta la tropa: «Oye, ¿tú eres fiel?».

»"¿A quién?", se dicen unos a otros. El desconcierto es total. Llegan rumores de que va a haber maniobras en el Estrecho. Pero quien manda no manda.

Eulogio sabía muy bien que su amigo Poli era de fiar.

—Tanto acopio de material que estamos mandando para las colonias de África, algo se trama allí —se atrevió a explicar Eulogio—. Unas simples maniobras no requieren un tráfico de mercadería como el que algunos estamos viendo pasar por el Estrecho.

A Poli le bastaron aquellas horas de tertulia en la cantina del Pelao para darse cuenta de que la situación en Cartagena no era como la de Bilbao o Barcelona. Ni siquiera como la de Valencia, de aparente calma chicha. Pensó que debía acabar cuanto antes sus trámites burocráticos en la Inspección de Buques de la Comandancia de Marina. Saldría al día siguiente con la incorporación de la plantilla que le faltaba. Estibaría el carbón a rebosar en Cartagena porque estaba más barato y solo le faltaba conocer y completar la tripulación que le iba a facilitar su amigo Eulogio. Tenía los de confianza pero necesitaba cuatro de marinería y un fogonero.

—Necesito cuatro tíos serios de marinería y un fogonero que conozca su oficio —le dijo a Eulogio—. Haré cabotaje hasta Bilbao, así que si sabes de carga en el camino, dímelo. Tenme al corriente por radio de lo que pasa y dame carga hasta el abarrote.

Eulogio se sorprendió.

—¿Tal como está la situación vas a salir a la mar en cabotaje? Ya digo yo que estás enamorado de tu barco y no ves. Lo tuyo es pasión. Pero ahora pasión y peligro. El Mediterráneo está ya lleno de chacales, oportunistas y piratas. Irán a por ti. Tengo la gente. Hay mucho paro. Puedes pagar menos de lo habitual. Hasta tengo un pasajero para ti. Tu barco es cómodo y confortable para hacer pasaje. Se trata de un inspector de buques que quiere llegar a Bilbao sea como sea. Es un republicano de confianza.

Poli se quedó atónito. Esta última frase tenía valor. A él le gustaba siempre la legalidad. Era un ciudadano respetuoso con la autoridad vigente. Los tiempos estaban para saber muy bien a quién metías a bordo. No podía ser un cualquiera. Él se fiaba de Eulogio.

—Salimos pasado mañana al amanecer —dijo Poli.

—Ya que te empeñas en salir no te preocupes más. Te mando a los hombres a bordo mañana a primera hora y llevarán sus papeles de salvoconducto que en estos tiempos son necesarios. El inspector llegará después de comer. Yo iré a buscarle al hotel Moderno y le acompañaré para presentártelo. Es un hombre muy educado. Poli, me voy a permitir darte un consejo: aunque tú eres un avezado marino y sabes más que yo de travesías, al pasar el estrecho de Gibraltar, ten cuidado. Pásalo de noche y con las luces apagadas. Sabes que vigilan hasta debajo del agua. Ahora más que nunca.

—Lo sé, lo sé, en el Estrecho nunca se sabe quién vigila para quién. Ya sé que esto está muy revuelto. Hasta la carga nunca se sabe si es legal. Mándame gente leal al código de los buenos marinos. Ya sabes de qué hablo: fidelidad al patrón.

María Salvadora escuchaba a esos dos hombres que con la mirada sellaban su pacto de caballeros. El capitán vasco le inspiraba ternura, su compañero pasión, fiel pasión.

Poli salió de la taberna camino del *Arriluze* que distaba apenas unos metros. La noche era radiante y bella. Tenía luz de luna y se divisaba pronto en el muelle de atraque el contorno del Buque de Bilbao con las luces de las cubiertas encendidas. Cuatro más iluminaban la escalerilla, el puente y los ojos de buey de las cabinas de algún tripulante que velaba la noche.

Al subir a bordo le saludó Benito, que hacía la guardia. Era su repostero, su cocinero, su hombre de confianza; le traía ese toque familiar que resultaba tan necesario en las largas travesías. Benito era el recuerdo de aquel lugar a las faldas del monte Babio, en la comarca de Ayala, donde con el sacrificio de su trabajo había comprado su pequeña hacienda y plantado sus árboles frutales, construyendo un divertido gallinero con su parra de uva verde que transformaba cada otoño en un txakoli primitivo y ácido. Él mismo lo prensaba en un rincón del pabellón trastero. Landako era el nombre de su finca. Los senderos de las estribaciones de la peña de Orduña, el Txarlazo y la ermita Etxaurren en Santa Cruz de Burubio, sus lugares de marinero en tierra, de descanso. Por allí se perdía paseando entre campaña y campaña, a barco parado, cuando sus obligaciones se lo permitían, con la vara de su avellano recién cortada en la mano. Se sentía pastor y casero pisando su propio campo merecido.

La fidelidad le inspiraba afecto. Benito se había casado con Paca de Amurrio y vivían allí, en la casa de guardeses que Poli había construido como complemento en su pequeña finca. No pudo por menos de decirle como un desahogo:

—Benito, hay que irse de aquí cuanto antes. En la cantina me han contado que la cosa se está poniendo muy fea. Dentro y fuera del Arsenal hay rumores de huelga. Huele a sublevación. ¡Esto no me gusta nada!

—Don Poli, el *Arriluze* está preparado para hacernos a la mar esta misma noche si fuera necesario. Hable con el maquinista y compruébelo. Todo está en orden y presto.

—No, Beni, no. Hemos de cumplir con los papeles mañana. Estibar el carbón que está aquí muy barato e incorporar dos marineros o tres, un grumete, un fogonero más joven. Satur está ya viejo. Y quizá un pasajero que nos manda Eulogio. Es un inspector de buques. Ten cuidado con lo que hablas. Así que prepara el camarote de invitados y díselo a nuestro maquinista que estará durmiendo. Largaremos cabos al amanecer de pasado mañana. Mañana prepara aprovisionamiento. Piensa que ya somos catorce hombres, y con los nuevos más el viajero seremos diecinueve a bordo. ¡Buenas noches!

Poli se metió en su camarote no sin antes darse una vuelta por el puente, comprobar las cartas náuticas y recoger una nota que le había dejado Agustín, el oficial, en su camarote:

Poli, hay rumores de sublevación. He hablado por teléfono con mi mujer que está en Sestao. Lo ha oído en el mercado de Atxuri, en Bilbao, esta mañana. Yo me marcho para allí vía Madrid. Buena navegación y espero que te arregles con el nuevo segundo. ¡Nos vemos en Bilbao!

Se lo había dicho en la despedida pero quiso dejar constancia por escrito.

Cartagena arrastraba la leyenda de su fidelidad monárquica y no podía comprender la ciudad que la legalidad estuviera entrando en duda.

Arsenio era un personaje histórico en el ambiente del Pelao, aquella taberna llena de vida que concitaba la presencia y las pasiones de todos los marinos de la ciudad. Todo el mundo le llamaba el Seni. Desde su puesto de confianza del patrón, Eulogio, sabía traer y llevar los chismes de la clientela que afectaban a la ciudad. El Seni era un libro abierto para los que merecieran su confianza y pagaran sus servicios o los de su amo.

Todas las mañanas, bien temprano, pues vivía en la mismísima trastienda del negocio, abría la puerta a los madrugadores del orujo, alineaba las botellas de la estantería, rellenaba el aguardiente, el anís y el brandy con los garrafones conservando bien las etiquetas como si hubiera acabado de desprecintar las botellas.

El Seni sabía los secretos y las historias de aquel establecimiento. La madrugada del 14 de abril de 1931 hizo su entrada el rey destronado, don Alfonso de Borbón, con el marqués de Magaz y el entonces gobernador de la plaza, el general Zubillaga, antes de subir al crucero *Príncipe Alfonso* para abandonar definitivamente España.

El Seni, cuando quería y obtenía confianza de los clientes, lo contaba en la intimidad dándose tono.

—Aquí se dieron cita tan ilustres huéspedes, en la taberna del Pelao, para ver si en el último momento una vuelta del destino le permitiera conservar el trono y regresar a Madrid, de donde había venido.

Pero no fue así. Acompañaron al rey el almirante Rivera, el infante don Alfonso de Orleans y el duque de Miranda, servidos por tres ayudantes de cámara. Ahí, en ese rincón, decía señalando el ámbito más profundo de la taberna, el rey preguntó a su séquito aquella noche:

—¿Han declarado ya el estado de guerra en Madrid? ¿Se ha proclamado la República?

El Seni en ese momento se mesaba la cabeza como si tuviera cabellos. A sus sesenta años estaba completamente calvo. Hacía una pausa solemne. Y proseguía con la narración de su historia que tenía atónitos a sus clientes.

—Yo los vi salir como si lo estuviera viendo ahora mismo, después de ser parcos en la bebida y de hablar durante más de una hora de la desgracia que se avecinaba a una España de nuevo republicana.

»El rey, visiblemente emocionado, dijo:

»—Me voy con tal de que no se derrame más sangre inocente...

»No pude evitar el seguirles a distancia hasta el Arsenal. Había bruma. Una soledad inmensa. Perros callejeros que aullaban al paso de aquella extraña comitiva. Nadie de la ciudad sabía lo que estaba pasando. Nadie hubo para despedir al rey.

»Alguien de la tripulación del *Príncipe Alfonso* me contó al regresar de aquel viaje lo que sucedió después.

»El rey, decidido y triste, se acercó al embarcadero. Muy pocos marinos estaban presentes. Hubo escenas de adhesión y de emoción. El rey de España partía hacia el exilio. Entre la escasa concurrencia de servidores hubo un último besamanos. Algunos se llevaron los pañuelos a los ojos. Antes le saludaron en el silencio de la noche:

»—¡Hasta la vuelta, señor! ¡Hasta la vuelta!

»Una falúa trasladó al rey hasta el crucero que mandaba el almirante Fernández Piña.

»Ya de noche zarpó el buque rumbo a Marsella. Dicen que don Alfonso apenas salió de su camarote durante las horas que duró la travesía. Quiso comunicarse con Madrid y con París pero no se lo autorizaron. Al abandonar aguas españolas el almirante no quiso regalarle la bandera del buque que fue arriada. Pretendió hablar a la dotación como despedida pero no le dejaron. Era un rey prisionero. La alocución quedó escrita sobre su mesa. Entre otras cosas decía:

»"Al arriar mi pendón, en la seguridad del deber cumplido y para evitar derramamiento de sangre entre hermanos os ruego que sigáis trabajando con fe por nuestra marina y sirviendo a la patria con el mismo entusiasmo como lo habéis hecho en mi tiempo..."

»Al amanecer del día 15 el acorazado avistó su destino: Marsella. El rey preguntó al comandante:

»—¿No pretenderéis que desembarque a estas horas?

»Fernández Piña hizo un gesto de desagrado y guardó silencio.

»Don Alfonso de Borbón, Alfonso XIII de España, se acordó de quién era. Por un momento debió de recorrer toda su historia. Se contentó a sí mismo con la esperanza de, una vez en tierra, encontrar algún fiel amigo.

»Desembarcaron al monarca destronado a las cinco y media de la madrugada. Inmediatamente después, el *Príncipe Alfonso* izó la bandera republicana y regresó a España.

Cuando el Seni terminaba de contar esta historia, cualesquiera que fueran sus confidentes, se hacía un gran silencio. Entonces el Seni se emocionaba y soltaba una lágrima para acabar diciendo:

—¡Yo soy monárquico de corazón aunque vote a las izquierdas!

Poli intentó comunicarse con Monroy, su consignatario en Barcelona, pero no lo logró. Las líneas estaban ocupadas. La centralita de Cartagena debía de tener mucho trabajo.

—¿El teléfono? Ni lo intentes —le dijo María Salvadora—. Llevamos una semanita que no consigo comunicarme con nadie fuera de la plaza. He querido hablar con Rosita, mi amiga de la calle Princesa de Madrid, para que me explique cómo están las cosas por la capital. Ni modo. La última vez fue hace dos semanas. Me dijo que trabajaban mucho. Ya sabes a lo que se dedican ella y sus chicas... Pero porque todo el mundo anda de los nervios pensando en lo que se avecina. Y que el dinero ya no es dinero: es papel mojado. Rosita, que es muy lista, está haciendo una fortuna. Pero todo lo transforma en alhajas... ¡Ésas nunca mueren! Además se puede salir corriendo con ellas a cualquier parte del mundo y siempre tienen valor.

Eulogio en su taberna también estaba nervioso. Trajinaba de una mesa a otra haciendo que los mozos estuvieran prestos a servir a sus clientes y tuvieran los oídos atentos a los chismes y habladurías sobre la situación. Él pensaba que en cada mesa había un espía. Pero nunca se sabía para quién.

Con todos conversaba. De todos sacaba una buena nueva o un secreto a voces que guardaba en la faltriquera de su memoria para utilizarlo como información confidencial en el momento más oportuno y con las personas más convencionales de las que a su vez algo obtuviera en su beneficio. Eulogio sabía muy bien qué era «información privilegiada». Algo así podría cambiar el sesgo de los acontecimientos.

Eran las doce de la noche y la taberna estaba en su momento álgido.

Las transacciones, el mercadeo y los chismes corrían por las mesas como si fuera la Bolsa, tanto como el vino. El vino calentaba las bocas y hacía más densos los pensamientos.

En cualquier ángulo, discretamente apostada, la seguridad del Arsenal vigilaba. Muy cerca los chivatos del gobernador hacían lo mismo. Pero las camareras, mozas de buen ver, sabían muy bien quién era quién y cuáles eran sus gustos. El Pelao daba placer y algo más. La vida de Cartagena estaba allí, en la noche, en su taberna.

Del Teatro Circo venían los últimos clientes después de divertirse con el espectáculo de variedades de Manolita, que debutaba con su marido lanzando cuchillos a la que más tarde fuera la dueña del teatro ambulante más popular de España.

El Teatro Circo acababa de ser renovado. Era una joya de la ciudad. Construido en 1879 había recibido una fastuosa decoración haciendo de sus cuarenta y dos columnas un engarce de cielo estrellado con bombillas reforzadas en pantallas de brillante hojalata, lo que le daba un aspecto majestuoso y oriental. Era un escenario propio de *Las mil y una noches*. Bajo su bóveda desfilaban los más variados espectáculos: circo, teatro, variedades, zarzuelas y chirigotas. Todo se daba cita en el Teatro Circo.

A Poli le gustaba divertirse allí. Entre otras cosas porque se podía fumar un buen cigarro habano que le proporcionaba Eulogio en el Pelao. Si además la velada era de boxeo aún mejor. Era un gran aficionado. Había escuchado por la radio la transmisión del gran match del campeonato mundial de peso pesado entre Joe Louis, el bombardero Brown, de Detroit, y Max Schmeling, el alemán, en el Yankee Stadium de Nueva York. El imbatible americano perdió su corona con el alemán. Hitler envió flores a la esposa de Schmeling. Poli apostó por el americano. Fue un perdedor resignado.

El personaje que más atracción ejercía sobre la afición de Poli era su singular paisano Paulino Uzcudun, el mozo de Régil que había conquistado tres veces el título de campeón de Europa. La primera vez fue en Barcelona en 1926 ante Emilio Spalla, un italiano. La segunda vez fue un clamoroso éxito en el Kursaal de San Sebastián en 1929 contra Ludwig Haymann, y la última, en Madrid, venciendo al belga Pierre Charles en 1933.

Poli sentía pasión por Paulino, a quien había recomendado a las atenciones de su hermana Carmen, que vivía en Nueva

York, cuando fue a combatir contra el mítico Joe Louis. Doña Carmen Barañano de Moneo se había quedado viuda en España con tres hijos y emigró seducida por el sueño americano. Abrió un pequeño negocio de productos españoles en la calle Catorce. Pronto se convirtió en un amplio establecimiento en cuya trastienda hacían tertulia los más variados personajes de la ciudad en los años treinta. Doña Carmen se volcó con Paulino por indicación de su hermano Poli, pero no pudo evitar que el púgil vasco perdiera en el único KO técnico de su vida, al cuarto asalto, en el Madison Square Garden un 13 de diciembre de 1935. Todos estos recuerdos eran imborrables para el capitán y objeto de una frecuente correspondencia con su admirada hermana Carmen.

El *Arriluze* no pudo salir al día siguiente. Demoraron los papeles en la comandancia. Eulogio se disculpó. Nunca le había sucedido una cosa así. Pero las circunstancias estaban cambiando.

Aquella tarde pasó una grata velada en el Teatro Circo en compañía de María Salvadora. Cuando entraron Poli y ella en la taberna para encontrarse con Eulogio, el Seni les advirtió:

—Está muy serio hablando con una señora y un acompañante en la mesa quince, la del rincón. ¡Llevan dos horas! Ella dice llamarse Margarita Xirgu. Viene a poner en el teatro una obra de un tal García Lorca, que ha tenido mucho éxito en Valencia. Está con un joven acompañante.

María Salvadora se despojó del echarpe que cubría su esbelto busto y ornaba su pechera defendiéndola del incipiente relente de la noche. Intrigada por la noticia, se lanzó hacia la mesa, seguida de Poli, ávida por conocer a la famosa actriz de la que hablaban los periódicos de toda España. Era increíble: la Xirgu estaba allí, en Cartagena, en la taberna del Pelao. La Xirgu era todo un personaje.

—Es catalana —le advirtió el Seni.

Eulogio cambió la cara cuando vio llegar a su amada. Simuló una forzada sonrisa. Presentó a la dama y a su acompañante.

—Margarita, ésta es María, de quien te he hablado. Mi compañera, María Salvadora.

»Y éste es don Poli, el capitán vasco que te mencioné. ¡Todo un señor del que te puedes fiar!

La Xirgu esbozó también una sonrisa de cumplimiento. Besó a María Salvadora y dejó que Poli estrechara su mano marcando en ella un beso de cortesía. Ciertamente su mano parecía de terciopelo. Miró luego su rostro pálido por los polvos de arroz al uso y sintió clavados sus ojos negros profundos, subrayados por grandes ojeras marcadas de violeta. Todos se sentaron a la mesa. Pareció continuar una conversación de mutuo entendimiento como si se conocieran de toda la vida. El representante de la actriz era quien menos hablaba. Apenas saludó. Era un chico joven, circunspecto, que aparentaba más un galán que un representante comercial. Estaba bien trajeado y con polainas, unas magníficas polainas blancas.

Poli se dio cuenta de que habían hablado de él antes de que llegara. «¿Qué propósito o qué mensaje ha traído la gran actriz española a estas horas de la noche a la taberna del Pelao?», pensó.

Rara e inolvidable sugestión era la que producía esta gran artista en la escena. Ya su apellido original sugería en los públicos una especie de intriga y curiosidad. Quedaba rápidamente grabado en la memoria y se hacía imborrable. Su belleza era única: dura de facciones y de tez casi de bronce, negras sus ojeras, barbilla y cuello pronunciado. Había como lagunas en una piel de fina blancura que acentuaba sus pómulos. Se transfiguraba cuando trabajaba en un escenario. Dominaba al público con sus adorables ojos, jamás quietos, con miradas que hablaban antes que sus labios. Interpretaban inefables risas o crueles dolores. Su boca, expresiva y amplia, decía las cosas con encantadora claridad y las entonaciones de su bien timbrada y melodiosa voz corrían, desde el juguete hasta la tragedia, por todas las más difíciles gamas del arte teatral. Era su fisonomía correctísima. Su cabellera, negra y brillante como la endrina. Vestía con un gusto muy exquisito. Sus pies eran diminutos como hechizos de hadas y las líneas de su torneado cuerpo la erigían en deidad de la escena, siendo la predilecta de aquel público selecto que sabía dictar bien sinceramente el fallo de sus devociones artísticas.

Aún estaba en la memoria de todos su interpretación de *Medea* en el teatro romano de Mérida según la traducción de Miguel de Unamuno, que había marcado época. Ella y Borrás eran los mejores. Poli los había visto en el Arriaga de Bilbao, su teatro favorito en la ciudad de su alma.

—Poli —anunció Eulogio—, tenemos entre nosotros a Margarita Xirgu y su joven representante llamado...

Titubeó hasta que el mozo acudió en su ayuda.

—Jordi Planelles, para servirle.

Eulogio lo agradeció con un gesto y siguió con tono de solemnidad:

—Nada más y nada menos que la mejor actriz española de todos los tiempos.

Ella ni se movió ni se ruborizó. Estaba acostumbrada. Esbozó una sonrisa e hizo una leve inclinación de cabeza, como si estuviera en escena.

—El propósito de esta dama —siguió diciendo Eulogio—, señor don Policarpo Barañano, es hacer una travesía urgente en su buque si usted, el más capaz capitán de la marina mercante española, la acepta.

María Salvadora, que observaba muy atentamente a su amante, dejó escapar su admiración y sorpresa.

—¡Ooohhh!

Poli frunció el entrecejo al escuchar aquella extraña proposición que le transmitía su amigo.

—La señora Margarita necesita hacer un viaje urgente a Santander —explicó Eulogio—. Dadas las circunstancias en que estamos, le han aconsejado que no lo haga por tierra, atravesando Málaga como sería lo normal, porque podría ser interceptada por los sublevados que al parecer están a punto de desembarcar. Sino que más bien lo haga por mar hasta Algeciras, plaza segura republicana, donde sus amigos la recogerán para llevarla a su destino. Su intención es llegar a Santander para embarcarse en el transatlántico *Orinoco*, rumbo a Buenos Aires, y abandonar España. Tiene allí muchos compromisos teatrales importantes.

Eulogio hizo una pausa. Miró a su alrededor por si hubiera alguna escucha sospechosa. Bajó todavía más el tono de voz y añadió:

—Hemos pensado, Poli, que como el *Arriluze* sale mañana, la lleves a Algeciras. Tú eres un hombre de confianza y leal a la República.

Todos se miraron entre sí, para observar en los rostros el impacto de la propuesta. María Salvadora estaba perpleja. Poli aún más sorprendido. Llevar a tan famosa pasajera en su barco nunca lo hubiera sospechado. Tardó en responder a la proposición hasta provocar en el joven Jordi su intervención.

—Señor, ¡tenemos dinero para pagarlo!

—No lo dudo, joven —contestó Poli—. Pero no es solo cuestión de dinero sino de orden y de legalidad.

Y dirigiéndose a Eulogio le preguntó:

—Supongo que llevará salvoconducto.

—Yo se lo proporciono —respondió el dueño del Pelao—. Ya sabes cómo son aquí las cosas... Aunque ahora esté más difícil.

La Xirgu observaba todo esto con atención, hasta que explicó:

—Si caigo en manos de los sublevados no me van a respetar. Mi condición pública de republicana, de amiga e intérprete de Federico García Lorca les cae lógicamente muy mal. Tal como tenía programado, debo intentar salir de España, e iniciar una nueva gira americana. Estaba a punto de hacer *Bodas de sangre*. De hecho llegamos anteayer en coche para prepararlo. En cuanto a dinero, no tenemos más que lo justo. Tampoco sabemos lo que vale. Pero llevo siempre conmigo esta joya —dijo señalando en su dedo de la mano izquierda un generoso tresillo enmarcado en tres brillantes— que quiero ofrecer al capitán como prenda de mi viaje.

Lo dijo tan bien, poniendo énfasis en las palabras, que Poli, no acostumbrado a estas cosas, se emocionó y contestó:

—Señora, con anillo o sin anillo, la llevaré a su destino.

Eulogio respiró hondo. María Salvadora pidió al camarero una ronda. Bajó el tono de la conversación y la tensión de las palabras.

Margarita explicó que se acababa de separar de su marido, Josep Arnall, su amor de adolescencia. Se sentía libre. Desde hacía unos años, vivía enamorada del teatro de Federico García Lorca después de haber estrenado *Mariana Pineda* en Barcelona con los decorados de Salvador Dalí. Los últimos tiempos le habían llevado a conocer apasionadamente las obras de Federico y a interpretarlas en los principales teatros del país. Estaba reponiendo *Bodas de sangre* después de haberla presentado en el teatro Príncipe de Barcelona con gran éxito el año anterior. Pero ante el cariz que tomaban las cosas en España, pensó en dejarlo todo para irse de nuevo a América durante una larga temporada mientras en su patria se aclaraban las ideas políticas. Según ella, se barruntaba el golpe de Estado y la República se iba de nuevo al garete. Todos escuchaban a la Xirgu embelesados.

Poli se estremeció ante aquellas noticias que empezaban a correr de norte a sur. Se hacía cargo de que, como buen *tramp*, la operación tenía riesgo. Un riesgo añadido por la presencia de la Xirgu en su buque. El territorio de un barco es para un capitán el reino de dichas y desdichas, el gobierno de bienes, hombres y pertenencias. Sabía a lo que se comprometía. Por otra parte habría que ver qué cara pondría su mujer, Asun, cuando le contara este episodio. Tendría que poner a Margarita en el camarote B, el mejor, donde alguna vez había viajado su esposa. Diría a Benito que comprara flores frescas para la travesía. Y tal vez algo delicado, como una colonia de Álvarez Gómez, jabón Heno de Pravia y cosas que jamás se le hubiera ocurrido llevar a bordo. Sus hombres olían a tabaco y a sudor. Usaban como mucho jabón Lagarto y en marinería hasta se frotaban con ortigas para aliviarse de los piojos. Solo se ponían Varón Dandy cuando tocaban puerto y se iban de putas.

La Xirgu iba a poner una nota de delicadeza, algo femenino, en la convivencia de la travesía. Seguro que el camarero de a bordo debería entrenarse en lavar y planchar mejor las prendas. La lencería de la cama y las toallas serían de hilo y no de algodón. «Mañana antes de partir habrá que comprar un par de cojines de plumas para que la señora esté cómoda», pensó, previsor.

—Pues no se hable más —intervino Eulogio—, que la señora tiene mucho que hacer para estar lista para marchar mañana.

—Retrasaremos la partida lo que haga falta para que dé tiempo de aprovisionarnos bien —ratificó el capitán.

—Señores, gracias por su amabilidad en ayudarme —precisó la Xirgu—. Han sido ustedes muy atentos comprendiendo mi situación y aceptándome como pasajera del *Arriluze* hasta Algeciras.

—Quiero advertir que no va sola —dijo Poli—. Viaja con nosotros un inspector de vapores del gobierno. Persona autorizada y responsable.

—¡Ah, sí! —exclamó Eulogio—. Yo soy su valedor.

—¡Encantada! Así será más amena la travesía —añadió Margarita.

—Y, por supuesto, en el tercer camarote supongo que nos acompañará su joven representante, el señor Jordi Planelles.

El joven, que apenas había hablado, hizo un asentimiento con la cabeza. Todo parecía resuelto.

—¡Qué pena! —exclamó María Salvadora—. ¡Me gustaría ir en esa travesía! Me hace pensar que sus conversaciones van a ser apasionantes.

Eulogio la miró y comentó:

—A ti, querida, te gusta estar en todas las salsas.

Todos se rieron. Se despidieron hasta el día siguiente. Cada uno siguió su camino. Daban las dos de la madrugada en el reloj del Ayuntamiento. Había buena luna. Sus sombras les guiaban al muelle, al Arsenal y al hotel Comercio donde Margarita Xirgu tenía reservada la suite principal. Mientras, la fiel Cartagena se movía llena de otras sombras, de intrigas y conspiraciones.

3

Euskadi en el pensamiento

En Sestao habían convocado un mitin los del Partido Nacionalista Vasco: «Si tiene cabida Euskadi en tu corazón, tiene cabida el mundo entero». Ése era su lema.

El pueblo apareció empapelado con pasquines. Era una réplica a la amenaza de huelga general que corría de voz en voz por las tabernas y las calles.

Asunción se miró al espejo por enésima vez. Había madrugado pero a sus años no quería parecer mayor. Su trabajo en la lechería hacía que se levantara a las cinco de la mañana. Acarreaba las cantinas de aluminio. Empezaba bien pronto a despacharlas. Era un trabajo duro. Comprobaba con el cuartillo la medida exacta que la clientela demandaba. El cuartillo se le pegaba a la mano como un extraño artilugio.

—¡Lecherita, quiero un cuartillo! —le decían casi cantando todas las mañanas temprano los convecinos del barrio.

Luego, recoger y dejarlo todo bien preparado. Llevar las cantinas vacías. Volver al establo. Cumplir con lo que su tío Domingo le mandaba. Ella hacía todo menos ordeñar las vacas. Eso le producía una fuerte repulsa. Le daba asco. No podía dominarlo. Quizá era fruto de una cuidada educación en las monjas del Avemaría por la que se habían sacrificado sus padres. El

67

olor a las vacas la perseguía durante todo el día, por mucho que al lavarse se restregara el cuerpo con alcohol de romero. El olor a las vacas le creaba complejo ante las demás jóvenes del lugar.

Aquella tarde Wences iba a venir a recogerla para ir al mitin que se celebraba en el Frontón Municipal. Se escuchaban ya desde hacía tiempo los pasacalles de los txistularis que creaban ambiente para atraer al personal como si fuera una fiesta. Es que el mitin lo era.

Asun se ajustó bien la falda y la blusa blanca, que dejaba asomar una pequeña cruz de oro regalo de su tío Poli el día de su primera comunión. También los zarcillos que llevaba puestos eran regalo de su madrina, la tía Asun.

Estaba asombrada por el interés que había despertado en Wences, un chicarrón que huía de ser marino y se refugiaba en la política con pasión. Era un auténtico *abertzale* que deseaba entrar en acción. Por eso no le sorprendió cuando aquella mañana se pasó por la lechería y le preguntó:

—¿Te vienes esta tarde al mitin conmigo?

Ella lo estaba deseando. Intuía en aquel mozo, oriundo de Las Encartaciones, venido a trabajar a la siderurgia, un corazón grande adornado de un espíritu abierto. Era siempre jovial. Un tanto romántico en sus conversaciones y sentimental, hablando de la tierra, las tradiciones vascas y el amor a la naturaleza. A ella le caía muy bien, aunque a sus padres, republicanos, no les hicieran mucha gracia las relaciones que habían empezado. Para ellos era un aventurero y un independentista. Asun se asomó al balcón y vio que su pretendiente estaba esperándola enfrente de la casa. Lo observó. Tenía la camisa blanca bien planchada, un pantalón de mil rayas y unas alpargatas azules. Le gustó. Se quedó contemplándolo hasta que escuchó el silbido de contraseña. Lo saludó con la mano. Bajó las escaleras corriendo con la rebeca trenzada a la espalda.

—Hola, Asuntxu —le dijo él—. Qué guapa estás y qué bien hueles. Hueles a alcohol de romero.

Eso la halagaba. No pudo por menos de ruborizarse y retribuirle con una sonrisa.

—Hola, Wences. Tú también te has puesto de limpio. Seguro que aún tienes hollín de la mina en las orejas.

Y se rió.

Era un día espléndido. Había quedado la tarde como para pasear hasta el parque de San Diego. El Frontón Municipal en la avenida de las Llanas se iba poblando de gente. Faltaba una hora para el mitin pero desde la plaza de San Pedro y sus alrededores se veía concurrencia. Algunos mozos y mozas chiquiteaban en los entresijos de las pequeñas tabernas del casco viejo. Desde la parroquia de Santa María y de la de San Miguel en la calle Zumalacárregui, se veía venir al personal. Eran hombres y mujeres con más apariencia de fiesta que preocupación por la situación crítica que unos y otros presumían. La razón de estar allí salía más del corazón que de la cabeza.

Sestao era un pueblo tradicional. Había muchos herederos del carlismo que compaginaban sus creencias cristianas con su amor a la República. Al fin y al cabo lo que les gustaba era la lealtad. Ser leales a su fe, a su tradición y a su pueblo.

Por ese camino de la lealtad estaba entrando el mensaje de los nacionalistas vascos. Lealtad e identidad, recuperar la lengua y las tradiciones del país, preñaban muy bien las mentalidades de quienes habían sufrido las consecuencias de la Gran Guerra y la influencia en España del desastre de las pérdidas de las colonias con el desprestigio de las monarquías. Aquel pueblo necesitaba fortalezas y no más debilidades. La Iglesia solo ofrecía felicidad tras de la muerte heroica, pero ¿qué hacer para mejorar la vida? Sestao se asomaba a la mar por la bahía de Ibaizabal y necesitaba de Portugalete para adentrarse en ella. Los de Portu y los de Sestao eran vecinos y rivales. En aquella ocasión se veía llegar gente de Portu al mitin. Portaban sus pancartas. Lo mismo que de otros pueblos cercanos. La tensión política estaba descrita en los periódicos del día. El pueblo tenía ganas de escuchar opiniones. Estaba harto de sermones porque los curas se habían plegado a la dictadura y había pocos que defendieran al pueblo aunque eran excepcionales los curas nacionalistas.

Cuando doblaron la esquina Wences cogió de la mano a Asun. Se besaron.

—Estás muy guapa, Asuntxu.

—Ya te has quitado el tizne del hollín de la fábrica, pero seguro que llevas aún virutas de hierro en las orejas —le dijo ella sonriendo.

—¡Qué insistente! Tienes esa manía. Hoy me he duchado en pelotas y con agua fría en la fábrica y en casa. Es imposible.

Wences recordó por un momento la vida dura del mono azul, la sirena de las seis de la mañana, las manos que abrazan la herramienta durante horas y el tupido engranaje que encierra la disciplina del capataz, el maestro y el sindicato. No era su mundo. Era un pájaro que buscaba volar en libertad.

Abrazó a su novia. Por un momento besó su pecho sin recato y pensó que su regazo era el cielo. Cogidos de la mano se perdieron entre la multitud. Algunos saludaban a la chica. La lechera era popular y conocida. La llamaban cariñosamente «la lecherita del Ensanche», porque allí, cerca de la Iberia, en el Ensanche, estaba la lechería. Él, de vez en cuando, aflojaba el paso como regodeándose en ella y tomaba distancia para contemplarla toda entera.

En los huertos había paisanos que regaban los primeros pimientos, sacaban las patatas antes que las comiera el gorgojo y cosechaban tomates. La mayoría de las familias obreras de Sestao tenían un huerto a las afueras, en las parcelas que dejaban libres las fábricas y el pueblo. El ir y venir al huerto era una costumbre de los atardeceres.

—¿De dónde vienes? —se preguntaban.

—De apañar el huerto.

Pero ese día se habían guardado las azadas y los rastrillos. En el ambiente sonaban los txistularis y el tamboril como si fueran de romería.

Los animadores gritaban:

—¡Al mitin! ¡Al mitin! ¡No a la huelga general! ¡No a la huelga de la mar!

Así, cogidos de la mano, entraron Wences y Asun al Municipal. Era un frontón grande con las típicas gradas al sur donde ya se asentaba la gente.

Aquel 16 de febrero de 1936 nació una época: el Frente Popular había vencido en las urnas. Las fuerzas de izquierdas, agrupadas en el Frente Popular, lograron la victoria en las elecciones legislativas en las que la participación ciudadana fue del setenta por ciento. Los resultados hicieron posible la formación de un gobierno exclusivamente republicano, mientras los partidos de derechas no reconocían el veredicto de las urnas. La legalidad estaba en la República. El 21 de febrero el nuevo gobierno, en su primera acción, aprobó una amnistía para todos los presos políticos. Unos treinta mil reclusos salieron a la calle. Las Cortes eligieron a don Manuel Azaña como presidente por 238 votos a favor y 5 en contra. Las derechas no presentaron ningún candidato y se negaron a votar. En aquella época en Bilbao el cine Actualidades estrenaba la película *Tiempos modernos* de Charles Chaplin. Eran tiempos diferentes. Algo estaba cambiando en la vida de los españoles.

En la margen izquierda de la ría, en Sestao, las cosas se vivían de otro modo más cercano. Madrid estaba muy lejos. Las noticias llegaban tarde. Lo inmediato preocupaba de otra manera. Lo inmediato era la huelga. Lo inmediato era el desarrollo del nacionalismo vasco. Lo inmediato era que había un mitin aquella tarde. Para aquella pareja, Wences y Asun, lo menos interesante era el nombre de los mitineros. Ignoraban quiénes eran los propagandistas. Tampoco estaban acostumbrados a ir a esos actos. En realidad para Asun aquella era la primera vez. Había asentido ante las presiones de Wenceslao, que era militante y estaba en plena actividad de promoción del Partido Nacionalista Vasco. Es más, su ascendencia republicana y la actitud siempre seria de sus padres en el respeto a la República les ponían en aprieto. Algunos al verlos pasar se extrañaban de la presencia de Asun. La miraban con cierta sorpresa y se decían:

—¡Está aquí la hija del lechero! ¡La lecherita!

Encontraron buena acogida junto a un grupo de jóvenes venidos desde Trápaga que eran conocidos de Wences y se situaron allí, muy cerca de la tribuna levantada para los oradores. Las bocinas instaladas calentaban el ambiente con música de fiesta. Sonaban las *trikitixas* y, de vez en cuando, cantaba algún *bertsolari* con esa cadencia armoniosa del semitono.

Por fin oyeron anunciar:

—*Egun on!* Iniciará el acto nuestro *Nagusi*... Luego tendremos como oradora a Haydée Agirre y finalmente hablará Polixene Trabudua, de Sondika, andereño de la *ikastola* y miembro de la comisión de las mujeres y patriotas.

El cartel debía de ser atractivo porque cada nombre era seguido de aclamaciones y de «goras».

En los corrillos se hablaba de aquellas mujeres como de heroínas porque poco tiempo antes habían sido detenidas y encarceladas en la cárcel de Larrinaga, en Bilbao, por haber reivindicado la independencia en un mitin. Estaban libres gracias a la amnistía del presidente Azaña.

En un momento los mozos y las mozas se repartieron *talo* con chistorra y corrieron las botas de vino de mano en mano y de boca en boca. Por fin llegó alguien que debía de ser la autoridad del partido y con él la comitiva de participantes. El frontón estaba a rebosar. Un *ezpatadantzari* bailó la danza de honor, el *aurresku*, acompañado por dos *txistus*. Lanzó la *txapela* al aire que recogió el *Nagusi* y se subieron al estrado para empezar.

—¡Compañeros todos! —dijo el presidente—. Los últimos acontecimientos nos están marcando un camino: la unidad de la patria vasca. Por eso os hemos convocado aquí esta tarde en el frontón de Sestao, bajo el lema «Si tiene cabida Euskadi en tu corazón, tiene cabida el mundo entero».

»No somos cavernícolas ni egoístas, ni retrógrados, sino amantes de la tierra vasca en la que unos nacimos y otros se han criado y viven en ella y de ella.

De repente se hizo un silencio. Nadie había advertido hasta entonces su presencia. Entraba Polixene, una mujer alta y esbelta, morena, con la cara redonda y el gesto agradable y sonriente. Pero no era ella quien llamaba la atención, sino el mozo que la seguía: Joseba Mandaluniz, jugador del Athletic, su esposo. Él era quien había convertido a la joven «margarita» carlista en apasionante mitinera de su partido. La popularidad de ambos era creciente. Un rumor se extendió por todo el frontón:

—¡Ha venido Joseba, el delantero del Athletic!

—¡Con Polixene, que ya se ha casado con él en Begoña!

Además de la simpatía popular, unos meses antes, el 20 de abril, el Athletic de Bilbao había sido vencedor del campeonato de liga en España. Desde el momento en que llegaron en un flamante Fiat Topolino, el coche de moda, todo el mundo volvía la cabeza hacia ellos para ver pasar a la pareja más admirada de la sociedad vasca.

Se oía en los corrillos de la ciudad que él la había seducido y la había llevado al *batzoki* de Bilbao como un trofeo.

—¡Qué guapos y qué jóvenes! —decía la gente al pasar.

—Ella ha cambiado. Ya no es aquella adolescente inmadura de cuando empezaron...

El orador desde la tribuna había interrumpido su parlamento y saludó:

—Damos la bienvenida a Joseba Mandaluniz y a su querida esposa la gran Polixene Trabudua, a quien pronto escucharemos en este mitin.

Los gritos de *hurra!*, *orza!*, *egun on!*... les acompañaron hasta ocupar su lugar en la tribuna.

Todo era un alarde compartido entre jóvenes y viejos que se incitaban mutuamente a practicar las virtudes de solidaridad y patria, desdeñando con críticas destructivas las actuaciones políticas de los demás partidos de una Segunda República recién estrenada que desfallecía en brazos de su presidente Manuel Azaña.

Amurrio era un pueblo de pequeñas villas y jardines. Era un pueblo ancho y alargado, en torno a la carretera que llegaba de Madrid a Bilbao por los riscos de las peñas de Orduña. La carretera se cruzaba a ratos con el río Nervión y discurría largo espacio en paralelo en el fondo de los valles. El río Nervión era incipiente pero nervioso por la cercanía de su nacimiento entre las hayas de los bosques de la sierra de Gibijo, cerca del puerto de Orduña, verdadera frontera natural entre Castilla y Euskadi. Las tierras de sus valles componían el condado de Ayala. Concesión a Fernando Pérez de Ayala del rey Alfonso VI de Castilla por sus servicios: «¡Pues queréis tierras, háyalas!». Y así se llamaron estos lugares.

También el pueblo de Amurrio estaba condicionado por las vías del tren. El tren llegaba hasta Orduña. Luego continuaba su importante recorrido hasta Madrid. El tren era la vía de comunicación entre el puerto de Bilbao y la capital de España. El río, la carretera y la vía del tren convivían con los jardines y las pequeñas huertas. Eran casas de media altura caprichosas y personales. En aquel pueblo los jardines y las huertas celebraban sus matrimonios. Se veían entremezclados magnolios y árboles frutales, rosales y varales de judías verdes y pimientos, crisantemos y tomates según la temporada. Pero sobre todo las patatas, las ricas patatas alavesas, una flor de jardín que producía sabrosos frutos. Los lugareños consideraban que todo era huerta.

Bordeaban con setos de boj bien cortados los frutos de la tierra. En la trasera o al fondo del jardín estaban las gallinas y los conejos a los que se acudía por alfombras festoneadas de parras y perales. El jardín era para vivirlo y para comerlo.

Las gentes de Amurrio eran serias. Gentes introvertidas, tímidas pero amables. Durante todo el año las cosas ocurrían en las casas. Había muchos secretos de familia que no traspasaban las paredes. Paredes gordas, generalmente de piedra. Secretos que difícilmente se colaban por las ventanas, por las rendijas de las puertas sobrias de madera impenetrables. Aparentemente las ventanas estaban siempre cerradas, con mimosos visillos de hechura familiar. Pero tras las cortinas siempre había comadres y solteras que espiaban la vida de los demás. Los domingos se veían en la iglesia. Los hombres a un lado y las mujeres al otro. Los muy recios atrás, bajo el coro, desde donde se podría observar a las mujeres y controlar quién entraba y quién salía. Se miraban en la distancia. Se medían a distancia. Se saludaban a distancia. A la salida de misa se hacían corrillos de afines, familiares y amigos bajo los soportales. Como llovía con frecuencia, todos se aferraban a un buen paraguas. En los actos litúrgicos cantaban y cantaban muy bien. Diríase que rompían sus voces con el Señor para manifestar un incontenible deseo de convivencia amordazada por la timidez. En el amor a Dios no había reproche. El canto era de orfeón o, cuando menos, de ochote bien conjuntado.

Cuando llegaba la primavera y amanecía el buen tiempo, hasta las flores salían de los braseros escondidos. No había cisco que retuviera la brasa, los jóvenes sentían la necesidad imperiosa de bailar y danzar. Y ya en el verano, puertas abiertas, había un aquelarre justificado porque los parientes lejanos acudían a las fiestas. Cada uno sacaba lo mejor del arcón y del armario. Cada uno buscaba en la cocina el mejor resultado. Todos querían ser distintos por San Roque y Nuestra Señora. Hasta sorprendían a los ajenos como un pueblo acogedor y abierto. Pero el otoño cerraba las hojas carnosas del eguzkilore que había traído el tiempo de bonanza hasta una nueva primavera.

Amurrio era la timidez del alavés, el rubor del aldeano, la parquedad de sus palabras y la generosidad en la caridad. Los visitantes solían quedar atraídos por el valle, donde las perspectivas se abren sin estar lejos del atractivo de aquellas verdes montañas llenas de pinares, de helechos frondosos, de hayas y de robles. Ese bosque fecundo y micológico está ahí sin que el estío logre agostarlo nunca. Los calores del verano tienen agradables brisas que bajan por las laderas del Txulotxo. En aquel pueblo se empezó a alternar el campo y el caserío con el contagioso desarrollo industrial de la vecina comarca de Vizcaya. Empezaba una cierta creatividad y añadía valor a la convivencia pastoril del valle de Ayala, donde pastan las ovejas lachas del Gorbea y las vacas fecundas, de ubres poderosas y generosas de la tierra. El caserío y el taller se dieron la mano creando la pequeña industria propia.

Habían pasado por allí las tremendas guerras carlistas. Las historias estaban tan recientes que se contaban de «ayer». La señora Rosalía, esposa de don Pedro de Avendaño, aún guardaba en una caja de cartón amarillenta el vestido que lució el día que el rey Carlos fue recibido triunfalmente en Amurrio. Manchado y roto en su volante de tul, porque su caballo le había pisado sin querer en el entusiasmo del recibimiento. Doña Rosalía conservaba aquella prenda como una reliquia. El carlismo era sangrante, vital y fuente de nuevos ideales.

El nacionalismo vasco de Sabino Arana nació desde el tradicionalismo en 1893. El lema «*Jaungoikoa eta lege zaharra*», abreviado en JEL, se imponía en la nueva sociedad vizcaína. Al morir Sabino Arana en 1903 se abandonó la línea autonomista y se convirtió en un movimiento nacional que pronto se extendió al resto de las provincias vascas.

Don Pedro de Avendaño y Echevarría era un hombre serio y circunspecto, de firme voluntad aunque de escasa formación académica. Todo lo había aprendido de la vida. No había tenido mucho tiempo para ir a la escuela. Empezó a trabajar muy joven como aprendiz en los talleres de la Vizcaína. Hijo de un obrero de la margen izquierda del Nervión, creció entre los humos y los hollines de los altos hornos o en los solares sórdidos donde se almacenaba la chatarra. Evolucionó sobre los rodamientos a bolas de alguna goitibera que era el adelanto técnico al alcance de aquellos adolescentes para sus juegos juveniles.

Don Pedro había demostrado una gran habilidad y constancia en su oficio. Nada ni nadie era capaz de desalentarle. Le había costado mucho llegar a ser el experto indiscutible en la cocción y temple del hierro que se convierte en acero. Tenía los ojos quemados de mirar la colada en el crisol. Lucía la piel de la cara curtida por el bravantío del calor. Estar cerca del acero templaba el alma. Las escorias y el arrabio eran su descanso como el de un guerrero del fuego. Lo que templaba el acero destemplaba el cuerpo. Lo que añadía la fortaleza al producto madre de la industria propia añadía debilidad a sus gentes, que como Pedro de Avendaño empeñaban la vida en su trabajo y se agostaban pronto.

En su retiro de Amurrio, bajo el paseo de los Tilos, en su casa, asomado a su mirador blanco, don Pedro hacía memoria de aquel Bilbao por él vivido. Siempre había escuchado las historias que venían por tradición oral desde el siglo XVIII. La entonces pequeña ciudad de Vizcaya consolidó el monopolio del tráfico de la lana que venía desde Castilla para embarcarse en el puerto. Las ordenanzas municipales de 1699 fueron el punto de arranque de la nacionalización de su comercio exterior. Los mercaderes de Bilbao pasaron a controlar todo. Lo que entraba y salía en los barcos hacía ricos a los bilbaínos. Las mujeres fuertes y robustas tenían la exclusiva de la carga y la descarga de los barcos. Por su puerto entraban los productos venidos de ultramar, los coloniales, el azúcar, el tabaco y el cacao, que se prestaban en algunos casos a ser objeto de especulación y de contrabando hacia Castilla. Así nació el auge mercantil de Bilbao y la creciente burguesía.

Las ferrerías y los ferrones fueron el comienzo de una explotación capitalista preindustrial. En el País Vasco se fabricaban las mejores espadas para los tercios españoles. El espíritu del siglo XVIII que pregonó don Javier María de Munibe, conde de Peñaflorida, al crear su Real Sociedad Bascongada de Amigos del País, hizo gala de aquel dicho que a don Pedro le gustaba tanto: «Se deberá siempre preferir lo útil a lo agradable». Don Pedro era consecuente con los principios de aquellos que dieron en llamarse «los caballeritos de Azcoitia».

Por las cercanas aduanas de Orduña y Balmaseda emigraba hacia el reino el valor venal de los vizcaínos que convertían en oro lo que entraba por su puerto, lo que extraían de sus minas y lo que manipulaban con sus manos.

Cuando, llegado el siglo XIX Napoleón desgajó a Cataluña, Aragón, Navarra y Vizcaya bajo el general Thouvenot, los vascos empezaron a tomar conciencia de pueblo. La Constitución de Cádiz en 1812 defendió el fuero de los vascos.

Todo esto se había vivido en las familias con palabras, gestos y canciones. Era la tradición, la cultura oral. La modernización económica cabalgó sobre el trigo venido de Castilla y que se exportó durante cuarenta años. La burguesía aprovechó muy bien el dinero obtenido para promover en 1845 el gran invento del ferrocarril que uniría Francia con Madrid. En Baracaldo se construyó el primer alto horno de carbón mineral. Se llamó Nuestra Señora del Carmen. Luego se convertiría en Altos Hornos de Vizcaya.

En 1841 nació Santa Ana de Bolueta, una fábrica creada por un grupo de comerciantes bilbaínos que importaron técnicas europeas para la siderurgia-metalurgia. Pocos años después, en 1864, se fundó el Banco de Bilbao, fruto de la hegemonía económica. Diez años más tarde este banco llegaría a emitir su propia moneda. En aquellos años el fácil mineral vizcaíno, extraído casi a flor de tierra y conducido directamente a los barcos, se exportaba hasta Inglaterra.

Don Pedro, Perico para los amigos, había entrado a trabajar de aprendiz a los dieciocho años en la innovada siderurgia de Santa Ana, a la que habían puesto el nombre de la «Purísima Concepción» y se había extendido como fábrica de hierro por Astepe en Amorebieta. La vida laboral de Perico fue larga y rica en sucesos. Vivió las inquietudes innovadoras. Los conciertos económicos desde 1878 hasta 1925 crearon una autonomía liberal y consolidó a las provincias vascas como marcos fiscales y organismos autónomos. Las diputaciones desarrollaban la gobernanza del pueblo con una actividad muy amplia que permitía rápidamente pasar de las iniciativas al éxito. Se capitalizaba el buen resultado y el progreso hasta crear una auténtica revolución industrial. La venta del hierro generó el flujo de capitales. Las grandes familias, los Ybarra, los Echevarrieta, los Larrinaga, los Arana, los Gandaria, los Lezama Leguizamón, los Sota y otros, desarrollaron siderurgias y astilleros. Tras la guerra de Cuba nació el poderoso sector naviero.

En 1901 en Bilbao recalaban 132 buques vizcaínos. Fue en ese año cuando se produjo el crac de la Bolsa de Bilbao que liquidó a muchas empresas, pero había nacido una estructura económica moderna. La sociedad vasca giraba en torno a tres conceptos claves: el liberalismo monárquico, el nacionalismo vasco y el movimiento obrero.

Superadas las guerras carlistas que enfrentaron el liberalismo contra la tradición, la monarquía constitucional de Amadeo de Saboya trajo una paz estable durante algunos años. Don Pedro de Avendaño era fruto de aquel ambiente en el que la productividad y el estímulo contaban con los valores propios del trabajo. Se aseguraba que cada obrero obtenía en las minas de Vizcaya dos toneladas y media de hierro diarias. En su casa de Bolueta había aprendido a respetar el trabajo y el sindicato obrero y a valorar la comida, que consistía en pan, tocino, tasajo de vaca, alubias, garbanzos, patatas y vino. A su mujer Rosalía le gustaba mojar el pan en vino al terminar el almuerzo. Eran viejas costumbres adquiridas en los tiempos de escasez. Vivían en la austeridad aun en medio de la abundancia conseguida con el esfuerzo. En la margen izquierda del Nervión, crecían los núcleos obreros; en la derecha se formaba Neguri, la población rica que hacía «residencia de invierno», como su nombre indica. Ellos, los Avendaño, vivían al margen de unos y de otros.

La fábrica de Astepe pasó sus vicisitudes por tener la tecnología en manos de los expertos alemanes. Pero mientras tanto los jóvenes obreros locales empezaban a desentrañar los misterios del buen hacer del acero en sus hornos. Pasaron años de incertidumbre hasta ver el resultado de las inversiones.

Por otra parte el intervencionismo de la dictadura de Primo de Rivera en 1922 reanudó el progreso después de esa crisis que vivieron don Pedro y sus compañeros y que afectó mucho al desarrollo vizcaíno. Las obras públicas necesitaban hierro y maquinaria. En 1930 el rey Alfonso XIII despidió a Primo de Rivera, y con él su último apoyo.

—Rosalía, ¡esto es el caos! —anunció don Pedro a su mujer mientras leía el periódico del día—. Me voy a retirar de la fábrica. No quiero pasar más crisis. He cumplido con el famoso contrato que Jáuregui me propuso en 1916. Aquel contrato, Rosalía, me convirtió en joven director. Don Fernando Jáuregui colmó así los desvelos que nos produjo el fraude de los alemanes. Como director puedo retirarme con un buen plan de pensiones. ¡Es el momento!

Doña Rosalía, aquella mujer que había mimado toda su vida a don Pedro, asintió con la cabeza. Tejía en el cuarto de estar de la casa del director. Allí acababan el día antes de la cena. Era aquella casa un tanto sombría. Estaba a un lado de la entrada de los obreros en la siderurgia. Tenía una reja protectora y un jardincillo de boj, adelfas y rosales con dos palmeras que prestaban porte a un edificio noble de doble planta donde vivían el director y su familia. En la planta baja habitaba un matrimonio que les prestaba servicios, y al otro lado estaba la sala de los consejos, siempre objeto de respeto y de curiosidad de todos los empleados. Con una mesa larga y doce sillones. En la pared, los retratos de los fundadores.

—¡Vámonos a Amurrio! —sentenció don Pedro—. En Amurrio se respira mejor y hay paz. A ti, Rosalía, te gusta el pueblo y tienes allí familia. Nuestra casa con sus balcones blancos es un lugar acogedor en el centro. Ha quedado como un chalecito inglés con la reforma que le hemos hecho. El viaje en el coche no es largo. Cuando quieras Modesto, el mecánico, te puede bajar a Bilbao en el automóvil para hacer compras y ahora también tienes el ferrocarril de Bilbao a Orduña.

Don Pedro no necesitaba convencer a doña Rosalía. Ella estaba deseando que aquel momento de su vida llegara. ¡Dejar la fábrica!

Al oír la sirena del último turno de la tarde, don Pedro miró por la ventana. Una multitud de obreros con monos azul Bergara sucios, con la cara tiznada, los cestillos de las comidas en las manos, salían por la bocana del personal acabado su turno. Iba tras ellos el ruido de la maquinaria pesada que olvidarían en el encuentro con los seres queridos en su hogar. Muchos salían en bicicleta. Los había jóvenes y viejos. Don Pedro corrió al visillo del ventanal del mirador, y, como tantas otras noches, vio vaciarse el patio grande de la fábrica mientras una incipiente lluvia hacía apretar el paso a los más rezagados.

Volvió el gesto hacia su esposa. La encontró radiante. Con una tez sonrosada y sin arrugas a pesar de la edad madura. Atizó la chimenea para que la lumbre no decayera en aquella estancia predilecta, entelada a la inglesa, con su pasamanería, descansando sobre un primoroso zócalo alto de roble con marquetería en su color. La confortable casa del director. Miró a su mujer con placer. Era una aldeana elegante, peinada con moño, a la que había conocido hacía muchos años en una romería de Begoña. Un 15 de agosto: la fiesta de la Virgen patrona. En aquella ocasión Rosalía llevaba el pañuelo en la cabeza bien plantado, exhibiendo los picos con arte de aldeana fina. Ella estaba allí haciendo punto a la luz del quinqué. Parecía ausente pero observaba a su marido desde que éste dejó a un lado el periódico y se puso a andar por la habitación. Anochecía ya y se presagiaba chaparrón y tormenta.

—Antes de que acabe la próxima primavera estaremos en Amurrio —dijo don Pedro.

Era febrero de 1936. La izquierda del Frente Popular había triunfado en España. En Estella se había proclamado el Estatuto de Autonomía para el País Vasco. El nacionalismo que pregonaba don Manuel Irujo como ministro se pasó a la República. Pero hasta entonces habían sucedido muchas cosas. La historia había cambiado.

Don Pedro encendió su pipa de ébano y aspiró profundamente las esencias de una perfumada hebra holandesa. Estaba de moda. Recordó lo duro que había sido para la joven sociedad industrial de su fábrica de Astepe enfrentarse con la continuidad de una producción que había arrancado vendida a las manos y al cerebro de los técnicos alemanes de la Krupp. Los técnicos alemanes jugaron con la seguridad de que el dinero vasco estaría supeditado a ellos. Ese matrimonio de conveniencia sería indisoluble so pena de quebrar cuando ellos quisieran la calidad que garantizaba el éxito.

En aquellos finales del siglo xix la necesidad del buen acero era creciente. Estaba latente la posibilidad de una guerra mundial con la premura de los países por armarse y la oportunidad de la riqueza que ello generaba. Los cargadores de mineral a lo largo de la ría trabajaban a tope. El dueño del acero sería el dueño del mundo.

La familia de don Fernando Jáuregui y sus amigos lo sabían. Se reunían en la Sociedad Bilbaína. En aquellas tertulias la nueva burguesía expiaba la innovación y el futuro. Por eso habían aventurado su dinero en algo más serio que las mesas de juego del cercano Casino de Biarritz.

La particularidad de la fábrica de don Pedro era que sus propietarios trajeron de Alemania el procedimiento Bessemer, un sistema innovador más económico para producir el acero. La técnica consistía en añadir a la aleación del hierro y el carbono una doble factura utilizando ácido en el convertidor Thomas a base de sílice. La Purísima Concepción de Astepe incorporó estas nuevas técnicas.

Al paso de los años la dependencia era total. Los técnicos alemanes controlaban. Los inversores bilbaínos habían hecho un considerable esfuerzo por montarse en el tren internacional de la mecanización industrial. El dilema estaba servido: ¿acero vasco o acero alemán?

El inevitable crac se produjo cuando el equipo técnico alemán apretó la cuerda más de la cuenta en sus condiciones económicas y amenazaron con dejar morir los hornos de Astepe.

Los técnicos abandonaron a su suerte a los empresarios vascos. La producción, que seguía las normas pactadas, no era buena. Las últimas partidas de acero al carbono y los aceros aleados o especiales eran devueltos.

Los técnicos españoles, muy preocupados, analizaban una y otra vez el proceso de los contenidos de níquel, cromo, manganeso, silicio, wolframio, vanadio, etc., que confiere a los aceros propiedades especiales. Si el níquel mejora el temple y la resistencia a la corrosión las quejas llovían sobre su resultado. Si el manganeso aumenta la resistencia al desgaste nadie comprendía si era debido a la ferrita o al modo de aplicar el aire caliente que aquello no salía igual, pese a usar el mismo fundente mineral coque, esa materia carbonosa sólida y de color gris resultante de la destilación del carbono que impregna el ambiente, que rodea a los hornos y da un tétrico color a los rostros y a la ropa de los obreros que trabajan en este duro quehacer.

El clima que se respiraba en los despachos de la dirección de la fábrica era tenso y duro. Aquella mañana de abril de 1912 el comité de la fábrica se reunía y evaluaba los costes de tan tremendo fracaso. Pensaron en acceder a las desorbitadas pretensiones de los alemanes y volver a llamar a sus técnicos. Pero había un grupo de jóvenes trabajadores que conocían desde el principio su oficio y se habían preocupado de aprender al detalle las técnicas de los alemanes. Durante el descanso de media mañana en la cantina para tomar el *amarretako*, entre los amigos comentaron los acontecimientos tristes que eran un rumor en el ambiente y que amenazaban el futuro de su fábrica.

Alguien alzó la voz entre todos:

—Este tema o lo arreglamos nosotros o nos vamos todos al carajo. ¡Los alemanes con sus secretos son unos cabrones!

Era un joven capataz, oficial de primera, del rubro de las coladas, quien había roto el silencio echando un órdago a la grande, como si se tratara de una partida de mus. Se llamaba Pedro de Avendaño.

Los compañeros le miraron con cierto escepticismo. El tema no era para broma. Sabían que Perico no se andaba con chiquitas. Cuando se proponía una cosa tenía una constancia y un tesón admirables. Su capacidad de observación y su agilidad en los análisis eran contundentes. Tenía un liderazgo innato. Hacía poco había ganado una dura batalla haciendo triunfar por el coraje y el entrenamiento a una inexperta tripulación de traineras en la bandera de Portugalete. Consiguió motivar a sus compañeros durante dos años de entrenamiento sin parar, aprovechando cualquier día de fiesta, resquicios del trabajo de su gente, gente de la margen izquierda, de una Vizcaya lóbrega y trágica que había que superar. Fueron años duros para la margen izquierda. La tisis castigaba como un azote a la población joven. Era una nueva peste que bajaba de las minas de Las Encartaciones y, arrastrada por la debilidad física de los mineros, arrasaba prematuramente la fuerza joven de los llamados chicarrones del norte. La tisis busca siempre la sangre joven. Había que superar ese duro ambiente de fracasados, de impotencia y amargura. La superación salió de dentro de ellos mismos. El espíritu de camaradería los llevaba a compartir la alimentación necesaria extra que sus simpatizantes les proporcionaban con ilusionado desinterés. «La trainera será nuestro triunfo y nuestro orgullo de clase.» Así fue. La gente más humilde del barrio de la Iberia vio triunfar a sus muchachos que lucían otro brillo y otro perfil. Parecían superhombres.

A Pedro le gustaba el juego. Era un entusiasta de las traineras y de las apuestas. Volaba su corazón con la fortuna y el azar. Pero no sin poner la cabeza en lo que hacía. Desde su paso por Sestao y su trabajo en la Vizcaína, la primera industria que conoció, sacaba tiempo para hablar, hacer, prometer y entrenar el triunfo soñado de su equipo de traineras en la bandera de Abanto, en la de Ciérvana o en la de Portu. Pedro sentía la mar desde la ría como una forma distinta de ser marinero.

—¡Esto hay que arreglarlo entre nosotros! —había sentenciado aquella mañana en la cantina.

Pedro no podía consentir que los alemanes se salieran con la suya. Miró a su alrededor como un general que hace recuento de sus tropas antes de emprender la batalla. Ante él, apurando el vino caliente de la cantina en sus cuartillos, estaba un grupo de compañeros trabajadores, manchados de coque, sofocados por la última cala. No parecían muy convencidos de las palabras de Pedro. Sus rostros reflejaban las incertidumbres provocadas por los recientes acontecimientos. Sin embargo Perico, a quien todos admiraban, hablaba iluminado.

—Bien, si intento arreglar esto es porque creo que sé dónde están los fallos, dónde nos han dejado la trampa los alemanes.

Lo que quiero saber es si cuento o no cuento con vosotros. Si estáis dispuestos a apoyarme ante la dirección y trabajar sin desmayo por conseguir el triunfo.

Se miraban unos a otros. Algunos no levantaban la vista del suelo, otros liaban un cigarrillo de hebra de cuarterón o apuraban el cuartillo de vino. El ambiente era denso y el calor de las estufas de leña añadía un cierto sofoco a aquella nave de la cantina, el único lugar de convivencia social donde se descansaba en los paros, se comía y bebía. Sus bancos corridos alrededor de las largas mesas de pino eran poco confortables pero conformaban un necesario refugio. El vino era de pellejo y el agua del grifo. La comida la traía cada uno de su casa en la tartera. A veces se compartía con los amigos y los que tenían bota de vino se prestaban a ofrecer un trago al compañero.

La pregunta de Pedro de Avendaño estaba en el aire pero no encontraba consenso. Los rostros inexpresivos delataban desconfianza. Todos sabían que si por culpa del boicot de los alemanes se apagaban los hornos, sus familias serían un pueblo de brazos caídos, un campo de parados. Pensaban en los recientes buenos años en los que todos ellos habían progresado. Cómo pagar la casa recién arreglada, la bicicleta nueva, la Singer con la que ahora cosía su mujer para fuera y se sacaba un jornalito. Gracias a la fábrica se había alejado el negro fantasma del hambre, del triste desempleo de los años noventa. El final del siglo pasado había sido horroroso. Aún lo oían contar a sus mayores.

Pedro era consciente de la responsabilidad que se echaba encima. También él tenía sus dudas: ¿cómo superar la quiebra de la calidad que habían dejado en el proceso de fabricación? ¿Bastaba con la observación y las notas tomadas, para rehabilitar el acero quebradizo? Por otra parte, si se apagaba el horno para reiniciar los procesos estaba todo perdido. Toda su experiencia se le venía a la memoria y estaba condensada en una libreta de hule negro llena de apuntes, fórmulas y detalles de observación.

Era el verdadero vademécum que siempre llevaba en el bolsillo trasero de su mono azul como un tesoro escondido.

Un silencio denso y sepulcral se hizo presente en la sala de la cantina. Nadie hubiera dicho que había más de cuarenta hombres si no fuera por las toses entrecortadas, los respiros de los acatarrados y los sorbos de vino. Pedro escuchó ese silencio, quiso oír los sentimientos imposibles de sus compañeros. Al menos nadie se oponía, nadie decía que no. Tomó la decisión y salió solo, con paso decidido, hacia las oficinas de la dirección. Atravesó la cancela de hierro, saludó a Sebastián, el guarda permanente, y subió a las estancias donde trabajaban los administrativos y la secretaria del director. Pedro saludó a la secretaria y le preguntó:

—Mari, ¿está el director? Dile que Avendaño quiere hablar con él. Es urgente.

No era muy común que alguno de los obreros subiera espontáneamente a dirección. Pero el señor Jáuregui se prestaba a un fácil diálogo y Perico, como él le llamaba, tenía buena entrada con el director. Había sido en más de una ocasión vehículo de resolución de conflictos, buen negociador para ambas partes. Mari se sorprendió en cierta forma pero accedió a dar aviso al director. Pasaban los minutos sin que la secretaria volviera con respuesta alguna. En la memoria de Pedro se agolpaban los recuerdos que le sugerían aquellos lugares en los que había pasado media vida. Recordó el primer día que llegó a esas oficinas con su padre a quien el marqués de Chávarri había recomendado para entrar como joven aprendiz. Los alemanes exigían buenos operarios cuando empezaron su trabajo y les sometían a serias pruebas para ser aceptados. Hacía dieciocho años de eso. Él ya no era un crío y tenía reconocido su prestigio de buen acerista. Empezó a trabajar con Cosme, el encargado que se entendía con los alemanes, un hombre de brega. Cosme había sido su mejor valedor. Lástima que apenas un año atrás una pulmonía se lo llevó por delante tras unos meses de sufrimientos en el sanatorio de Gorliz. Cosme había sido su maestro a golpe de horas y días en el puente de vigilancia de la acería. Allí estaba con él atento al derretido en cualquier momento, atento al ácido según el revestimiento refractario utilizado. Cuando se cambió al procedimiento Martin-Siemens, lo que supuso una seria modernización de la factoría por tener que añadir chatarra de hierro a la fundición procedente del alto horno, había que estar día y noche pendiente del horno de reverbero sin que los palistas agotaran el carbón que alimentaba la gran caldera hasta que saliera brillante como el oro. Ésa era la gran colada del acero. Cosme había enseñado a Pedro y juntos aguantaban la pulga que pica en la cara y en los ojos, que se mete dentro de todo el cuerpo, cuando al cabo de una jornada el cansancio era eterno y la constancia jodida para no entregar el testigo hasta ver los resultados. Allá en el yunque de una fragua improvisada sonaban campanas de luto o de gloria por un acero que era bizcocho o roca.

Mientras esperaba jugaba con la gorrilla de azul Bergara y se palpaba la cicatriz de la mano izquierda con los dedos de la derecha. Esa cicatriz vieja la llevaba con orgullo, como un estigma. Hacía que recordara un cincel saltado en un atalaje y que él desvió con la mano para salvar la cara de un compañero cuando trabajaba de cargador en los muelles del puerto. Pedro tenía huellas de solidaridad, tenía talante de líder y él lo sabía. Reaccionaba a favor de los demás aun a riesgo de su vida.

La larga espera le confirmó que las cosas en la dirección no estaban nada fáciles. Intuyó que no sería sencillo obtener un voto de confianza por parte de los consejeros accionistas. Aun contando con la confianza de sus amos sería complicado acertar. Mari le sacó de sus pensamientos.

—Perico, dice el director que pases. Están juntos Jáuregui y Echevarrieta, el amo y el director.

Pedro esbozó una sonrisa para darse confianza a sí mismo y le guiñó un ojo a la secretaria. Plegó la gorrilla y se la metió en el bolsillo del pantalón. Se apresuró a traspasar la puerta del despacho. El presidente estaba sentado a su mesa pero tuvo el buen detalle de levantarse y salir al encuentro. Don Fernando Jáuregui le tenía un gran respeto a pesar de su juventud.

Perico se apresuró a saludar y a exponer.

—Buenos días, señores. Creo que tengo la solución a los problemas técnicos de la acería. Vengo a pedirles un voto de confianza y una oportunidad para trabajar con un equipo de compañeros.

Echevarrieta llevaba la dirección de la fábrica desde su fundación. Era un veterano ingeniero industrial. Le miró con sorpresa pero con cierta admiración por el atrevimiento de lo que había dicho. Al fin y al cabo no era fácil para un obrero acceder al diálogo con el director, pero menos aún era normal plantearse semejante reto. Ya todos eran conscientes de la situación, pero él más que ninguno como director sabía los riesgos y las consecuencias que estaban corriendo. También conocía el buen hacer de Pedro y, al morir Cosme, habían depositado en él una gran confianza. No tanto como para sospechar que aquel obrero de Amorebieta tuviera en las manos la solución a sus problemas. El director ignoraba la predisposición de Pedro, siguiendo los consejos del difunto Cosme, a apuntar todo lo que hacían y veían, a preguntar, hasta el agotamiento, a los técnicos alemanes, el porqué, el cómo y el cuánto de cada proceso que veían. Su sobada libreta de hule negro escrita con lápiz de tinta para que no se borrara era un auténtico manual de procedimiento de la acería Astepe.

El director le observaba tratando de escudriñar su pensamiento y sopesando una decisión. Echó mano a la cadena de su reloj, lo sacó del bolsillo de su chaleco, abrió la tapa labrada en oro y miró la hora: eran las tres menos unos minutos de la tarde. Se habían pasado toda la mañana discutiendo con el consejo de administración de la fábrica las diversas fórmulas que se les ocurrían para su continuidad. Pronto sonaría la sirena que marcaba el fin de la jornada laboral y todos los hombres, casi doscientos, menos el retén de guardia, abandonarían la fábrica, sin saber si el incierto mañana pudiera continuar. «¿Qué hacer?», se preguntaba a sí mismo.

En el salón de consejo contiguo, un grupo de socios seguía discutiendo con un representante de los técnicos alemanes y un intérprete. Para ellos no había más solución que pactar la vuelta de los expertos a cualquier precio.

Pedro, en el despacho con el director y el presidente de la sociedad, insistió.

—Director, deme un par de meses de prueba. Facilíteme la dedicación de los hombres que le pida, el material necesario y confíe en los resultados —dijo mientras cruzaba la mirada con su presidente.

El director lo escrutaba sorprendido y perplejo.

—Yo puedo hacer que los hornos anden y que el acero, nuestro acero, sea de la mejor calidad —aseguró Pedro—. Habrá que competir en los mercados con los de ellos. No los necesitamos.

Echevarrieta paseaba por la estancia de su despacho en actitud meditabunda, midiendo con sus pasos la trascendencia de sus decisiones. Hasta que por fin levantó los ojos y se encontró con los de Pedro de Avendaño que le miraba expectante. Llevaba noches sin dormir. Tenía unas profundas ojeras. La mirada de Pedro le inspiró confianza y ánimo. Era un hombre suyo de toda la vida, de la fábrica, de confianza. Al fin se decidió.

—Perico, déjeme convencerlos a ellos, a nuestros socios. Al menos hay que intentarlo antes de caer en el chantaje de los alemanes..., si gozo con el beneplácito del señor Jáuregui aquí presente.

Jáuregui no decía nada. Observaba a Pedro. Asintió con la cabeza.

Juntos se arrancaron con el gesto de entrar en la sala de reuniones para apoyar incondicionalmente la aventura de Pedro y sus hombres.

No fue fácil. Los accionistas y dueños de la fábrica estaban empeñados en no correr más riesgos. Un trimestre de indecisiones había dañado gravemente la cuenta de resultados. Por otro lado el miedo al fracaso público les condicionaba. No estaban acostumbrados a salir mal en los últimos boyantes negocios emprendidos en la competitividad de la sociedad vizcaína.

Más de un accionista observaba de soslayo a Pedro a través de la puerta entreabierta del salón. Los alemanes permanecían callados. Todos querían saber con pelos y detalles quién era aquel audaz en cuyas manos tendrían que confiar sus fortunas. El director trató de apoyar la figura de Pedro con un informe inmejorable. Su experiencia era más fuerte que su preparación técnica. El hándicap es que no era ingeniero. Era un obrero. Hubo prolijas discusiones entre ellos y preguntas al interesado. Todo era poco para medir el riesgo. Al fin la proposición de Pedro fue sorpresivamente aceptada gracias al apoyo del señor Jáuregui.

Pedro, después de hablar con los socios y el director, bajó a la cantina para juntarse con los compañeros que allí esperaban el resultado de su gestión. Cuando les comunicó la decisión del director y los accionistas la sirena de la fábrica marcaba el tiempo final de la jornada, que había empezado como siempre muy temprano, al alba.

Sin embargo la reunión en la cantina se prolongó. Hubo ronda gratis y era ya muy tarde cuando Pedro y algunos compañeros rezagados se pusieron bajo las duchas calientes y comunes dando todavía voces y respuestas a las preguntas del cómo hacer de unos y otros. Se secó rápidamente y cogió la bicicleta para ir a Ciérvana donde Rosalía, su mujer, le esperaba para escuchar el relato de lo sucedido en aquella histórica jornada.

Rosalía le aguardaba ya cerca del tranvía extrañada del retraso de Pedro. Tenía la cesta de la compra que había terminado en el economato. Lo vio llegar a lo lejos a pesar de que desaparecían las luces de la tarde y Pedro no había arreglado la dinamo de su bicicleta por lo que llevaba el farol apagado. A distancia hizo sonar nerviosamente el timbre para llamar la atención de Rosalía.

—¡Rosalía, me han aceptado el plan! —le gritó a voces—. ¡Me he jugado el tipo!

Su mujer no alcanzaba a comprender el significado de aquellas palabras, pero intuía que algo grande había pasado al observar el aspecto jovial de su marido. Conocía el problema que vivían en la fábrica, los desvelos que esto le provocaba y su afán de buscar soluciones. Estaba acostumbrada a las apuestas y los riesgos de la audacia de su marido. Cuando Pedro explicó a su mujer la naturaleza de aquella apuesta se echó a temblar. Decidieron ir andando a casa. Juntos caminaron mientras hablaban apoyando la cesta en el manillar de la bicicleta que Pedro guiaba. De vez en cuando se paraban para mirarse el uno al otro. Se preguntaban más con las miradas que con las palabras. Pero Rosalía dejaba, como siempre, hablar a su marido porque escucharlo era su consentimiento.

Cuando llegaron a su modesta vivienda de la agrupación obrera les recibió su hija Asunción. Aquella hija única era el capricho y la alegría de su padre. Juntos miraron a la niña, que jugaba en la cocina acompañada por la tía Eusebia. Rosalía se atrevió a insinuar:

—¡Pedro! ¿Cómo vas a saber tú tanto como los alemanes?

—Rosalía, los alemanes no son Dios. Lo que han hecho aquí durante estos años yo lo sé. Además lo tengo todo apuntado en la libreta: fórmulas, tiempos, cantidades... esa libreta que no se separa nunca de mí. Me temía que iba a pasar lo que está pasando. Ahí están las fórmulas. Ahí están los procesos. Ahí. Sé que algo nos cambiaron a última hora para que al dejarnos solos fracasáramos. Creo que sé su secreto. Voy a ser capaz de adivinarlo.

La suerte estaba echada. Fueron largos los días y las noches de aquel abril sobre un Bilbao lleno de borrascas, vientos y lluvia. Mientras Pedro y los suyos, apenas dos docenas de hombres, ensayaban en los hornos y en los caladeros con dudoso éxito, lo que ponía cada día más nervioso al director y a los desconfiados consejeros accionistas. Tarde a tarde urgía el resultado de tanta prueba, el análisis de las escorias, la medición del temple, la comprobación de la calidad de las aleaciones de hierro y carbono con el níquel, el cromo o el manganeso cuyas propiedades especiales en ternarios o cuaternarios no alcanzaban a dar por válidos.

Todo parecía imposible: aquellos aceros se quebraban con el más suave de los vientos. Todo barruntaba el fracaso. Se vivía bajo presión de días tristes y horas largas hasta que sonaba la sirena del fin de cada jornada. El fantasma de los alemanes se cernía sobre ellos desafiante. Pedro tenía acceso privilegiado a los pocos papeles que el director de fabricación había dejado en su garito a pie de fundición. Allí se sentaba a ratos a descansar durante el trasiego del día. Hasta que una tarde nervioso abrió los cajones pequeños de aquel buró de madera con persiana corredera. Hasta entonces no se le había ocurrido revisarlo. Los cajoncillos del buró contenían restos de partes de asistencia de personal propios de un listero, bajas por accidente, autorizaciones, algún recorte de periódico atrasado, cuentecillas a lápiz sobre papel de estraza de posibles encargos de mercadería barata para el bocadillo de diario. Todo era papelería aparentemente inservible. Pero entre todo aquello encontró una cartulina blanca, manoseada, como un tarjetón de puntas redondeadas, como el menú de una fiesta, como la carta de un banquete. Estaba escrito a tinta china y a plumilla, con evidente preocupación de que no se borrara fácilmente por el tiempo y por el uso. Sí, era algo para un uso constante, un recordatorio permanente, para que no se olvidara. Y decía así en su titular: «Tabla II».

A continuación se sucedían pesos, medidas y porcentajes. Sí, porcentajes exactos correspondientes a vagonetas cuyo calado

Pedro conocía bien. Después tiempos, tiempos exactos y precisos, con temperaturas, fórmulas al fin.

Pedro tenía la sensación de haber descubierto algo importante. El código secreto oculto. Le dio un vuelco el corazón. Tenía ante sí algo fundamental para conseguir el éxito que no habían obtenido. Lo cotejó con los apuntes de su libreta y daban la variante necesaria. El secreto estaba allí. No lo dudó. Estrechó la cartulina contra su pecho y se la metió en el regazo, entre su mono y la camiseta de felpa gorda que le había comprado Rosalía para empapar el sudor de la acería. Con su tesoro escondido se marchó a casa sin pasar por la ducha ni por el cuarto de talegos, donde se dejaba la ropa sucia y se recogía el macuto o la cesta de mimbre de la comida. Tenía prisa por llegar. Entró en casa sin prestar atención a Rosalía ni a su hija Asunción que estaban en la cocina. Fue derecho a su habitación. Encendió la tímida bombilla, se sentó en la cama y empezó a descifrar la lógica de la Tabla II que sacó de su pecho. La cotejó de nuevo con su libreta de hule negro. El resultado era fascinante.

Desatendió la voz de Rosalía que lo llamaba para cenar. Su mujer le vio traspuesto y no se atrevió a interrumpirle. Era muy tarde cuando Pedro acabó de recorrer una por una las fórmulas de aquella Tabla II y volver a compararlas con los apuntes de su libreta de hule. Recorrió uno por uno los pasos de una vagoneta cargada con mineral, los componentes de las diversas mezclas, los tiempos y las temperaturas. Compuso en su cabeza el jeroglífico del funcionamiento de su acería mental. Siguió las hipótesis de nuevas coordenadas, paseó de la alcoba a la cocina, de la cocina a la alcoba como midiendo distancias. Mientras tarde, muy tarde, Rosalía y la niña se acostaban, el pensamiento lúcido e iluminado de Pedro trabajando sobre la mesa de la cocina con sus apuntes permaneció infatigable, hasta que el alba lo encontrara como si la noche no hubiera pasado sobre él.

Eran las cinco de la mañana cuando Pedro concluyó: había correcciones importantes, definitivas que el técnico alemán no quiso comunicar pero que estaban allí en aquella cartulina, verdadera chuleta de su trabajo. Solo le faltaba comprobar las alternativas y descartarlas. No tenía tiempo de nada. No probó bocado, apenas usó la cafetera de café bienoliente que había preparado Rosalía para su vigilia y dos rosquillas de anís. Solo le importaba estar a las seis en punto en la fábrica con su equipo para poner en marcha sus conclusiones y observar los resultados.

El listero le vio llegar tan temprano que no pudo por menos de amonestarlo:

—Pedro, ¡no madrugues tanto! ¡El sol sale a la misma hora para todos!

Con la llegada de sus compañeros pudo iniciar la producción. Poner en marcha, atizar el horno y equilibrar los nuevos parámetros con distintas proporciones. Las fórmulas habían sido cambiadas. Fue una mañana agitada, nerviosa, sin tiempo para dar muchas explicaciones a unos compañeros sorprendidos de ver un talante nuevo y decidido en Pedro. A menudo gritaba:

—¡Haced esto así porque lo digo yo! No me pidáis explicaciones. Ya os las daré luego.

Ni el director, que se tiró toda la mañana a pie de obra, se atrevió a preguntar qué pasaba, qué estaba ocurriendo. Veía a Pedro subir y bajar del arco al puente, revisar el coque y el mineral, comprobar el paso de las cucharas y el resultado de las escorias, ver la temperatura del aire caliente, el funcionamiento del compresor, revisar el arrabio, el mezclador y por fin el acero, los largos lingotes que salían de la colada, el horno Martin, la chatarra que salpicaba, todo.

Pedro a cada paso consultaba sus apuntes, abría el cuaderno de hule negro, anotaba algo ante los atónitos ojos de sus compañeros, que no sabían qué estaba pasando pero intuían que alguna cosa había cambiado en la mente de Pedro. Él a nadie había dado explicaciones de su hallazgo, de sus reflexiones. Quería comprobar sus sospechas que, paso a paso, se revelaban ciertas.

Así pasaron unos días inquietos, de duro afán. Días de prueba sin cantar victoria. Hasta que llegó la hora de testar y de hacerlo con solvencia. Pedro reunió a su gente al final de las duras semanas. Llamó al director. Delante de todos ellos puso a prueba sus resultados. Nadie daba crédito a lo que veían sus ojos: el resultado era óptimo, la calidad competitiva, el triunfo estaba seguro.

Aquella Tabla II nunca fue conocida por los demás. Pedro dobló el tarjetón y se lo metió en un zapato. Subió con él las escaleras de Begoña. No era muy creyente pero había que dar gracias a Dios de algún modo. Cuando bajó de nuevo las escaleras se detuvo en Mallona. Unos niños jugaban al fútbol entre las tumbas del cementerio viejo. Luego llegó hasta el Campo Volantín. Miró a la ría que bajaba. Se asomó a ella y vació el zapato. «Al fin y al cabo —pensó—, la ría es el río de oro de Bilbao.» Besó su libreta de hule donde había anotado todo el proceso y la guardó en su bolsillo. Por fin había triunfado.

Por la ría bogaba el tarjetón de los alemanes con la Tabla II. La miró perderse, desleírse su tinta china y desaparecer por el puente de Deusto abajo olvidándose de sus secretos vencidos. Toda Santa Ana de Bolueta, la fábrica de Astepe, «la Inmaculada», era suya ya. Hablaban de él en los corrillos los fundidores. En el mercado las comadres, en las tabernas los mozos y las mozas. Perico era un mito de la margen izquierda del Nervión. Echevarrieta se retiró al poco tiempo y don Fernando Jáuregui le hizo director de por vida con un insólito contrato.

Habían pasado los años y las historias estaban aún en el recuerdo de todos. La hija de don Pedro y de Rosalía, Asun, se había casado con un capitán de la mercante de Sestao llamado Poli Barañano.

Don Pedro cumplió su palabra. Y vivieron en Amurrio, en el chalet inglés blanco del paseo de los Tilos, hasta su muerte.

4

Camino de Algeciras

Poli tuvo que viajar a Madrid para poner el rol en regla. Fue inevitable. Le faltaba el permiso para pasajeros. La burocracia del gobierno de la República era lenta y premiosa. Había que seguir constantemente los procedimientos y buscar recomendaciones a cada paso.

Al llegar a Valencia por el ferrocarril Poli había visto en el trayecto un panorama desolador: la miseria general, la pobreza de los campesinos se percibía en cuanto se salía de las capitales. A pesar suyo tuvo que ir a la capital de España. Su paso por Madrid le dejó el sinsabor de que era una ciudad donde un millón de españoles vivían a expensas del resto del país. Lo que no era justo.

En su estancia en Madrid se hospedó muy cerca del Ministerio de Marina. En el paseo del Prado número 12 existía la casa de huéspedes Nuestra Señora de la Antigua. Era un refugio de muchos vascos que acudían a Madrid. Sus dueños, don Pedro y doña María, se instalaron al volver de Argentina después de largos años de trabajo. Era una familia de indianos sencillamente acomodados, oriundos del valle de Ayala, en Álava. Su hija Lolita y una tata castellana llamada Herminia atendían las doce habitaciones con agua corriente y teléfono. Era lo que se llamaba entonces una «pensión moderna». El trato familiar y la excelente cocina de doña María servían de atractivo a una buena clientela. El boca a boca de los bilbaínos era su mejor publicidad. Además eran sus consuegros; su hija Ebi se había casado con Luis, el mayor de la familia.

Les había tratado poco. Pero era para él como llegar a casa. Ocupó la habitación número 12 que daba con sus vistas y balcón al amplio y frondoso paseo del Prado, frente al museo más famoso del mundo. Todas las mañanas abría la ventana y veía pasar el tranvía cargado de gente que salía de Atocha y se perdía por la amplia avenida del paseo de Recoletos. Acababa la primavera. Madrid tenía todavía el aire fresco de la sierra y los días empezaban a ser largos. Cuando a la noche cerraba su balcón, los transeúntes y los pájaros anidaban cobijados bajo los árboles y el ambiente de gente refrescándose, haciendo tertulias de amigos o de familias enteras en un quiosquillo de bebidas, llenaba de rumores la velada madrileña. Las noches templadas de la capital invitaban a salir y vivir la calle. El paseo del Prado era un salón de recreo popular.

Un día de aquellos, en la mañana, tocaron a su puerta. Era don Pascual, el cliente de la once, el más antiguo de la pensión. Al llegar Poli y saber que era consuegro de los dueños, pronto se hizo su amigo.

—Poli, hay que convencer a doña María. ¡Que nos ponga más merluza en salsa verde y menos garbanzos!

En aquella casa había un ambiente muy familiar. Eso le ayudó mucho a Poli en sus idas y vueltas, de una ventanilla a la otra, para poner en orden sus papeles del Buque de Bilbao. Además lo tenía a la mano. Casi enfrente, en el mismo paseo del Prado, estaba el Ministerio de Marina. En la parte trasera del edificio se ubicaba la Dirección General de la Marina Mercante, donde se despachaban todos aquellos asuntos. Era un paseo agradable el ir y venir de cada mañana.

Don Pascual de vez en cuando le acompañaba en sus paseos por el viejo Madrid y le ponía al día de los cotilleos de la corte.

Un día le propuso entrar en la tertulia del café Universal, en la Puerta del Sol número 14, también llamado «el café de los espejos». Allí se daban cita intelectuales como Valle-Inclán, que ya había muerto, Benavente, Baroja, Azorín, Bergamín, Jiménez Caballero y Lorca. Pero Poli no era propicio a entrar en los comentarios de aquellos personajes de las letras y la política que hasta salían en los periódicos. Los observó con asombro, a distancia. Como quien presencia un espectáculo. Aun en casa se abstuvo de toda alusión con la familia. Poli era muy respetuoso con los que él consideraba sabios e intelectuales. Era un tiempo de cambio e ideas nuevas.

Una mañana don Pascual, mientras se afeitaba con la navaja barbera en su habitación contigua a la de Poli, asomándose al pasillo, le dijo:

—Poli, ¡hoy te tengo preparada una sorpresa!

Don Pascual vestía elegantemente y a pesar de su edad propia de un jubilado era un galán para las mujeres. Hablando de ellas en una sobremesa le había asegurado:

—¡Cuanto más jóvenes y variadas, sin ser niñas, mejor! Hay que llevárselas a la cama, no simplemente al teatro.

Poli se acercó mientras su vecino se masajeaba la cara con cremas y ungüentos para el cuidado de su piel.

—No me digas, Pascual.

—Sí. Me han invitado a un cóctel en la embajada francesa. Puedo llevarte conmigo. Conozco a gente allí. Dan un foie delicioso con auténtico champán francés. Es una maravilla. Es el mejor del año en Madrid. Una oportunidad, Poli, una gran oportunidad.

Y se relamía de gusto haciendo gestos con la boca.

—Pero ¡cómo voy a meterme en ese lío! —exclamó Poli.

—Querido amigo, aquí en Madrid, todos los días hay algo. A las tardes o das una fiesta o te la dan. Lo importante es estar en algunas listas de invitados. Lo que llaman «el todo Madrid». Yo he conseguido colarme en algunas de ellas. Si lo haces bien, eres prudente y te relacionas, te van llamando para hacer bulto. Porque no hay nada más terrible que dar una fiesta y no tener muchos invitados... Luego te acostumbras y vas distinguiendo cuáles son los mejores palacetes, dónde dan los mejores canapés, quiénes son las personas influyentes... Uy, si yo te contara, Poli, este Madrid tiene gente para todo.

Poli le miraba asustado. El industrial retirado que decía ser su compañero de pensión había venido de Murcia a vivir el resto de sus días en la capital, para conocer a gente.

—Las embajadas son un magnífico recurso para pasar la tarde y merendar —prosiguió don Pascual—. La fiesta nacional de cada país, si sabes soslayar la seguridad con un buen salvoconducto como el que tengo yo, es la oportunidad dorada para hacer relaciones ilustres. Eso sí, hay que llevar una tarjeta de visita bien impresa, con un buen domicilio como es paseo del Prado número 12. No es una calleja cualquiera de la capital. Hay que vivir en una buena calle, tener un buen portal y un portero de librea que te salude. Nadie sabe que vivo en una pensión. Sería denigrante para mi reputación. Todos piensan qué pisazo tendrá este hombre frente al Museo del Prado, en la plaza de Neptuno. Hay que ser educado, tener modales y de vez en cuando, aunque no sepas el idioma, decir una palabrita en francés o en inglés. Estoy acostumbrado al glamour de las más bellas damas. Así que, Poli, vente conmigo a la embajada de Francia. Allí verás «el todo Madrid».

Poli no salía de su asombro. Al fin accedió ante la insistente persuasión de don Pascual. Esa tarde fue memorable para él. Los embajadores, las mujeres, los salones, los coches y los taxis entrando y saliendo de aquel palacete de la calle Serrano no tenía cómo olvidarlos. Pero sobre todo ver a aquel personaje al que oía sorber la sopa todas las noches en el comedor de la pensión, cómo se superaba en su condición de *bon vivant* ante una sociedad tan distinta de los paisanos de su pueblo. Murcia estaba lejos de Pascual y Pascual trataba de olvidarlo. Al regresar tarde y cansado aquella noche Poli, tendido en la cama de su habitación con el balcón abierto, dejando entrar el aire fresco del Guadarrama, recordó la gente de su tierra. Gente noble y sencilla. Recorrió uno a uno los conocidos de su pueblo, de Sestao. Gente a la que no le gustaba aparentar lo que no era. Se durmió pensando en ellos.

En Madrid Poli pudo observar que a pesar de todo en la propia capital de España las cosas no iban bien para la República. En los viejos cafés de la calle de Alcalá y de la Puerta del Sol los tertulianos hablaban ya de los desaciertos de un gobierno que presidía Manuel Azaña. El presidente había roto las previsiones aventuradas de un mitin multitudinario en noviembre de 1935. Allí entusiasmó con un discurso que prometía soluciones a los abusos que no cesaban. Pero esas promesas no se estaban cumpliendo: el pueblo entraba en el desánimo.

Por otro lado, Poli vio a la sociedad burguesa demasiado alegre y confiada. Inventando juegos de casino mientras las huelgas revolucionarias hacían temblar al país en provincias. Strauss y Perlowitz, dos aventureros que cayeron por Madrid a hacer fortuna, inventaban la ruleta de doce números para mejorar la suerte y la destreza del jugador en los casinos. Las estafas y los escándalos salpicaron hasta al hijo de Lerroux. Los aventureros tuvieron que marchar de España. Pero de sus apellidos salió el calificativo de «estraperlo» para llamar a todo lo ilegal o conseguido con trampa. La República era una monarquía sin rey. España cambiaba de personajes pero no sabía prescindir de su atavismo feudal.

Desde el comienzo de 1936, mientras Poli andaba poniendo en marcha su aventura del *Arriluze*, el ejército español estaba profundamente dividido. Las huelgas, las deserciones, la quema injustificada de iglesias y conventos proporcionaban argumentos para un golpe de Estado.

Por fin, el asesinato de Calvo Sotelo, en la madrugada del día 12 al 13 de julio, precipitó la rebelión militar.

Era atrevido para un mercante iniciar así su trabajo de cabotaje. Pero también era una oportunidad en la que se hacían peligrosamente inevitables los transportes de carga y pasajeros entre puerto y puerto. Era la oportunidad de los *tramp*.

Las antiguas democracias europeas se cuarteaban y la española más. El feudalismo, la lucha por el poder omnímodo, subyacía en la República. Aquello era un modo de cambiar sin que nada cambiase. La forma de ejercer el poder seguía siendo la misma con la República que con la monarquía y aun con la dictadura: el poder era feudal. Solo cambiaban las personas que lo detentaban. Se acomodaban al puesto con el mismo despotismo los unos que los otros. La democracia era una palabra, solo una palabra herida. No había líderes. El desfile de hombres que subían y bajaban en el gobierno de la República ponía de manifiesto su falta de capacidad para crear un modo distinto de gobernar el país. Estaban todos basados en el poder absoluto, incapaces de compartir ideas y gestionarlas. Los litigios se resolvían con asonadas y hasta con crímenes de Estado. Aquella República no era capaz de acometer las reformas suficientes para que la economía del país evolucionase. Solo el período de la dictadura de Primo de Rivera impulsó la transformación agraria e industrial que se necesitaba para poder sacar al pueblo de la miseria y crear proyectos de modernización.

Poli se trajo de su visita a Madrid un buen gabán de paño inglés hecho a medida donde Balbino Medrano, en la calle Imperial número 7. Le iba a hacer mucho servicio en las largas noches de travesía. También se tocaba con un sombrero flexible de ala ancha ribeteada con cinta negra que compró en la plaza Mayor, en Casa Yustas. Aquellas piezas las luciría con gran empaque, a pesar de que Poli no era muy alto y estaba un poco obeso. El viaje a Madrid le había dado que pensar. No seguían las cosas en provincias igual que en la capital. Parecía que la

República, a pesar de haber sido corroborada recientemente en las urnas, tenía las horas contadas.

Poli se levantó temprano. Estaba ya en su barco. Se alegró de ello. Al afeitarse en el lavabo de su camarote se sorprendió a sí mismo tarareando con gusto la melodía de Charles Bordes *Amorosa* que su amigo Echevarrieta de San Juan de Luz le había regalado en una placa como recuerdo del verano pasado juntos. Esas canciones de amor de Charles Bordes hacían furor en las romerías de aquellos años. Aquel autor francés, amigo de Iparralde, había escrito las más bellas canciones tradicionales del País Vasco. Las cantaba todo el mundo. Era un amanecer radiante, con todo disponible para zarpar. Miró el reloj de bolsillo que tenía aún sobre la mesilla y se apresuró a revisar todo lo concerniente a la puesta a punto del buque para salir del puerto de Cartagena, rumbo a Algeciras. Mientras acababa de vestirse, conectó la radio y escuchó el parte de Radio Cartagena.

Se presentaba un día tranquilo con la mar en calma. Consultó el barómetro: la aguja estaba clavada en buen tiempo: 24° Celsius; observó por el ojo de buey que el cielo ofrecía alguna nube sin riesgos de chubascos. Salió a cubierta y pudo comprobar que toda la marinería de guardia estaba en sus puestos esperando la orden de zarpar. La víspera se había estibado el carbón. Al anochecer llegó el inspector de buques con su equipaje. La tripulación se había completado dos días antes. Todo se encontraba a punto para zarpar.

El primer oficial se ocupaba en el puente de mando preparando las cartas náuticas y elaborando la derrota. El práctico se había subido a bordo y estaba ya en el lugar, dispuesto a dirigir las maniobras de salida por la bocana. Benito, el camarero, preparaba la mesa del desayuno en el comedor. Al ver pasar a Poli, por el que sentía una gran admiración y afecto después de tantos años a su servicio, le saludó:

—Buenos días. ¡A sus órdenes, mi capitán! Desayunos preparados. ¡Listo! Cuando guste los pasajeros pueden pasar a la mesa.

—¡Gracias, buenos días! Vamos a esperar a la señora Xirgu. Quiero que se entretengan en el desayuno mientras iniciamos la salida del puerto. Afortunadamente hace un gran día y les va a gustar asomarse a la baranda para ver alejarse la ciudad. Según lleguen nuestros pasajeros, daré la orden de largar amarras. Todo preparado para la ceremonia de partida.

Poli volvió a mirar el reloj. Faltaban unos minutos a la hora prefijada por él con doña Margarita Xirgu para que ésta y su apoderado el joven Jordi Planelles embarcaran en el vapor.

Temía que se retrasaran en el compromiso. Temía hasta que en el último momento desistieran de la travesía. Pensaba que era inexplicable la razón de aquel viaje a bordo de la actriz más importante de España. Pero era evidente que Eulogio había puesto en él toda su confianza. Presumía que las circunstancias de la zona y de la ciudad estaban saltando de la vida rutinaria a lo imprevisible. Se preguntaba a sí mismo la razón de su carga. Sabía muy bien que se hallaban metidos en una operación de riesgo.

Al poco tiempo aparecieron dos coches en el muelle. En el primero viajaba el Pelao con dos de sus hombres de confianza. Fueron los primeros en apearse. Miraron a un lado y al otro. El muelle estaba desierto. Después apareció el segundo coche. Cuando se aproximó, Poli se dio cuenta de que era un taxi. De él bajaron, custodiados por Eulogio y su gente, los dos famosos viajeros. El vigilante de turno dio la voz al capitán. El contramaestre se apresuró a bajar por la escalera real para ayudar a subir a los viajeros y su equipaje. Poli salió del puente de mando y bajó a tierra a recibir a sus huéspedes y despedir a su amigo Eulogio. Se saludaron como si se hubieran conocido de toda la vida. Los mozos seguían observando si alguien era testigo de este encuentro y de este embarque. Ella, la Xirgu, pronunció las palabras con un mohín encantador, a pesar de que sus profundas ojeras y la falta de su cuidado maquillaje denotaban haber pasado una noche de insomnio y una inquieta preocupación por la aventura que conscientemente emprendía.

—Buenos días, querido capitán. Estamos en sus manos. Me han hablado tanto y bueno de usted y de su pericia como marino que no dudo de que nos va a llevar a buen puerto. Tengo la seguridad de que nuestra travesía va a ser todo un éxito.

—No lo dude, doña Margarita. Estamos preparados para zarpar y hacerla feliz en este viaje hasta Algeciras. Afortunadamente, nada más levantarme esta mañana, he hablado con nuestro consignatario y allí todo está en calma. Reina la paz y siguen siendo leales a la República.

—Me alegro de que sea usted tan precavido. ¿Cuánto durará la travesía?

—Si todo va bien, cuarenta y ocho horas; es decir, estaremos arribando en dos días al anochecer.

—Sí, don Poli, al anochecer... será la mejor hora para que mis amigos me recojan en su coche sin llamar la atención de nadie. Luego viajaremos, atravesando España durante toda la noche. Ya sabe, capitán, la Xirgu enseguida atrae curiosos, admiradores y, ¿por qué no?, detractores. También los tengo. Algunos creen que soy la República en persona. Para lo bueno y para lo malo.

Bien recordaban Eulogio y Poli cómo Margarita había aparecido en escena envuelta en la bandera republicana para deleite de unos y escándalo de los otros.

Eulogio, el Pelao, se apresuró a decir:

—Poli, ¿te falta algo? ¿Tienes la bodega cargada y el acopio completo? Sabes que si necesitas algo no tienes más que pedírmelo y te envío un coche con lo que sea.

—Estate tranquilo, viejo lobo de mar, estraperlista, amigo. Como sabes hemos completado la marinería con los hombres que me mandaste. Espero que sean buenos profesionales, sobre todo el maquinista. Imagínate si encuentro galerna provocada por el mar o por la situación en tierra... El famoso inspector de buques se incorporó en las sombras de la noche. Debe de estar aún durmiendo. Espero que se comporte y que no sea borde porque lo tiro por proa y lo paso por la quilla. Ya le advertí que teníamos dos pasajeros hasta Algeciras, pero no quise revelar su identidad. Le pareció normal en un buque que hace cabotaje dadas las circunstancias. Ha revisado el permiso en la lista que nos faculta para el trasiego de pasajeros. Me ha costado mucho trabajo y estar en Madrid más de diez días. Menos mal que viví en casa de mis consuegros.

El representante de la actriz, Jordi Planelles, preguntó inmediatamente por su camarote y el de la señora.

—El número cuatro, señor. Tiene usted el número cuatro, que no dispone de salita como los otros pero es muy confortable, con ojo de buey practicable para su ventilación —le dijo el contramaestre.

Luego dirigiéndose a la señora le expresó sus respetos poniéndose a su servicio y añadió:

—La señora tiene salita con tocador, ventana y ventiladores ingleses de última generación. No hacen ruido. ¿Quiere que les llevemos sus equipajes a las respectivas cámaras?

—Sí, por favor —ordenó el representante.

En el último momento Eulogio puso en manos del capitán la documentación y los salvoconductos, por si acaso una patrullera se los requería. Se despidió de Margarita y su apoderado.

—Poli, ¡cuídate mucho! —le advirtió al capitán—. Si pasa cualquier cosa llámame. Dile al radio que me ponga un cable de vez en cuando orientándome de cómo va la travesía. Sabes que siempre estaré de tu lado para ayudarte.

Se dieron un abrazo. El puerto, mientras tanto, empezaba a cobrar vida. Se veía movimiento en otros vapores. Algunos estibaban su carga de mañana. La afluencia de gente al muelle era habitual. El *Arriluze* tenía en marcha sus motores.

Una vez que se acomodaron la Xirgu y su acompañante, Poli dio orden de zarpar. El práctico daba instrucciones al piloto que a su vez las transmitía al timonel y la máquina a través del telégrafo bajo la atenta mirada de Poli. El buque salía por la bahía cuando el capitán mandó servir el desayuno en el comedor. El camarero estaba preparado. Tenía hecho el café, las tostadas y hasta huevos fritos con beicon. Sobre la mesa la mermelada de naranja amarga de la Fábrica de Sevilla que tanto gustaba a Poli y la mantequilla inglesa. El mantel era típicamente vasco, a grandes cuadros rojos y blancos como en los caseríos de Vizcaya. La vajilla, la cubertería y la cristalería eran inglesas como el origen del barco. En el altozano de una cómoda de caoba había colocado un pequeño búcaro de porcelana con un manojillo de margaritas frescas. Un buen detalle que el capitán encargó a Beni.

Por fin, allí se encontraron los pasajeros del buque. El inspector de vapores se llamaba Jacobo Leguina. Era un hombre delgado, de mediana edad y estatura normal. Tenía una calvicie prematura que subrayaba aún más su barba negra poblada, recortada, y su bigote. Llevaba lentes, sujetas por una cadenilla. Se las quitaba y se las ponía nerviosamente con frecuencia. Se presentó a la concurrencia un poco sorprendido por los nuevos compañeros de viaje.

—¡Buenos días, señores! Creí que no iba acompañado, pero ya me ha informado el capitán de que hay más pasajeros con nosotros. Mi nombre es Jacobo Leguina, inspector de vapores del gobierno, para servirles.

—Efectivamente, señor Leguina —terció el capitán—, le presento a la gran actriz de nuestros escenarios, doña Margarita Xirgu, y a su apoderado, el señor Jordi Planelles. Ayer a última hora decidieron acompañarnos en la travesía hasta Algeciras.

—Es un honor compartir el viaje con tan renombrada personalidad. ¡Estoy sorprendido! Lo que menos me esperaba era encontrar en este buque a un personaje como usted, beso su mano —dijo Jacobo Leguina inclinando la cabeza, estrechando su mano y haciendo ademán de besarla sin llegar a hacerlo.

A continuación se puso a hablar de teatro y de ópera, de la que manifestó ser un gran aficionado. La Xirgu apenas pronunció palabra. Estaba seria, pensativa, con la mirada ausente.

En tan solo unos minutos habían dejado atrás la bocana del puerto y el práctico había desembarcado ya. La vigilancia de la punta de la Podadera se percató de que el *Arriluze* salía. Los militares de guardia debían de tener constancia porque desde la batería allí instalada un vigilante saludó. El buque hizo sonar su sirena. La bocina del *Arriluze* era bronca y grave como si se tratara de un buque mayor. Poli lo contempló con los prismáticos que llevaba al cuello, mientras se disponía en cubierta, desde el alerón, a observar la maniobra y el mar. Todo estaba perfecto y la mar en calma.

Los pasajeros habían disfrutado de un buen desayuno. Benito cumplió muy bien su cometido. Después de una animada charla de sobremesa, sobre las cosas más banales, cada uno se retiró a su camarote. La señora había insinuado su cansancio.

—Capitán, señor Leguina, ha sido un desayuno muy agradable. Jacobo, me alegro de haberle conocido en este escenario tan singular del *Arriluze*. Tendremos ocasión de seguir hablando de ópera, que es tan apasionante o más que la política. Señores, me retiro a descansar. Tengo una ligera jaqueca después del ajetreo y el madrugón para este improvisado viaje.

Aquella mañana nada hacía presagiar que el Mediterráneo se iba a convertir en un amplio escenario de acciones bélicas en tierra, mar y aire. El Mediterráneo, como decía Conrad, era el cuarto de estar de los mares. El cuarto de los niños del mar donde aprenden a andar entre las aguas. Es el mar interior del mundo. El mar de andar por casa.

El buque se deslizaba sobre las tranquilas aguas como si disfrutara de un crucero de placer. La brisa del mar hacía agradable la temperatura cálida del verano. El capitán estaba en el puente de mando con su segundo oficial comprobando la situación, haciendo uso de la aguja náutica o compás y del sextante para saber la posición exacta sobre la carta náutica. Las cartas náuticas estaban extendidas sobre la mesa del cuarto de derrota con sus reglas y compases de punta y cristal de aumento. El lápiz y la goma de borrar empezaban a trazar crucecitas sobre el papel inédito de la carta marina como la fortuna de un derrotero. Pero siempre el derrotero es más sencillo que el viaje. La ruta era clara. Había que comprobar los hitos de profundidad para no tropezar en predios marcados y evitar varar o encallar. De vez en cuando el segundo ordenaba por el telégrafo a la sala de máquinas y al timonel virar según observaba la bitácora.

Poli echaba de menos a su primer oficial, Agustín Beitia. En aquel viaje tan importante había tenido que quedarse en tierra por sus problemas de salud. No sabía con precisión por dónde estaría, camino de Madrid y luego a Bilbao, su tierra. La memoria de Agustín le traía entrañables recuerdos. El paisanaje añadía matices de afecto y de cercanía al duro trabajo de un profesional en el arte de la navegación. Admiró sobre la mesa su sextante. Era un regalo preciado de su suegro don Pedro de Avendaño. Recordaba sus consejos, su historia, sus palabras de afecto en aquel lugar de Amurrio donde se había retirado después de los históricos sucesos y su protagonismo en la hegemonía de los altos hornos de Bolueta. Admiraba tanto a don Pedro como quería a Asun, su mujer. Cuidaba el sextante como una joya. Era un instrumento muy delicado y a la vez muy necesario para poder navegar.

Jacobo Leguina, el peculiar inspector de vapores del gobierno, se acomodó confortablemente en su camarote. Además de su buena cama encajada en el extremo de su habitación, tenía un saloncito con una mesa adosada al mamparo y un diván. Colocó con cuidado la ropa en sus armarios empotrados preparándose para un viaje largo en el que podría hacer calor y frío pero sobre todo humedad en las noches de relente. Trincó bien su maleta vacía en el lugar adecuado para que los movimientos de balanceo y cabeceo del buque no le provocaran daño en caso de mal tiempo. Tenía gran experiencia de la mar. Su equipaje se completaba con un cabás de aseo con sus útiles personales y una cartera de mano llena de papeles y documentos. Puso sobre la mesa algunos de sus papeles y tres libros de lectura entre los que destacaba *El conde de Montecristo* de Alejandro Dumas. Era su lectura de entretenimiento.

Cuando acabó de organizar su camarote se sentó en el diván. Se aflojó las polainas buscando comodidad y extrajo de su pitillera de plata un cigarrillo que emboquilló como era habitual. Lo encendió. Disfrutó de las primeras bocanadas de humo hasta que decidió dar un paseo por cubierta. Su puerta estaba enfrente del camarote de Jordi Planelles. Al salir coincidió con él y le invitó a acompañarle.

—Señor, ¿le apetece un paseo por cubierta?

—Sí —dijo el joven—. La mañana está muy agradable.

El buque navegaba sin novedad a velocidad de crucero. Algunos marineros arranchaban la cubierta comprobando los cierres de escotillas de bodegas, tambuchos y poniendo las estachas en lugar seguro. Había que asegurarse el buen cierre de las escotillas. Leguina y Planelles llegaron juntos hasta el castillo de proa.

—Curiosa coincidencia —comentó Jacobo, tratando de emprender una conversación con aquel joven bien atildado que, a pesar de estar en la mar, llevaba corbata con pasador e iba trajeado.

—Sí. No esperábamos tener que embarcar.

—¿Cuál es el motivo de este viaje? —se atrevió a preguntar Leguina clavando la mirada en su acompañante como lo hacen los verdaderos inspectores.

—En realidad ha sido un capricho de la señora Xirgu. Al fin

y al cabo un entrenamiento para la gran travesía que de nuevo va a hacer a Argentina próximamente, donde iniciamos una importante gira por América.

Leguina quería saber más. Se dejó llevar por la curiosidad innata a su cargo. Él estaba habituado a inspeccionar y a interrogar. Le había sorprendido tanto la presencia de la Xirgu sin que nadie le hubiera dicho nada hasta última hora que no dejaba de preguntarse el cómo y el porqué de aquella pasajera en una travesía tan delicada por la situación política del país. Así que se atrevió a indagar más.

—Jordi, sé que don Poli, el capitán, ha vivido años atrás en Barcelona. Es más, tenía casa allí porque era el puerto habitual del *Arriluze* y esta compañía, no sé si usted sabe, la Catalana Marítima, es la dueña de este vapor. ¿Qué vinculación tiene la señora Xirgu con el capitán de este barco? ¿Se conocían de antes?

—Ninguna. Que yo sepa, ninguna. En realidad se conocieron la víspera en Cartagena en la taberna del Pelao. Yo creo que su dueño, Eulogio, fue quien se la presentó y quien pidió al capitán poder hacer este viaje.

—¡Qué curioso! ¡Sorprendente! —proclamó Leguina dando una expresiva calada a su cigarrillo—. ¡Qué curioso! —repitió en tono pensativo.

—Pues sí. Le puedo decir que todo surgió de una agradable reunión. El trato con el capitán y la insinuación del dueño de la taberna hicieron cambiar el regreso de mi señora a la capital de España por esta travesía a Algeciras, donde seremos recogidos por unos amigos de ella.

Las gaviotas perseguían aún al buque. Los dos pasajeros habían llegado hasta la toldilla de popa. Leguina volvió a sacar su pitillera de plata y ofreció un cigarrillo que Jordi desechó.

—¡Qué bonito es el sur! —exclamó el inspector.

—¿De dónde es usted? —preguntó el joven—. Porque es evidente que no es de aquí ni tampoco catalán.

—No. Soy del norte, de la provincia de Santander —dijo Leguina con firmeza. Se atildó el bigote refinando las puntas y se toqueteó la barba expectante ante la declaración de su origen.

—¡Ah! Tierra encantadora, de paisaje muy atractivo, como la mía. Soy de la Costa Brava.

Curiosamente una calima empezaba a venir de las costas africanas. Avanzaba sobre la mar. Era una bruma que preocupó a los navegantes. En poco tiempo, a rachas, la humedad condensada en nubes complicaba la visibilidad. Jacobo y Jordi se retiraron al oír que el buque hacía sonar su sirena intermitentemente. Las luces de situación estaban encendidas. El segundo oficial avisó al capitán:

—¡Niebla, capitán, niebla a estribor!

En el paso del estrecho de Gibraltar, ésta era una circunstancia posible y esperada. Durante el verano las nubes de humedad, provocadas por la alta condensación del calor africano, llegaban a las costas del Mediterráneo español. La visibilidad se hacía cada vez más complicada. El riesgo de toparse con otro barco había que prevenirlo con los sistemas del momento, las llamadas de la sirena intermitente, las luces y los vigías. En el puente de mando las escobillas limpiaban continuamente el visor. El oficial se aproximaba a los cristales. Poli ya estaba allí y añadía el ruido de un silbato que pudiera ser advertido. La sensación de navegar sin ver siempre creaba incertidumbre. Los marinos estaban acostumbrados. No dejaba de ser arriesgado.

El *Arriluze* navegó así durante más de dos horas. A lo largo de toda la eslora, a un costado y al otro, la tripulación en pleno, menos los maquinistas, daba novedades a voces al oficial de manera continua.

—¡Libre a babor!

—¡Libre a estribor!

—¡Libre en proa!

En el puente de mando, en alerta, el capitán y el segundo

oficial observaban persistentemente la mar y el primer maquinista mantenía el rumbo dando órdenes a la máquina y aminorando la marcha. Parecía que ni se movía. Estaban navegando a tres nudos. Nada se veía en el horizonte. Poli dio orden a Beni de que atendiera a los viajeros y les pidiera que no se movieran de sus camarotes.

De vez en cuando se oían a distancia las sirenas de otros barcos. Se calculaba la cercanía por la intensidad de sus pitidos. Grandes o chicos no se sabía, nada más que supuestamente pasaban junto al *Arriluze* de proa a popa o a la inversa, por babor o por estribor. La mar seguía en calma.

Todos confiaban en la veteranía y presteza de sus mandos. Poli no se había alterado. Observaba como un viejo lobo de mar. A ratos fumaba una pipa de rica hebra holandesa que perfumaba el puente de mando. Percatándose de la situación, volvió a insistir al camarero Benito:

—Tráeme un café y vuelve a repasar los camarotes por si nuestros pasajeros quieren tomar algo o necesitan tu ayuda.

El segundo oficial aprovechó la oportunidad para preguntar al capitán:

—Don Poli, disculpe mi atrevimiento. No entiendo qué hace aquí esta gente que llevamos a bordo.

Poli le miró. Se quitó la gorra de capitán y se rascó la cabeza.

—Si te digo la verdad, yo tampoco —contestó—. Pensemos que son viajeros que pagan el trayecto. Lo demás no nos importa.

De repente irrumpió en el puente el joven señor Planelles.

—Capitán, perdone que le moleste. La señora tiene un fuerte dolor de cabeza y me pide si en su botiquín de a bordo hubiera aspirina. Es lo que toma en estas ocasiones y se le han agotado.

—Con mucho gusto. Creo que tenemos. Le podemos servir una tisana también, que le vendrá bien.

—Por supuesto, la señora lo va a agradecer.

Poli bajó personalmente a la cámara y subió a los pocos momentos con el calmante y una pequeña marmita de olorosas hierbas humeantes. Mientras tanto el oficial aprovechó la oportunidad para preguntar al joven:

—¿A qué se debe su presencia en este viaje?

—No sé explicárselo, señor, es algo imprevisto —le contestó Jordi un tanto confuso—. Solo puedo decirle que la señora Xirgu es muy inteligente. No hace cualquier cosa sin pensarlo. Algo habrá en su mente cuando ha querido embarcarse en el *Arriluze* hasta Algeciras. Es todo lo que le puedo decir.

—Ustedes son significados republicanos. Me han contado que doña Margarita salió una vez al escenario envuelta en la bandera republicana, ¿es cierto?

—Sí, es cierto que la señora defiende la legalidad de esta República salida de las urnas por voluntad de los españoles. No le quepa la menor duda, mi jefa es fiel a sus convicciones. Practica lo que cree. Es generosa. Me imagino que este favor de llevarla el capitán en su vapor no dejará de tener sus compensaciones.

El oficial escuchaba y miraba con atención al frente. Hacía sonar a intervalos la sirena del vapor. Parecía que permanecía más atento al estado de la mar que a la conversación. El timón lo manejaba un marinero experto. Sabía lo que hacía, consultando continuamente la bitácora. Hasta que apareció el capitán. Poli interrumpió la conversación.

—Jordi, llévele a la dama su calmante. Seguro que le sentará bien. Dígale que a pesar de la niebla que se nos está echando encima, todo marcha. No hay por qué preocuparse. Esto viene de los vecinos de enfrente. Es la calima. Levantará al amanecer de mañana. Saldrá un buen sol y estaremos llegando a la altura de Málaga, si las corrientes no nos desvían mucho. Quizá hagamos escala. Y ya veremos cómo está el ambiente. El radio se comunicará con tierra y nos dirán si todo está en calma.

—Gracias, capitán —respondió Jordi—. Estamos en sus manos.

—A mediodía estaremos a la altura de Almería, pasado el

cabo de Gata. Pero no vamos a entrar. A no ser que las cosas se pusieran muy mal y tuviéramos que entrar de arribada. Barrunto que rebasaremos Motril sin que se abra la niebla.

El capitán hablaba con toda seguridad, fundamentado en su larga experiencia. Poli había pasado el Estrecho muchas veces. Sus viajes desde Barcelona buscando los mares del Norte, la confluencia del Mediterráneo con el Atlántico subiendo hasta las costas de Gran Bretaña habían sido sus rutas habituales. Buscaba los viajes que le proporcionaran buenas cargas, fletes de ida y de vuelta. Nunca sus bodegas iban o venían de vacío. Sus contactos eran buenos, funcionaban. Sus clientes sabían a quién confiaban sus cargas.

—Gracias, capitán —dijo Jordi—. Voy a tranquilizar a la señora. Usted infunde seguridad y... respeto.

Nada suponía Poli de la intrigante conversación que el inspector de vapores mantenía en esos momentos con su camarero de confianza. Leguina se había apalancado en el comedor. Pidió una copa de whisky a Benito y traía una interesante polémica sobre los tiempos que se vivían «en este país nuestro». Benito escuchaba más que hablaba. Sabía ser prudente ante el desconocido, humilde ante la prepotencia y silencioso servidor que todo oía para dar cuenta a su patrono el capitán.

Leguina manifestaba su confianza en la pericia profesional del capitán y su equipo para navegar entre la niebla.

—Esto parece Inglaterra, el canal de la Mancha, a punto de entrar en el estuario del Támesis —comentó al camarero.

—Con una diferencia, señor —contestó Benito—. Aquí estamos a treinta y cuatro o treinta y cinco grados y en Londres jamás llegaríamos a esa temperatura.

Leguina llevaba una bella americana de lino color crema. Se sacó su pañuelo de seda del bolsillo alto, se secó el sudor y volvió a colocarlo aflorando sus picos con un gesto intuitivo.

—Y dígame, Benito, creo que ése es su nombre, dígame, ¿hace muchos años que conoce a don Poli?

—¡Uy!, de toda la vida, señor... Paca, mi mujer, y yo vivimos en la casa de guardeses de su finca en Amurrio desde que nos casamos. Es para nosotros como un padre. Mis dos hijas le adoran.

—¿Dónde se conocieron?

—Yo trabajaba en Sestao, como carpintero de ribera, cuando él buscó personal para la primera lista del *Arriluze*. ¡Eran otros tiempos! —dijo Benito recreándose en los recuerdos.

—Seguramente usted sabe entonces muy bien a dónde vamos, el porqué de este viaje y lo que llevamos de carga.

—Pues sí. A mí nada se me oculta. Conozco muy bien los entresijos de este buque. Creo que hasta las almas de quienes llevamos tiempo con don Poli. Pero hay que ser discreto para conservar la confianza del jefe. Él nunca habla más de lo justo.

—¿De qué conversa usted con don Poli?

—Se preocupa mucho de nuestras familias. Cuando embarcamos pregunta siempre: «¿Cómo has dejado a Paca y a tus hijas?». Y de vez en cuando: «¿Qué sabes de ellas?». Esto lo hace hasta con el último marmitón de a bordo. Le gusta mucho conocer al personal. Cuando hay gente nueva, como ahora, que han embarcado tripulantes del Pelao, enseguida trata de saber quiénes son, de dónde proceden y cuál es su vida. Si alguien tiene un problema, aunque sea de dinero, tenga por seguro que si está en su mano se lo arregla. Es muy generoso.

—Generoso y religioso, ¿no? Me han dicho que reza. Es raro encontrar un buen republicano que rece.

—Sí, reza siempre. Todos los días. Pero no para que otros le vean, como hacen muchos. Reza para Dios y la Virgen del Carmen. Tiene unas estampas en su camarote que le acompañan siempre. También tiene un misal. Le he visto arrodillarse. Cuando estamos en tierra lleva siempre las estampas en su misal. El libro marrón lo usa los domingos en el puente de mando. A veces nos invita a rezar con él, como si fuera un cura. Es el devocionario de su hijo Pedro que murió muy joven. Él le guarda mucha memoria.

—Es un tipo raro —dijo Leguina.

El inspector estaba satisfecho del grado de confianza que había obtenido de Benito. Pero éste no le había desvelado si era de su conocimiento el destino y la razón del viaje además de la carga en sus bodegas. Se estiró sobre la bancada de terciopelo rojo. Tironeaba de vez en cuando su barba. Afinaba las puntas de su bigote. Encendía cigarrillos emboquillados uno tras otro, sacados con un ademán ritual de su pitillera de plata. La calima estaba provocando que su camisa blanca de seda se llenara de sudor. Benito se dio cuenta y le dijo:

—Don Jacobo, puedo lavarle la camisa y devolvérsela planchada cuando quiera.

—¡Oh, gracias! ¡Qué detalle! No se preocupe, tengo una amplia guardarropía que espero que me dure hasta el destino final de este viaje. Benito, cuénteme cómo es la familia, la familia de don Poli. Póngame dos gotitas más de ese buen whisky. ¡Caramba, cómo se cuidan ustedes los vascos! Llevan lo mejor de lo mejor en un transporte modesto como es éste.

El camarero así lo hizo y contestó:

—Su esposa, doña Asun, es una gran señora. Muy mandona. Aun cuando él está en casa manda ella. Tienen cuatro hijos encantadores, dos chicos y dos chicas. Por desgracia, perdieron a un tercer varón, Pedro, que murió a los quince años. La mayor, Ebi, ya está casada. Acaba de tener su primer hijo. Don Poli está deseando llegar a Bilbao para conocer a su nieto. Se encuentra todo tan revuelto que vete a saber cuándo llegaremos. ¿No cree usted?

—Bueno, según la ruta, si no hay contratiempos estaremos en Bilbao para fiestas. La Semana Grande nos espera.

—Sí, pero usted sabe muy bien que un barco que va haciendo cabotaje nunca se sabe cuándo llega al destino final.

Cuando Poli entró en el comedor, Benito estaba empezando a preocuparse de la inquietante actitud del señor Leguina. ¿Qué buscaba con aquellas continuas preguntas? ¿Qué pretendía cuando trataba de ganarse la confianza de él?

Poli vio la cara de sorpresa de Benito y se dio cuenta de que hablaban de él.

Miró el cenicero sobre la mesa repleto de colillas. Observó la botella de whisky medio vacía. Dedujo de todo ello que habían tenido una larga conversación. Benito hizo un ademán de retirarse. Poli le atajó:

—Benito, ¿por qué no nos sirves un buen café recién hecho para que el señor Leguina y yo hablemos?

—¡Encantado, mi capitán!

Cuando se quedaron solos Poli sonrió y trató de ser agradable.

—Don Jacobo, no suelo ser indiscreto con mis pasajeros pero en su caso las circunstancias me imponen hacerle algunas preguntas.

Leguina dejó de recostarse sobre el diván. Adoptó una actitud seria y apagó su último cigarrillo. Abrió uno de los portillos para que la sala se ventilara y entrara aire fresco. A su vez extrajo una pizca de rape de su cajita y se la puso. Estornudó. Pidió disculpas al capitán y dijo:

—¡Oh! Me siento más aliviado.

Continuó diciendo:

—No se preocupe, capitán. Estoy dispuesto a satisfacer su curiosidad hasta donde empieza mi vida privada.

—Por favor, no se trata de eso. Mi preocupación solo atañe al objeto de este viaje. ¿Por qué va usted a Bilbao? ¿Son razones familiares o acaso políticas?

Jacobo Leguina le miró marcando distancias. Volvió a sacar su pitillera. Tomó de nuevo un cigarrillo, lo golpeó tres veces sobre la caja de plata. Lo encendió pausadamente. Después de exhalar el humo de su primera calada, le dijo:

—Capitán, mi viaje obedece a razones privadas, no es oficial. En su barco no hay nada que inspeccionar. Ya sabe que mis cometidos se producen en puerto. Antes de salir debo hacer mi trabajo. No en la mar. Menos aún en aguas internacionales. Una vez que el buque sale del puerto no tenemos jurisdicción a no ser que sea expresamente ordenada por el mando superior. El que manda en su barco en alta mar es el capitán. Estamos en sus manos. Eso lo sabe usted muy bien por la práctica y por lo que recordará de sus estudios en la Escuela Náutica. Por tanto, esté tranquilo que no vengo a protagonizar ninguna rebelión a bordo. Por cierto, estamos a punto de salir a aguas internacionales. El que manda aquí es usted.

En realidad el capitán sabía que eso era así. Le hubiera gustado saber algo más de la inesperada presencia del inspector de vapores en aquel viaje.

—Don Jacobo, ¿tiene usted familia en Bilbao?

—Sí. Tengo mujer e hijos allí aunque no soy de Bilbao.

—¡Ah! Me alegro. Supongo que estarán deseando verle. Si todo va bien podemos estar para fiestas, para la Semana Grande.

—Espero que sí. No saben que voy embarcado. Es una sorpresa. La situación allí no es nada buena. En realidad no sabemos lo que nos vamos a encontrar. La última vez que hablé por teléfono desde Cartagena con mi mujer, me contó que habían intentado linchar al párroco de San Antón.

—¿Don Txomin? —preguntó Poli.

—Sí, don Txomin. Yo no soy de ir a la iglesia porque mis ideas no me lo permiten, pero don Txomin es tenido por un cura *jatorra* como dicen ustedes los vascos. Un cura sano que está con su pueblo para lo bueno y para lo malo con todas sus consecuencias.

Poli iba analizando aquella conversación. Qué extraño personaje le parecía Jacobo Leguina. ¿Qué hacía un republicano, no vasco, con la familia en Bilbao pero cuyo trabajo al parecer estaba en Valencia? Le hubiera gustado haber podido tener una charla con su amigo Eulogio en la taberna de Cartagena para saber algo más de ese distinguido pasajero que estaba ante sus ojos. Cada vez le daba más vueltas en su cabeza. Se le antojaba muy extraño que un republicano leal fuera a Bilbao sin hacerlo por tierra, vía Madrid. Bien era cierto que Madrid estaba muy revuelto con los últimos acontecimientos. La CEDA, partido derechista con tendencias acusadamente fascistas, al modo de la época, no consiguió aunar esfuerzos con el bloque nacional y crear un frente común para gobernar. El presidente de la República, don Manuel Azaña, no les permitió formar gobierno, por lo que acabarían formándolo los radicales de Lerroux. Era un gobierno de centro. Anuló muchos derechos sociales y reformas progresistas conseguidas por la lucha de las clases trabajadoras y la influencia del Frente Popular. Obtuvo la victoria con la alianza de las izquierdas. Todo era muy contradictorio, como el propio Jacobo Leguina.

Cabo Tiñoso, donde moría la sierra de la Muela, se estaba quedando atrás. A la altura de Portús se había empezado a ver algo. Pero tanto el oficial como el capitán tenían la convicción de que hasta entrada la noche, más bien de madrugada, al salir el sol, no se disiparían todas las nieblas. Por eso tomaban precauciones, navegaban moderados, mantenían vigías en proa, a babor y a estribor con candilejas de carburo y el intermitente silbido de la sirena. De vez en cuando se cruzaba en el ambiente fantasmagórico de la noche el sonido de otros barcos que no veían. Incluso se hacían señales acústicas con códigos de proximidad.

La preciosa visión de la Algameca y las fortificaciones de la Batería 47 también habían quedado atrás, en el recuerdo habitual, como la última vista en el horizonte costero antes de empezar la bruma. Con ella todo se había desdibujado.

Mar de tinieblas era asimismo la conversación que había entre los pasajeros del *Arriluze*. ¿Quién era quién? ¿Qué hacían en aquellas fechas en aquel buque carguero? ¿Por qué se entrecruzaban sus destinos y sus vidas? Todo eran preguntas que no se formulaban, solo se pensaban.

Poli estaba en el puente de mando. Sacó su preciada pipa que llevaba bien enfundada en el chaleco. Echó mano a su bolsa de tabaco de finas hierbas holandesas. La encendió. La estancia se cubrió de ese perfume peculiar. Por fin preguntó:

—Oficial, ¿cómo vamos? ¿Tenemos una situación buena?

—No, señor. Navegamos por estima, vigilando la sonda y la corredera. La corredera funciona bien. La velocidad posible va mejorando con la visibilidad; aumentaremos la velocidad cuando salgamos de la niebla.

—¡Me alegro! ¿Qué dice el radio?

—Está entrando Motril. Pero con muchas dificultades a pesar de que la humedad favorece el espectro. Y ya le dije que teníamos que comprar una radio más potente, más moderna. La nuestra es un cacharro. Parece que tiene las lámparas gastadas.

—Sí, tiene usted razón. Ya me lo decía en el anterior viaje mi primer oficial, Agustín. Puede que lo hagamos. Voy a ver en efectos navales de Algeciras si nos da tiempo. La última vez que pasé por allí, donde la Carmen, me di cuenta de que es la más audaz vendedora de artículos náuticos. Vende a plazos y te fía. Conserva y da valor a la palabra. En estos tiempos eso no tiene precio. Si hay algo de fabricación inglesa más moderno podríamos hacer un trato.

Las bocanadas de humo del capitán metían el ambiente de niebla dentro del puente de mando. De repente doña Margarita abrió la puerta y no pudo impedir un ataque de tos.

—¡Señora Xirgu! ¿Qué hace usted aquí? —dijo el capitán conteniendo su afán de seguir fumando.

—Había salido a respirar aire puro. A dar un paseo ahora que se me ha pasado la jaqueca. Como el barco no se mueve mucho pensé que la cubierta sería agradable. Pero me da miedo con tanta niebla. El ruido de las sirenas me pone nerviosa.

—No se preocupe, señora. Lo tenemos todo controlado —la tranquilizó al capitán—. Va mejorando la situación. Lamento que mi tabaco dañe su preciosa garganta.

Y apagó la pipa.

—No tiene importancia. Se pasará. Afortunadamente estoy fuerte —dijo la Xirgu mientras contenía la tos.

—Señora, si quiere podemos pasar al comedor, donde estaremos más cómodos.

—Sí. Me apetece charlar un rato con usted, querido capitán.

—¡Estupendo! Además no tardaremos en que nos sirvan un ligero almuerzo para evitar los mareos. Como es lógico, con esta niebla vamos con retraso.

Pasaron el tiempo bien entretenidos. Contándose anécdotas y sucedidos sin que nadie les molestara. Poli estaba sorprendido de la excelente memoria de la actriz, del recuerdo de su actuación en Bilbao y los pormenores de su corta estancia en el teatro Arriaga y en el hotel Torrontegi. Recorrió las Siete Calles, la plaza Nueva, hasta el bar de Patxo, donde él había frecuentado sus tertulias. Un recorrido por la gastronomía con especial hincapié en el gusto de doña Margarita por la merluza bien frita abrió el apetito de ambos.

Todo parecía suponer que después del *lunch* tardío al que acudieron los tres viajeros y el capitán la sobremesa iba a dar para largo. Ya se conocían algo unos a otros. Por lo menos habían dibujado en sus rostros las sonrisas de buena educación que alienta el trato cordial. Al fin y al cabo iban a pasar juntos dos días de inevitable convivencia.

El más reticente a conversar con los demás era el más joven. Jordi Planelles decidió refugiarse en la lectura. Acudió a la mesa incluso con una novela de Emilio Salgari que se resistía a no leer mientras comía por razones de buena educación. Pero al acabar los demás charlaban y él, en un extremo del diván de terciopelo rojo, se arrellanaba en su tapicería tipo chester y se enfrascaba en la lectura de *El desquite de Sandokan*.

A la sobremesa Benito había servido un rico *patxaran* de Amurrio que guardaba en su bodega para algunas ocasiones. El *patxaran* casero hecho por él con un buen anís de la destilería de Acha y las endrinas recogidas por la familia en las faldas de los montes de la peña de Orduña. El capitán lo pidió para obsequiar a sus pasajeros en esa singladura. En la conversación el licor lubricaba las palabras. Hasta doña Margarita había pedido probarlo. Así se hacía más fértil la conversación. Poli provocaba a ello para observar mejor la personalidad de sus pasajeros.

—Me ha dicho el radio que las cosas se están poniendo feas en Málaga —comentó el capitán a sus invitados—. Al parecer ha captado en una frecuencia inusual un comunicado de la Capitanía General. También el boletín de noticias ha alertado a la población de un posible ataque a la ciudad.

—¡Jesús! ¡Dios mío! —exclamó doña Margarita sin ningún pudor republicano.

—¡Ya estamos! —proclamó Jacobo Leguina que había adoptado una actitud observadora durante toda la conversación del almuerzo.

Eran las cinco de la tarde y no se habían dado cuenta, entretenidos en la mesa, preocupados por la niebla y por salir de ella si es que el avance progresivo les podría librar.

—Málaga es una plaza donde afortunadamente cuenta mucho el movimiento obrero, el Partido Comunista y la CNT —comentó Leguina—. No en vano entre todos han conseguido que Cayetano Bolívar sea el primer diputado rojo en la historia de esa provincia.

—¿Quién es Cayetano Bolívar? —preguntó Poli.

—Es médico. Le llaman «el médico de los pobres». Comunista perdido. Es la voz de los sin voz en el Congreso de los Diputados donde logró colarse gracias a la candidatura del Frente Único Antifascista. Ahora en las elecciones de este año, volvió a ser elegido con el Frente Popular. Ha hecho un hospital para pobres que se gana el afecto de todo el mundo. Estudió medicina en Alemania y de allí vino contaminado por las doctrinas de Lenin.

Estaba claro que Jacobo Leguina era anticomunista. Pero

lo que más sorprendía a Poli y a la propia Margarita era el descubrir la buena información de aquel simple inspector de buques.

—¿Cree usted que es peligroso si entramos en el puerto de Málaga? —preguntó Margarita.

—Sí —contestó Leguina—. Yo no lo aconsejaría. Capitán, será mejor que vayamos derechos para Algeciras.

—El problema es que hay que entrar a carbonear en algún sitio antes de cruzar el Estrecho. De ningún modo debo cruzar bajo de carbón. Lo tengo que pensar, si podemos llegar o no a Algeciras. Depende de lo que dure la bruma. Esta corta navegación en lentitud quema comparativamente más que a toda máquina. El tiempo nos dirá, y también el flujo de las corrientes que mandan en las mareas. Saben ustedes muy bien que la mar por encima es una cosa y por debajo otra. A veces manda la mar de abajo. Otras veces el viento.

Se entretuvieron hablando de los últimos desastres republicanos sin acabar de manifestar plenamente sus militancias políticas ni confesar sus tendencias. Pasó así un buen rato. Tras los cristales del ventanal se divisaba un cierto claro.

—Si la bruma duerme con nosotros esta noche, no importa —aseguró Poli—. El sol del amanecer la reventará. Mañana va a ser un gran día. Ya decidiré dónde cargaremos el carbón. Pero en Málaga, ni entrar. Si descubren a doña Margarita nos invaden. No tengo fuerza para evitar un abordaje. No es conveniente.

Leguina sentía una apasionada curiosidad por conocer mejor a aquella ilustre dama que había visto en los grandes titulares de la prensa nacional. Se atrevió a indagar:

—Señora, usted solo con su presencia conmueve a quien la ve. No me extraña que sobre un escenario, con luces y bambalinas, recitando a Federico García Lorca, provoque el entusiasmo de las masas. Me hubiera gustado oírla decir aquello de:

Si toda la tarde fuera
como un gran pájaro, ¡cuántas
duras flechas lanzaría
para cerrarle las alas!
Hora redonda y oscura
que me pesa en las pestañas.

Margarita se quedó estupefacta de la memoria de Jacobo Leguina. Siguió ella recitando con su voz de terciopelo y su peculiar énfasis aquella escena V de *Mariana Pineda* que tan bien conocía:

Dolor de viejo lucero
detenido en mi garganta.
Ya debieran las estrellas
asomarse a mi ventana
y abrirse lentos los pasos
por la calle solitaria.
¡Con qué trabajo tan grande
deja la luz a Granada!
se enreda entre los cipreses
o se esconde bajo el agua.
¡Y esta noche que no llega!
¡Noche temida y soñada,
que me hieres ya de lejos
con larguísimas espadas!

Como si hubiera entrado Fernando, el joven mozo de *Mariana Pineda*, así entró en el comedor el radio con un telegrama en la mano.

—¿Interrumpo? —preguntó al capitán.

—Tú no interrumpes nunca. Es tu deber.

Puso el papel doblado en manos de Poli. Todos se miraron unos a otros. Estaban ensimismados por la voz y el recitado de Margarita. El muchacho dijo:

—Capitán, es urgente. Viene en código cifrado.

Poli miró sin abrir el misterioso telegrama. Aplaudió a Margarita con evidente admiración. Lo que también hicieron el inspector de buques, el oficial que había acudido a la sobremesa y por supuesto el joven apoderado que había dejado de leer a Salgari para escuchar, una vez más, a la señora Xirgu.

—¡Maravilloso! —exclamó Leguina.

—¡Sorprendente! —asintió el oficial.

—¡Excepcional! Como siempre, señora —dijo su asistente.

Oír declamar a la Xirgu en alta mar había sido un placer. Aquel comedor del barco se había convertido por un momento en un escenario ocasional. En la esquina de la mesa había un frutero de plata con limones y granadas. El reloj inglés dio las seis de la tarde.

Doña Margarita hizo un mohín de agrado por aquel aplauso. Se miró las manos. En la siniestra llevaba su tresillo de diamantes. Como *Mariana Pineda*. Como a ella, entonces se le cambió el semblante. Miró el telegrama que el capitán tenía entre las manos y pareció preocupada con vivísima inquietud por saber qué contenía.

Poli pidió disculpas y se retiró a su camarote sin leerlo. Era evidente que no debía hacerlo en público. Y menos aún siendo un cable cifrado.

—Gracias, ha sido una velada muy agradable. Esperemos que tengamos oportunidad de repetirla.

El radio se había reintegrado a sus funciones. El oficial subió al puente de mando. Solo quedaron en el comedor los viajeros. Benito sirvió más café y tisana para la señora.

Cuando Poli llegó a su camarote cerró la puerta con pestillo para no ser interrumpido. Leyó el telegrama descifrando la clave secreta. El texto era muy sencillo. La procedencia, de Cartagena vía Motril.

Carbonea en Algeciras. No te desvíes. No entres en Málaga ni hagas escala en el camino. Saludos. Eulogio.

Poli se dio cuenta de la trascendencia que aquellas noticias tenían. Las cosas en la costa se estaban poniendo mal. Pensó en el trasiego de tropas con su consecuente avituallamiento. Se sentían rumores de movimiento desde hacía tiempo. «¡Aquí se prepara una gorda!», se dijo a sí mismo. Salió del camarote preocupado. Destruyó el telegrama y lo tiró al mar. Se quedó solo mirando por la borda cómo flotaban y se hundían los restos del mensaje. Miró al horizonte y parecía clarear la bruma. «Lo importante para mí es dejar a la Xirgu en Algeciras sin novedades —reflexionó—. Y reponer la hulla, que no sé cómo llegará hasta Algeciras si continúa el mal tiempo. Guarecerme el tiempo necesario para pasar el Estrecho de noche, a oscuras. Luego trazaré la derrota por Portugal. Espero que sin problemas. ¡Dios dirá!»

Cuando entró en el comedor sorprendió a la actriz recitándole a Jacobo Leguina:

> Dormir tranquilamente, niños míos,
> mientras que yo, perdida y loca, siento
> quemarse con su propia lumbre viva
> esta rosa de sangre de mi pecho.
> Soñar en la verbena y el jardín
> de Cartagena, luminoso y fresco,
> y en la pájara pinta que se mece
> en las ramas del agrio limonero.
> Que yo también estoy dormida, niños,
> y voy volando por mi propio sueño,
> como van, sin saber a dónde van,
> los tenues vilanicos por el viento.

Doña Margarita preguntó por el contenido del telegrama, que también interesó a los demás.

—Capitán, ¿qué dice el telegrama? ¿Hay novedades? ¿Pasa algo grave en la Península?

Poli fue muy ambiguo. Restó importancia. Era un mero trámite de seguridad marítima. Requería determinar su posición, rumbo, tiempo, velocidad, distancia del punto de ruta prefijado y cómo se estaba cumpliendo la derrota. Por supuesto no reveló su origen, su verdadero contenido, ni su autor.

—Me comunican que las cosas en el país no mejoran —concluyó—. Como ayer, todo está confuso. Pero me confirman que nuestra ruta está tranquila y despejada. Afortunadamente uno tiene buenos amigos que se preocupan de nosotros.

Todos los presentes manifestaron una sensación de alivio.

—¡Menos mal! —exclamó el joven Planelles—. Porque en este buque, metidos en la mar, entre la bruma, con las sirenas, parece que estamos solos en el mundo. Como que ha ocurrido una catástrofe y fuéramos los únicos seres vivos en el planeta.

—Querido Jordi —le contestó la Xirgu—, las novelas de Salgari te tienen obsesionado con sus fantasías. Salgari ha invadido tu mente. Pero yo he de reconocer que también las leía en mi juventud. Las sacaba de la biblioteca del ateneo de mi barrio. Llegué a enamorarme de Sandokan.

—Bueno, me alegro, capitán, de que las noticias de su telegrama no sean alarmantes. Estaba temiendo que hubiéramos sido ya invadidos —dijo Jacobo Leguina y añadió—: Aunque no sé por quién ni por dónde.

Poli tomó nota de este detalle. Como vio que la conversación sobre *Mariana Pineda* había seguido siendo el atractivo de la reunión, preguntó a la señora:

—¿Cómo llegó usted a conocer a Federico García Lorca? ¿Por qué estrenó su obra?

La Xirgu se sintió cómoda. Pidió más tisana de manzanilla. Le añadió unas gotitas de anís. Se arrellanó en el cómodo rincón del diván de terciopelo rojo. Su rostro y su imagen destacaban sobre el tapizado de la bancada. Llevaba un vestido malva como de seda voluptuosa. Tenía el pelo negro recogido con dos peinetas de carey que enmarcaban su bello rostro maquillado suavemente. Eran profundas las ojeras que hacían destacar el brillo de su mirada. Todos estaban expectantes.

—Conocí a Federico por la insistencia de don Ramón del Valle-Inclán que me hablaba mucho de él y de su ingenio. Federico vivía entonces en Madrid en la Residencia de Estudiantes. Me lo presentaron una tarde en el Ritz. A partir de aquel momento me llamaba continuamente para que conociera su obra. Me mandaba flores. Estaba en todas mis actuaciones. Hasta que un día decidí saber cómo era aquel autor desconocido que me reclamaba para estrenar su obra *Mariana Pineda*.

»Una tarde que tenía libre le invité a dar un largo paseo. Fuimos en mi coche hasta el Pardo. Antes de llegar le pedí al chófer que aparcara a la sombra de unos frondosos pinares. Era un dulce y lento caer de la primavera avanzada. Recuerdo que encontramos unos bancos de madera con una mesa donde Federico sacó sus papeles y empezó a leerme con ardiente apasionamiento lo que él llamó la obra de su vida, la obra que pretendía que yo estrenara. Su verso era tan fluido y original que me enganchó. Era el más rico en metáforas que jamás oyera, en expresiones que nunca había escuchado antes, con el gracejo y el modo de hablar andaluz. Más aún, *granaíno*. Yo le escuchaba sin parpadear. Él de vez en cuando paraba y clavaba su mirada en mí esperando signos de aprobación o de rechazo.

Había un silencio profundo en el comedor. Se oían, pero como a lo lejos, las voces de los vigías y el agudo silbar intermitente de la sirena del buque. A través de la ventana y de los portillos caía la noche sobre la niebla. Cualquiera de los allí presentes se sentía transportado a otro escenario. Margarita siguió:

—De vez en cuando pedía a Federico que me explicara al detalle cómo veía la escenografía y el *atrezzo*. Lo tenía todo muy pensado. Sus detalles eran tan precisos que solo cabría añadir la inevitable improvisación de cada puesta en escena, el gesto y la personalidad de cada intérprete. Tenía tal vivacidad que declamaba los versos como si los hubiera parido de improviso. Hacía pensar. Luego me volvía a mirar. Le interesaba mucho la expresión de mis ojos. Los suyos eran negros y profundos. Tenía solo veintinueve años.

»Nunca olvidaré aquella tarde de 1926 bajo las sombras de los pinares del monte de El Pardo. Federico tenía su obra escrita desde hacía años. Estaba muy repasada pero nada rebuscada. La programamos en mi compañía para julio de 1927. Así se estrenó un 24, día de San Juan, en el teatro Goya de Barcelona. Recuerdo con qué ilusión pintó los decorados nuestro amigo Salvador Dalí.

Margarita suspiró como tratando de borrar el tiempo pasado y volver al presente. Dejó la mirada en la lejanía.

Jacobo Leguina aprovechó para hacerle una pregunta.

—¡Qué belleza! Usted ha tenido la oportunidad de conocerlo en la intimidad. ¿Cómo es Federico García Lorca?

Los presentes se sirvieron más café, más té, una chispita de whisky para Jacobo. Estaba siendo una tarde memorable. Había que celebrarla. Todo estaba encima de la mesa sujeto al leve balanceo de aquel vapor. De vez en cuando los vasos chocaban suavemente unos con otros, tinteneaban o se escapaban hasta el borde de la mesa sin derramarse.

Margarita arregló su pelo negro. Despejó su frente. Se peinó con las dos peinetillas y lo recogió a un lado y al otro sujetándoselo con ellas. Se sirvió un vaso de agua fría y tomó un sorbo. Tenía aspecto de estar a gusto con aquella concurrencia. El reloj inglés sujeto al mamparo dio las ocho de la tarde.

—Federico del Sagrado Corazón, que así lo bautizaron sus padres, es un niño bien criado —prosiguió—. De familia rica. No como yo, que nací en Molins de Rei y mi madre, Pepita, no tenía ni para darnos de comer. Mi padre era cerrajero. Teníamos lo justo. A mi padre se le ocurrió ir a Barcelona a luchar por sus ideas políticas.

»Federico aprovechó muy bien su época en Granada, su conocimiento popular. Se impregnó del duende de la Alhambra y sabía transmitirlo. Considero a Federico uno de mis mejores amigos. Es como un genio encantado y encantador. Saca de sí mismo cuando quiere un mundo apasionado de belleza. No debió de ser buen estudiante pero sí inquieto. Según él me ha contado formaba parte de "El Rinconcillo", tertulia que juntaba la flor y nata de los artistas granadinos. Hasta se hizo amigo de don Manuel de Falla. Cuando llega a Madrid no cesa en sus relaciones con lo más florido de la literatura y el arte. Pero es en Granada donde se impregna de su romance y de su épica. Se quedaba con las canciones y poemas populares sobre los que construye su obra *Primer romancero gitano*; lo tengo dedicado por él en nuestro primer encuentro en el hotel Ritz. Es quizá, hasta hoy, su mejor obra.

Se veía disfrutar a la Xirgu contando la admirada personalidad de su prestigioso amigo y autor preferente. Había mejorado la temperatura. La brisa marinera ayudaba a despejar el humo del ambiente del comedor. Nadie se atrevía a interrumpirla.

—Para Federico —siguió diciendo— los cantos y la poesía popular añaden raíz a sus tramas. Desengaño y amor, tristeza y melancolía son sus armas dramáticas. Su poesía a pesar de ser popular es culta y añade riqueza al vocabulario. En todas sus obras hay algunas ideas que le persiguen como sombras de la vida y de la muerte. A mí me gustan. La vida de Lorca es atrevida. Por ejemplo: para él la muerte está simbolizada por la luna. El agua estancada también es un símbolo de la muerte. Sin embargo el agua corriendo es la fertilidad. La sangre es lo sexual. Perdonen ustedes, señores: el semen la antecede.

Se hizo un silencio en toda la cámara. Margarita miró a un lado y al otro de sus contertulios como tratando de adivinar sus pensamientos. Nadie dijo nada. Algunos bajaron la cabeza y miraron al suelo. Don Poli, el capitán, tenía la pipa apagada entre sus manos como conservando algo de calor en el regazo de sus dedos.

—Bueno —dijo dulcemente Margarita—, he sido un poco cáustica. Me refiero a que Federico usa mucho las metáforas al más puro estilo de Góngora. Sus metáforas nacen del rico conocimiento del hablar de la gente, no de una rebuscada literatura. Ignoro lo que estará preparando ahora. Está en plenitud. *Doña Rosita la soltera o el lenguaje de las flores*, que estrené el año pasado en Barcelona, es una delicia. El personaje me apasiona. Sin género de dudas Federico es el dramaturgo más importante que tenemos en España. Aunque las envidias, como siempre, generen críticas destructivas. Las políticas todavía peor. Quieren enterrarlo en vida. Todo es vida y muerte en Lorca.

Se habían echado las tinieblas de la noche. El pequeño portillo del comedor no dejaba ver nada. Los quinqués hacía rato que estaban encendidos; su luz, aunque era eléctrica, no era mucho. Proyectaban sombras chinescas sobre los mamparos. Los allí reunidos se levantaban de vez en cuando para cambiar de postura. Todos estaban como abstraídos por lo que decía y cómo lo decía la maestra de la escena.

El inspector de buques se veía particularmente interesado. Quizá por su afición al teatro. El teatro se había convertido en aquellos años en algo más que un puro divertimento. A través del teatro en España se estaba viendo la evolución del pensamiento. Quien iba al teatro era un ilustrado. Margarita era, a sus cuarenta y ocho años, la piedra angular de Federico García Lorca. Éste había hecho evolucionar lo representativo popular hasta la síntesis del pensamiento nuevo en una España vieja atacada de rutinas y conceptos del pasado que se resistía a progresar.

En aquella tertulia del *Arriluze*, mientras en el puente de mando se debatían entre las tinieblas, Margarita se había manifestado tal cual era: pasional, intuitiva, de grandes recursos creativos para expresarse, cultivados entre el gran público desde la cantera de los ateneos populares donde había nacido. Poli preguntó:

—Doña Margarita, usted ya ha conseguido la admiración y

el éxito en España, y en el mundo desde su viaje a América se ha hecho allí muy conocida. ¿A qué más puede aspirar profesionalmente?

—Querido capitán, en cierta ocasión oí decir en el ambiente de la comedia italiana: «*Dei poeti restano le parole, dei comici che cosa resta?*». «De los poetas queda la palabra, ¿de los cómicos qué queda?» A veces solo unas fotografías y por supuesto las críticas. Los críticos que muchas veces no nos hacen justicia. Aun los más ponderados te destruyen con tal de construirse a sí mismos. Yo ya no aspiro al triunfo sino al recuerdo. Cuando te apellidan «la diva» o «la divina», me acuerdo de Dios. Sé que existe. A veces sus representantes, los curas, lo camuflan para hacerse con los hilos del poder. Como si Dios fuera una marioneta... ¡Estúpidos manipuladores!

Se rió con una sonora carcajada provocando la de los demás. Pero, de repente, se puso seria, muy seria, y aseguró:

—No soñar, no esperar, no creer en alguna cosa... es como no existir.

A todos conmocionaron aquellas palabras.

—Lo que hay que hacer es ir al teatro —continuó diciendo—. Es donde está ahora la revolución intelectual. Pero no olviden ustedes que ir al teatro es un hecho irrepetible. Ninguna función es igual a otra. Ni el público es el mismo. A diferencia del cine: un film es un cuerpo sin alma. No hay nada más fugaz que el hacer teatro. El músico que compone o el autor que escribe puede esperar, dejar sus obras y quedan en ellas su imborrable huella personal. El tiempo del actor debe ser inmediato, constante en superación, hoy mismo. Tiene solo el plazo de su vida. Los actores, a veces, como ahora mismo, somos profetas. Ahora ya no se va al teatro solo a divertirse, sino a pensar. Los espectadores del teatro de Federico salen con la belleza preñada de ideas que les cuestionan.

Jacobo, que había permanecido atento y en silencio, exclamó enardecido:

—¡Me encanta lo que está usted diciendo! «Vive usted bajo la historia», tal como dijo hace poco don Miguel de Unamuno. Ésta es una época nueva, distinta y revolucionaria. No nos damos cuenta pero España se está modernizando. ¡Ya era hora!

Margarita le contempló de arriba abajo y le contestó:

—Sí, nuestra decadente sociedad española choca con el pensamiento de intelectuales como Antonio Machado, a quien hace poco oí, más o menos, comentar en Madrid, en la tertulia del Universal: «Sabemos que ya no se puede vivir del esfuerzo ni de la virtud... ni de la fortuna de nuestros abuelos: que la misma vida parasitaria no puede nutrirse de cosa tan inconsciente como el recuerdo. Sabemos que la patria no es finca heredada de nuestros abuelos, buena no más para ser defendida a la hora de la invasión extranjera. Sabemos que la patria es algo que se hace constantemente y que se conserva solo por la cultura y el trabajo. El pueblo que la descuida o abandona la pierde aunque sepa morir. Sabemos que no es patria el suelo que se pisa, sino el suelo que se labra».

Poli cargó y encendió de nuevo su pipa como si fuera las calderas de su pensamiento. Dio grandes bocanadas que inundaron de humo blanco el ambiente perfumándolo. Pensó en su tierra y en su gente... ¿Qué estaría pasando allí? Margarita tosió. El capitán se apresuró a disculparse.

—Perdón, señora, ¿le molesta el humo de mi pipa?

—No, capitán. Es un carraspeo... Al contrario, me gusta el olor que deja su hebra inglesa.

—Holandesa, señora, holandesa.

—¡Ah! Pensé equivocadamente. Puede que hasta me parezca más fina y sutil que las inglesas.

—¡Así es! Prosiga, por favor. Están interesantísimas sus reflexiones. Creo que todos estamos aprendiendo mucho esta noche.

Margarita bebió un poco de agua y siguió diciendo:

—Conservo de mi infancia, queridos tertulianos, un recuerdo triste. Aunque nací en Molins en 1888 (yo no me quito años, como algunas actrices), me crié en Barcelona en la calle Jaume Giralt, número 4. Era la casa donde había nacido Joan Maragall en 1860. Un barrio obrero de gente marginada. De aquellas personas aprendí más que en la escuela. Era gente dura, llena de tristeza y abatimiento, luchando contra la miseria, en viviendas incómodas, llenas de promiscuidad y de gritos. ¡Siempre a gritos! Aún recuerdo aquellas escenas de cuando yo era adolescente. Me parece que aprendí antes a gritar que a hablar.

»Luego las fuerzas obreras irrumpieron en la vida política del país organizándose en formaciones clasistas y en sindicatos. En ese tiempo a España le sangran sus colonias. Nosotros los jóvenes en los ateneos populares empezamos a comprender lo que decía Machado: "Sabemos que no es patria el suelo que se pisa, sino el suelo que se labra". Yo era una niña traviesa fruto de una existencia difícil. Hacía comedias encima de la mesa de mi casa e invitaba a los vecinos a que me vieran y aplaudieran. Recuerdo que en una taberna cercana donde iba mi padre y se reunían los obreros leí por primera vez en público las octavillas de un complot subversivo.

Hizo una pequeña pausa como recordando.

—Tuve que trabajar en un taller de pasamanería, alternando con los ensayos de los pequeños teatros de aficionados donde empezaba. En el escenario más humilde me olvidaba de todas las penurias. La vida era bella y me sentía feliz. Cuando tenía veinticinco años actué en Málaga. Era allá por 1913. La primera vez que interpreté en castellano. Precisamente de allí me fui a Canarias en el vapor *Infanta Isabel*; fue un viaje que me impresionó mucho. Representé *Salomé* de Oscar Wilde provocando un gran escándalo. Me tacharon de inmoral. Hasta 1914 no me presenté en Madrid. Fue un éxito. Don Jacinto Benavente fue a aplaudirme. Era yo muy joven... tenía miedo y una cierta timidez.

Prosiguió con nostalgia:

—No tenía el recurso de pensar en Dios sino la duda. Siempre sentí admiración por aquellos que eran capaces de tener fe. Voy alguna vez a la iglesia no por devoción sino por admiración... a los que creen y rezan. Cuando interpreto el papel de Juana de Arco en la obra de Bernard Shaw siempre pienso que los santos creen que lo sobrehumano es natural. ¡Es formidable!

Todos se sobrecogieron ante semejante confesión.

—¿Dónde actuó en Madrid? —preguntó Jacobo Leguina tratando de cambiar de tema.

—Debuté en el teatro de la Princesa. Poníamos en escena *El patio azul*, una obra de Santiago Rusiñol. Como todos saben era un gran pintor. Murió hace poco pintando los jardines de Aranjuez... Había regresado de mi primera gira americana en la que actué en Buenos Aires, Montevideo y Santiago de Chile. Me propusieron debutar en Madrid. Antes estrené la obra en Logroño, en el teatro Bretón. En Madrid, María Guerrero me dejó su teatro porque ella estaba de gira por América. Era mi ídolo. Había una gran expectación por verme y más aún en castellano. Así que un 8 de mayo de 1914 debuté con aquel sueño de amor y juventud que era la obra de Rusiñol. Llevaba el título de su cuadro famoso: *El patio azul*. El patio de la Casa Montané de la calle Mayor de Sitges se llenaba de luces. Estaba muy nerviosa cuando en mi papel de Agna-Rosa acepté que el joven pintor Jacinto me inmortalizara en su cuadro. Dejé que el pensamiento me guiara en la mirada... y todo resultó bien. Quien hacía de Jacinto enamoraba.

Margarita hizo una pausa larga, como si estuviera actuando. Fue esa pausa larga, al igual que en la obra, lo que ganó a la sala. Cuando tuvo la impresión de que se había hecho con toda la atención de los contertulios se dio cuenta de que estaba en escena. Así se ganó al público en su debut en Madrid.

Aun sin maquillaje, sin luces de escenario y de bohemia, sus ojos parecían penetrar en los de sus interlocutores. Su nariz era casi perfecta. Su boca grande dejaba ver, cuando sonreía, unos dientes blancos perfectamente alineados. Su cabello, sin tinte pero con brillantina, recogido, era abundante. El color malva de su vestido amplio y largo favorecía la expresión de su cara. ¡Qué donosura!

Poli no cabía en sí de gozo. El viaje de la Xirgu se estaba convirtiendo en un placer. Hacía que olvidara el objetivo de su misión, la dificultad de su derrota y la incógnita que toda travesía encierra. Más aún en aquel caso, en el que no sabía a ciencia cierta de quién estaba acompañado. Le intrigaba poderosamente la presencia del inspector de vapores, Jacobo Leguina. Tampoco estaba muy seguro de la responsabilidad y profesionalidad de la nueva tripulación, incluido el primer oficial, embarcado en Cartagena. El Pelao era su amigo, viejo conocido, pero le gustaba mucho el trapicheo. Así era su oficio. Le gustaba más aún el dinero. Lo había visto venderse por dinero. En aquellos tiempos eso era peligroso: la ambición del dinero fácil. Dinero de la guerra más que de la paz.

Mientras tanto, la situación en el barco era confusa. Poli fue requerido al puente. Por otra parte, el radio había perdido contacto con tierra. No había forma de restablecerlo. Se lo dijo al oficial y éste llamó al capitán. En la mesa de derrota, estaba la carta náutica donde se había trazado previamente el rumbo a seguir. Pero al estar cerrados en niebla no se podía determinar la posición con exactitud. El timonel, en medio de la niebla y en la oscuridad de la noche, vio un punto de luz intermitente que trataba de atravesar la bruma.

—¡La punta de la Mora! —exclamó el capitán—. ¡Hemos pasado la punta de la Mora! Estamos orientados. Ya sé dónde estamos.

Poli conocía muy bien el estrecho de Gibraltar y todo lo que había antes y después en el mar de Alborán, lo que los antiguos llamaban el mar de Granada. Esto tranquilizó a los asistentes, que habían evitado transmitir incertidumbres al resto de la tripulación y, por supuesto, a los viajeros.

El capitán, el oficial y el maquinista se precipitaron sobre la carta náutica para determinar claramente en qué punto estaban. Por fortuna se podían soslayar los peligros de una navegación costera. Lo que no se explicaban era cómo habían perdido el contacto con tierra en la radio. Entraron en la telegrafía. El joven radiotelegrafista, recién salido de la Escuela Náutica de Bilbao, no acertaba a hacerla funcionar. El maquinista dio con la avería y pudo subsanarla. Cuando la radio volvió a funcionar escucharon: «Motril, aquí Motril al habla».

El capitán bajó al comedor y aconsejó que cada uno se fuera a sus camarotes.

—Continuamos navegando con niebla y velocidad moderada. Pero estén ustedes tranquilos: todo va bien. El buque está perfecto. La niebla acabará levantando con el sol del amanecer. ¡Mañana va a ser un gran día!

Con aquellas palabras tranquilizadoras la señora Xirgu dio las gracias por la atención que le habían dispensado sus compañeros de viaje.

—¡Me he sentido encantada con ustedes! Hasta he llegado a manifestar mis sentimientos, cosa que nunca hago entre extraños. Discúlpenme por el atrevimiento. Una actriz también necesita confidentes, ¡no solo público! ¡Buenas noches!

Se retiró con elegancia.

Hacía un sol radiante al amanecer. Se habían disipado todas las brumas. La mar aparecía limpia y en calma. El *Arriluze* apretaba su marcha. Navegaba a diez nudos. A estribor se dibujaba la costa española. Poli había madrugado. Con los prismáticos en una mano, apurando el cacillo de café en la otra, observaba la buena marcha de su buque matrícula de Bilbao. Se sentía orgulloso de ser su capitán. Había pasado la noche alternando con el oficial en la vigilancia para salir bien de la bruma y obtener una buena situación. Ya de madrugada descansó unas horas tranquilo. Luego mandó a dormir a su primero. De vez en cuando animaba al timonel y daba instrucciones por el telefonillo al maquinista.

—¡No forcéis los motores! Cargad bien las calderas. Engrasad las válvulas. Mirad bien todos los niveles. Engrasad siempre, los motores tienen que estar bien preparados.

Comprobaba el rumbo sobre la carta náutica, usando la lupa y a sí mismo el rumbo de la bitácora. Empleaba el compás de puntas para medir las distancias.

—Estamos aproximándonos a Málaga —dijo a su marinero. Él le respondió:

—Sí, señor, ¿piensa usted entrar?

—No. Vamos a alejarnos de la bocana. Quiero que el radio contacte con tierra y nos digan cómo está la situación. Informado y situado, determinaré el nuevo rumbo directo hacia Gibraltar evitando los bajos donde podemos encallar.

Luego le dijo al timonel:

—Las noticias que me llegan por telegrafía no son buenas. —Tenía en sus manos la cinta que le había pasado el radio. Añadió—: ¡Málaga está que arde!

Se apresuró a despertar a Benito, el camarero. Dormía todavía en una litera del sollado de proa.

—Beni, vamos, ¡arriba! Prepáranos el desayuno en el comedor. Ya veo que la noche ha sido agitada.

Benito tenía al lado su balde de vómitos. Seguramente fruto de una mala digestión o de una borrachera. En el sollado había alguno más durmiendo. Sería su turno.

«Qué bien ha navegado mi barco entre la niebla esta noche», pensó Poli.

El *Arriluze* era un buque pesado, aunque en esta ocasión no llevaba sus bodegas a plena carga. «Su barco» estaba llegando a la altura de Málaga que se divisaba con los prismáticos perfectamente contorneada, como una gran ciudad.

«¿Qué estará pasando ahí enfrente?», se dijo a sí mismo el capitán.

De vez en cuando se escuchaba Radio Málaga. Pero la señal era tan débil que Poli se tenía que acercar a su aparato, una Philips de cinco válvulas que llevaba instalada en su camarote sacando una antena hasta el palo más alto del barco. A través de ella escuchaba música intermitente con bandos y avisos de la autoridad que delataban a una ciudad en estado de alerta. Las calles debían de estar desiertas y los comercios cerrados. Luego todo cambió, se oía ruido de trasiego, gente, voces, muchedumbre y explosiones con ráfagas de tiroteo. Poli sacó una conclusión: «Debe ser una asonada de los militares, pero ¿quién contra quién?».

Ésa era la incógnita. El locutor no describía muy bien la situación. Reclutaba hombres, reclutaba voluntarios, reclutaba sangre para heridos... debía de haber una gran confusión. Luego sonaban marchas militares durante largo tiempo. Poli estaba decidido a no poner los pies en aquella ciudad. Menos aún tras recibir el aviso de Eulogio desde Cartagena. Su telegrama era claro. Decidió usar el radioteléfono. Bajó a la cámara de oficiales. Empezaba a hacer calor. El día estaba despejado, de verano. Serían como las ocho de la mañana cuando intentó comunicarse por radiotelefonía con Carmelo, un paisano suyo de Sestao que se había afincado en Málaga por amor a una estanquera natural de esa ciudad. Carmelo, de tanto parar en Málaga con su barco de la Pinillos donde era maquinista, acabó siendo estanquero y buscavidas en aquel maravilloso puerto. Poli insistió en la llamada hasta que su amigo contestó gracias a la constancia de la telefonista.

—¡Aquí el 3654 de Málaga!

Enseguida reconoció la voz de su amigo.

—Carmelo, soy Poli.

—¡Hombre! Qué susto me has pegado. Estaba aún en la cama porque los malnacidos que se quieren sublevar nos han dado la noche. El teléfono se cortaba, la señal se iba y luego volvía. Era un tormento.

—Oye, Carmelo, estoy con el *Arriluze* cerca de la bocana de Málaga —le anunció Poli—. Voy de cabotaje.

—No entres, Poli. No entres. ¡Aquí hay una gorda! No sé lo que va a pasar. Están quemando las iglesias y hay tiros por las calles. Una furia incontrolada se ha desatado...

—No, no voy a entrar. Pero cuéntame. ¿Qué está pasando? ¿Quién manda?

—¡La República, Poli!

A duras penas conseguía enterarse de lo que su amigo le relataba. Supo que los anarquistas luchaban contra los fascistas. Había surgido la tragedia que luego sería un incendio inexplicable: se había encendido la chispa del fuego de la guerra fratricida. Carmelo, «El Vasco», como le llamaban entre la gente del puerto, le contó que la guerra se veía desde el alféizar de su ventana. Los camiones desvencijados, llenos de milicianos, andaban en solitario por las calles desoladas. La calle Marqués de Larios ya no era lo que fue. Habían empezado a vandalizar y a quemar casas y comercios. Bombas caseras, fogatas, odio, rabia, heridos con música de gritos y de llantos. Horror, mucho horror sin justificación posible. Como decía Carmelo, sin saber por qué ni quiénes eran los que pretendían romper el orden legal.

Poli le gritaba al teléfono:

—Pero, en nombre de Dios, ¿cómo es posible?

—No lo sé, Poli, no lo sé. Pero no entres en Málaga.

Poli agradeció a Carmelo sus consejos. Se despidió con la sensación de que quizá no se volverían a ver.

El fantasma de la guerra hacía su aparición en el escenario de sus vidas. El capitán juró no decir nada a su gente. Miró al joven radio y le ordenó:

—¡Secreto! No digas nada. No comentes. Afortunadamente no está en nuestra ruta entrar en Málaga. Sabe Dios lo que veremos de ahora en adelante.

El radiotelegrafista asintió con la cabeza. Ambos se dieron la mano, como gesto de una responsable complicidad que sellaba un acuerdo.

Poli descubrió en aquel joven portugalujo la pequeña mirada de la gente sobre los grandes sucesos. Allí estaba el alma de las cosas que se rompen. Las cosas también tienen alma. Como los pueblos, las tierras, las ciudades... «Mejor dicho —pensó—, participan del alma de aquellos que las hacen, las crean, las gobiernan. Es la solidaridad de los que sufren lo que te hace rojo o blanco. El sufrimiento hermana por encima de las ideas. La gente no está preparada para ser mártires. El miedo transforma a las personas. La venganza nace y se apodera de las voluntades con pasión.»

Hacía calor. Salió y dio un paseo por la cubierta mientras en el comedor Beni ultimaba los detalles para el desayuno.

«Mala es la niebla de la sangre», reflexionó el capitán.

Aparecía en la raya del mar el *Melillero*, el correo de África, que venía a paso lento salido del puerto de Málaga haciendo su recorrido habitual. Se cruzó cerca de la costa con el *Arriluze*. Era madrugador y seguramente llevaría viajeros huyendo de la quema de Málaga.

Poli miró con sus prismáticos el horizonte de la costa despejada. Había entrado muchas veces en aquella ciudad que ahora contemplaba como una fruta prohibida. «¡Ni tocarla! —pensó—. ¡Qué pena! ¡Allí está Málaga la bella!»

Parecía sentada en un amplio anfiteatro de montañas. Como si fuera un grabado clásico con luces de amanecer. Había merodeado muchas veces entre sus callejas llenas de sol meridional. Recordaba ahora sus cafés y sus colmados donde se había situado con unas tertulias de amigos, comprando el último detalle antes de embarcar, la fruta fresca, el pan y el vino. Se perfilaba en el horizonte la zona rica de El Limonar, chalets que ocupan los ingleses y los ricos. Villas con ropaje verde de pinos mediterráneos, sicomoros, naranjos y cipreses que miraban a la mar como preñados de exuberancia y de arrojo. Recordaba con afecto algunas de esas tertulias de otros viajes con su amigo Carmelo y la familia. La plaza donde él vivía, el estanco con la tricolor en la fachada, la parroquia y los cenacheros vendiendo el *pescaíto* fresco con la balanza de punto, gritando la mercancía por las callejuelas de La Caleta.

Chorreaban de colores las buganvillas, desde los balcones hasta la vía pública, como nunca las había visto en otro sitio. En los portales de las calles estrechas las viejillas hacían serones. Trabajaban junto a las casas el esparto con una habilidad propia de otros lugares. Sus mujeres, pobres, si no que se lo pregunta-sen a Carmelo, eran tan atractivas por sus ojos como por sus hechuras. Más de una vez habían puesto en un aprieto al capitán y a cuantos marinos recalaban en el puerto de Málaga, puerto del cielo. Transmitía todo aquello una especial pasión que hizo recordar a Poli la frase esperpéntica de Salvador Dalí cuando visitó por primera vez Torremolinos: «Está llena de mujeres guapas. Como la mar está llena de medusas que tienen la cara en el vientre. Es una pasión ilíaca de muerte y erección».

La voz de Benito le hizo salir de sus pensamientos.

—Capitán, el desayuno está listo. ¿Aviso al pasaje?

—Sí, por favor. Invita al radio, al joven de Portugalete, si no hay novedad, a que desayune con nosotros. Es un buen muchacho.

El buque navegaba a buena velocidad. Dejando atrás Málaga, la bella. «¡Que sea lo que Dios quiera!», pensó Poli. Y bajó al comedor.

Estaba la mesa perfectamente organizada; puesta la vajilla y las viandas con exquisito detalle. Poli observó que había brioches recién hechos. Perfumaban el ambiente con su olor a mantequilla. Un lujo. El capitán admiraba las buenas maneras de Benito para esos detalles que hacían más confortables las travesías.

Poco a poco fueron llegando los pasajeros. El señor Leguina sorprendió a todos con un precioso chaleco de piqué estampado, sobre una camisa blanca en la que se había colocado una arrebatadora pajarita roja. La señora Xirgu no pudo por menos de decirle, después de los saludos de rigor:

—Jacobo, está usted que parece que va a salir a escena.

El inspector se sintió halagado.

—Doña Margarita, espero que haya pasado bien la noche. Este conjunto con el pantalón beige me lo compré en las Ramblas, donde Cardenal, esa sastrería elegante que cotiza entre la clase alta de la ciudad. Fue un capricho de mi último viaje a Barcelona. Estaba deseando tener una oportunidad como ésta para estrenarlo. Usted aquí es el acontecimiento.

Margarita agradeció el piropo y la lisonja.

—Jacobo Leguina, es usted un hombre lleno de sorpresas. Ayer me pude dar cuenta de sus conocimientos del teatro y de la ópera. Aunque quisiera hacerle reflexionar, porque en la ópera solo se interpreta mientras que en el teatro la obra marca e imprime carácter a quien la pone en escena. En la ópera prevalece la voz sobre la interpretación. En el teatro es al contrario.

El joven radiotelegrafista fue presentado por el capitán.

—Se llama Andoni. Es de Portugalete. Alumno aventajado de su Escuela Náutica. Creo que es su tercer viaje, ¿no es así?

El muchacho se ruborizó y dijo casi en clave de morse:

—Sí, señor. Es mi tercer viaje. Gracias por invitarme a desayunar con ustedes.

Todos querían saber por boca del capitán la situación del buque y las noticias de tierra. En aquella mañana de mediados de julio, recién pasada la santa patrona, la Virgen del Carmen, navegaban camino de Algeciras a buena máquina. El capitán confesó delante del radio:

—La situación en Málaga debe de ser delicada, pero no más de lo que lo es en el resto de la Península. No entramos en Málaga porque no es necesario. Debemos cumplir nuestro rumbo para llegar a Algeciras al anochecer, como máximo antes de que amanezca.

La serenidad de Poli y su forma de hablar les dio a los pasajeros impresión de normalidad. El buen café, los ricos brioches y la mermelada de naranja amarga contribuyeron a crear un ambiente distendido y placentero. Nadie podía intuir que dejaba atrás el comienzo de Málaga en llamas.

El barco seguía costeando mientras ardía la casa de la calle Larios. Ardía el casino, la farmacia de Caffarena, el bazar de los Temboury, el Aeroclub y todos sus alrededores. Los tiros estaban en las calles. Las alarmas sonaban. Las campanadas de la catedral también. Grupos de obreros actuaban contra las fuerzas insurrectas. Había comenzado la lujuria del fuego. Patrullas armadas buscaban a los fascistas. Camiones y coches llenos de obreros, hasta los topes de fusiles, pistolas, cuchillos y espadas. Sentados sobre los techos o de pie en los guardabarros, ondeando banderas rojas con letreros pintados de CNT-FAI y UGT o UHP corrían por la ciudad arriba y abajo. Poli había oído en su radio:

—¡Van a fusilar a los ricos!

También lo había oído Andoni, que permanecía serio y callado.

Pero nada de ello quiso transmitir el capitán a su tranquilo pasaje que estaba disfrutando de un bello día de travesía.

El radio, después de desayunar con buen apetito, pidió permiso para reintegrarse a sus funciones.

Margarita hizo un guiño de complacencia al joven.

—Andoni, su nombre me encanta. Ya sé que significa Antonio en vasco. Gracias por su trabajo. La información es muy importante para todos nosotros, los que vamos en este buque. Ténganos al corriente de lo que pasa, por favor.

—¡Por supuesto! —exclamó Jacobo Leguina—. Manténganos informados de lo que pasa en tierra.

Repetir una taza de café fue del agrado de todos. Sirvió para reiniciar un agradable tono de tertulia como el día anterior. El joven Planelles sorprendió a la concurrencia preguntando a Poli:

—¿Por qué lleva usted en este comedor ese extraño cardo seco pegado a la pared encima de la puerta?

Todos levantaron la cabeza para admirar semejante adorno, al que no habían prestado atención alguna. Parecía una gran flor. Poli sonrió con complacencia y explicó:

—Es la flor del sol. El *eguzkilore*, como lo llamamos los vascos. Dice la tradición más antigua que nos defiende de los malos espíritus, de las brujas, de los genios de las enfermedades, de los rayos y de las tempestades.

Se sorprendieron mucho. Alguno se levantó de la mesa para observar aquel extraño objeto con más detenimiento. Poli siguió explicando:

—Este buen ejemplar es un entrañable recuerdo del último paseo por el monte con mi amigo Iñaki, del caserío Iruaritz de Lezama. Solemos andar por las estribaciones del Gorbea. Es un monte frondoso, lleno de pinos, helechos, zarzas y malezas. Vamos por los senderos que suben desde Berganza hasta Barambio.

Se recreaba al recordarlo.

—¡No saben ustedes qué bosque es aquél! Lleno de arroyos, de umbrales donde apenas penetra algún rayo de sol y desvela las entrañas de la tierra. Allí crecen, en el humedal del terciopelado musgo, cuando se encuentran con la hojarasca del robledal, los más ricos hongos, perrechicos y kiburdiñas. Como perfuman el ambiente, se les huele antes de verlas. Allí en la zona más secana crece el *eguzkilore*, la flor del sol. El afortunado que lo encuentra lo lleva y lo coloca en la puerta de su caserío para alejar los malos espíritus del invierno.

Todos le habían escuchado con suma atención. Leguina le observaba pensativo. Él tenía la impresión de que Poli era un fervoroso católico. Aquella explicación le pareció incompatible con su concepto de la religión cristiana. Margarita prestó mayor atención aún a aquel objeto que había pasado desapercibido para ella hasta entonces.

—Ustedes, los vascos, ¿son animistas? —se atrevió a preguntar—. Es decir, ¿creen en los espíritus?

Poli se sentía confuso ante los temas de religión. No había superado nunca los conocimientos de una fe cristiana heredada de sus mayores y transmitida por su educación en el colegio de los salesianos de Sestao. Pero nunca le habían creado conflicto sus tradiciones vascas y su fe en Dios. Se limitó a contestar:

—Señora Xirgu, los vascos creemos en nuestras tradiciones antes de que creyéramos en Dios. A Dios lo hemos conocido hace poco. Pero estamos seguros de que existe.

Jacobo se sentía sorprendido. Estaba más interesado en conocer la vida de Margarita Xirgu de cerca. Margarita se había levantado de la cama tarde pero había dedicado un tiempo a su maquillaje. Se la veía relajada, bien peinada y portaba un magnífico vestido de algodón con hechuras japonesas de color té verde que le sentaba muy bien. Llevaba sobre sus hombros un chal de seda más claro con el que jugaba de vez en cuando. Parecía de buen humor, relajada y dispuesta a la tertulia. El barco no daba señales de que nada perturbara su buena marcha. La temperatura era agradable y por los portillos del comedor entreabiertos entraba la brisa marina. Todo era complaciente. Jacobo intervino:

—Doña Margarita, supongo que sus comienzos fueron muy duros.

—Sí, tal como les decía ayer, alternaba los trabajos en un taller de bordados de Badalona con los ensayos, pero eran mis primeros días felices. A veces muerta de sueño, porque la noche anterior la había pasado ensayando, me levantaba al amanecer para ir a trabajar a mi taller de pasamanería. Lo hacía tan contenta. En el camino iba repasando mentalmente mis parlamentos; era dichosa, completamente dichosa. Pero tenía que cenar deprisa para no perder el tranvía de ida y acabar rápidamente

los ensayos para no perder el de vuelta. Aquel tranvía de Badalona era un viaje permanente a mi mundo interior. Luego cuando se levantaba el telón y las luces del escenario me iluminaban,
me olvidaba de todo. La vida era bella y me sentía feliz.

—Doña Margarita, supongo que conocería al presidente
Azaña —se interesó Jacobo.

—¡Por supuesto! Lo conocí en Madrid. Le gustaba asistir a
las tertulias de los cafés. Yo le llamaba entonces «el señor republicano».

Jacobo parecía un periodista:

—¿Y a don Jacinto Benavente, nuestro premio Nobel?

—Con don Jacinto Benavente hice una gran amistad durante
un verano en San Sebastián en 1927. Vivíamos en el mismo hotel, el María Cristina. Algunas tardes jugábamos al ajedrez. He
de confesar que por contentarle hasta me dejaba ganar. ¡Tenía
un genio horrible y era de mal perder!

Todos los contertulios se rieron. Margarita siguió:

—En poco tiempo cómo están cambiando las cosas. Recuerdo una velada especial en la que dejamos prolongar la tarde en
la terraza del hotel. Era todo placentero. Mirábamos al horizonte donde se perfila ese mar Cantábrico bravío. Era precioso
ver romper las olas contra el acantilado. El encuentro de la ría
pasando por debajo del puente de Zurriola. A don Jacinto le
gustaba hablar con sentencias. Me dijo aquella tarde: «Margarita, el amor es como el fuego; suelen ver antes el humo los que
están fuera que las llamas los que están dentro».

Nadie sospechaba que mientras esto sucedía en la travesía
del *Arriluze*, Málaga estaba atrapada en el puño de hierro de la
revolución roja. Poli bajó en un momento a su camarote a hacerse con su pipa y su paquete de tabaco. Puso la radio bajita
para que no se oyera. En la lejanía entraba y salía Radio Málaga.
Sonaba la música del *Soldadito español* de vez en cuando inte-
rrumpida por llamadas y avisos de socorro. Seguían pidiendo
voluntarios para apagar el caos. «Los reos son el pueblo ino-

cente. Los culpables como siempre huirán», pensó Poli. Al pasar por el puente de vuelta al comedor vio que el radio se había reintegrado a su puesto. Observó la bitácora y la carta náutica. Todo iba bien. Las máquinas trabajaban a crucero. Encendió la pipa. Pese a su preocupación, su intención era infundir confianza y navegar, navegar era lo importante. A Poli en el ambiente marinero de Sestao le apodaban «el Zorro de Puente Nuevo» por su carácter serio y poco hablador. En las tertulias del puerto, en las reuniones entre camaradas era serio y reservado. En su barco, en la mar, cambiaba, era más dicharachero. Se comportaba con su tripulación como un padre. Aquella forma de ser le granjeó la fama entre las tripulaciones de buen patrón.

Cuando entró en el comedor todos le preguntaron al unísono:

—¿Hay noticias de tierra? ¿Vamos bien?

—Vamos muy bien. No hay novedades —aseguró el capitán.

Y se le puso cara del Zorro de Puente Nuevo.

El mar Mediterráneo y el Estrecho eran la gran vía de la comunicación costera. En tierra era imposible moverse. Los marinos en tierra no hablaban de política sino de sucesos. Parecía que la mar ponía distancia a lo que acontecía en los pueblos y las ciudades de España. Por las tabernas de los puertos empezaban a contarse barbaridades: «Monjas desnudas han sido aplastadas por apisonadoras en Málaga». «Han degollado a un sacerdote los milicianos y han jugado al fútbol con su cabeza.» «En el campo de batalla los moros rematan al enemigo y les cortan los cojones para comérselos porque dicen que eso les da fuerza y valor. ¡Qué horror!»

Miles de anécdotas fluían de la fantasía o exageraban los sucesos que la marinería había escuchado en las interminables horas de travesía o en las prolongadas tertulias de los cafetines y colmados de las costas andaluzas. Parecía una pirámide de destrucción y violencia del ser humano con las más aberrantes ideas que hablaban de lo que había pasado, de lo que habían escuchado y de lo que habían visto.

En aquella tarde cruzando el mar de Alborán llegó la hora de pasear por cubierta, de hacer tiempo o de enfrascarse en la lectura preferida. Jordi Planelles daba cuenta de su Salgari. El inspector de vapores, de *El conde de Montecristo* de Alejandro Dumas. Cada uno eligió su cometido. Poli volvió al puente de mando. Se enzarzó en una discusión con su primer oficial, aquel oficial al que no conocía demasiado que reemplazó a su compañero de toda la vida, Agustín Beitia. El tema de la discusión era cómo y a qué hora harían escala en Algeciras. Poli le mandó ralentizar la marcha. Quería entrar de noche, a oscuras y sin luces en el estrecho de Gibraltar. Era una elemental medida precautoria. El Estrecho lo conocía todo buen marino como un punto de observación estratégico. Todo lo que se movía para un lado o para el otro era objeto de espionaje. Nunca se sabía quién trabajaba para quién. Pero había mucha gente trabajando para unos y otros. A partir de la desembocadura del Guadiaro, en aquella amplia ensenada verde que Poli siempre marcaba como punto de belleza natural en sus cartas, cualquier pescador era un espía, cualquier ojo en tierra tenía prismáticos, cualquier simple contrabandista que se acercaba a la Roca para hacer su avío, escondía en las palabras de su boca más ganancia que en la faltriquera de su moza. No era solo tabaco lo que desde La Línea hasta Tarifa se trapicheaba con Gibraltar. El fácil beneficio de la delación estaba en pleno apogeo. Incluso las mujeres de los pescadores mientras reparaban las redes tendían otras para saber si alguien sabía algo de alguien.

La travesía del mar de Alborán hizo que toda la tripulación estuviera deseando llegar a Algeciras, no solo porque era su próxima escala, sino también por poder ir como era costumbre a la lista de Correos para recoger las cartas de sus familiares y amigos. Un marinero de cabotaje sabía muy bien dónde estaban las oficinas de Correos de cada puerto.

El reto era llegar a la Roca con toda normalidad. Pasando el faro de Puntamala. Entrar en la Rada sin despertar sospechas. Llegar a Palmones. Atracar enfrente del viejo cargadero de mineral. Ése era el objetivo de Poli.

Poco a poco iba comunicándoselo a su personal. Juzgaba que no era necesario explicar el porqué de tal original singladura. Palmones no era Algeciras, pero como si lo fuera. Él había tomado la precaución de no ir directamente a Algeciras y entrar en el puerto por si acaso hubiera algún acontecimiento imprevisto. Es más, allí, en Palmones, era donde estarían esperando los amigos de la Xirgu y sus dos automóviles. Miró con detenimiento en la carta náutica el calado de la bahía para no encallar el *Arriluze* en la arena. Afortunadamente había buena mar.

Poli pensó que arriarían un bote al agua. Dos marinos y él viajarían a remo acompañando a la Xirgu, su representante y su equipaje. Hubo las consabidas dudas e incertidumbres. Tuvo que explicar a su primer oficial lo que iban a hacer del mejor modo posible.

Acercarse luego al chalet de la Malvarrosa era fácil. Poli conocía el lugar en la calle de la Almadraba. Allí era la cita convenida de Margarita Xirgu. En su puerta estarían los coches. Preocupado por el fin de aquella operación imprevista hasta se había olvidado del último destino y de la carga que llevaba en sus bodegas. La travesía estaba resultando muy entretenida con un pasaje tan singular. Y con una misión única. Más que nunca era un *tramp*.

Había pasado ya el mediodía pero no tenían ganas de comer. El desayuno fue tan copioso que la sobremesa se prolongó hasta entrada la tarde. El calor húmedo propició una buena siesta a todo el pasaje. Serían más de las ocho de la tarde cuando dieron señales de vida. El inspector fue el primero en merodear por el puente de mando, dar paseos por cubierta y tratar de averiguar algo interrogando a la marinería.

—¿Dónde estamos? ¿A qué altura de la costa navegamos? ¿Se ve algo de tierra? —decía mientras hacía ejercicios de estiramiento.

Pero nadie se atrevía a informar.

Mientras tanto el pasaje se entretuvo viendo una manada de delfines nariz de botella que corrían y saltaban a un costado del barco. Alguno de los marinos llevaba a estribor aparejos echados para ver si picaban las sardinas o los peces espada o acaso un atún al azar de las corrientes superficiales que meten el Atlántico en el mar Mediterráneo. Pero la preocupación de Jacobo Leguina era llegar a un punto donde viera la cordillera Bética a un lado y las montañas del Rif en Marruecos al otro.

Poli había pasado una buena parte de la tarde tratando de comunicarse con tierra por radiotelefonía sin conseguirlo. La mar y las noticias ofrecían calma. Una calma chicha que hacía avanzar al buque y entrar en una situación de silencio. Cuidó de no dar pistas ni señales. El *Arriluze* parecía agazapado sobre sí mismo, esperando la noche. Apagaron todas las luces cuando el capitán juzgó la hora oportuna. Redujeron la marcha de la máquina. El buque comenzó a deslizarse en las sombras. Apenas una lancha de pescadores habituales comprendieron y presenciaron la maniobra. Estaban acostumbrados al tránsito silencioso de los buques. Por fin vieron los tripulantes las luces de La Línea a lo lejos. El pasaje jugaba al bridge en el comedor con la luz suave de un candil ajeno a la trascendencia de aquel momento.

El inspector de vapores hizo pareja con Benito. La señora Xirgu con su representante. Unos eran el mar y otros la tierra. Habían extendido el tapete verde sobre la mesa del comedor. Las picas, los corazones, los diamantes y los tréboles estaban sobre la mesa con las fichas de colores de cantidades supuestas. Debían de llevar varios juegos cuando llegó el capitán que se congratuló al ver la buena armonía, lo entretenidos que estaban y las fichas de ganancia acumuladas en el par de Benito. Sabía que su camarero era un habilidoso jugador. Se acababa de adjudicar la baza y estaban a punto de abrir la siguiente. Poli interrumpió. Todos le miraban.

—Señora, señores, es de noche. Vamos a esperar un poco para entrar en Algeciras. Ya estamos frente a su bahía. Todo va bien. No tienen ustedes por qué preocuparse. ¡Hagan juego! Ya veo que la suerte está de mano de los marineros.

Le guiñó un ojo al inspector de buques.

Poli subió al puente. Comprobó la posición y el rumbo y le dijo al oficial:

—Vamos a entrar en la bahía. Miraremos muy bien dónde vamos a largar el ancla evitando que sea encepada. Hay que hacer una buena recalada en silencio, armando el menor ruido posible.

Él mismo cogió el timón y dio un toque que hizo virar la nave. Seguían a oscuras. Habían sorteado la Roca. Navegaban moderados de velocidad. Entraban en la bahía, dejando a un costado el peligroso callejón del Moro, Puente Mayorga y el Guadarranque. Vinieron a su recuerdo otros tiempos más jóvenes. Poli intuía que toda la vigilancia estaba en torno a aquellos focos, donde más de una vez había tenido que estibar carga peligrosa susceptible de abordaje y atraco. Había una piratería de puertos que solo respetaba la bravura del capitán y sus tripulantes. Aún recordaba lo mal que salió de un garito del callejón del Moro por ayudar a uno de sus fogoneros que hacía trapicheo de hachís.

«¡Nunca más!», pensó.

Eran las dos de la madrugada cuando llegaron al punto crítico. Margarita tomó una taza de café en el comedor, junto a los demás, como despedida. Hizo un alarde de elogios. Estaba tranquila. Ingirió sus sales contra el mareo. Vestía un traje de chaqueta y pantalón *breech* con unos preciosos botines de piel.

—Jamás olvidaré las gratas horas que he pasado con ustedes —aseguró—. Jacobo Leguina, es usted un caballero. Don Poli, no sé cómo agradecerle la cantidad de detalles que ha tenido conmigo, su pericia como capitán y su prudente forma de tratar a mi persona. Comprendo que no era fácil para mí llegar hasta aquí en unas circunstancias difíciles que he tenido que afrontar. Aparte de todo, quiero darle la retribución que le había prometido. Dada la situación, don Poli, no tengo dinero. Tenga usted mi sortija de oro y brillantes como le había prometido.

Hizo ademán de sacarse el anillo y dárselo a Poli. Él lo rechazó con el gesto y la palabra.

—¡Señora! De ningún modo. Su amistad vale más que el dinero. No puedo aceptar su anillo.

El joven Planelles tenía la mirada triste. Veía sufrir a su jefa. Se daba cuenta de que para la gran actriz a la que le sobraban aplausos y halagos en todos los escenarios, con las plateas llenas y los empresarios rebosantes de felicidad por los beneficios obtenidos de sus éxitos, era una humillación haber viajado de caridad y ocultando sus bolsillos vacíos en el *Arriluze*.

Margarita Xirgu tenía un gesto altivo. Con tremenda dignidad, volvió a insistir a Poli.

—Mi tresillo no es más que un símbolo de mi amistad. Tampoco creo que valga tanto. Seguramente va usted a necesitarlo quizá hasta el empeño para poder seguir su viaje y llegar a Bilbao, su tierra. Nada tiene valor en estas circunstancias en las que se va a despertar el odio entre los españoles. Nada va a poder impedir esta lucha incivilizada que amenaza al pueblo. Por favor, Poli, déjeme engarzar en su dedo mi sortija.

Poli se conmovió. Tuvo que apretar los labios sin poder evitar la intensidad de su emoción. Era por encima de todo un caballero y siempre había hecho gala de ello. No pudo impedir que Margarita cogiera el dedo corazón de su mano izquierda y, ante los ojos atónitos de los allí presentes, depositara su sortija y le diera un beso en la mejilla.

Todos estaban profundamente conmocionados. El primer oficial interrumpió entrando en el comedor.

—Don Poli, ¿fondeamos?

—Sí. Prepara el bote para llevar a la señora hasta el embarcadero del mineral. En el pequeño pantalán de pescadores habremos cumplido nuestro compromiso.

Siguiendo las órdenes de Poli arriaron el bote al agua. Dos marineros jóvenes colocaron el equipaje equilibrando la carga. Ayudaron a doña Margarita a descender por la escala. Afortunadamente la mar estaba en calma. Brillaba la luna a dos noches del plenilunio de julio. Una vez que se situaron cómodamente la actriz y su apoderado, bajó el capitán para acompañarla. Dio orden a los remeros de bogar. Como si fuera una falúa real, con la suavidad de una buena sincronía y llevando el timón el propio capitán, se acercaron al pequeño muelle junto al cargadero del mineral de Palmones. Allí había tres personas haciendo señales de acogida con una linterna.

—¡Son ellos! —exclamó Margarita Xirgu, nerviosa.

Con un bichero acercaron el bote al muelle. Pronto estaban todos en tierra. Margarita presentó a sus amigos y fueron andando hasta la cercana calle de la Almadraba. Allí esperaban los coches preparados. Nadie observaba la escena cuando entraron en la Malvarrosa. Una vez dentro Catalina, a la que apodaban «la Sultana», dueña de aquel *meublé*, ofreció un refrigerio al capitán y los muchachos. Luego se despidieron. El capitán con su gente volvió al barco. Viraron el ancla. Encendieron las luces de situación, arrancaron los motores y pusieron rumbo al puerto de Algeciras, siempre bajo bandera republicana. Haciendo gala de su lealtad.

Era evidente que tenían que carbonear en el puerto. Además sus recursos económicos eran escasos. Al salir de Valencia Poli llevaba dinero. Pero en Cartagena no pudo ir al banco y tuvo que gastar en imprevistos. La carga que llevaba en sus bodegas no sería retribuida hasta el fin de su destino. Pensó en que a lo mejor era más conveniente atracar cerca del carbón en punta Mayorga. Por otra parte si en Algeciras había problemas para obtener dinero del banco se lo pediría a Samuel, el conocido prestamista que tenía abierta su casa de día y de noche a las necesidades de los marinos. Lo que estaba claro es que había que salir holgado para atravesar Portugal hasta las rías gallegas. Aparentemente todo se hallaba en calma. Había cumplido con doña Margarita Xirgu que estaría camino de Santander por la Vía de la Plata. No pensaba que por debajo, en el paso del Estrecho, andaban ya los submarinos alemanes de los que había oído hablar en Cartagena. Era consciente de que la República vigilaba el contrabando de armas que venían desde Marruecos. Tánger era el mayor foco de contrabandistas amparado en su estatuto de internacionalidad. La ciudad era una capitalidad diplomática con un régimen especial después del Tratado de Algeciras de 1925. Aunque mandada por el sultán, éste tenía en cuenta el Comité de Control Internacional, establecido por los nueve países firmantes con sus nueve cónsules generales, que se alternaban cada año en la presidencia: Bélgica, España, Estados Unidos, Francia, Países Bajos, Portugal, Reino Unido, la URSS y posteriormente Italia.

Llegaría a Punta Mayorga y haría recuento del carbón. No sabía qué día era de la semana. Miró el calendario. Descubrió que era sábado. «Mañana iré a visitar el santuario de la Virgen de Europa», pensó. Extrajo de su gaveta un manoseado devocionario encuadernado en tela. Lo acarició como tratando de transmitirse serenidad y paz.

El telegrafista contó al capitán que un tal Remigio Verdía, según había oído por radio, estaba organizando la vigilancia del

Estrecho. El mando republicano había repartido hojas de propaganda entre los vecinos de la costa para que denunciaran los barcos que vieran pasar. Era importante llevar izada la bandera republicana. España parecía muy aislada del resto del mundo pero no lo estaba tanto. En provincias eran los gobernadores, tanto el militar como el civil, los auténticos reyes. Recibían órdenes de Madrid muy de tarde en tarde. La comunicación más inmediata era por radio. El radiotelegrafista era el que transmitía las órdenes y éstas podían ser interpretadas o manipuladas. El mando estaba muy condicionado. En Madrid todo pasaba por la central de comunicación de la Ciudad Lineal.

Poli le dijo a su primer oficial:

—En Punta Mayorga estaremos más tranquilos que en el muelle de la Galera. En Algeciras no sabemos qué puede estar pasando y menos aún qué pasará mañana.

—Sí, capitán —respondió el oficial—. Le entiendo: vamos huyendo de los chivatos.

—Luego podéis coger el camino de Guadarrenque para daros un alivio en cualquier lugar, que allí los hay. Tenéis que descargar las tensiones de estos días. La verdad es que no lo hemos pasado tan mal. La presencia de doña Margarita Xirgu ha sido muy divertida.

—Lo que no sabemos es qué está pasando en el resto de España.

—Efectivamente; algunos discursos del general Queipo de Llano que se están oyendo a las noches en Radio Algeciras son tremendamente duros y contundentes.

—Lo difícil es saber a quién hay que ser leal.

—Lo importante, querido oficial —dijo Poli—, es la lealtad a uno mismo y a los principios que te han inculcado. Cuando fallas en esto fallas en todo.

—Le admiro, capitán.

Se veían cerca en el horizonte las luces del paseo de la Marina. Había que seguir a una prudente distancia hasta encontrar el viejo muelle donde había calado suficiente. Allí nadie les molestaría. El *Arriluze* pasaría desapercibido si no había vigilancia. Desde aquel punto era más fácil llegar por tierra a Algeciras. Poli conocía la pequeña aldea de marineros confusa entre pilas de carbón y restos de chatarra. Varios barcos herrumbrados esperaban su desguace. Hasta la parroquia de la Inmaculada, donde solía acudir a rezar, le era familiar mientras los demás marineros visitaban los tugurios, apostaban con los tahúres y se dejaban el dinero con las mozas de oficio del lugar. Esta vez había dado una consigna a su tripulación:

—Enteraos de qué está pasando en el resto del país. ¡Sed discretos!

Poli supervisó las guardias y fijó las horas libres en puerto. Saldrían en treinta y seis horas. Él cogería un taxi y se acercaría a Algeciras, donde tenía contactos habituales. Al ser sábado y domingo estaba pensando que estaría todo cerrado. Mal asunto para conseguir el dinero, pagar el acopio de carbón, agua dulce y víveres. Se encontró con el inspector de buques, el señor Leguina, magníficamente preparado para la escala. Iba trajeado y con corbata. Portaba un atildado bigote bien arreglado. Se había puesto elegante. Le saludó.

—Querido capitán, estaré ausente todo el día en Algeciras. Pararé a comer con unos amigos en el hotel Reina Cristina. ¡Que pase usted un buen día!

Poli se quedó pensando cuál sería la misión del inspector de vapores en esa travesía. Le faltaba una conversación directa. Hasta entonces no había habido oportunidad. La presencia de los otros singulares pasajeros lo había impedido. Hizo propósito de buscar el momento oportuno en el siguiente trayecto. Antes de bajar a tierra se dio una vuelta por la escotilla de proa, levantó unos cuarteles con la ayuda de dos marineros y comprobó con sus ojos que la carga estaba bien. Como estaba bien trincada, no se había movido. Cerró el encerado y se fue a revisar el carbón con el fogonero mayor que le había dicho:

—Don Poli, estamos escasos... estamos por debajo de la mitad, capitán.

Efectivamente aquello suponía que había que carbonear en previsión. Bajó las escalerillas y saltó a tierra con Benito. Dio las órdenes en el garito de control para cargar y estibar correctamente el carbón. Dejó solo a su camarero haciendo intendencia en el almacén de la María y cogió un taxi para ir al centro de la ciudad.

Cuando llegó a Algeciras se dio cuenta de que todos los bancos estaban cerrados como sospechaba. No había casi gente por las calles, normalmente animadas a media mañana en época veraniega. Los bares se veían casi vacíos. El más popular, Los Valencianos, tenía apenas cuatro clientes en la barra. Preguntó al camarero por Paca, la del chiscón de golosinas. No estaba. Había cerrado el puesto. Paca hubiera sido una buena referencia de todo lo que estaba pasando en Algeciras. Desde su puestecito de pipas y caramelos controlaba la situación. No le quedaba más remedio que subir por la cuesta del Piojo a la plaza Alta y tratar de buscar a Samuel, el judío. Al pasar entró en la capilla de Nuestra Señora de Europa. Siempre había cubos de agua donde la gente devota ponía claveles. Se sentó en el último banco. Aquella capillita de la Virgen de Europa era recogida. Pero observó que había pocos claveles en los cubos. Tampoco le acompañaban muchos devotos como otras veces. Había tres mujeres y un mendigo durmiendo. Pidió a la Virgen protección para su aventura. Salió rápido, atravesó la plaza, dejando a un lado el Ayuntamiento, y se apresuró a subir entre callejas hasta la calle de la Gloria, por la plaza de San Isidro donde vivía Samuel. Por fin encontró El Palomar, la casita del judío sefardí que buscaba.

Samuel era un viejo amigo. Muy conocido de los marinos en apuros. Prestamista con moderada usura. Era el recurso de los que se perdían en el riesgo y de los aventureros de incierta solvencia, pero habituales en los puertos marineros, remedio de los perdedores en el juego. Saludó a Poli con mucho afecto.

—Ae vasco capitán, he sentito que trae aventura y carga. Con molto pericolo en questi momenti.

Samuel vivía en una pequeña casa andaluza con patio interior, lleno de gatos a los que alimentaba mientras paseaba y hablaba. Su vivienda estaba llena de antigüedades y objetos extraños que seguramente habían sido prendas de créditos impagados. Le acompañaba un muchacho a modo de recadero al que confiaba la conversación y los mandados. Su mancebo era agraciado y sabía estar sin hacerse presente.

Poli se sintió halagado por el ofrecimiento inmediato de café y la buena acogida de Samuel. El lenguaje del anciano era complicado entre yidis, italiano, español y portugués.

—Samuel, querido Samuel, este capitán necesita dinero —explicó Poli—. Están los bancos cerrados. No he encontrado a la Paca. Tengo que meter carbón en el *Arriluze* y andar vía. Necesito que me ayudes.

Mientras esto decía, Poli hacía el gesto con los dedos de la mano derecha de sacar y meter el tresillo de brillantes que le había dado Margarita Xirgu y que destacaba en el dedo corazón de su mano izquierda.

No pasaba desapercibida para Samuel la presencia de aquella alhaja. Miró a Poli a los ojos y le dijo:

—Avete capitán en esa alhaja. ¿Cuánto quieres? Te la prendo.

Poli había conseguido lo que pretendía. Venía rumiando la idea durante todo el día. En realidad eso había pedido a la Amatxu de Begoña, recordada hacía unos minutos en la ermita de Nuestra Señora de Europa.

—¿Cuánto vale? —preguntó Poli.

—No me importa —contestó el judío—. Me gusta. ¿Cuánto necesitas?

Poli se recreó en la mirada y pensó en que la Xirgu estaría camino de Santander para embarcarse en el *Orinoco* que la llevaría a América. Él había cumplido una misión. Ella le hacía posible ahora continuar su viaje.

—Te voy a dar más de lo que necesitas, capitán —dijo Samuel—. Avíate con mil pesetas.

—Me avío, Samuel. Pero déjame recuperar el tresillo si te devuelvo el dinero. Es el regalo de una amiga. Le he tomado cariño a esa alhaja.

El mancebo, con rasgos de origen árabe, fue a buscar a una caja fuerte el dinero. Eso alivió la preocupación de Poli.

Samuel podría tener más de ochenta años. Estaba tocado con un talit como si estuviera en una plegaria permanente. Se apreciaban las filacterias y una kipá roja colmaba su cabeza sujeta por una horquilla a su pelo cano, amarillento y descuidado. Tenía un aspecto venerable. La bondad se asomaba a sus ojos azules. Era natural de Tánger. Añoraba su ciudad. Hacía años que se había refugiado en la aljama de Algeciras. Junto a su casa estaba la pequeña sinagoga que alentaba a una reducida comunidad judía. Samuel tenía contactos secretos y sabía lo que se movía en el norte de África para apoyar al general Sanjurjo, verdadero halcón que preparaba el movimiento contra la República. En aquella casa de Algeciras, en El Palomar, había un inocente palomar de palomas mensajeras. Samuel y su mancebo las cuidaban con toda clase de detalles. En el extremo del patio interior donde tenían un altozano con unas rocas, habían construido un albergue para los correos del aire. Era un secreto a voces que el viejo Samuel auspiciaba las mejores palomas mensajeras del mundo. Las adiestraba con cuidado. Tenía sus correspondencias con las más importantes juderías de la Península y sobre todo con las situadas al otro lado del mar. En Tánger, en Sanlúcar, en punta Umbría y más allá de Tavira, había buenos receptores y emisores, palomos y palomeras. Las palomas de Samuel tenían un sello especial. Además de su morfología atlética, su viveza y rapidez de vuelo, eran destacadas y admiradas por todos los aficionados a la colombofilia. El mancebo decía que aquellos animales de abundante plumaje, cola plegada y cuello erguido eran capaces de volar a casi noventa kilómetros por hora durante un día, cumpliendo distancias de hasta setecientos kilómetros.

Samuel, más que un palomar, tenía un centro de comunicaciones. Con conexiones internacionales. Sobre todo con Tánger. Tánger, su amada Tanja, donde había nacido. Era el principal punto de destino, casi diario, de sus palomas mensajeras. Los mensajes llevaban afectos y noticias relacionadas con la vida de las ciudades y de las personas.

Samuel posó el brazo sobre el hombro de Poli. Lo acercó como si fuera a hacerle una confidencia.

—Poli, vete a Tánger. No dobles por Tarifa. No entres en Cádiz. Gracias por tu visita. Gracias por esta alhaja, esta joya. Si decides ir a Tánger en tanto esto aclarado es, porta la tuya joya a mi primo Sam Benhedí. Débole amor y regalo. Nada mejor que esta nedzen que es preciosa. Yo ya estoy pagado por ti. Pero tú vete a Tandiya y busca a mi primo en la Kasbah vieja. Él conserva el buen espíritu de los hebreos anticos. Te ayudará si lo necesitas. Ayí sabrás lo que pasa aquí. ¡Dios sea bendito te abra caminos de leche y miel en la mar!

Samuel puso en la palma de la mano del capitán el preciado tesoro de Margarita Xirgu. Cerró con las dos manos la suya como una concha que guarda la perla. Hizo un ademán de darse la vuelta para hablar de espaldas, sin mostrar los ojos. Estaban cerca del brocal del pozo del patio. Se oían arrullos de las palomas en el palomar. Pidió agua al mancebo que la sirvió de un botijo en un vaso de plata. Sin volverse, sin dar la cara, confesó:

—Debo mi vida al primo Sam. Estoy aquí porque él me sacó del rapto y la prisión de unos bereberes que me quisieron robar. Estaba viejo para defenderme. Soy ahora preso del suo amor. La gratitude me envuelve. No puedo volver. Me trajo a Algeciras, me compró la casa. Antes me ocultó durante un tiempo hasta que buscando el olvido y la barca en la marea con el cayuco pudo trajerme aquesta casa. ¡Dios sea bendito! Nací de nuevo. Guardo la felicita en la vasija dresel de mi corazón de barro.

Poli, hay que actuar sobre lo que el ojo ve, la mente jammea y el corazón siente. No quiero no vos guanteará de ver mis penseiros. Vos anogoi que seáis indulgente con me.

El anciano judío recitó mientras Poli le observaba en silencio reverente:

—«Ya komimos i bevimos i al Dio santo Baruh'hu ubaruh shemo-bendito sea y bendito se su nombre-bendishimos, kmos-i mos dara pan para komer. El padre, el grande kue mande al chiko a según tenemos de menester para muestras kazas y para nuestros ijos. El Dios mos oiga i mos arreponda i mos apiade por su nombre el grande, kue somos almikas sin pekado.» «Hodu la-a. Kitov ki le-ham hasdo» —«Dad gracias al Señor porque es bueno, porque es eterno su amor», Salmo 136—. «Siempre mejor, nunka peor. Nunka mos manque la meza del kriador. Amen.»

Solo se oía el zureo de las palomas mensajeras. Poli se colocó el tresillo en el dedo corazón de la mano izquierda. Samuel le abrazó con un sollozo y le acompañó hasta la puerta.

Cuando Poli regresó al *Arriluze* después de comer en Casa Juani, lugar de reunión de tripulaciones, ya se había echado el atardecer. El carbón estaba estibado. Lo pagó. Se quedó en el comedor considerando lo que en aquel día largo había pasado. En la taberna de Juani, Radio Algeciras transmitía las enardecidas arengas de Queipo de Llano interrumpidas por canciones militares de la Falange y el *Oriamendi*. Al pasar por el cine Delicias vio anunciado el estreno de una producción de la Fox titulada *Asegure a su mujer*, con una protagonista de moda llamada Conchita Montenegro. Esa misma tarde el cañonero *Dato* avistó a otro mercante español al que se aproximó. Le hizo señales con el código internacional. Le pidió que entrara en Ceuta. Al principio el mercante se negó, pero al ver que cargaba los cañones comunicó que variaba rumbo y lo ponía a Ceuta. Al mismo tiempo, esa tarde, el *Churruca* se unió al alzamiento y fue camino de Cádiz con una unidad del ejército en medio de un fuerte tiroteo. Por otra parte el *Ciudad de Algeciras*, con tropas de la legión y regulares, provocaba la conquista de Cádiz. El 18 de julio fue declarado el estado de guerra en Algeciras. El delegado del gobierno habló al dueño de Radio Algeciras EAJ55 por teléfono para pedirle que fueran leales a la República. Dos días más tarde era fusilado. Hubo más de doscientos fusilados en Algeciras en aquellos días. El batallón de Sierra Carbonero en punta Paloma fusiló a cuarenta y uno para dar ejemplo.

Todo eso sucedía allí mismo, alrededor del *Arriluze*, casi sin enterarse. Poli tenía la sensación de sentirse atrapado en un callejón sin salida. Pero no quería transmitir sus preocupaciones a su tripulación y menos aún al pasajero que decía ser inspector de vapores del gobierno. ¿De qué gobierno?

5

Tánger

—Si entras alguna vez en Tánger tráenos medias de cristal —le había dicho Asun a Poli la última vez que el capitán pudo pasar unos días en su casa de Amurrio con su mujer.

Las medias de cristal las habían puesto de moda los americanos, causaban sensación entre las mujeres. Tánger, ciudad internacional, tenía de todo. Era un gran zoco, un gran hotel que albergaba mercaderes, diplomáticos y espías de todos los principales países menos alemanes. En Tánger, en aquel tiempo, no se admitía a los alemanes. Eran las consecuencias del mal recuerdo del káiser cuando en 1905 desembarcó armado para reclamar la independencia del sultán. A partir de entonces en 1906 la Conferencia de Algeciras dio el derecho de intervención a Francia, España y Gran Bretaña.

El *Arriluze* estaba entrando en la bahía. A sus espaldas se divisaba Tarifa y el contorno de las costas españolas. Tenía enfrente Tánger, la ciudad blanca, la ciudad internacional disputada por los europeos y por los sultanes. Estaba en el punto crítico en el que, por fin, el Estrecho se hace océano Atlántico. Con sus prismáticos, Poli divisaba desde el puente el cerro de la Alcazaba y, al otro lado, la punta de Malabata. Dio un respiro y pensó en todo lo que dejaba atrás. Le acompañaba Leguina, el inspector de buques y vapores, que se había opuesto a aquel desvío de la ruta. La víspera, en el comedor, habían discutido fuertemente. El capitán, una vez acabada la estiba del carbón y después de pagarlo con el dinero prestado por Samuel, decidió no dar la vuelta por el Estrecho a la altura de Tarifa sino recalar en Tánger. Le convencieron las palabras del judío. La situación en la Península era complicada.

—Hay que esperar unos días a que la República sofoque estos levantamientos y asonadas —sentenció Poli ante Jacobo Leguina, su oficial y el buen Benito Arregui, su camarero de confianza.

—No, don Policarpo —era la primera vez que el inspector le llamaba por su nombre completo—, está usted equivocado. Cuanto antes doblemos Tarifa y nos metamos en la costa portuguesa antes llegaremos a nuestro destino. Es urgente llegar a nuestro destino —insistió Leguina.

Poli aprovechó aquella oportunidad para plantear la pregunta que le rondaba por la cabeza desde que Jacobo Leguina pusiera el pie en su barco.

—¿Cuál es su verdadero destino, señor Leguina?

—¡Bilbao! —se apresuró a contestar. Lo dijo tan fuerte, tan redondo, que sonaba a hueco.

—¿Está usted seguro? He oído decir a algunos de mis marineros que usted tiene intenciones de desembarcar antes. ¿Es eso cierto?

—¡Imposible! Yo no converso con sus marineros. Sus sospechas no tienen fundamento. Sabe usted muy bien, capitán, cuál es mi hoja de ruta.

Poli no quiso seguir ahondando en la discusión. Sabía que era audaz al preguntarle cuáles eran las razones de su viaje. Prefirió cambiar de tema y dar por cerrada la discusión.

—Iremos a Tánger. Haremos escala el tiempo preciso. Quizá allí sepamos la verdad de lo que está pasando en España.

Tánger era la capital del corredor marítimo más transitado del mundo. Un lugar abierto a todo el que quisiera iniciar una nueva vida. Ciudad de cambio de moneda, de mercadería, de vida y hasta de religión: musulmana, cristiana, judía e independiente. Ciudad libre de impuestos y de prejuicios que asumía lo occidental en un marco oriental. En aquellos momentos se estaba convirtiendo en refugio intelectual, en centro comercial, lugar de grandes transacciones para la paz y para la guerra. Detrás de una partida inocente de cartas, detrás de un pinacle, en un reservado del hotel Minzah podía haber una operación de venta de oro o de armas para cualquier país del mundo occidental. En esa ciudad seductora todo era apariencia de calma y de sosiego. Las aguas marinas internacionales eran un tajamar incierto. El zoco de adentro, Suq Dakhel, encerraba una vida distinta a la del zoco de afuera, Suq d'Barra. Pero aún la ciudad nueva que se construía en Marchan estaba condicionada por la ciudad vieja. Tánger llamaba poderosamente la atención de Poli. «Esta ciudad crea, a todo el que la visita, un diálogo interno entre lo que ves bajo el contraste de la luz mediterránea y lo que te hace pensar el mutismo de su gente —reflexionó el capitán—. Lo que no ves pero piensas que está ocurriendo es lo que le da valor. Para conocerla tienes que traspasar el umbral de sus puertas infranqueables y cerradas en las pequeñas callejas y mirar adentro por encima del alféizar de sus ventanas.» Al capitán le seducía volver a perderse entre sus calles, por la Medina hacia la Kasbah antigua donde curiosamente se mezclan los judíos, los árabes y los cristianos sin que haya *mellah* privativa de ninguno de ellos.

El timonel dio la alerta al capitán. Había que iniciar la maniobra de aproximación dejando la punta de la Hoz de la bahía por el costado de estribor. El sol se pone por el oeste, por el Estrecho, a la altura del cabo Espartel. Se perfilaba el caserío que, según desciende de la montaña, se torna más denso en blancos contrastes. El humo de las chimeneas de las casas y de los hornos donde se hace el pan añade penachos de plumas blancas sobre ese azul del cielo mediterráneo. Con los rayos del sol se divisaba el verde de la Alcazaba. Todo se desvanecía hasta tocar el agua, donde las espumas se repartían para llegar a los más lejanos acantilados, sin faltar a un orden consensuado de olas y espumas, olas y espumas...

En las madrugadas de Tánger primero ladran los perros, luego amanece, después cantan los gallos. Y siguen cantando hasta el mediodía. En Tánger predominan los gallos sobre el ruido de la ciudad. El tráfico era mínimo. El ruido de los artesanos se dejaba seducir por el zureo de las palomas. Las gubias trabajaban silenciosas tallando las maderas, obedeciendo a las manos de un artista. El herrero, la más común de las artes, hacía sonar su percusión en armonía. Poli seguía asomado al puente empuñando sus prismáticos de largo alcance para volver a descubrir la ciudad antes de llegar a ella. El Buque de Bilbao avanzaba lentamente y entraba en la bahía. El aire a ráfagas desmelenaba el peinado de su humo negro que brotaba de su espléndida chimenea con arrogancia. Observó que tres acorazados estaban fondeados en la bahía cerca de su paso. No le extrañó. Tánger seguía siendo ciudad internacional bajo el protectorado. Se fijó en las banderas. Uno, el más poderoso, era francés y los otros dos, británicos. Él navegaba bajo la bandera legal republicana española. Dio órdenes al oficial y al timonel para poner rumbo hacia el muelle sur.

El radiotelegrafista le advirtió que todo estaba en orden. Se había comunicado con tierra. Preguntó si solicitaban práctico.

—No hace falta, Andoni —contestó Poli—. Conozco muy bien los calados de este puerto. Nos lo vamos a ahorrar, qué buena falta nos hace.

Pasaron por su memoria los personajes conocidos en anteriores escalas. Le resultaban divertidos porque Tánger era una ciudad de recreo. Allí estaría la belleza de Elizabeth, aquella mujer inglesa que conoció en casa de doctor Duyos en su última estancia. Era una mujer atractiva que ejercía un gran poder seductor sobre la pequeña colonia de europeos. El lugar en el que se daban cita era la Casa Azul, un club familiar de intelectuales e inquietos. Poli pensaba acudir allí en cuanto llegara. La casa conservaba su hechura inglesa, victoriana, con sus muebles *art nouveau*, todo ello cuidado con esmero por su dueña la señora Sara, la viuda joven de Clark. Había convertido el lugar, abierto al público con cierta reserva, en una selecta tetería. Ofrecía pastas y pastelas, sándwiches y chocolates únicos, perfumados y rellenos de naranja. Llegar a la Casa Azul era un atractivo para todo viajero selecto y transeúnte de clase. Pero había que conocer a alguien. Ser introducido por un habitual como en un rito iniciático. No había otro lugar igual ni en Oriente ni en Occidente. Era único, o al menos así se lo parecía a cuantos viajeros del mundo lograban penetrar en la intimidad de sus tertulias.

Poli se recreó en sus pensamientos. Fumó una pipa de hebra holandesa mientras dirigía la maniobra de entrada al puerto. Iría a la Casa Azul, pero no quería que Leguina conociera el lugar y le pisara los talones. No tenía por qué revelar a un intruso sus amistades en cada puerto. Cada vez desconfiaba más de él. Mientras dirigía al timonel y mandaba preparar las estachas, recordó al doctor Duyos, el joven cardiólogo español que había conocido recién llegado a Tánger acabada su carrera en Madrid. Le admiraba por su bonhomía y por su condición de poeta romántico. Seguramente se lo encontraría a la hora del té en la Casa Azul, donde se reunían los amigos antes de caer el sol.

Una vez efectuada la maniobra de atraque, lo primero que hizo fue acercarse al puesto del radio para que le conectara con tierra. Quería comunicarse con Maurice Terrail, viejo amigo, marino de Burdeos, conseguidor de favores bien pagados, gestor de cabotajes que se había establecido como negociante en Tánger. Era un buen conocedor de la ciudad y su gente.

—Maurice, ¡he atracado en Tánger!

—¡Qué sorpresa, Poli!

—¿Podemos quedar a cenar en el Minzah?

—¿En el bistró?

—Sí, en el bistró, el restaurante francés del hotel.

—¿Te parece bien a las siete de la tarde?

—¡Perfecto! Así charlamos...

—Iré con Margaret, ¡mi amor imposible!

—¡Ah! Pero ¿todavía seguís juntos?

—Me ha perseguido desde Burdeos hasta aquí.

—Me alegro. Es muy divertida. ¡Qué harías tú sin ella!

Maurice se había alegrado mucho de la sorpresa.

—¿Tú con quién vienes?

—Yo con mi *Arriluze*.

—¡Viejo empedernido! Ya veo que te has salido con la tuya. Entra, entra en puerto despacio. ¿O te mando un práctico?

—No. ¿No me conoces o qué? ¿Cuándo he necesitado yo práctico para entrar en los viejos ruteros? ¡Ya estoy en el muelle!

Maurice Terrail había navegado mucho con un carguero de madera, casco antiguo, bandera de Burdeos. Se retiró en Tánger porque le gustaba la luz mediterránea. Había navegado con Poli a la contra: si uno traía otro llevaba. Era un *tramp* que sabía de fletes contrapuestos. Seguro que en Tánger se estaría haciendo de oro, pensó Poli sin equivocarse. Le agradaba mucho su compañía.

Definitivamente se estaban dando las últimas órdenes de atraque y los marineros lanzaban los cabos de proa y popa a los amarradores del puerto. El vapor resoplaba. Le salían penachos de humo en la última maniobra. El timonel hacía alarde de éxito sin quebranto, entraba sin práctico, dirigido por el experto capitán. Por fin la escala estaba puesta a babor para saltar el primer grumete a tierra.

Allí se encontraba el comisario Pérez Almeida para darles la bienvenida, como era habitual. Subió a bordo y saludó:

—*Bienvenu, monsieur le capitaine Barañano!* hacía tiempo que no nos honraba con su visita —dijo arrastrando las erres como si fuera un verdadero francés.

—Almeida, ya veo que se está usted afrancesando. Gracias por su «*Bienvenu*». En esta ciudad no se sabe lo que se es pero usted, antes de ser comisario del puerto, creo que era un buen gallego de Galicia.

—*Effectivement, monsieur Barañano, mais maintenant nous sommes internationaux.*

—Es usted una maravilla, Almeida, sabe siempre estar en su sitio, acomodarse a las circunstancias y recuperar a los amigos aunque sean internacionales. La última vez que estuve recuerdo que tomamos juntos el té en la Casa Azul. Me habló de sus proyectos de retirarse a los alrededores de Villalba, su pueblo, donde su familia tenía una casita, pero veo que el progreso le ha sujetado a Tánger. ¡Enhorabuena!

—¡Así es! —dijo el comisario que agitaba una varita en la mano mientras se dejaba entonar por un jerez que escanció Benito como era costumbre.

—*C'est bien, vous êtes très gentil!*

Cumplidas las normas de rigor el capitán se apresuró a prepararse para dar un paseo por la ciudad. Bajó del puente al camarote. Ordenó a Benito preparar el traje nuevo que olería a membrillos según la tradición de llevarlos en el armario. También le pidió una buena camisa, blanca, bien planchada, para ir elegante a la velada con los amigos. Hacía un tiempo espléndido. Era día de fiesta para los musulmanes. Las calles estaban exuberantes de gente. Esperó a que Leguina saliera el primero a la ciudad. Se habían cruzado frases malhumoradas por aquella escala imprevista en sus planes. Mejor era no hablar. Benito le ayudó a vestirse y hacerse el nudo de la corbata. Estrenaba camisa de algodón inglés con los cuellos redondos y bien almidonados, sujetos con un alfiler de oro, de la que brotaba una corbata gris de seda moaré. También se puso los gemelos de oro con el brillantito que le regaló su suegra Rosalía para la boda. Aquellas pequeñas cosas, tan lejos de casa, le recordaban el cariño de los suyos. Antes de acicalarse el bigote miró la foto de su esposa y de sus hijos que estaba cerca del lavabo y la jofaina. Esbozó una sonrisa de complacencia. Benito era el testigo mudo de aquel gesto. Se caló su sombrero de jipijapa que le aliviaría del sol. Salió con tiempo saltando a tierra para andar un poco antes de la cena y perderse en las calles de la ciudad, hasta el hotel Minzah. Miró al reloj. Eran las cinco de la tarde.

La historia contaba que el califa Muley Hassan el-Mehdi había creado la paz en tiempos del protectorado español. Luego tuvieron que hacer frente a las reivindicaciones de los obreros marroquíes pidiendo la igualdad del trato social que se daba a los obreros españoles. Más tarde el presidente Niceto Alcalá Zamora tuvo que atender la carta de los nobles marroquíes de Tánger exigiendo un mejor trato. Los judíos de la ciudad habían obtenido la nacionalidad española. La pacificación forzosa de Primo de Rivera, a pesar del cruel desembarco de Alhucemas con ayuda francesa y con el desgraciado uso del gas mostaza contra los bereberes, dio sus frutos. Ahora, ciudad internacional, reinaba una paz comprometida y comprometedora pero en Tánger se convivía sin Alhamas y sin guetos.

En el camino por la vieja Medina se veían los más variados personajes. Empezaban a borrarse las sombras pronunciadas del sol plomizo del verano. Se iba el agobio del mediodía. Poco a poco el sol poniente, cálido de color pero no de calor, desabrigaba las sombras de un atardecer dorado. Vestía de amarillo el blanco de los ropajes y añadía textura a las paredes de los muros encalados. Había una extraña armonía en el encanto que cruzaba al paso del capitán Barañano entretenido en los bazares, embebido por el ruido callejero de los vendedores que pregonan las mercancías y el bullicio de las gentes que van de un lado al otro con niños que juegan y no se pierden nunca por el laberinto de sus calles bajo el olor de las especias. En algún momento, a Poli le sedujo mirar por la ventana de la madraza al escuchar a los jóvenes recitar con el ritmo acompasado de sus cuerpos los suras del Corán. Tiznadas sus manos de la tinta del cálamo, de tanto borrar la tablilla sobre la que escriben y memorizan los versículos de su libro sagrado. A la hora de la plegaria en la voz del muecín se paraba la vida, se paraba la mano, el pie y el cuchillo del que ejecutaba un cordero con afán ritual; dejaba de sonar el yunque de la herrería y el verdulero no cantaba su mercancía. La plegaria detenía la vida. Postraba a los hombres con los pies desnudos, en cualquier rincón, mirando a La Meca, doblegados por la necesidad de cumplir con la oración. Luego bullían por todas partes gentes que van y vienen. Nunca se sabe de dónde ni a qué. Las mujeres enlutadas con su hiyab, el velo que deja libre la cara, cubriendo la cabeza, haciendo más atractivos sus ojos, brillantes, con especial encanto cuando miran. A los viejos las chilabas que les cubren las barrigas les quedan más cortas por delante. Al andar parece que los pies, recogidos a medias en babuchas, se asoman tímidamente al escenario de la vida.

Todo aquello, no por haberlo visto en muchas otras ocasiones, a Poli dejaba de causarle, una vez más, curiosidad y asombro. En la marabunta del zoco todo era exhibición y muestra, variedad de objetos, de telas, de labores artesanas, de pulseras, de espejillos, piedras, aderezos y sombreros. Los moritos con fez rojo parecían sultanes de película. Estuvo por comprar uno de esos gorros para sus hijos como ya lo había hecho otras veces.

Eludiendo a los vendedores que le salían al paso y evitando más de un tropiezo fue a dar a la rue de la Liberté.

Cuando entró en el hotel era aún pronto para la cita con su amigo Maurice y su compañera Margaret. Se sentó en el hall. Un joven camarero le ofreció sus servicios.

—Señor. Amigo. ¿Desea tomar algo? —lo dijo con gusto y agradable sonrisa.

«Los jóvenes marroquíes se sobrevaloran con el fez rojo y se

173

muestran señores de sí mismos, no serviles —pensó Poli—. Es su propia naturaleza así.»

La entrada de Maurice por la puerta giratoria le sacó de sus pensamientos sin darle tiempo a contestar al joven camarero que parecía impasible, ante él, esperando.

—No, por favor. No deseo nada. Le agradezco su ofrecimiento, amigo.

Maurice estaba un poco más viejo, tendría sesenta años. Algo más que el capitán pero se mostró tan jovial como siempre.

—Poli, ¡bienvenido a Tánger! *Shalam Alaikum.*

—*Alaikum Shalam.*

Margaret se apresuró a besar a Poli. Estaba bellamente vestida con un traje de gasa malva. Llevaba colgada al cuello su estrella de David en oro. Evidentemente era judía, de la importante comunidad de Burdeos, de su histórica aljama.

—¡Margaret! —exclamó Poli.

Le alegraba el encuentro con aquella vieja amiga a la que conoció hacía años acompañando a Maurice en las fiestas de Bayona. Algunos veranos coincidían e iban juntos al Alarde y a los toros, acabando con una excelente cena regada con buen vino.

Bayona era una ciudad francesa cercana a Bilbao y a Burdeos que atraía a muchos jóvenes para pasar sus fiestas de Santiago a finales de julio. Poli y Maurice se habían dado cita allí durante muchos años para disfrutar de las charangas, el Alarde, los toros y el paseo por el Corso. Les gustaba recordar sus cenas en La Chistera vestidos con camisa y pantalón blanco, el pañuelo rojo al cuello y el fajín, también rojo, ceñido a la cintura al estilo de los navarros. Los vascos que hablan francés, euskera y castellano hacían gala de ser buenos acogedores y festeros. Igualmente Margaret y Asun, la esposa de Poli, habían participado algunos años en aquel encuentro puntual. Margaret era de Burdeos. Se había criado en el barrio de Saint Esprit, al margen del río Garona, donde la tradición cuenta que se instalaron muchos judíos tras la expulsión de los reinos de Castilla y Aragón por los Reyes Católicos.

Ahora estaban lejos, pero la camaradería renació en el encuentro en aquella vieja ciudad de Tánger con los recuerdos de la juventud en la memoria y en las palabras. Todo ello encerraba jóvenes complicidades y aventuras de grata memoria.

Apuraron unas copas en el hall del hotel y pasaron al bistró. Era el restaurante más íntimo. Sus divanes de capitoné en terciopelo rojo, las mesas contrapuestas, la historia en fotos de los primeros años de la ciudad, remarcadas en las paredes, los antiguos automóviles, los recientes acontecimientos del protectorado internacional, sus prohombres. Todo ayudaba a comprender el transcurso de la historia de Tánger y sus gentes. Como era pronto aún estaba vacío. El maître les acompañó a la mesa del rincón. Poli se dio cuenta de que había un plato más. A alguien esperaban. Maurice, al ver su cara de sorpresa, le explicó:

—Poli, no he podido por menos que invitar a nuestro joven doctor y amigo Rafael. Rafael Duyos. ¿Te acuerdas que te lo presenté hace un año en la Casa Azul? Entonces acababa de llegar a la ciudad. Se ha convertido en un hombre querido por todo el mundo. Es generoso en su profesión con pobres y ricos. Todo el pueblo le adora. Además es un buen poeta. Ha captado muy bien en poco tiempo el alma de esta ciudad llena de misterios.

Poli recordó con afecto al doctor Duyos. En el último viaje sus consejos le cuidaron la gripe antes de que se convirtiera en neumonía, a la que era propenso. La humedad del mar se le metía en los huesos. El doctor Duyos inventó una zarzaparrilla caliente con aspirina que le aliviaba. Quedó en el recuerdo un recital de poesía tras tomar el té en la Casa Azul. «En la penumbra»; casi se lo sabía de memoria:

En la penumbra por primera vez
y luego y para siempre en la penumbra
como un atardecer que, ya sin sol,
resplandece en espera de la luna.

—¿El poeta de la penumbra? —exclamó Poli.

—Sí, el doctor Duyos, el de la penumbra...

—¡Qué belleza!

Recordó con acertada memoria y recitó:

> *Luz de nadie en un punto de tiniebla...*
> *Venus y tú por mí naciendo juntas*
> *y en el rincón sin rejas y sin lámpara*
> *nuestra voz, nuestros besos, nuestra música.*
> *Nada es tuyo ni mío... todo rueda...*
> *Desde mis manos a las manos tuyas*
> *y torna a mí, entre mimos, sin palabras*
> *para ceñir mi verso a tu cintura.*

Se unieron los dos para recitar los últimos versos al unísono:

> *En la penumbra por primera vez*
> *y luego y para siempre... en la penumbra.*

—Pues ya lo ha publicado y ha sido un éxito —le contó Maurice—. Se vende en la librería Colonnes.

—Él me regaló este poema en manuscrito —reveló Poli—. Recuerdo que me dijo: «Llévalo contigo en la penumbra de los mares...». ¡Es un acierto que le hayas invitado esta noche!

—Se puso muy contento al saber que estabas en la ciudad. Pero ya sabes cómo anda de ocupado. El tifus en los bereberes está haciendo estragos. Estará aquí cuando haya terminado su visita al último paciente. Es admirable su constancia y su paciencia. Vete a saber en qué barrio o en qué casa de la Kasbah estará metido...

—Tiene un corazón de oro —dijo Margaret.

—Es una suerte para nosotros —afirmó Maurice.

—¿Y la mujer que lo acompañaba la otra vez? —preguntó Poli—. Una tal Elizabeth.

—¿La inglesa? Ha desaparecido, se ha ido de Tánger a vivir

en Londres con un hacendado cubano que recaló por aquí huyendo de la justicia o de la venganza. Duyos era demasiado bueno para aquella hembra. Nos trajo de cabeza mientras vivió aquí. No tenía sosiego. Dominaba la escena cada tarde en el té de la Casa Azul. Llegó a cansarnos a todos con sus intrigas para hacerse valer ante Rafael innecesariamente —explicó Maurice.

Se habían situado en la mesa dejando en la cabecera al doctor por llegar. El maître les ofreció la carta. Puso en la mesa por costumbre de clientes habituales una botella de vino borgoñés. Era evidente que en aquella casa había que comer el *filet mignon* y regarlo con aquel buen tinto. Así lo ordenaron, dejando a la elección del chef las guarniciones y complementos. Margaret desde el principio pidió su postre preferido.

—Un *soufflé* Alaska, por favor, para terminar.

El capitán estaba muy a gusto en aquella compañía, hasta el punto de olvidar las vicisitudes de la travesía y la razón de aquella escala en Tánger inesperada e imprevista. No tardó en hacer su pregunta clave.

—Maurice, ¿qué pasa aquí? ¿Qué está pasando en España? Allí nadie sabe nada. Seguro que tú tienes más información y podrás descifrarme la clave de la situación. No te oculto que me he metido en un buen lío con este viaje de cabotaje hacia Bilbao. Yo en realidad quiero ir retirándome y que Agustín, mi primer oficial y también socio, me vaya sustituyendo. Si os digo la verdad ha sido Samuel de Algeciras, el judío a quien conocéis, el que me ha empujado a entrar en Tánger, porque él dice tener informaciones de graves acontecimientos. Me recomienda esperar aquí unos días. Enseguida me acordé de vosotros y pensé: «Si Maurice no lo sabe, no lo sabe nadie». ¿Qué está pasando?

Maurice se atusó el bigote que llevaba en puntas como buen marino. Le halagaban las palabras de su amigo. Intercambió una mirada de complicidad con su mujer como pidiéndole la venia de lo que iba a decir.

—Barañano, tú no eres ningún ingenuo. Aquí se está armando la gorda. En Tánger hay mucho negocio: unos buscan armas y otros dinero con que pagarlas. Desde esta pequeña ciudad internacional estamos aprovisionando a los ejércitos de media Europa y a las fuerzas invasoras de varios países, entre ellos España. Mira, Poli, se está ganando mucho dinero. Aunque es un dinero emigrante, algo se queda aquí. Lo curioso del caso es que el género vuelve a sus orígenes: Londres, Rotterdam... donde están los fabricantes sin bandera. Pasa por aquí, solo pasa pero algo queda.

—Me lo estaba imaginando. La demanda en Cartagena de aprovisionar patatas y cebollas se convierte aquí en granadas y pistolas.

—Sí, así es. Hasta cañones, cañones ingleses de última generación. Allí está la intendencia y aquí los cañones que hacen estragos. Todo el mundo quiere aerotransportables, cañones que se puedan montar en ruedas y cubiertas. Luego munición, mucha munición. Se funde lo que haga falta para hacer más munición.

El vino rojo, cálido, estaba en las copas. Invitaba al brindis y a la amistad.

—¡Por vosotros! —dijo Maurice.

—*Le-haim!* —exclamó Margaret en yidis.

—Sí, ¡por la vida! —dijo Poli—. Bueno, me dejas asombrado aunque lo intuía. ¿Creéis que debo permanecer aquí o seguir cuanto antes con el *Arriluze* para entrar en Portugal?

—Estate quietecito dos días o tres —contestó Maurice—. Se va a saber muy pronto en qué para todo esto. Has hecho muy bien siguiendo los consejos de Samuel. Él cruza buenas informaciones, y hasta secretas y en hebreo, con sus palomas mensajeras. El general Sanjurjo se la ha pegado: ha muerto en Estoril cuando iba a tomar el mando dirigiéndose a Burgos en una avioneta. Era el único general que podía hacer cambiar el gobierno popular hacia una nueva monarquía. Él sabía las tramas y conjuras que hay sobre vosotros y que os están llevando a la guerra civil inevitable. Sanjurjo era un héroe y una víctima. El León del Rif vivía exiliado en Portugal. Ahora quien manda, querido Poli, es ese jovencito «calla broncas» que subieron a general y se llama Franco. Por si no lo sabes, Franco se va a llevar a los moros a la Península porque no se fía de los suyos. Nadie sabe si es monárquico o liberal. Lo que va es a cargarse la República. Ya lo llaman «Alzamiento nacional». No sabemos de dónde ha sacado el dinero, pero tiene armas y parece que le ceden aviones los alemanes a cambio de... no sé de qué...

Al capitán se le iba cambiando la cara. Se dibujaba en su rostro la preocupación por la ruta de su incierto navegar, la misión y el destino. El ambiente se hizo tenso. Ni siquiera la comida distrajo la atención. Margaret tenía una sonrisa de circunstancias. Hacía bailar con sus dedos la estrella de David colgada de la cadena de oro al cuello. Un músico con su violín y una señora que tocaba el piano irrumpieron en el bistró. El ambiente del fin de semana había llenado el comedor. El violinista atacó con su arco las variaciones sobre un tema de Paganini de Rachmaninov. La pianista le secundaba. Sonaba como música de fondo a las conversaciones de cada mesa. Era armoniosa pero demasiado selecta para ser apreciada. Parecía que Maurice establecía un largo silencio tras su confidencia. Poli y Margaret se cruzaban las miradas y trataban de sobreponerse escuchando las melodías con pensamientos tan distintos. Por fin Poli exclamó:

—Es la guerra, Maurice.

—Sí, es la guerra —dijo él—. Yo que tú no me movería.

—No puedo. Veo ahora que más que un viaje tengo que cumplir una misión —contestó Poli.

—Podrías quedarte hasta que pase todo esto y se restablezca un orden constitucional en España. Tampoco sabemos cuál será. Nosotros aquí te ayudaremos. No tienes por qué preocuparte de nada. Tú y tu barco con toda tu gente estaréis a salvo. Tánger es ahora el mejor lugar del mundo para sobrevivir... Hasta podrías pensar en traerte a tu familia.

A Poli le brillaban los ojos. Sentía por dentro una especial emoción. Era consciente de que él y su barco, el *Arriluze*, eran un mensaje de esperanza para su gente y su pueblo. Le ardía la sangre en las venas. El coraje de vivir ante la amenaza de lo que suponía una guerra fratricida le hacía pensar que no habían sido banales asonadas las noticias que oyó a su paso por Málaga. Ahora empezaba a entender que en Cartagena había muchas estibas injustificadas y que alguna mercancía podría ser clave para su destino. Se repuso ante la mirada de sus amigos y contestó:

—Gracias, Maurice, gracias, amigos, pero ahora soy aún más consciente de que tengo que cumplir una misión.

—¿Qué misión? —interpeló Maurice—. Los hombres de conciencia sois los peores para convenceros de la evidencia. Porque queréis que las cosas sucedan según vuestra razón. Luego la vida os sorprende con lo imprevisto. Y lo imprevisto siempre es contundente. Te guste o no te guste, esto está claro: va a haber, si no lo está habiendo ya, una guerra fratricida entre vosotros los españoles porque dentro de cada familia no todos pensáis igual. Muerto Sanjurjo, Franco va a ser un dictador. Ya veremos lo que pasa. Tú no te tienes que meter en medio de la contienda pudiendo permanecer al margen. Quédate en Tánger y vamos a ver lo que pasa.

Margaret alargó las manos hacia Poli con un gesto de acogida.

—Te buscaremos una buena residencia —afirmó—. Quédate con nosotros ahora.

Justo en aquel momento entró el joven doctor Duyos con su cabás en la mano. Saludó con entusiasmo a todos pero especialmente se fundió en un abrazo con Poli.

—Capitán, ¡es un honor volverte a ver entre nosotros!

Después se dirigió a Margaret que estaba radiante.

—Margaret, preciosa mujer, traigo una flor para ti.

Como si hiciera un juego de magia, al deshacerse de su pañuelo de seda blanco que llevaba al cuello, sacó de sus pliegues una bella rosa roja recién cortada. Las rosas de Tánger huelen a distancia. Su aroma se percibía en la mesa. Margaret la cogió sonriendo.

—¡Es bellísima! ¿De dónde la has sacado? —quiso saber sorprendida.

—Del jardín del último paciente. La corté al salir.

—Este hombre cura —se apresuró a decir Maurice—, escribe versos y regala rosas a mi mujer... ¡qué más se puede esperar!

—Rafael, pensaba verte en mi escala —dijo el capitán—. Maurice y Margaret se han adelantado invitándote a esta cena, de lo cual me alegro mucho. Veo que ya eres un tangerino más. Seguro que habrás aprendido a hablar en haquitía.

Aún no, pero estoy en ello. Cuando salgo a atender a los rifeños y en las granjas bereberes de alrededor de la ciudad me cuentan historias con palabras mezcladas de castellano antiguo, sefardíes, árabes y portuguesas. Hasta me cantan canciones. Esta tierra es rica en humanismo. Un enfermo que se cura es un devoto y por supuesto un amigo. No te olvida. Lo malo es que no puedo curar a todos.

A Poli le fascinaba la personalidad de Rafael Duyos, el joven médico español y poeta que conoció en su viaje anterior. El de los versos de la «penumbra»; lo recordaba a menudo en la Península y hablaba de él a su familia y a los amigos en Bilbao. Aquel joven médico valenciano había estudiado cardiología en la facultad de Medicina de San Carlos de Madrid y en 1934 llegó a Tánger con apenas veintiocho años. Las gentes se lo rifaban buscando el alivio de sus males y la paz de sus palabras de aliento. Al ser joven y bien parecido, la sociedad de Tánger le invitaba a participar en todos los eventos, a los que solía acudir a pesar de su complicada agenda. Pero para él lo más importante eran sus consultas en el dispensario español, el hospital y las visitas a domicilio. No obstante siempre tenía tiempo para tomar el té a las cinco de la tarde en la Casa Azul. Ése era el momento y el lugar en el que se encontraban las personalidades de la élite de la ciudad, ya fueran residentes o en tránsito. La Casa Azul era el lugar de ocio, y por qué no, también de negocios. Luego, él seguía con su cabás a cuestas las visitas a domicilio hasta acabar en cenas con los amigos como en aquella ocasión o llegar extenuado a su residencia.

Poli recordaba aún cómo en su última estancia en aquella ciudad de sueños al visitarlo como médico, el doctor Duyos le había confiado «su secreto». Entonces comprendió que era su amigo. Ver a Rafael era encontrar alivio en sus dolores y paz para el espíritu. Su dispensario personal estaba a las afueras de la ciudad, donde se estaba construyendo el nuevo Tánger. Era una casita sencilla de doble planta con un jardincillo plantado de limoneros y naranjos que la rodeaba. El piso bajo era su gabinete de consulta improvisado donde siempre había gente a la espera de su llegada o partida. La parte alta era su vivienda atendida por Malika, ama de llaves y fiel servidora.

Rafael Duyos era especialista en pulmón y corazón, pero hacía de todo por la salud de los enfermos. Al que no tenía remedio que aplicarle lo lavaba, lo cuidaba, lo llenaba de afecto. Para él profesionalmente Tánger tenía mucho futuro. La sanidad estaba empezando. Más por caridad que por negocio las familias ricas se implicaban en hacer hospitales y traer los más modernos equipamientos de Europa. Rafael se estaba desarrollando como médico y como persona. «El doctor español», como le llamaban, era un suceso profesional y social. Hasta su soltería y buena figura era un aliciente en los acontecimientos sociales. Le gustaba asistir, en la mañana, a la tertulia de intelectuales de la librería Colonnes. Allí leyó por primera vez los versos que había escrito recién llegado de la Península:

> ... *que vengo del otro lado,*
> *que vengo de Gibraltar,*
> *para soñar a tu lado,*

mirándote encandilado
de Santillana del Mar.
¡Que vengo del otro lado!

«Eso es lo que tiene Tánger», pensó Poli, que había mucha gente que venía del otro lado a buscar. ¿El qué?, se preguntaba. Algunos ni se lo cuestionaban. Pero tampoco vivían en Tánger sino que vivían de ella, un modo de vivir propio y distinto.

El doctor Duyos era testigo de aquella sociedad sobrevenida a la ciudad pero también de la sociedad nativa que hablaba la haquitía. Él los atendía por igual. Le chocaba ese modo distinto de ser, vivir y hablar. La haquitía era única y sexual: hablaba la vida. Las palabras no obedecían a construcciones prefabricadas sino que eran sonidos sacados de la vida misma que tropezaban con los arquetipos de diversas lenguas, de diferentes razas. Las expresiones no colgaban de una gramática, sino de un modo de vivir. Por tanto la literatura de Tánger estaba más en la vida del pueblo que en los libros. Su tertulia en la librería Colonnes era generadora de una cultura de literatura transversal que a Rafael le enriquecía como poeta.

El secreto del doctor a Poli era también transversal. Nada tenía que ver con la profesión de ambos sino más bien con la fe que compartían, con la fe cristiana. Rafael había dicho a Poli después de mutuas confidencias:

—Poli, el secreto que hace decidir el futuro de algunos hombres entra en la oscuridad más absoluta hasta que se hace luz.

Él había escrito que «es el pesado compromiso» de ser mudo: «Más bien nuestro ser o estar muerto para toda la vida o parte de ella hasta que se desvela. Aquel a quién dan a guardar un secreto lleva siempre, día y noche, sobre la sangre y la conciencia, el peso de una responsabilidad. Miedo de guardián de presidio. Temor de custodio de vírgenes, zozobra de adivinar por los ojos lo que nunca dirá la boca».

Poli, cuando recordaba esto, pensaba en la carga de su amado buque y en el secreto del doctor Rafael Duyos, que algún día vería la luz.

Tánger producía una nostalgia exagerada. A los viajeros no les importaba su pobreza ni la miseria de sus gentes, sino el genio dormido de sus vericuetos que todo aventurero quería despertar, la luz azul de su mar y un supuesto misterio escondido en sus callejas que deseaban desvelar. En Tánger no hay grises. Todo es blanco, muy blanco o negro, muy negro. Sobre todo en las noches tangerinas. Pero si se mira al cielo se puede ver un paraninfo de estrellas y una luna luminosa que penetra más en los agujeros del mar que en los rincones de la tierra. Es el embrujo de la ciudad árabe más cerca de España.

Maurice, ante su magnífico filete, trató de reconducir la conversación después de los saludos al doctor Duyos. Sabía muy bien que habían quedado en un punto delicado y pretendía la colaboración del médico para convencer a Poli de que se quedara y no siguiera en su trayecto de cabotaje hacia Bilbao hasta que la situación en España fuera más clara. Aquella mañana escuchó en la radio lo sucedido a Sanjurjo y la arenga del general Queipo de Llano desde Sevilla llamando una vez más a la sublevación contra el gobierno legal de la República. Tenía en su despacho la última transacción de armas para el ejército sublevado, vendidas por los alemanes, en la que había ganado un buen dinero. Todo le hacía prever el desastre de los españoles. A aquellas horas el tráfago de cargas por encima y por debajo del mar Mediterráneo era impresionante. ¿Cómo podía retener a su amigo Poli para que no entrara en el ojo del huracán? ¿Para que no fuera a morir en la contienda sin ser culpable de nada?

—Poli, ¿qué plan tienes para mañana? ¿Nos vemos más tranquilamente? ¿Podemos quedar a las cinco de la tarde en la Casa Azul? Allí te encontrarás con más gente conocida y como siempre lo imprevisto. En la Casa Azul siempre hay algo nuevo.

—De acuerdo. Nos vemos mañana en la Casa Azul. Yo me alojo en el barco. Estamos bien atracados en el muelle sur.

Margaret se interesó por Asun y la familia. El doctor contó sus preocupaciones por el tifus. El bacilo de Koch se estaba comiendo a los más débiles de la ciudad. Maurice desvió la conversación dos veces para evitar temas desagradables. Cuando llegó el postre, el soufflé Alaska, todos convinieron en que era el mejor del mundo. En el Minzah había buena tradición de cocineros franceses. Satisfechos, no volvieron a hablar de los conflictos políticos de la Península.

Las nuevas farolas del puerto electrificadas daban suficiente luz como para sospechar que a Poli le esperaban en la escalerilla del buque a pesar de ser medianoche. Según se acercó descubrió que no era uno de sus marineros haciendo guardia sino el inspector Jacobo Leguina fumando un pitillo emboquillado. Prolongaba su mirada sobre el humo hasta tener frente a sí al capitán del *Arriluze*.

—Capitán, ha desoído mis consejos. Estamos aquí en Tánger, perdiendo el tiempo. De este modo no llegaremos al Cantábrico en las fechas prefijadas. ¿Cuáles son sus intenciones?

—Leguina, vamos a pararnos unos días en este puerto. Quizá no salgamos de él hasta que en España la República no ponga orden.

La contundencia de las palabras de Poli exasperó al inspector. Visiblemente alterado comenzó a dar voces:

—¿Usted no sabe quién soy yo?

—No. La verdad es que no sé a quién representa ni qué fin tiene viajando en este barco.

—¡Podría detenerlo ahora mismo! ¡Podría mandar que lo encierren por desacato a las órdenes de su superior!

—Usted no puede hacer nada. En el barco mando yo que soy su capitán. Aquí en tierra internacional, usted es un don nadie. Y en España me gustaría saber a qué juega... Es usted un misterio pero en algún momento se desvelará.

Jacobo Leguina, preso de ira, se abalanzó sobre el capitán hasta el punto de querer tirarlo al agua. Poli esquivó como pudo las intenciones de agredirle. Mientras, un marinero que había escuchado las voces bajó a tierra, se interpuso y redujo al inspector. Aquella situación indeseada en la soledad del muelle del puerto de Tánger le causó una gran tristeza. Pidió a su marinero que llevara al señor Leguina a su camarote y mandó cerrarle con llave mientras sopesaba qué decisión tomar.

Cuando llegó a su camarote estaba profundamente cansado, agobiado por las noticias y preocupado por su responsabilidad. Como pudo, descansó hasta amanecer un nuevo día.

Temprano mandó abrir el camarote del señor Leguina y ordenó que le sirvieran un buen desayuno con huevos fritos y beicon. «Estaba borracho y quizá hoy no se acuerde de nada de lo que pasó anoche», pensó el capitán.

Leguina no dijo ni una palabra de lo sucedido. Se calló como un muerto. Pero entre los marineros se había corrido la voz. Por respeto al capitán nadie se atrevía a hacer ningún comentario. El día transcurrió con aparente tranquilidad.

Cuando Poli llegó a la Casa Azul aquella tarde ya estaba allí el doctor Duyos rodeado de un grupo de señoras. En el rincón de la chimenea central que solo se encendía contados días del invierno, parecía un joven profeta embelesando a sus discípulas. El capitán entró sigilosamente, para no distraer, y se colocó a la escucha. Duyos lo vio e hizo un ademán de bienvenida con la mano. Recitaba un poema sobre la mar que leía escrito en un cuaderno de bolsillo:

> Yo no sé lo que es el mar.
> La mar sí sé lo que es.
> No digáis «el mar», amigos,
> porque «la mar» es mujer.

Amante del pescador,
amiga del timonel,
esposa que siempre aguarda,
novia y hermana a la vez,
hembra de espuma que tienta
con sus olas en vaivén,
sirena de blanco nácar
—mitad niña mitad pez—
que a los hombres de la orilla
les tiende su verde red
quienes la llaman el mar
de tierra adentro han de ser
hombres sin brújula, ciegos
de su gracia que no ven.
Yo que he nacido a su vera
y mil veces la crucé,
niño almirante de sueños
en mi barco de papel,
y, hombre ya, sobre los buques
gigantes, de ella a través.
Yo que respiro su brisa
y esclavo soy de su ley
y he crecido entre sus velas
y morir quiero a sus pies
si voy a bordo del verso,
con mi nombre —Rafael—
en el mascarón de proa
de mi mañana y mi ayer.
Si el coral Mediterráneo
de sus labios mío fue
y amo sus besos de brea
en el oro de mi piel.
Si he bebido su salitre
bajo el sol de los Roger

de Lauria y de Flor marinos
en la estrella de la Fe,
si es castigo a sus espaldas
vivir para mí y no ver
los cambiantes con que juega
la esmeralda de su tez.
Si esto que siento por ella
como entraña de mi ser
es amor y yo soy hombre
¿cómo ¡oh mar! la nombraré?
Yo no sé lo que es «el mar»,
«la mar» sí sé lo que es.
No digáis «el mar», amigos,
¡porque «la mar» es mujer!

Una ovación de aplausos subrayó la admiración por el poeta. Algunas damas se llevaron la tacita de té a la boca porque la emoción les había interrumpido sorberlo. Los caballeros, a distancia, se dejaban oír en chismorreo y comentaban.

—Este hombre las embelesa —dijo alguno.

—Doma a las fieras —apuntó otro con sarcasmo.

Era la tarde en la Casa Azul, siempre actual, siempre interesante, siempre con un selecto ambiente de gente bien vestida que olía a perfume francés, a pipa holandesa y a cigarrillos Camel. Ese azul pálido y desteñido de su fachada destacaba en medio de las praderas casi agostadas a un lado de las cuestas del castillo en ruinas de Abd-el-Majek. Pero al llegar destacaban sus rosaledas bien cuidadas, los arriates morunos y los geranios. Los picabueyes buscaban las semillas o los gusanos de la tierra abonada que circundaban la Casa Azul. Más lejos las garcetas chapoteaban en los últimos charcos de las lluvias donde aún germinaban verdes entre la carroña y los lodos. Parecía un cuadro realista y bien pintado digno de una exposición de Mariano Fortuny.

Poli había atravesado el suburbio hasta llegar al páramo. Al paso se cruzó con un entierro. Apreciaba la chiquillería que corría abriendo la procesión antes del difunto envuelto en una manta portada por los jóvenes. Se fijó en lo frecuente que era entre ellos tener el rostro cetrino picado de viruelas. Iban embutidos en sus chilabas como hábitos monacales. Los mayores exhibían las dentaduras al gemir y en sus llantos vocales conservaban la ortodoncia de la plata más pobre pero más estética que la del oro. Entre ellos las huríes, jóvenes perpetuamente vírgenes según el Corán, que esperan a su prometido y tienen el don de la eterna juventud. Lloraban y plañían como mandan las costumbres. Las mujeres se reunían en torno a las fosas que había en el campo santo contiguo al barrio de la ciudad para llorar todos los días y regar las flores de su jardín íntimo. Era el plañido tan intenso y profundo que aún en la casa Poli lo recordaba como si fuera la voz del muerto que gemía vivo. Allí desde la Casa Azul, abiertas las ventanas, las cortinas al aire, el olor del pueblo en el viento que lo trae y que lo lleva jugando a pestilencias de vida y de cocina, Poli o un viajero cualquiera no sabría decir si era solo en su imaginación el tufillo de los curtidores, el vaho de los hornos que hacen pan o la chamusquina de la fragua del herrero que penetra dentro al pasar por la Medina. La cocción de la olla en la lumbre está siempre presente en aquel mundo. Huele más que la garlopa del carpintero pero menos que el fétido olor del arroyuelo por el que corre la mugre que fertiliza los huertos. El olor de Tánger era tan subyugante y propio como el color. Pero sobre todo el acusado olor a las especias en el tránsito de la Medina.

La Casa Azul tenía diversos y cuidados ambientes. En el salón contiguo los caballeros jugaban al billar. Los tres salones estaban comunicados y precedidos de un hall donde se ubicaban el guardarropa y los servicios. La dueña y patrona de aquel bellísimo club era Sara, la viuda de Clark. ¡Qué bien había hecho al quedarse viuda tan joven en convertir en club social la casita inglesa pintada de azul con su aspecto victoriano, sus cortinillas de macramé, sus divanes rojos tapizados en chester y multitud de detalles del origen de su marido, traídos ex profeso de la Gran Bretaña! Era el mejor club social del norte de África. Allí se degustaban los más exquisitos tés con pastas de mantequilla, cruasanes, sándwiches, tostadas, mermeladas de naranja amarga o frambuesas y exquisitos chocolates rellenos de menta. Parecía todo directamente venido de Harrods. Su oferta estaba bien servida por tres camareros tangerinos y un barman perfectamente adiestrados para la eficacia y para escuchar secretos que nunca jamás revelarían. Eran jóvenes, altos, guapos, vestidos con un *salwar kameez* al estilo pakistaní con pantalones bombachos, embutidos en babuchas rojas de cabritilla brillante, tocados con el fez rojo en la cabeza y la borla negra clásica colgando que se movía de un lado a otro como subrayando sus ademanes. Una rica brisa llegaba desde la mar. Los ventiladores en el techo movían lentamente el aire y las volutas de humo de algún habano de los selectos clientes. Sara permanecía junto a una pequeña barra donde el barman árabe agitaba las cocteleras. Dirigía como un general la tropa formada por sus clientes y amigos. Sara permanecía siempre atenta a quién entraba por la puerta, que venía siempre precedido de un criado vestido también de blanco. Uno de aquellos porteros le anunciaba la presencia del visitante como si fuera un maestro de ceremonias de palacio proclamando la entrada de un rey. Todo era armonía en una tarde cualquiera al caer el sol de cualquier día.

A Poli le gustaba mucho aquel ambiente, medio exótico, medio oriental, bien distinto de las sociedades bilbaínas donde era muy difícil meter la cabeza. La Casa Azul era más democrática, o así se lo parecía. Bastaba con conocer a alguien que te introdujera para encontrarse a gusto. Era una sociedad abierta, sin distinciones de clase, de credo religioso o político, con tal de que fueras promovido por amigos comunes a su dueña.

Saludó a varios conocidos de anteriores viajes. Rafael Duyos, cuando acabó de recitar sus poemas, se acercó a él. Decidieron tomar juntos una copa del cap de frutas frappé que estaba en el bufet de verano. Brindaron con gusto.

—¡Por tu estancia en nuestra ciudad, Poli!

—¡Por tus penumbras poéticas, Rafael!

Cuando se hubieron sentado en el porche de la casa mirando a «la mar», como decía Duyos, aparecieron Maurice y Margaret. Llegaron en su Fiat 508 Balilla nuevo que aparcaron frente a la puerta. Saludaron desde el jardín. Por fin se acercaron al capitán y al poeta, Margaret fue la primera en interrogarles.

—¿De qué estabais hablando?

—De nada. Aún no habíamos iniciado la conversación —dijo Poli—. He estado escuchando un magnífico poema de Rafael sobre «La mar que es mujer». Ha dejado sorprendidas y boquiabiertas a todas las señoras.

—¿Es nuevo? —preguntó Maurice.

—Sí —afirmó el doctor dejándose querer.

—Me lo imagino —comentó Margaret—. Dicen que las señoras sanas van a pedirte recetas al consultorio español por si se te escapa un poema.

—De ningún modo —replicó Duyos—. Cuando estoy ejerciendo mi profesión no pienso en poesía sino en realidad. Hacer un diagnóstico es realismo puro y no acepta romanticismos.

A pesar de lo serio que se había puesto Rafael, se echaron todos a reír por la ocurrencia de Margaret. Solo Maurice estaba muy serio. Había pasado la noche dándole vueltas a la cabeza para hallar la forma de convencer a su amigo Poli de que se quedara una temporada en Tánger. Traía en la mano un telegrama.

—Amigos, a Sanjurjo lo han matado —anunció—. Lo del accidente en la avioneta estaba preparado. Al parecer el piloto ha salido ileso. Lo tienen custodiado para que no cante. Fue una bomba, una bomba colocada bajo su asiento. No detonó entera y quedan restos. Está claro. El general tenía enemigos dentro del ejército. Esto es una lucha, no para derrotar al Frente Popular y salvar a España sino que es una lucha por el poder. Lo que viene en España, es una dictadura y no me queréis creer. ¿Quién es el artífice de esto?

—Franco —dijo Margaret—. Ha estado hace unos días reclutando gente en Tetuán. Me lo ha dicho una amiga mía por teléfono esta mañana. Seguro que a estas horas está ya en España.

Poli era hombre de pocas palabras. No quiso intervenir. Se quedó pensativo. Como ausente. Por el contrario a Rafael Duyos aquella noticia le creó euforia. Alentaba en él un cierto espíritu joseantoniano. No en vano en la Universidad de Madrid se hablaba ya de José Antonio Primo de Rivera, el hijo del dictador. Aunque al doctor le repugnaba el uso de la fuerza que habían adoptado los jóvenes falangistas contra el poder de la izquierda y de los nacionalismos regionales. Él era un creyente católico y como tal no le gustaban las armas ni el uso de las pistolas. Pero se atrevió a afirmar:

—Ya era hora de que alguien se levantara para parar este desastre de país. Lo siento por el general Sanjurjo, el marqués del Rif. No ha tenido suerte. Sus heroicidades han terminado siempre en desgracias. A mí casi me tocó ir a Alhucemas...

Sara, la anfitriona de la casa, se acercó a aquella tertulia, trayendo entre sus manos un cuenco de ciruelas al armañac, seductora oferta que hacía de vez en cuando para introducirse en los círculos de sus amigos.

—Bienvenidos a la Casa Azul. ¿Os apetecen? Las he preparado yo misma.

Nadie podía resistir aquella tentadora oferta. En aquella casa todo era seductor. Alguien había empezado a tocar el piano de la estancia principal. Se oía desde el porche. Podría tratarse, como era habitual, de la espontaneidad de un anónimo contertulio. Pero pronto se dieron cuenta de que tocaban con maestría. Algo así como Chopin. Margaret exclamó:

—¡Oh! ¿Chopin? Sí, sí, ¡es Chopin! ¡Chopin en la Casa Azul! ¡En Tánger! Qué delicia...

Atardecía en la punta de Malabata. Por los visillos de tul que flotaban al aire con todas las ventanas de guillotina abiertas pasaban los rayos dorados del sol llenando de reflejos los libros de las estanterías indefensos, los viejos espejos que colgaban de las paredes y los retratos familiares de la señora Sara con su difunto marido, Mr. Clark. Junto a ellos los hijos de otros que ellos no habían tenido. Pero estaban allí llenos de juventud haciendo viejos a los mayores. En escenas de alardes deportivos y dedicatorias de sobrinos a sus tíos.

—¡Oh, sí! ¡Chopin! —rubricó Sara mientras se metía una ciruela al armañac en la boca y los demás hacían lo mismo.

Poli recordó a su hija Ebi, a la que había apoyado en su deseo de hacer la carrera de piano. Se acababa de casar en Begoña hacía un año. Era el último recuerdo de la familia reunida: su mujer Asun, sus hijos Paco, Víctor y la pequeña Asuntxu. Les faltaba Pedro que se había muerto con quince años «hecho un santito», como decía su madre, víctima de la tuberculosis. Por un momento lo recordó, lo recordó todo mientras aquella melodía le traía a la memoria el piano de su hija, sus estudios en la casa de Amurrio, la casa nueva, recién terminada, que había construido con su trabajo. ¿Qué pasaría con todo ello ante esas tristes amenazas de la guerra? ¿Qué iba a ser de él y de su gente si el barco, su barco, le llevara a malos derroteros?

Sara se apresuró a entrar en el interior de la casa y a acercarse al piano para averiguar quién era el artista. La intérprete era Madame Cló. Una distinguida señora que vivía permanentemente en el Minzah y alternaba Tánger con París. Nadie sabía a lo que se dedicaba. Madame Cló esbozó una sonrisa a su interlocutora. Le dijo suavemente mientras seguía interpretando la melodía:

—Gracias, hace tiempo que no tengo la oportunidad de tocarlo...

Los compases iniciales de la *Polonesa heroica* de Chopin entusiasmaron a todos los presentes. Poco a poco, de los salones y de los porches fueron accediendo a hacer corro alrededor del piano y contemplar a una entusiasta intérprete. Era una mujer elegante y atractiva. Había dejado suelta la larga cabellera gris que antes estaba sujeta por una gran peineta de carey. Los cabellos estaban desordenados y a veces caían hacia delante e impedían la visión de sus ojos. Madame Cló invadió el silencio y el pensamiento de aquella numerosa tertulia de la tarde. Nadie se atrevía a hablar. Por supuesto había enmudecido el ritmo sincopado del choque de las bolas de billar. La melodía se deslizaba hasta la apoteosis final. Había un clímax especial en la imaginación de cada oyente. El piano estaba con la tapa abierta, parecía que por él se asomaba la historia de la *Op. 53* de Chopin. Madame Cló, visiblemente traspuesta, multiplicaba la agilidad de sus manos sobre el teclado y balanceaba la cabeza con sus pies en los pedales. Al trasluz se veía salpicar las gotas de sudor. Cuando acabó se hizo un gran silencio hasta que todos prorrumpieron en una gran ovación y aplausos. La *Polonesa heroica* de Chopin les había dejado impresionados. Madame Cló tenía un virtuosismo propio de una profesional. ¿Quién era esa mujer delgada y enjuta, alta, con cuerpo tallado por el deporte, que se envolvía en un vestido largo y ajustado de color rojo oscuro? Llamaba poderosamente la atención. No pasaba desapercibida. Tenía unas manos largas que prolongaban sus brazos de gimnasta en unos dedos propicios al teclado del piano.

Poli no se había movido de su silla. Permaneció allí unos minutos, como abstraído, hasta que el doctor Duyos acudió con una copa en la mano y trató de despertarle de sus sueños.

—Poli, ¿te ha gustado? Madame Cló es una caja de sorpresas.

—Sí, ha sido maravilloso. Me ha hecho recordar a mi hija Ebi, profesora de piano, que acaba de ser madre. Quiero conocer a mi nieto. Pero no sé si los presagios que anuncia Maurice me lo va a permitir. Esa música parece que presagia una guerra, donde siempre hay vencedores y vencidos.

Los tertulianos de la Casa Azul trataban de convencer a Madame Cló de que interpretara la *Op. 15*, la *Gota de agua*, que Chopin escribió como un bálsamo para la desesperanza. Pero no lo consiguieron. Madame Cló se puso de pie, saludó cortésmente a los aplausos y después se acercó a sentarse en uno de los divanes.

Sacó un pitillo Camel de su bolsito de fantasía negro y se lo llevó a la boca. Un caballero se aproximó con su Dupont de plata ofreciéndole fuego. Por la mente de todos los caballeros de la estancia pasó el mismo deseo: acercarse así a los labios carnosos sutilmente subrayados de un carmín oscuro como su vestido. El doctor Duyos quiso felicitarla por su bella interpretación. Al aproximarse apreció unos ojos verdes atractivos y seductores mientras le decía al oído:

—¡Fantástica, Madame Cló! Pero no deje de pasar por mi consulta mañana. Hay que cuidar ese catarro de verano que he observado. Hacía mucho que no la oíamos tocar. Quizá desde una noche del invierno pasado en el piano del hotel Minzah. Fue usted espontánea. Los que asistimos a aquella velada no olvidaremos su versión ralentizada del preludio de la *Gota de agua*. Chopin, siempre Chopin, en sus manos.

—Gracias, muy gentil doctor. Veo que se fija en todo y que cuida a sus pacientes. Le prometo que iré mañana a su consulta. El catarro de verano me preocupa.

Madame Cló pasó a ser el tema de conversación de todos los allí reunidos. Con las sombras de la tarde se iban despejando los salones de la casa. Alguien puso en el *pick up* una placa de música árabe que se prestaba al relax. Maurice se llevó a un rincón a su grupo de amigos. La tertulia empezó a recorrer recuerdos e historias de viejos marinos. Las clásicas que se contaban en las veladas de los puertos. Poli encontró placer en relatar sucesos de la taberna del Pelao en Cartagena. También alguna chirigota del País Vasco que siempre tenía moraleja.

—Un día mi fiel Benito, maestrante del *Arriluze*, subió al

puente diciéndome que teníamos un polizón a bordo. Estábamos a la altura del cabo de Creus, el punto más occidental, situado al norte del golfo de Rosas. Veníamos de Marsella, de estibar chatarra para Altos Hornos. Habíamos avistado el Cap Norfeu, pasado Cadaqués. Era el segundo día de travesía. «¿Un polizón a bordo?» dije yo.

»—Sí, capitán.

»Temí lo peor: "¿Es varón o hembra?".

»—Es varón, mi capitán, y se lo hemos comunicado al primero.

»—¿Dónde está? —pregunté nervioso.

»—En el pañol de a proa.

»—¿Está bien? ¿Es joven? —pensando en algún grumete que nos hubiera abordado.

»—Sí, capitán, es joven y goza de buena salud.

»—¿Se ha identificado el polizón?

»—No, pero lo hemos identificado nosotros.

»—Buen trabajo. ¿Y cómo lo habéis hecho?

»—Poniéndole un nombre.

»—¿Cómo?

»—Sí. Es un pastor alemán joven y se llama Lagun. ¡Es precioso!

»—¡Coño! ¡Un perro!

Todos se echaron a reír.

—Desde entonces Lagun es uno más en la tripulación del *Arriluze*. Estará esperándome cuando regrese esta noche al barco. Se pone delante de la escala para que no suba nadie cuando no estoy.

Margaret estaba entusiasmada. Ella era una protectora de animales. Tenía la casa llena de gatos y perros juntos, según ella misma declaró. Rafael Duyos se disculpó:

—Aún tengo que visitar a unos pacientes antes de que caiga la noche.

El gramófono se había parado. La música árabe no conseguía

borrar el recuerdo de la *Polonesa* salida de las manos de Madame Cló. Ella se acercó al capitán Barañano y le dijo:

—Nos hemos visto en el Minzah ayer tarde, cuando se encontró con sus amigos. Yo estaba en el bistró. Soy asidua a las noches aunque tenga que aguantar al violinista siempre la misma pieza y a la pianista que aporrea el Pleyel. No tiene gusto para la música. Acompañará siempre al violinista sin resaltar. Pero me encanta la sopa de cebolla, ¿a usted no? Le invito mañana. Me gustaría saber el objeto de su escala aquí y si va a regresar pronto a la Península. Si quiere almorzamos juntos mañana en mi hotel.

No le daba tiempo a Poli a contestar a sus preguntas. Se quedó sorprendido del interés de aquella señora. No podía rehusar su invitación. No pudo reaccionar de otro modo. Apenas se atrevió a susurrar, fascinado por la mirada penetrante de Madame Cló y sus ojos verdes:

—Encantado, madame. Mi nombre es Policarpo Barañano. No soy más que un simple capitán de un buque de Bilbao que pretende llegar a su tierra. Estoy en arribada forzosa por las circunstancias. Y no sé cuándo reemprender viaje.

—¡Fantástico! Me encantan los vascos. Hace algún tiempo pasaba los veranos en Biarritz. Naturalmente en el Hôtel du Palais. Aquello es otro mundo —dijo recogiéndose el cabello y engarzándolo en su peineta—. Ustedes son tan sinceros, tan auténticos...

Estiró la mano como signo de despedida esperando ser correspondida por Poli, como así fue. Inclinó la cabeza y la besó en el aire. Ella tras la pausa ratificó con firmeza:

—Hasta mañana, Poli, en el Minzah. A la una si le parece. ¡Gracias, capitán!

Saludó con cortesía y distancia a Maurice y a Margaret y se fue. Maurice se acercó a Poli y le hizo un comentario:

—Poli, ten cuidado, la he visto muy interesada por ti. Esta vieja zorra quiere sacarte algo. Es la Mata-Hari de Tánger.

Margaret asintió con la cabeza y sonrió. Poli se quedó pensativo y dijo:

—No sé lo que pretende. Yo no tengo nada que ocultar. Tampoco soy ya un galán.

Se despidieron de Sara y de la Casa Azul. Era ya de noche. Llevaron a Poli en su precioso Fiat Balilla blanco hasta el puerto. Allí se dieron un abrazo.

—Lo he pasado muy bien con vosotros esta tarde —dijo Poli—. Me habéis hecho olvidar por qué estoy aquí, en Tánger.

—Ten mucho cuidado mañana con la Mata-Hari —advirtió Maurice.

Poli decidió ir a misa a la catedral de la Inmaculada. Era domingo. Los católicos de Tánger no eran muchos. Se daban cita en aquella parroquia tan popular en pleno corazón de la ciudad. Servía de punto de encuentro para los españoles que estuvieran de paso o afincados. Los franciscanos ejercían históricamente una gran labor social entre la población árabe y la colonia internacional.

Se había levantado pronto. Le dio tiempo a dar un paseo por las cubiertas del vapor y saludar a la marinería que tomaba su café con leche y bollos en el comedor. Se complació con su gente en bromas y preguntas.

—¿Cuánto tiempo, jefe, vamos a estar de recreo en Tánger?

—¿Podemos pasear por la ciudad fuera de los tiempos de guardia?

—¡Capi, aquí sí que hay buenos tugurios y buenas mujeres!

Poli les animó a pasar bien el día de fiesta. Pero como siempre hacía también les recordó:

—Hoy es domingo. Estamos en tierra. Yo voy a ir a la iglesia. El que quiera puede venir conmigo.

Su gente le tenía un gran respeto. Valoraban bien su compañía y sus palabras, pero nadie se ofreció a acompañarle. Subió desde el puerto por las intrincadas callejuelas donde ya se habían abierto los comercios musulmanes como un día normal. Caminaba tarareando la polonesa de Chopin. Recordaba la velada en la Casa Azul. Difícilmente se podía olvidar a la misteriosa Madame Cló, con la que había quedado a almorzar en aquel día radiante de verano. De repente le vino a la mente el consejo de Maurice: «Ten cuidado con la Mata-Hari».

Llegó tarde a la iglesia. Inevitablemente se entretuvo por el camino. La misa que celebraba un venerable fraile franciscano de barba blanca ya había comenzado. Miró a su alrededor y distinguió alguna gente conocida de la colonia española. Le sorprendió ver en una esquina con devoto aspecto a Madame Cló, vestida de negro, con una bella mantilla de blonda española que le caía hasta la cintura. Él estaba más atrás. La observó durante toda la ceremonia sin que ella se diera cuenta de su presencia. Le sorprendió aún más que en el momento de la comunión la dama se acercase al altar con las manos entrelazadas como si fuera la imagen de una santa. Mantenía su porte alto y distinguido, impresionaba y destacaba en un templo lleno de gente sencilla, europeos, quizá occidentales de diversos países, funcionarios y militares.

Poli se santiguó al salir. Lo hizo antes para no ser visto por ella. La figura descubierta en la iglesia le había impresionado. Se dirigió a la cercana churrería Madrid. Era muy grato desayunar al estilo español con aquellas porras fritas que nada tenían que envidiar a las de la capital de España. Tuvo la oportunidad de leer un periódico atrasado, el *ABC* de Sevilla. Los titulares de la primera página decían: «España en pie al lado del ejército salvador estrecha el asedio a los focos que aún obedecen al gobierno indigno». Las noticias no eran nada buenas. La suerte estaba echada. Leyó apasionadamente que la víspera, en la ciudad del Guadalquivir, «los Legionarios de la Fe», como llamaban a las tropas llegadas de Marruecos, «elevaron sus plegarias en los templos como nunca concurridos». El general Queipo de Llano se presentó a oír misa en la catedral de Sevilla. La antipatria, los judíos y los masones, laboraban al servicio del colonialismo francés para mantener en las calles la oposición a una empresa nacional que era el resucitar a España. Después de sus derrotas en las colonias también sonaba el nombre de Mola, Emilio Mola, que era un general prestigioso. El periódico hablaba ya de la Junta de Defensa Nacional que había comenzado a actuar en nombre del ejército salvador. Pero todo el mundo se fijaba en Franco. ¿Qué haría hasta última hora en Marruecos?

Poli estaba sentado en la terracita que daba a la plaza donde confluían los entresijos de las calles de la Medina. Era agradable estar al sol con su sombrero de jipijapa de Panamá mientras saboreaba el café. Un escalofrío recorrió su cuerpo ante lo que estaba leyendo: en España se había roto la legalidad y la guerra era una realidad confusa e inevitable. Le extrañaba no tener noticias de su familia, de Eulogio en Cartagena, de su consignatario el señor Monroy desde Barcelona... Nada. Terminó y se apresuró a bajar a Correos. Preguntó si había correspondencia para la tripulación del *Arriluze*. Nada, no había nada. Seguramente nadie sabía que estaban en Tánger, aunque al salir de Algeciras había cursado cables telegráficos a Cartagena y a Barcelona como era su obligación. El mundo se había olvidado de él y de su gente. ¿Qué haría con su barco? ¿Y con su carga? ¿Debía seguir los consejos de su amigo Maurice?

Aquella mañana oyó por radio en la Philips de su camarote que el día anterior el general Franco había pronunciado una alocución desde Tetuán a todos los militares del ejército y a los posibles reclutas musulmanes: «Los sucesos que se desarrollan en nuestra querida España son más elocuentes que mis palabras. En la mayoría de las regiones españolas triunfa, desde luego, el alzamiento; pero no sin que las fuerzas de los revolucionarios comités nacionales dejen de lanzarse contra quien les arrebatan la España que no les pertenece».

A continuación se enumeraban numerosos crímenes en el

Arahal de Sevilla, las víctimas del desorden de Málaga arrasada e incendiada, martirio de sacerdotes y de religiosas, el atropello de las doncellas... todo con la cooperación de un «gobierno inconsciente y criminal».

Franco arengaba a rescatar a España y a luchar contra el comunismo en una cruzada por un país grande y libre que él iba a llevar con las armas al triunfo.

Poli se santiguó. Plegó el periódico y dejó la terraza de la churrería Madrid. Había empezado la tragedia.

Daban la una de la tarde en el carillón del reloj inglés del hall del hotel Minzah. Poli entró en el recinto como en un lugar conocido saludando a los porteros habituales y los recepcionistas. La señora Cló tardó unos minutos en bajar de su habitación. Se había cambiado. Llevaba un conjunto de blusa gris plata y pantalón blanco muy deportivo. Tenía aspecto de estar como en su casa. Calzaba unas babuchas grises con toda naturalidad. Parecía que había estado haciendo ejercicio físico. Jugando al tenis quizá en las pistas del hotel. Acababa de ducharse. Tenía húmedos los cabellos y recogidos. A Poli le vino bien haber leído el periódico con las últimas noticias. Estaba enterado de la situación. Esperaba intrigado cualquier interrogatorio de Madame Cló. Se saludaron con cortesía pero guardando las distancias. Al fin y al cabo se acababan de conocer la víspera en aquella memorable circunstancia del té en la Casa Azul. Después de saludarse pasaron al comedor grande. Era una estancia preciosa con amplios ventanales abiertos y desde ellos se contemplaba la mar. Los mediodías congregaban a huéspedes internacionales y comidas de negocios. Estaba muy concurrido y había un ambiente bullicioso. La mesa reservada debía de ser habitual para Madame Cló. Daba a la terraza y desde ella se veía la amplia bahía tangerina. Madame Cló fue muy directa una vez que se sentaron.

—Capitán, me sorprende su serenidad. Tiene usted el aspecto de ser un hombre muy cabal, un profesional serio, buen cumplidor de sus promesas...

Poli hizo un mohín de conformidad y dijo:

—En realidad no sé lo que usted pretende de mí. Ni el objeto de este almuerzo.

—Es muy sencillo —contestó ella—. He averiguado que se dedica al transporte. Un mundo de necesidad para los que hacen transacciones. Yo necesito confiarle una carga delicada.

—¡Qué sorpresa! No me la imaginaba a usted como una posible cliente.

—Sí. Vi entrar el *Arriluze* en el puerto y pensé que éste era mi barco. Además viaja usted con poca carga. Observé su línea de flotación, ¿no es así?

Poli se quedó perplejo. Aquella misteriosa dama no era una simple dama de compañía.

—Efectivamente —dijo el capitán—. Viajo con holgura. No llevo mucha carga.

—¿Cuánto puede cargar el *Arriluze*?

—Hasta dos mil toneladas.

—¡Magnífico! Usted debe ir mediado. Mi carga es de mil toneladas.

—Pero ¿desde dónde hasta dónde quiere que haga el porte?

—De momento, capitán, se estiba en un puerto secreto y es secreto el destino. Se lo revelaré a su tiempo si llegamos a un acuerdo en el que juega la confidencialidad y su buen hacer profesional.

—¿Con papeles o sin papeles?

—Todo como Dios manda.

—Bueno, si es así vamos a considerarlo.

El enigma estaba servido, ante una magnífica sopa de cebolla caliente que aunque hacía calor estaba exquisita. Los dos comensales se dispusieron a degustarla sumidos cada uno en sus pensamientos. Tras el primer sorbo, casi quemándose, Poli reaccionó.

—Me sorprende —dijo—. ¿Se puede saber la naturaleza de la carga? ¿Son alimentos?

—No precisamente. Aunque sé la falta que hacen en la Península, desmantelada por la confusión, la rapiña y el desgobierno.

Poli había pensado que aquella elegante dama francesa podría estar implicada en las sociedades de socorro que evitaban la hambruna y que recaudaban alimentos y primeros auxilios para una población amenazada por el desastre. Seguramente pertenecería a la Cruz Roja o alguna asociación piadosa de las que en Marruecos habían intervenido en la ayuda internacional ante los desastres de la guerra y de la enfermedad del tifus. Miró con cierto aprecio a la benemérita dama y se atrevió a decirle:

—Está usted muy bien informada. Si son pertrechos, mantas de abrigo y efectos sanitarios estoy seguro de que harán falta. Podemos hablar.

—Efectivamente leo los periódicos, escucho la radio... o mejor dicho las radios, porque somos multitud los radioaficionados que como yo tenemos QSL. Entre QSO y QSO se pueden dar muchas noticias. Nos pasamos ahora las verdaderas noticias. Aunque esté prohibido siempre hay claves. De las grandes emisoras no te puedes fiar. Están todas al mejor postor o al poder que las utiliza con fines de confundir al pueblo.

Poli dejó su sopa de cebolla para mirar a Madame Cló directamente a los ojos. Trató de averiguar qué había tras aquella mujer con su profunda mirada. Descubrió que eran verdes. Penetrantes ojos verdes. Parecía que en ellos se percibía un abismo. Ella no parpadeaba. Mantenía la mirada y el silencio durante largos segundos hasta que Poli cedió en el duelo. Bajó los suyos y susurró:

—Es usted muy seductora, Madame Cló. Me imagino que los negocios caen de sus manos como oro. Cualesquiera que sean. Tengo entendido que es usted francesa, ¿no?

—Soy medio francesa, medio polaca. De mi padre francés me viene el comercio. Y de mi madre polaca la fe cristiana.

Solo entonces doblegó su arrogancia como si pusiera el afecto en el recuerdo familiar y siguió:

—Sé que está usted casado, capitán. Hábleme de su mujer y de sus hijos. Si queremos hacer negocios será bueno que nos conozcamos mejor. Los tratos se hacen entre personas y son de conciencia más que de palabras y documentos. Los papeles son como las palabras: se las lleva el diablo.

Poli suspiró aliviado. No era fácil para él mantener una conversación de circunstancias ni menos adivinar en las palabras sutiles los sentimientos de las personas. Él era más natural, más abierto o cerrado del todo según la confianza que el otro le presentara. Miró a la mar. En la bahía jugaban las olas y en el horizonte algún barco abría en las aguas los surcos que siembran sus destinos de placer o de trabajo. La mar estaba en calma. La extensa playa de arena ofrecía relax y esparcimiento a la gente del pueblo y las familias. A lo lejos jóvenes y niños dejaban oír sus voces de juegos y de cantos. El muecín entonó una de las cinco plegarias del día desde el alminar de la mezquita. Seguramente el almuédano ya no subía al minarete sino que pronunciaba la llamada a la oración con la ayuda de la megafonía. Era una voz metálica y mecánica, un poco triste y nasal. No sabía Poli por dónde empezar ni menos aún qué grado de sinceridad ofrecer a aquella enigmática dama.

—Soy un vulgar capitán de la mercante que ha cumplido sus sueños de tener su propio buque. Por fin acabo de darme de alta en la Asociación de Navieros de Bilbao. Todo un orgullo para mí después de tantos años de trabajo para varias navieras. He trabajado en la Compañía Algorteña de Navegación y ahora en la Catalana Marítima, que es algo mía y de mis tres socios.

—Pues es un momento delicado, ¿no cree usted, capitán?

—Sí. No me ha sido fácil convencer a mi esposa. Pero el amor todo lo puede...

—¿Tiene usted muchos hijos?

—Cuatro. —Revisó con la mirada las manos de la dama para descubrir alguna alianza en sus dedos. Pero no mostraba sortija alguna. Entonces se atrevió a preguntarle—: ¿Usted está casada?

—No. Lo estuve pero se rompió el amor. Nos cansamos. Al poco tiempo cada uno salió por su cuenta. Por eso me vine a Tánger aunque no puedo olvidar París. Voy todos los años unos meses para desahogarme, adquirir ropa y ver a los amigos. Allí me llaman «la Polonesa».

—¿Heroica?

—No tengo nada de heroica. Subsisto. De tanto tocarla me he quedado con el sobrenombre de «la Polonesa Heroica».

—¿Y su verdadero nombre? —preguntó Poli.

Madame Cló se quedó parada. Cambió su rostro. Les habían servido el bistec e hizo ademán de rechazarlo. Lo apartó.

—¡Estos cocineros no saben hacer la carne al punto, está pasada!

Por el contrario, Poli saboreaba con gusto la vianda.

—La mía está riquísima.

La señora sacó de su bolsito de moaré un cigarrillo Camel, lo colocó en su boquilla de marfil y plata. Poli se apresuró a darle fuego. Después de las primeras bocanadas dijo ella visiblemente airada:

—¡Qué impertinencia la suya! ¿Cree usted, capitán, que ando por la vida ocultando mi verdadero nombre?

Se levantó de la mesa y salió sin dar más explicaciones camino del ascensor. Poli se quedó turbado y confuso. No le dio tiempo ni a pedir disculpas. Pidió la cuenta al camarero pero éste le dijo:

—¡No, señor! Se enfadaría mucho Madame Cló si le cobramos. ¡No sabe usted qué carácter tiene!

Maurice y Margaret estaban ávidos de saber cómo le había ido al capitán con Madame Cló en el almuerzo. Esa tarde, cuando Poli llegó a la Casa Azul en un taxi, ya estaban ellos allí expectantes. Eran las cinco de la tarde de rigor. Tenía miedo de tropezarse con la dama pero a pesar de todo su deseo de subir a tomar el té a la Casa Azul pudo más.

—Poli, ¿qué pasó? ¿Cómo te fue con Madame Cló? Nos has tenido en vilo —aseguró Maurice—. Si no llegas a venir estábamos dispuestos a ir al puerto a buscarte.

Poli serenó a la pareja.

—Todo fue muy bien, nos hemos conocido que ya es bastante. La *Polonesa heroica* no es fácil de tocar. Pero a esta dama tampoco es fácil tratarla. Ella es una mujer difícil y enigmática. Habla en clave. Trata de saber de ti más que tú de ella.

No quiso desvelar la airada entrevista ni los propósitos de la señora Cló. En realidad no lo sabía, no quería hacer suposiciones. No se fiaba del chismorreo de aquella sociedad tangerina encerrada en su concha con la perla de la paz que al parecer no se disfrutaba alrededor. Había allí más misterio del que él pensaba. Bajo las mesas de los juegos de azar se cruzaban secretas intenciones. Bajo la aparente inocuidad de las bagatelas sociales se ocultaban los más imponderables y ambiciosos deseos de dominio e información. Era aquélla una baraka, como llamaban los marroquíes al juego de la vida, una baraka de suertes. Sobre el tapete verde de la palabra jugaban soldados de fortuna, truhanes de otro tiempo, envidiosos celos y ambiciones.

—No sabía que era también de origen polaco por su madre —comentó Poli—. Es más, me ha revelado que sus amistades parisinas la llaman «la Polaca».

—¿Cómo «la Polaca»? Será «la Polonesa». Eso ya lo sabíamos —dijo Maurice.

—Nos lo contó una amiga de París que vino a pasar una temporada con ella —aclaró Margaret.

Poli dedujo como era de suponer que sabían más que él sobre

quién era la señora Cló. Por ello le pareció interesante seguir simulando la confidencia de su almuerzo.

—No sabía que hiciera negocios de transportes y fletes.

—¡Uy, transportes! —exclamó Margaret.

—¿Transportes? —preguntó Maurice—. Es la primera noticia que tengo, capitán. ¿Te ha propuesto algún negocio?

—No. Simplemente me ha contado sus ocupaciones.

—Pues para nosotros es un misterio —aseguró Maurice—. Si consigues desvelárnoslo nos quedaremos más tranquilos. ¿Para quién trabaja?

—No lo sé. Tal vez para ella misma.

—Sí, sí —ratificó Margaret—. No se le conoce amor alguno ni más pasión que la de Chopin cuando lo interpreta al piano como ayer la *Polonesa*. Lo hace muy bien. Se transforma, se traspone, se transfigura. No me extraña que la llamen «la Polonesa».

—La «Polonesa Heroica» se trae algo gordo entre manos —dijo Maurice—. El comisario, el gallego convertido en agente, me ha confesado que la observa.

—Pues yo no me he enterado de nada —afirmó Poli.

—Te aconsejo que le sigas la corriente —susurró Maurice al oído de Poli—; la Mata-Hari quiere algo de ti. Esto está claro.

Habían servido un maravilloso té verde. Pasaban de mano en mano una bandeja llena de *macarons*. Los había de varios sabores. Los de pistachos verdes eran los preferidos de Margaret. Llevaba puesto un precioso vestido de lunares blancos sobre fondo azul marino. Se había colocado, seguramente cogida del jardín, una rosa prendida con un alfiler al pecho izquierdo. Estaba guapísima. Era una mujer de mediana edad con ciertos rasgos orientales y una tez morena que le hacía pensar al que la veía en una europea agitanada o seguramente descendiente de los judíos turcos que habían llegado a Burdeos desde Estambul. Sus cabellos eran grises y largos. A menudo se hacía una trenza. Pero esta vez los llevaba sueltos sobre sus hombros con graciosa desenvoltura movidos al aserto de sus palabras. Inducía paz y armonía. Su boca era bonita cuando decía palabras dulces, pero pícara y chismosa en las charlas de salón. Susurraba complacida y complaciente de vez en cuando comentarios al oído de su Maurice.

—No puedo resistirlos. Me encantan estos *macarons* —decía Margaret—. ¿De dónde los sacará Sara? Por cierto, hoy no está aquí. Cosa rara. Habrá salido de viaje a Casablanca. Últimamente le gusta mucho esa ciudad y tiene buenos amigos en la administración de Marruecos. Le chiflan los árabes jóvenes y apuestos. No hay más que ver cómo elige a los camareros. ¡Aquí da gusto ser mujer!

La casa se iba llenando de gente habitual que se saludaban unos a otros como amigos bien conocidos. Hacía un calor insoportable. Era la calima. Las noticias del tiempo habían pronosticado tormenta y las nubes amenazaban lluvia. Esas tormentas de verano que en Tánger aportan arena del desierto. Los ventiladores eléctricos en el techo aliviaban el ambiente. Entretenidos en su conversación no se percataron de que había llegado el doctor Duyos con un buen paraguas con el que había intentado en vano guarecerse ya de un fuerte chaparrón. Detrás de él entró el comisario. No había mucha gente ese día en la Casa Azul, quizá por la amenaza de tormenta. La tormenta ya estaba allí seguida de descargas eléctricas que retumbaban en el ambiente. Los criados se apresuraban a cerrar las ventanas siempre abiertas.

—¡Bendito sea Dios! —exclamó Duyos—. Qué necesaria era el agua para que se limpien los caminos y descienda a los ríos de los pobres. La lluvia es necesaria aunque nos causa problemas.

Se sacudió su flexible. Colocó el paraguas empapado en un recipiente de barro puesto a tal efecto y saludó al comisario.

—Señor Pérez Almeida, qué alegría verlo por aquí, usted no se prodiga nada más que donde hace falta.

El comisario sonrió y los demás asintieron. El comisario vio a Poli y le señaló con su inseparable varita de mando.

—Con usted quería yo hablar, capitán Barañano. Pensaba ir a buscarlo al barco. Pero ya veo que conoce muy bien los buenos rincones de esta ciudad.

—Estoy a su disposición, señor comisario.

—¿Cuánto tiempo piensa quedarse en la ciudad?

—Pues no lo sé exactamente. Espero instrucciones de mi consignatario en Barcelona.

—Me gustaría saber cuál va a ser su hoja de ruta. Mientras tanto sea bienvenido. Tánger, ciudad internacional, es la más hospitalaria del mundo.

Alguien pidió al mozo que estaba en la barra que pusiera una placa. El gramófono era la moda. Había en la Casa Azul uno de la marca La Voz de su Amo. Tenían una buena colección de placas de 78 rpm. Sonó la preferida en el momento: *Ojos verdes*, la copla cantada por Miguel de Molina que enamoraba con su voz.

A Poli la canción le recordó la larga e intensa mirada de Madame Cló en el restaurante del Minzah. Aquellos ojos verdes le dejaron incertidumbre, una tremenda incertidumbre.

En las tertulias del salón se hizo el silencio. Todos querían escuchar la maravillosa letra de Valverde, León y Quiroga en la voz de Miguel de Molina.

Apoyá en el quicio de la mancebía,
miraba encenderse la noche de mayo.
Pasaban los hombres
y yo sonreía,
hasta que en mi puerta paraste el caballo.
Serrana me das candela y yo te doy este clavé.
¡Ay, ven!
Y tómame mis labios
y yo fuego te daré.
Dejaste el caballo

y lumbre te di
y fueron dos verdes luceros de mayo
tus ojos pa mí.
Ojos verdes,
verdes como
la albahaca.
Verdes como el trigo verde
y el verde, verde limón.
Ojos verdes, verdes,
con brillo de faca
que se han clavaíto en mi corazón.
Pa mí ya no hay soles, lucero ni luna,
no hay más que unos ojos que mi vida son.
Ojos verdes, verdes como
la albahaca.
Verdes como el trigo verde
y el verde verde limón.
Vimos desde el cuarto despertar el día
y sonar el alba en la torre la vela.
Dejaste mi brazo cuando amanecía
y en mi boca un gusto a menta y canela.
Serrana para un vestido yo te quiero regalar.
Yo te dije está cumplío, no me tienes que dar ná.
Subiste al caballo,
te fuiste de mí,
y nunca una noche
más bella de mayo he vuelto a vivir.

La tormenta de aguacero, rayos y truenos no cesaba. La descarga eléctrica llenaba de culebrillas el cielo de Tánger. Se escondían por la mar y de inmediato aparecían por tierra. Era una sinfonía de ruidos. Los contertulios de la casa se arremolinaban en el salón central. Los camareros trataban de mostrarse más serviciales que nunca al no estar «la jefa», como llamaban a su ama. Un joven árabe parecía dirigir las operaciones de atención a los clientes. Sonó el teléfono y él cantó el nombre de la persona requerida, como era habitual en aquella casa.

—Doctor Duyos, doctor Duyos. Es urgente. Al teléfono, por favor.

Rafael se aprestó a hacerse con el aparato que tenía un largo cable de conexión. Le llamaba Mika, la criada de su casa. Algo importante debía de ocurrir por las caras que ofrecía el doctor de preocupación y apremio. Hasta que por fin colgó el aparato y explicó a la concurrencia:

—Ha habido un accidente. Un trágico accidente. Un accidente de coche en la carretera de Casablanca. Hay un muerto y una herida. La herida es Sara —aclaró emocionado—. El muerto es el conductor. ¡Qué lástima! Pero Sara está viva. Ya han avisado a los servicios de urgencia y van en su auxilio.

Se hizo un silencio sepulcral. La aguja de la gramola había caído en el último surco de la placa y repetía monótonamente el mismo ruido sin sentido. Los empleados se quedaron parados. Maurice pidió calma. El comisario se apresuró a decir:

—Doctor, tengo mi coche y mi chófer a su disposición. ¿Podemos hacer algo?

—Al parecer están cerca de Arcila. Si es así están fuera de la jurisdicción internacional.

—Eso está a unos cuarenta y seis kilómetros al sur de Tánger. No importa. Yo me ocupo de comunicarme con la autoridad del protectorado. Vamos a ir en su auxilio también nosotros.

—Estaban ya cerca de la ciudad por la ruta interior —explicó el doctor—. Han llamado a la ambulancia y al hospital. No sé cómo habrá pasado. Seguramente la tormenta despistó al chófer de Sara. Mika, mi criada, es de esa tierra y me dice que cuando llueve hay grandes baches y lodazales. Podríamos tardar más de una hora en llegar allí si el tiempo no mejora.

—¡Pues vamos, adelante! —apremió el comisario.

Los asiduos contertulios de la Casa Azul estaban consternados. A través de las ventanas seguía la lluvia y la tormenta que no cesaba como un llanto del cielo arrepentido. Después de la sorpresa de la noticia unos y otros se apresuraban a coger los impermeables y los paraguas. Parecía que todos querían huir del drama. Esperaban la calma para salir del suceso y del sitio. Los sirvientes ofrecieron más té, más infusiones y más pastas. Los *macarons* yacían en las bandejas. Nadie tenía interés por nada. Margaret pidió a todos tranquilidad mientras contenía las lágrimas.

—¡Pobre Sara! —no paraba de repetir.

Poli permanecía atónito ante aquel suceso que conmocionó a todos. Se sintió capitán de un barco a la deriva. Se sobrepuso y con firmeza, alzando la voz, les dijo:

—Tengamos serenidad. No vamos a conseguir mejorar ni el tiempo ni la salud de Sara. Hagamos lo que podamos. Tranquilicémonos y volvamos a casa con orden. Rafael, si lo necesitas yo te acompaño. Las tormentas pasan. Hay que dominarlas, si no nos hacemos daño. Dejan heridas en el cuerpo y en el alma que tardan en curar. Nada peor que dejarse dominar por el miedo. Por favor, mozo, dé cuerda a la gramola y ponga de nuevo esa placa que tanto nos gusta: *Ojos verdes*.

La voz bien timbrada de Miguel de Molina moderó los ánimos. Poco a poco dejó de caer el aguacero. El viento no era tan fuerte. Dio lugar a una brisa húmeda con olor a mar que hacía agradable la respiración. Se abrieron las ventanas. Una bocanada de oxígeno inundó la sala. La accidentada tarde del domingo se acababa. Por fin el comisario y el doctor Duyos habían salido camino de Arcila.

Poli dio gracias cuando llegó a su barco acompañado en el coche de Maurice y Margaret. Le pidió a Dios que Sara superara el accidente y se dio cuenta, una vez más, de que lo imprevisto puede alterar el ritmo de las cosas y de las personas.

No sabía qué pensar de Madame Cló. ¿Debería pedirle disculpas? Le parecía que era de buena educación hacerlo. Pero temía su arrogancia. Estaba considerando estas cosas después de desayunar en el comedor del barco cuando vio que un taxi paraba al pie de la escala real. Se apresuró a salir del comedor para ver quién era. La figura de Madame Cló apareció al abrirse la puerta del coche. Se quedó unos momentos hablando con el chófer. Cuando se apresuró a subir al buque el capitán ya había salido a su encuentro al pie de la cangrejera. La saludó cortésmente.

—Bienvenida a bordo, señora. Lamento mi incorrección del otro día y le pido disculpas.

—Buenos días, capitán. Gracias por sus disculpas. No tiene importancia. ¿Puedo tomar un café con usted en su vapor?

—Con mucho gusto. Es un honor. Pasemos al comedor.

Dio instrucciones a Benito que observaba atento la inesperada visita. Unos cruasanes recién horneados acompañaron al magnífico café arábigo que era habitual en el *Arriluze*.

—Qué pesadilla anoche con la tormenta que nos vino del desierto y la lluvia —dijo Madame Cló con tono de agradar.

—Sí —afirmó el capitán—. Supongo que se habrá enterado de la triste noticia. El accidente de la señora Sara.

—Sí. Esta mañana temprano pasé por el hospital por si necesitaban ayuda. Allí está la pobre, medio inducida al sueño, toda magullada, inconsciente aún, sin darse cuenta de lo que pasó, pero perfectamente atendida por los compañeros del doctor Duyos. Debieron de llegar de madrugada con la ambulancia y el coche del comisario Pérez. Por lo visto tardaron mucho en socorrerla por las circunstancias del lugar y de la tormenta.

—Veo que está muy bien informada. Se ha anticipado a mis previsiones. Yo pensaba ir esta misma mañana al hospital a interesarme por su estado. La noticia estremeció a todos los que nos hallábamos en la Casa Azul.

—Un accidente, un simple accidente, debido a la falta de visibilidad por la tormenta de agua que traía arena del desierto.

El chófer se estrelló contra un rebaño de ovejas que cruzaba la carretera. No lo vio. Debió de ser muy espectacular. Mucha sangre. A Sara le han tenido que hacer transfusiones. Los machos cabríos y los perros mordieron al chófer muerto. ¡Qué horror!, un espectáculo dantesco. Los perros salvajes se tiraron a la sangre mientras Sara debía de estar sin conocimiento. Los pastores no podían dominar la situación y alguno fue a avisar a los caseríos cercanos de Arcila. Costó mucho recoger las ovejas muertas y heridas. El cadáver del chófer...

—¡Qué espanto! —exclamó Poli.

Estaban sentados a la mesa solos, frente a frente. Madame Cló ofreció un cigarrillo al capitán después de haber saboreado el café. Miró a un lado y al otro. Se asomó al portillo. Jacobo Leguina se paseaba por la cubierta vigilando el taxi parado en el muelle para averiguar quién estaba con el capitán a bordo. Cuando se percató de que estaban solos, ella se volvió galante.

—Capitán, siento admiración por usted casi sin conocerle. Me parece todo un caballero, capaz de dar su palabra y cumplirla.

Poli se sintió como invadido. No le agradaban las lisonjas, y menos de una mujer como aquella que no le parecía sincera. Ella le miró con sus profundos ojos verdes y continuó:

—No crea que quedan muchos hombres como usted en su España. Ha pasado el tiempo de los hombres sencillos que no se compran ni se venden.

El capitán la miró con cierta ironía y sin dejarse influir por el halago.

—España no es mía, señora.

—Bueno, es un decir. Lo que quiero es que usted me haga un porte. Un porte de mil a mil.

—No sé lo que es eso.

—Un porte de mil kilos. Caben perfectamente en sus cuatro bodegas de carga. Son cincuenta cajas. Estoy dispuesta a pagarle bien. Éste es un buen flete que arregla un buen cabotaje. Según me han informado usted sabe mucho de eso.

—No puede ser. Eso es un disparate. ¿Cuál es la mercancía?

Madame Cló se acercó al rostro de Poli y le dijo en un susurro al oído:

—Armas. Todas las que quiera. Todas las que pueda llevar.

—¿Para quién?

—Para unos amigos fieles. Que pagan bien. Yo también pago por adelantado.

—¿Fieles a quién?

—¡Al general Franco!

Poli se quedó pensativo hasta que se atrevió a preguntarle con el mismo tono incisivo de voz:

—Señora, ¿para quién trabaja?

—Para mí misma, capitán. Soy comerciante. Compro y vendo. Eso es todo. Lo demás no me interesa.

«La Polonesa Heroica» dibujó una sonrisa y esperó la reacción de Poli Barañano.

El capitán se imaginó el plan de un gran negocio. Pero ¿qué había venido buscando a Tánger? ¿Por qué había desviado la ruta del *Arriluze* a aquel puerto? Tenía entre sus dedos engarzado el tresillo de brillantes que Margarita Xirgu puso en sus manos como gratitud y pago a un servicio. Había prometido a Samuel, el judío de Algeciras, llevárselo a su primo después de aceptarlo como precio de un préstamo y como reconocimiento de gratitud. El anillo era todo su haber. Pero aquella señora misteriosa le ofrecía una buena transacción que cuadraría los beneficios de un año por un solo porte. Al fin y al cabo él era un transportista marino. Era un mercante. Era un *tramp* de Bilbao que llevaba y traía mercancías de mar en mar, de ría a ría. Por un momento le vino a la memoria que la ría de oro de Bilbao se había hecho así. En los negocios no hay que tener ideales ni escrúpulos. Poli dudaba mientras se consumía el tiempo y el cigarro. «Mil por mil... es mucho dinero —pensó—. ¿Cómo es posible que valga más un porte que la mercancía?» Qué fútil era el oportunismo de las cosas. ¡Qué valor adquirían las armas en el momento de la guerra! Las armas son las armas. Se convertían en buenas o malas según el que las usaba y sus intenciones. ¿Llevar armas en su buque?

A bordo del *Arriluze* viajaba una carga secreta, legal y documentada. También llevaba un pasajero: el siniestro inspector de buques que su amigo Eulogio le había encomendado en Cartagena. Poli se preguntaba a sí mismo si debía añadir más carga y más riesgo. Aceptar el tráfico de armas que aquella señora misteriosa le proponía para una sublevación era más riesgo. Su conciencia dudaba. No sabía qué responder.

Benito se acercó a la mesa. Ofreció más café, pastas, infusiones. Cruzó la mirada con el capitán como si fuera el único testigo de aquel posible trato. Poli temió encontrarse con los ojos verdes de la dama y los puso en el horizonte limpio de la mar sin una nube que velara el sol fuerte del verano.

—Madame Cló, yo no trafico con armas —contestó al fin—. Sirvo a la legalidad de la República. Lo siento. Me ha halagado su confianza. Ahora comprendo que debo salir cuanto antes de este puerto para estar cerca de los míos. Tánger es un paraíso para los que huyen de la realidad, pero no es mi mundo.

—Es usted todo un caballero —afirmó la señora—. No me sorprende nada. Me lo temía. Para qué voy a doblarle la cantidad, usted no es de los que se compran con dinero. Actúa por fidelidades. ¡Enhorabuena! Aunque usted se lo pierde. Nadie le va a reconocer su mérito. Menos ahora. En este tiempo las virtudes se compran y se venden, capitán.

El reto de la mirada era tensión añadida en el ambiente. Parecía un duelo de espadas. Madame Cló estaba visiblemente contrariada. Había perdido su temple de acero. La señora apagó su cigarrillo en el cenicero. Trató de disimular su disgusto con un beso en la mejilla del capitán y se levantó de la mesa. A Poli apenas le dio tiempo a despedirla saliendo tras ella hasta descender por las escalerillas a tierra firme donde la esperaba el taxi. Un corto ademán de saludo les alejó.

Jacobo Leguina observaba desde la cubierta de proa la salida de la visitante y la fugaz despedida. Para él todo era una incógnita.

Poli se encerró en su camarote. Estaba preocupado. Había pasado un mal rato con la inesperada visita. Le dio por pensar en todo lo malo que podía sucederle dadas las circunstancias que veía en su entorno. Le inquietaba no tener noticias de los suyos a pesar de los cuatro telegramas que había enviado a su gente a Amurrio, a Sestao, a Barcelona y a Cartagena. Era extraño que nadie le diera señales de vida. Seguramente estaban suspendidas las comunicaciones del norte con el sur de España. No obstante decidió escribir una carta a su mujer y llevarla personalmente a Correos. Sabía que tardaría mucho en llegar a Amurrio desde Tánger. Pero era la única forma de comunicar que él estaba vivo. La carta decía así:

Querida Asun:

Estoy en Tánger, donde he llegado en arribada forzosa porque las cosas de la Península por la parte del Estrecho están muy revueltas. Me tienes, gracias a Dios, con salud pero siempre con un poco de temor de que esta gente no me deja en paz pues como yo pertenezco a Solidaridad Vasca la tripulación quiere que me cambie a la CNT. Luego como saben que soy católico siempre me tienen sobre ojo. Pero la tripulación me quiere y me respeta, sobre todo los antiguos. Lo que no sé es cómo piensan los enrolados en Cartagena. Tampoco es nada bueno lo que estamos viendo alrededor en España.

Mi queridísima y adorable esposa, a qué tiempos hemos llegado en que todo el mundo tiene que ser igual que ellos. Hay una chusma haciéndose dueña de las ciudades del sur.

Salí de Valencia a tiempo y tras de mí quemaron todas las iglesias, incluso la de la Virgen de los Desamparados que tanta fe tienen en ella los valencianos. Pero como nadie se oponía a la guerra han dado fuego a todo lo que han querido. Hay por todas partes miedo a si se van a sublevar los militares y la gente anda escamada. Al pasar por Málaga supimos que estaba en llamas. Mi amigo Carmelo me aconsejó no entrar. Las noticias de la radio son escasas y desordenadas. No sabemos si se está produciendo una asonada militar ni quién la manda. El chico de Portu, Andoni, el radio que era recomendado de una amiga tuya, anda muy bien aunque un poco asustado por las noticias confusas que se reciben.

Desde Cartagena viajo con carga media para Bilbao y un pasajero, inspector de buques, que me metió Eulogio el Pelao pero pagando bien.

Si se confirman los rumores esto va a ser el acabose. Como medida precautoria hemos entrado en Tánger. Aquí se está muy bien. He saludado a Maurice y Margaret, que me han dado recuerdos para ti. Os compraré las medias de cristal para ti y para Ebi que supongo le gustarán.

Lo malo es cuando los obreros le pasen la factura al gobierno y éste no pueda atender sus pretensiones. En fin, bailaremos según tocan. Te he mandado cuatro telegramas y no he recibido contestación a ninguno. Supongo que no llegaron a vuestro poder. Estaréis preocupados por mí como yo lo estoy por vosotros. He avisado a Torrealdai para que venga y yo ir a casa pero seguramente tampoco ha recibido el telegrama. Además por dónde va a venir si desde Zaragoza hasta esa parte norte está revolucionada. Así que no me queda más remedio que seguir el viaje. En realidad estoy listo para salir. Pero no sé lo que hacer: mientras no se aclare la situación en Huelva y Sevilla creo que no me conviene salir. También estoy esperando órdenes de Monroy, el consignatario, cuyos telegramas no sé si llegaron. Todo es muy confuso aquí.

En cuanto puedas dame noticias vuestras y de mis hermanos en Sestao y de Tomasa, la monja. Lo habrá pasado mal en Valladolid, y como ella lo estarán pasando en otros sitios. Nos consolamos pensando que la falta de noticias se debe a que las comunicaciones están cortadas. Si salgo será el lunes para Huelva.

Estaré un día en dicho puerto para carbonear. A ver si para entonces está accesible. En cuanto puedas me telegrafías.

Muchos abrazos a los hijos y a los que me quieren. Gracias a todos. ¡Salud! Os desea este tu amado, siempre tuyo,

POLI

Sentía un especial alivio al terminar esa carta, en la que no quiso pormenorizar los detalles de lo sucedido ni explicar la incomprensible presencia de Margarita Xirgu en la travesía de Cartagena a Algeciras. Era mejor contarlo cuando estuvieran juntos y la expresión de los ojos no ofreciera lugar a dudas en la consideración de su amada Asunción. Cerró el sobre, lo selló con los labios y se apresuró a dar un paseo hasta Correos para enviar aquella carta llena de besos y sollozos ocultos por su soledad. «¿Llegará a su destino?», se preguntó.

Luego enfiló la cuesta para llegar al hospital judío donde le habían informado de que estaba siendo atendida Sara. Tenía curiosidad por saber cuál era el estado de salud de la dueña de la Casa Azul. El hospital Benchimol era una institución muy popular en la ciudad y dotada con los mejores adelantos médicos. La habían llevado allí buscando la buena medicina del doctor Mani, que era el más prestigioso del norte de África.

Era la primera vez que Poli entraba en aquel recinto. Le impresionó la cantidad de jóvenes afectados por la tuberculosis, verdadera plaga en aquellos tiempos. Estaban en un pabellón con grandes corredores alineados en sus camas. Se oían toses y lamentos. Las enfermeras, perfectamente uniformadas con batas blancas, merodeaban suministrando remedios. Todo parecía muy limpio y aseado. Poli buscó el pabellón de particulares. Era una sección dedicada a enfermos de especial rango. Allí, en una habitación pequeña e independiente estaba Sara, inmóvil en la cama, atendida por un médico y una enfermera. Había dos o tres personas a la puerta interesándose por la dama. Reconoció a uno de los camareros que llevaba un ramo de rosas rojas.

En un grupo aparte estaban Maurice y Margaret, que también habían acudido a interesarse por la señora de la Casa Azul. Poli se sintió complacido por su presencia. Se quitó el sombrero y les preguntó con cierta timidez:

—¿Cómo está Sara?

—Al parecer no reacciona —le contestó Margaret—. Está semiinconsciente. No saben si saldrá. Es muy duro... si no fuera por los calmantes no podría soportarlo.

Solo después de una pausa reanudaron la conversación.

—He venido a ver a Sara porque me voy a marchar de Tánger y no creo que la vuelva a ver más, esto es como una despedida... —explicó Poli.

—¿Te vas? —le preguntó Margaret.

—Sí. Lo he decidido esta noche. No puedo permanecer aquí impasible ante los acontecimientos que se precipitan en España.

—Me parece una locura —sentenció Maurice—. Aunque creo que esa decisión es fruto de tu encuentro con Madame Cló, la Mata-Hari. No lo hagas. Te vas a arrepentir... No sé qué te habrá inducido esa bruja.

—No. Ella no tiene nada que ver con mi decisión. No le eches la culpa a ella sino a mi deseo de llegar cuanto antes a Bilbao y ver a los míos. Las cosas se están poniendo muy feas. Debo estar con ellos pase lo que pase.

El doctor les pidió silencio. Se acercaron a ver a Sara que estaba inconsciente. La enfermera les informó de que le habían inyectado un fuerte calmante otra vez. Pudieron apreciar el rostro sereno, lleno de magulladuras y arañazos, de aquella mujer rubia y blanca, tremendamente pálida, marcada por el terror y la violencia vivida en el accidente. Seguramente a merced de los animales en la larga espera hasta que llegaron los auxilios. Estaban consternados. No se les permitió decir nada a la paciente. Ella ni abrió los ojos.

Se retiraron prudentemente. Una vez fuera de la habitación Margaret exclamó:

—¡Qué horror! Lo que estará sufriendo esta mujer que daba y tenía toda la felicidad del mundo.

—No creo que sobreviva —observó Maurice.

Poli trató de poner esperanza a sus palabras e infundir ánimos a sus amigos.

—Es fuerte y joven —dijo mientras caminaban por las galerías hacia la puerta—. Solo Dios sabe lo que es capaz de aguantar el cuerpo humano. Pienso que Sara va a superar esto. Si le ayudamos los amigos volverá a ser nuestra hada madrina de la Casa Azul. Todos la necesitamos.

—Sí. Nos ha hecho pasar las más deliciosas veladas en ese invento de club y de hogar.

—No hay modo mejor de vivir que hacer agradable la vida a los demás —dijo Maurice—. Desde que murió su marido Michael Clark, Sara se ha dedicado a hacernos felices a todos sus amigos. Compartíamos su tiempo. Llenábamos su vida y a su vez ponía en valor nuestras relaciones. Qué pena verla ahora en esta situación.

—Más que su medio de vida era su modo de vivir exquisitamente para los demás —aseveró Margaret.

Maurice insistió a Poli:

—Tu decisión de marcharte tan pronto nos preocupa. Piénsalo más despacio. No te precipites. En unos días vamos a saber quién manda en la Península, si la República o el generalito de turno. Luego decides.

—No, amigo. Tengo que salir con el *Arriluze* cuanto antes por el Atlántico arriba hasta el Cantábrico. Y llegar a Bilbao cueste lo que cueste y cuanto antes porque me necesitan.

—Eso son diez o doce días de navegación —señaló Maurice—. Como vas a media carga lleva carbón, mucho carbón, para pasar por Portugal. Pero qué te voy a decir yo a ti... Poli, ten un poco de paciencia. No te precipites.

El capitán no se dejó convencer. En la puerta del hospital sus amigos tenían el Fiat. Le invitaron a dejarle en algún sitio convenido. Le quedaban cosas por hacer. Poli quería cumplir con la visita a Sam, el primo de Samuel, y se acercó a su casa en el barrio de la Kasbah, cerca de la Medina, para llevar la alhaja a su destinatario. La miraba ya en su mano derecha con gesto de despedida. Había que cumplir lo prometido.

Sam no conocía a Poli. Las palomas mensajeras de su primo Samuel que venían desde Algeciras hablaban de él e incluso enviaban mensajes de buenos augurios, «caminos de leche y miel» para el navegante. Cuando Poli tocó la campanilla de Villa Flores no sabía la sorpresa que le esperaba en aquella visita. Salió a recibirle un criado árabe que al escuchar la contraseña cambió la cara desagradable por una espléndida sonrisa de bienvenida.

—*Shalom!* Soy Poli Barañano, el capitán del *Arriluze*.

—*Shalom!* El señor Sam le está esperando, *sidi*.

El reducto de entrada a la villa era singular y estrecho, por estar situado en una calleja próxima a la Medina. Pero no por eso dejaba de tener un jardincillo delante de la casa con dos cuidados arriates a un lado y al otro y sus rosales en flor. Tánger era una sorpresa permanente. Tánger, rosa de los vientos, creaba especiales sensaciones a Poli y a cuantos la visitaban. Era admirable siempre la estrecha convivencia entre árabes y judíos. Creada por una buena política tradicional en la dinastía Alauí. La presencia judía en la ciudad era milenaria. En tiempos incluso algunos bereberes se habían convertido al judaísmo. La justicia rabínica era muy aceptada por los musulmanes y conservaba sus fueros desde antes de los protectorados.

Cuando el capitán entró en la casa ya salía Sam a recibirle.

—*Kaifa halik?* —Lo saludó en árabe.

—Lo siento, solo hablo español.

—Perdón, qué cabeza la mía, estaba hablando en árabe con una señora que nos visita y no me di cuenta. ¿Cómo está usted, capitán Barañano? Mucho gusto en conocerlo.

—Su primo Samuel me ha hablado mucho de usted. Encantado. He venido a cumplir una misión que me ha encomendado: le traigo la paz y el *nedzen*.

—Lo sé. La paz sea también con usted. No tenga prisa. Pase y siéntase cómodo en su casa.

Entraron al salón, que daba a un patio interior con una fuente de mármol blanco en medio de limoneros y buganvillas. Poli se dio cuenta de que estaba ante una suntuosa casa y un personaje de mediana edad perfectamente vestido a la europea. Lucía un elegante traje de hilo color crema y una corbata de seda. El orden, la limpieza y el buen mobiliario inglés contrastaban con el recuerdo de la casa de su tío en Algeciras. El Palomar era otra cosa. Nada parecido a Villa Flores. Sam le invitó a sentarse y a tomar un té. Era el mediodía de una bella mañana. Hacía un calor soportable. El salón abierto al patio le daba frescura al ambiente, con esa particular sensación de paz que da el oír correr el agua de la fuente. Poli sintió que alguien más estaba en la estancia. Percibió un reconocible perfume de mujer. Era Chanel n.º 5. Un olor parisino indudable que tanto le gustaba como excepcional regalo a su mujer. Efectivamente, en la penumbra de la habitación contigua, a modo de biblioteca, apareció la señora Cló. Sam se apresuró a presentarla:

—Capitán, no sé si conoce usted a Madame Cló.

—Sí, nos conocemos —se adelantó a afirmar la señora.

—Sí, más bien nos conocemos de hace poco —subrayó el capitán.

—Estábamos hablando de negocios —explicó Sam—. La señora es una habilidosa comerciante.

—Sam es mi banquero —aclaró Madame Cló—. Supongo, capitán, que usted conoce muy bien la importancia financiera de Sam. En el mundo de los negocios internacionales no hay otro que mueva mejor el dinero. Quizá venga usted a pedirle una ayuda. —Ella hablaba con arrogancia.

Poli no sabía qué decir. Aquel inesperado encuentro desbarató todos sus planes. La señora se sentó frente a él en el diván. Se la veía contenta. Disfrutando de aquel reencuentro. Pidió al criado una taza de té. Le agradeció el servicio en árabe.

—*Shukran!*

Se movía como en su propia casa. Sin duda hablaba árabe. Aquella familiaridad desconcertaba al capitán. No sabía si esperar a que Madame Cló apurara su té y se marchara para hablar con Sam del verdadero motivo de su visita. Dudó por unos momentos y al final se excusó.

—No sé si mi visita es oportuna. Quizá he interrumpido sus conversaciones —dijo con timidez.

—¡No! —exclamó Sam—. Usted es bienvenido y esperado, entre la señora y yo no hay secretos. Podemos hablar libremente.

Poli estiró la mano izquierda e hizo ademán de mirar el anillo de los tres diamantes, el *nedzen* que portaba en el dedo corazón. La señora se percató del gesto y comentó:

—Lleva usted una magnífica alhaja, capitán. Supongo que es un recuerdo de familia.

—Sí. Es un regalo muy valioso de una persona de la que guardo un grato recuerdo. Para mí no tiene precio por lo que representa.

Sorpresivamente Sam hizo un comentario que Poli entendió muy bien.

—Seguramente es uno de esos recuerdos de los que uno no debe desprenderse nunca jamás. Hay cosas que no se pueden transmitir por lo que valen. Yo me sentiría orgulloso de tenerlo y no me desharía nunca de él.

Sam hizo un gesto de donación inadvertido para la dama que hizo temblar la mano del capitán.

Madame Cló cambió la conversación.

—He propuesto al capitán un trabajo para nosotros, pero no me lo ha aceptado. Sam, el capitán pertenece a la nobleza de las ideas.

—¡Uy! Eso es muy bueno, capitán. Dice mucho de usted. Yo me lo imagino como un vasco íntegro, aferrado a sus costumbres, a su tierra y a su gente.

—Gracias —se atrevió a decir Poli—. No sabía que eran ustedes socios. Tampoco me atrevo a juzgar el negocio de la señora. Soy feliz con mi libertad de decidir. Ahora soy un vulgar marino que quiere volver cuanto antes a su casa. Los marinos cuando estamos en casa tenemos añoranza de la mar y cuando estamos en la mar siempre pensamos en volver a tierra. Ésta es una profesión de romances. Cuando no hay viento, malo, y cuando lo hay, peor. Cuando somos vapores añoramos la vela. No hay quien nos entienda. El reino del viento es la pesadilla de los navegantes.

—Me gusta oírle hablar así —dijo la señora—. Es mejor que hablar de negocios con usted. De todas formas, por última vez, capitán, ¿lo ha pensado? Aún estamos a tiempo de llegar a un acuerdo.

Sam y Poli se cruzaron las miradas con una especial complicidad. Poli quería entender que el judío era distinto de la mente calculadora y fría de la Polonesa Heroica. Se hizo un silencio en el que solo se oía el chorro del agua en la fuente del patio andalusí. Madame Cló insistió mirando a un piano abierto que estaba en el salón.

—Si lo consigo, capitán Barañano, soy capaz de interpretar para ustedes la *Op. 15* de Chopin, la *Gota de agua*. Sabe usted que no me prodigo fácilmente.

Sam hizo un gesto de complacencia, esbozó una sonrisa y dijo:

—Sospecho que la *Gota de agua*, por muy persistente que sea, no horada la dura piedra del capitán del *Arriluze*.

Poli sonrió debajo de su bigote. Era cierto. Él prefería seguir navegando por las praderas de posidonias del Mediterráneo libremente sin venderse a lo que consideraba ilegal: el tráfico de armas para la sublevación. Miró a Cló y le dijo con actitud firme y serena:

—Señora, sería un placer escuchar su magnífica interpretación de Chopin al piano pero no a ese precio.

La dama se mostró contrariada. No estaba acostumbrada a perder. Cambió rápidamente de expresión. Se disculpó:

—No sé de qué tendrán que hablar entre ustedes. Pero ¡yo me voy! Hay muchas cosas que hacer en un día como éste. Se avecinan acontecimientos.

Sam la acompañó hasta la puerta. Poli la despidió con cortesía.

—Madame Cló, seguro que va a encontrar mejor candidato para su transporte.

—Se arrepentirá, capitán, de no haber accedido a mi propuesta —contestó ella con displicencia.

Cuando Sam regresó de despedir a la dama pidió más té a su sirviente y trató de entablar conversación como si nada hubiera sucedido.

—Don Poli, ¿cómo vio usted a mi primo Samuel en Algeciras?

—La verdad es que muy bien. En su ambiente. Dedicado a sus palomas y protegiendo a sus amigos. Es, como le corresponde, un usurero bondadoso. Pero le añora. Añora su historia y su Tanja. Para un anciano como él es muy duro desprenderse de su historia. Aunque ustedes los judíos viajan con ella a cuestas, llevan la Torá y es bastante.

—Sí, para mi primo, el mayor de nuestra familia, fue muy duro salir de aquí, más aún en las condiciones de chantaje y amenaza. Era un asunto feo y desagradable que podía sorprender a cualquiera. Cuando él no tenía nada que ver. Se compadeció de unos bereberes que luego le robaron, lo vejaron y lo maltrataron. Gracias a Dios, ¡sea bendito!, que yo pude rescatarlo y sacarlo de aquí. Él está muy agradecido. Pero no debe volver.

Poli estaba pensativo. Quería adivinar el doble sentido de las palabras de Sam. Por otra parte se sentía bien acogido. Los judíos le inspiraban respeto y seguridad. Aquel desconocido y prestigioso banquero parecía desprender confianza. Era una sensación extraña a lo que él creía que era su mundo de finanzas e intereses. Más aún le sorprendió cuando le dijo:

—Don Poli, trate bien a la *nisdah* que mi primo quiere regalarme. Es suya. No la necesito. Usted va camino de una guerra. Mi pueblo sabe muy bien lo que es eso. El anillo es un recuerdo de este judío sefardí de Tánger. Con él va mi paz para usted, su gente y su pueblo. Creo que mis antepasados vinieron a Tánger de la judería de Vitoria cuando la expulsión. Tenemos algo en común. La historia, siempre la historia, une o desune a los pueblos y a las personas. Yo recuerdo a Vitoria como una ciudad de la que me han hablado bien en mi familia. Yo sé que para ustedes los vascos la judería sigue siendo muy apreciada. En ella hay un camposanto y un parque que nos recuerda lo que los médicos judíos, a pesar de la expulsión de los Reyes Católicos, hicieron por salvar al pueblo de la peste. Ustedes nos respetaron y siguieron queriéndonos.

Se levantó de la butaca sin dar tiempo a Poli a reaccionar, que ya había sacado la sortija de su dedo para dársela. Sam le abrazó y le dio dos ósculos en la cara. Le obligó a apretar la alhaja en la palma de la mano.

—No. No puede ser —dijo el capitán—. Su primo no aprobaría esto.

—Me da lo mismo. Usted ha cumplido su encargo. Es mía. Soy yo quien tiene el honor y la oportunidad de este gesto. A cambio no le pido más que paz. *Shalom!* Que siga usted siendo un hombre de paz como me lo ha demostrado desechando la oferta de mi socia. Lo normal es hoy prostituir los propios criterios por dinero. No hablemos más del asunto. Si me necesita, Poli, llámeme por teléfono. Me tendrá siempre de su parte. Si ve alguna vez a mi primo Samuel dígale que agradezco mucho su regalo. ¡Dios sea bendito!

Poli estaba confuso. No tenía palabras. Apretó en su puño el tresillo de brillantes y lo guardó en su bolsillo lejos de la tentación de exhibirlo, con el pudor del agraciado que reconoce la dádiva inmerecida. Saludó a Sam con emoción no contenida:

—¡Dios sea bendito! No sé cómo aceptar su don, pero veo que viene del corazón de un hombre generoso. Gracias. Muchas gracias. Lo llevaré como un tesoro. Lo enseñaré a mi esposa y a mis hijos como el recuerdo entrañable de un amigo al que seguramente recordará la familia de generación en generación. *Shalom!*

Cuando después de abrazarse por última vez Poli Barañano dejó Villa Flores, en un callejón de la Medina, en un tugurio estrecho, un orfebre cincelaba la sortija de oro que alguien contrató para un regalo y en el Bacal, en las tiendas moras, reinaba la paz.

Tánger había trenzado su atractivo poder de seducción sobre el viajero. Poli no era menos que un seducido más. A pesar de todo lo sucedido se encontraba a gusto en aquella sociedad de carácter cosmopolita que tenía un poder especial de atracción. Sobre todo si, como le sucedía a él, había entablado una relación en cierto modo afectiva con su peculiar gente del ámbito internacional. Lo que en otros puertos eran amigos de cabotaje, en aquél se estaba dejando poseer por un especial interés. No sabía explicarse el porqué, no le era ajena la tragedia de Sara muriéndose en el hospital ni la apasionada mirada de Madame Cló proponiéndole un negocio. Maurice y Margaret creaban un ambiente de verdaderos amigos con su presencia. Le resultaba apasionante subir todas las tardes al té de las cinco en la Casa Azul. Peregrinaba con gusto para oír contar al doctor Duyos sus últimas aventuras de galeno por los barrios bajos y los más altos de la ciudad. Sí, Tánger era una ciudad seductora. No cabía la menor duda. Él estaba seducido pero no lo suficiente como para quedarse en ella.

Estaba totalmente de acuerdo con que aquella ciudad que Carlos III de Inglaterra recibió como dote por su matrimonio con la infanta Catalina de Braganza, pasando de portuguesa a británica, era muchas veces la puerta que no se abría nunca a

África. En ese momento era ciudad internacional. Poli había venido a ella como aventurero fortuito pero los viajeros quedaban atrapados o regresaban rápidos a Europa para no perderse en su aventura. Tánger era la ciudad que cada uno se quería inventar. Definitivamente Poli tenía que huir de Tánger y seguir su ruta. Lo pensaba cada noche y amanecía con la decisión tomada en cada madrugada.

Poli se sentía en esa ciudad como entre bambalinas de un teatro. Más que actor era observador. Aparentemente no pasaba nada, pero aun cuando las calles estuvieran vacías y las plazas sin gente estaba presente el misterio.

Pasando por la Medina el capitán compró el *Tanger Gazette* que ofrecía un niño. En las «Notas de Sociedad» se hablaba de la infortunada Sara y su delicado estado de salud. Pensó en ir a volver a verla. Los sentidos le llevaban a los sentimientos. Apenas conocía a la dueña de la Casa Azul pero le inspiraba compasión todo lo que había sucedido. Era una tragedia que él había vivido en primera persona.

Se sentó en el café Hafa. Era un día claro. Desde allí contempló las playas de Tarifa y se preguntó a sí mismo: «¿Qué estará pasando en España».

Al acercarse al hospital para despedirse de Sara temió lo peor. En la explanada de delante había varios coches aparcados. Más de los normales. Seguramente algún árabe importante estaba hospitalizado. Tenían por costumbre acampar allí la familia a esperar el desenlace. En su entorno había varias huríes a la espera, plañideras viejas de oficio y criados sentados en cuclillas. Hacían el té y lo tomaban sentados sobre viejas jarapas. Al bajar Poli del taxi, las vio juntarse a las sombras de unos eucaliptos y proclamar en voz alta la sura 52 del Corán «At-Tur» como signo de plegaria por un moribundo. Aquella manifestación le conmovió. Tenía el presentimiento de que Sara había muerto.

Una vez en la recepción se lo confirmaron: no había resistido un ataque al corazón. Efectivamente Sara había muerto.

Se dirigió a la habitación al fondo del pasillo, vio a dos o tres personas a contraluz. Reconoció a Ahmed, el hombre de confianza de Sara en la Casa Azul. No se atrevió a aceptar la realidad. Como si no supiera el fatal desenlace preguntó:

—¿La señora? ¿Descansa?

—¡No, *sidi*, la señora ha muerto! La señora ha muerto...

Sollozaba el hombre de los ojos oscuros y la tez morena. Ahmed era de origen tuareg, de piel oscura y ojos penetrantes, como todos los de su raza. Se distinguía de los otros criados árabes de la Casa Azul por su porte distinguido. Andaba por los salones como las garzas por los fangales, con la cabeza alta, erguido, sin orgullo. Era sin género de dudas el hombre de confianza de Sara. Ahora parecía otro: encogido por el dolor. Todo eran miradas para la realidad increíble de su señora muerta. Abrazó a Poli como si se conocieran de toda la vida. Sus lágrimas eran salinas del Mediterráneo, su tez ardía de sol y sus labios azules se posaron como un pichón buscando un alero de consuelo. Poli le abrazó como a su hijo, embargado de ternura.

—¿Cuándo ha sido? —preguntó el capitán.

—Ahora mismo, *sidi*. Aún no se lo hemos comunicado a nadie, es usted el primero en saberlo.

—Gracias, Ahmed.

Miró hacia la habitación. La puerta estaba abierta. Dos enfermeras ordenaban los restos del naufragio de una vida. Sara estaba tendida sobre la cama, con una bata de seda blanca manchada de sangre. Su tez palidecía aun por momentos. Poli entró tímidamente, como quien no quiere penetrar en un secreto. Llevaba el sombrero de jipijapa en las manos como si fuera una defensa. Al acercarse a la cama se dio aire y trazó una cruz sobre sí mismo y sobre ella como signo de piedad y de consuelo hasta besar su pulgar y luego sus mejillas. Las bateas y las jeringuillas en la mesilla delataban el último esfuerzo humano por conservarla en vida. Tenía la cabeza sobre la almohada. Los cabellos rubios desordenados eran como una corona de oro al rostro sereno y humillado por el sufrimiento. O quizá la espuma de un barco varado en unas rocas. Sara, la dulce Sara, amor de sus amigos, confidente de la sociedad tangerina, la jefa de aquellos jóvenes musulmanes que se hacían a sí mismos sirviéndola estaba allí muerta, sola como solo los muertos están. El capitán Poli, el último quizá en conocerla, era la única mano amiga que ya inerte estrechó la suya y la besó.

Se volvió hacia Ahmed y le dijo:

—Amigo, hemos de avisar a los amigos.

—Sí, *sidi*. Al doctor Duyos ya le hemos avisado y está viniendo para acá desde el hospital español.

—¿Quién más?

—Son muchos y no son nadie. La señora tenía tantos amigos... —dijo el mozo enjugándose las lágrimas con el fleco de su turbante.

—¿Y la familia?

—No conocemos a nadie. Excepto a la familia del difunto jefe, Mr. Clark, que viven en Londres.

—Pues habrá que avisarlos. Quizá haya algunos sobrinos.

—Sí, *sidi*. ¿Por qué no reza como hacen los cristianos?

Poli se quedó perplejo. Le sorprendió el buen sentido de aquel joven musulmán.

—¿Era cristiana? —preguntó.

—No lo sabemos. Pero era buena. Alá la tendrá en su cielo. Una mujer buena no puede irse sin nuestra oración.

A través de las ventanas de la habitación se oía recitar repetidamente el sura 52 a las mujeres que aguardaban la salud o la muerte de un ser querido. Poli estaba confuso. Ahmed se unió al sura y recitó:

Y ellos esperaban a inmortales jóvenes
como si fueran niños de su propia casa,

como si fueran perlas escondidas en sus conchas.
Y habrá que esperar a muchos jóvenes, designados
exclusivamente para su servicio,
que serán tan guapos como perlas valiosas.
Y ahí va la ronda a la espera de ellos siervos de los suyos.
Ya que eran perlas ocultas
alrededor de ellos servirá dedicado a ellos jóvenes
como perlas bien custodiados.

Poli susurraba el padrenuestro, que era su forma de dirigirse a Dios, sin saber si Sara era judía, cristiana o musulmana. «Era una mujer buena.» Había creado una hermandad en la Casa Azul. Esto bastaba. Practicaba el amor al prójimo y vivía de ello.

Cuando llegó el doctor Duyos la habitación estaba en orden y el cuerpo había sido lavado. No dejó de impresionarle. Poli paseaba por el largo corredor del hospital. Duyos se postró de rodillas en el suelo apoyado sobre el borde de la cama. Asistían los sirvientes de la casa. Habían ido llegando más. Eran unos doce impecablemente vestidos de blanco, según tenían por costumbre. Al entrar en la habitación se destocaban con el fez rojo en sus manos. Se les veía muy afectados. Como no queriendo creer lo que inevitablemente era verdad. De vez en cuando miraban a Ahmed. A cualquier indicación estaban prestos a servirle. Traían doblada una tela verde de raso que iban cortándola en trozos y colocándolos debajo del cuerpo de Sara, según la tradición musulmana. A un lado y al otro Sara parecía una virgen vestida de blanco, ornada con aquellas reliquias de raso verde a su alrededor. El doctor, que trataba a diario con la muerte y la vida entre sus manos, no pudo por menos de emocionarse y dijo:

—Sara ha encontrado ya el amor que buscaba incesantemente desde que murió Clark, su marido. El amor que nos repartía y por el que apenas se lucraba sino para que ustedes los sirvientes pudieran vivir.

En aquella posición conmovedora permaneció un buen rato hasta que sacó de debajo de la almohada un pequeño detente de fieltro rojo ovalado con una pequeña estampa cosida del Sagrado Corazón de Jesús que decía: «En vos confío». Era el rastro dejado por aquellas monjitas españolas franciscanas que atendían a los enfermos periódicamente. «Seguramente le habrán hablado de Dios y de Jesús», pensó. Lo recogió con devoción y lo metió en su bolsillo. Poli se asomó a la puerta y le dijo:

—Rafael, he avisado por teléfono a Maurice. Pero no sé a quién más llamar.

—Deberíamos informar al comisario. Él nos ayudará a organizar la capilla ardiente y el entierro de Sara. Evidentemente debemos exponerla en la Casa Azul para que todos los amigos la admiren por última vez.

—Buena idea. Además el comisario Pérez Almeida la quería mucho. En el accidente fue hasta Arcila a recogerla. Pobre Sara, qué triste final.

Así se ocuparon de notificar la trágica noticia. La ciudad se hizo eco de que habían perdido a la «dama de la Casa Azul», como ya el pueblo la apodaba.

La casa se preparó para despedir a su dueña. Se instaló allí la capilla ardiente. Durante dos días y dos noches desfiló el «todo Tánger» e incluso la gente más sencilla del barrio y de los arrabales. Entonces se supo que Sara repartía todo lo que ganaba entre los más pobres, que ella se ocupaba de visitar con sus criados pidiéndoles que nunca se acercaran a la Casa Azul, para que sus clientes no lo supieran. Y pudieran seguir siendo la fuente de sus ingresos y de su caridad. Las flores humildes que crecían en los arrayanes baldíos en las charcas de arrabal y las velas caseras inundaron el jardín delantero de la casa inglesa.

La última noche sus amigos se quedaron velando su cadáver. Ahmed y sus muchachos solo servían té, nada más que té helado para calmar la sed. Fue una noche muy calurosa. El levante había entrado fuerte durante todo el día. Era finales de julio, día intenso de idas y venidas hasta trasladar a la difunta en una caja de pino sin tintura acompañada de sus jóvenes árabes tangerinos vestidos de blanco para su luto. Blanco, todo era blanco en la estancia menos la alfombra roja. Blanca era la mar que al levante se llenaba de caballitos con espuma. También sus clientes y amigos acudieron elegantemente vestidos de blanco. Hasta el capitán Poli se vistió de uniforme blanco. Con su gorra de plato blanca impecable de capitán de la marina mercante española. El comisario portaba dos condecoraciones en su cazadora blanca de rigor. El salón inglés de la casa estuvo rebosante de gente todo el día. Habían acudido sus amigos militares de Casablanca. Y hasta el caíd vestido con su chilaba blanca se hizo presente. Sara dormía en su ataúd de madera sin teñir rodeada de flores blancas.

Casi ya de noche en aquella última tarde, perfectamente enlutada, con su mantilla de blonda negra y guantes negros de cabritilla hasta medio brazo, apareció Madame Cló causando una sensación violenta en discordia con el ambiente. Saludó con un gesto a los asistentes. Todo el mundo tenía clavada su mirada en ella. Se quitó los guantes. Dio un beso en el aire a la difunta y se dirigió al piano de cola que estaba en el lugar acostumbrado. Todo el mundo enmudeció sus susurros. Levantó la tapa con cierta parsimonia. Se sentó en el taburete. Esperó un compás de silencio. Atacó con su acostumbrada destreza el *Nocturno n.º 2* de Frédéric Chopin.

La concurrencia se volvió hacia el piano. Era todo un espectáculo que conmovía a las personas. La dama de negro marcaba su personalidad. Maurice y su querida Margaret se fundieron en un abrazo. Los Abrines, que eran una familia muy conocida de toda la vida en la ciudad, se estrecharon para ocupar los padres y sus dos hijas las cuatro plazas de un sofá y permanecer así unidos en el éxtasis de la música. Hasta el comisario Pérez Almeida permanecía firme en la puerta de acceso apoyado en el dintel sin dar pasos a zancadas como acostumbraba a hacer. Los ventiladores del techo que eran manuales no cesaban de funcionar accionados por los criados.

El día estaba terminando. Se escondían todos los soles fascinados por la muerte de Sara. La Casa Azul en la penumbra del lechazo del arroyo de Marchan encendía todas sus luces. El doctor Duyos permanecía en la ventana grande del salón oyendo el *Nocturno* de Chopin, contemplando el cielo y seguramente recitando en su interior una plegaria para que Dios la acogiera en su morada eterna. Duyos miró a su alrededor. Paseó su mirada por la amplia estancia y la biblioteca. No encontró más signo religioso que su profunda fe interior. Dios parecía ajeno a aquel lugar. Pero algo espiritual estaba por encima de los signos. Había mucho amor dado generosamente en aquella casa. Eso le reconcilió con sus pensamientos. Él era cristiano, profundamente cristiano. Le costaba entender a los demás sin Dios.

Cuando Madame Cló acabó de tocar la pieza de Chopin se hizo un silencio sepulcral, hasta que el doctor se dirigió a la concurrencia y dijo:

—¡Descanse en paz! Sara repartió su felicidad entre nosotros, y ahora se ha ido a servir el té al cielo, a Dios, al que sin duda hará probar sus ricos *macarons*. Nosotros no nos olvidaremos de su bondad. ¡Gracias, amigos, por estar aquí! Mañana muy temprano incineraremos su cuerpo y echaremos sus cenizas al mar en la bahía de Tánger, su ciudad querida. Alguna vez me comentó que ésos eran sus deseos. Yo y su fiel Ahmed lo haremos en solitario. Como memoria de Sara podéis llevaros la tacita de té que estáis tomando, colocarla en un lugar de vuestra casa que os recuerde el amor de Sara a todos nosotros. Ella nos unió al abrir esta su casa, la Casa Azul. Hizo de ella un santuario de la amistad. Aquí nadie era un extraño. Desde que murió Clark nosotros pasamos a ocupar el puesto predilecto de su vida. Esta casita era blanca. Ella mandó pintarla toda de azul porque «Clark estaba en la mar»: había arrojado allá sus cenizas. Pero el secreto mejor guardado era su oculta caridad por los más necesitados. Lejos de la Casa Azul sostenía a los débiles y humildes que se ocultan en los rincones de Tánger y los arrabales de la ciudad. Hoy, queridos amigos, me siento un poco huérfano con su ausencia —siguió diciendo el doctor Duyos—. Cuando llegué a esta ciudad yo era un chiquillo peninsular para ella. Me ha ayudado a bordar, hilo a hilo, el amor de madre que no he tenido en mi alma.

Al doctor se le escapó una lágrima y un suspiro.

Los asistentes estaban emocionados. Miraban la pálida tez de Sara, expuesto su cuerpo en el ataúd de pino, en el centro del salón sobre una alfombra roja. Alguien no pudo evitar acercarse y darle un beso. Los criados recogían la estancia. Maurice ayudó al doctor y a Ahmed a cerrar la tapa. Dejaron de girar las aspas de los ventiladores, las luces se fueron apagando poco a poco. Con ellas se apagaba la historia de la Casa Azul.

Poli se retiró con Maurice y Margaret sin apenas cruzarse palabras. Los demás partieron también cada uno a su destino.

Poli bajó apresuradamente del taxi que le condujo hasta el puerto. Su mirada buscaba encontrarse finalmente con el amplio horizonte que la mar le ofrecía y que tanto reconfortaba sus pensamientos. Había vivido una tragedia imborrable. Quería dejar atrás los horribles momentos de tristeza que supusieron el velatorio de la dama de la Casa Azul. Sara había sido para todos una anfitriona excepcional pero sobre todo una amiga, de esas que se recuerda a menudo con una sonrisa en la boca y los ojos entornados. A la luz de la luna comenzó a subir por la pasarela de madera dispuesta para abordar, mientras terminaba de encender su pipa observando cabizbajo la negrura de las aguas del puerto y las lisas o «mojoneras», como las llamaban los andaluces, que en pequeños bancos iban absorbiendo cualquier resto comestible que hubiese en el agua. Los marineros, desde la cubierta, observaban al capitán en su paso lento y reflexivo hacia el puente de mando, precedido por la estela de aquel aromático humo de hebra holandesa. Les saludó con su gorra blanca, desabrochó su guerrera y respiró profundamente en aquel ambiente que le era familiar y querido. Se dijo a sí mismo: «¡Vaya día! Como para quedarme en Tánger...».

Tal y como lo ordenó el capitán, el primer oficial lo dispuso todo para hacerse a la mar. La tripulación esperaba las órdenes en sus respectivos puestos. El buque se encontraba aprovisionado de víveres y carbón, listo para zarpar. La bandera republicana ondeaba en lo alto del mástil.

Una vez en el puente no quería perder más tiempo. Poli dio la orden de largar amarras y de inicio de las maniobras de desatraque. Había que salir para encontrarse en alta mar al amanecer.

«Hasta pronto, Tánger —pensó—. Esperemos que esta locura que asola España se mantenga fuera de tus fronteras.»

El capitán observaba desde el puente, muy tranquilo, la actividad de sus experimentados marineros, mientras daba las órdenes pertinentes a la máquina a través del telégrafo y se ocupaba del timonel. Rechazó por radio la asistencia del práctico. No lo necesitaba. Poco a poco el *Arriluze* fue separándose del muelle y dejando a popa las pequeñas chalupas de vela triangular que ocupaban el puerto y las jábegas que salían a pescar con los aparejos de la noche. Algunas se apartaban y abrían paso al Buque de Bilbao, saludando desde sus humildes amuras. Por último contempló con cierto respeto el único acorazado que aún seguía allí, en la bocana. Aquella terrible mole francesa reposaba plácidamente sobre las tranquilas aguas de la ciudad. Los ingleses habían partido con rumbo a Gibraltar el día anterior, según le oyó decir a Maurice. Fuera de las fronteras de la ciudad internacional el alzamiento del ejército contra la República había triunfado y el Mediterráneo se había convertido en el bufet libre del armamento ideológico. Eran tiempos inciertos. Los oasis políticos que subsistían como Tánger parecían destinados a desaparecer. La tensión del ambiente que se vivía en la Península podía cortarse con un cuchillo. Tánger se mantenía al margen de aquello, aunque miles de ojos observaban e informaban del desarrollo de los acontecimientos. Su situación internacional daba pie al cruce de informaciones entre las distintas potencias dominantes.

El buque dejó por la popa la ciudad internacional con rumbo noroeste y el capitán puso el gobierno del puente en manos de su primero. Las órdenes eran claras:

—Avante toda con rumbo a Huelva.

6

Huelva

A menudo se reflejaba en los diarios marineros, e incluso en *La Vanguardia* de Barcelona: «El *Arriluze* salió de Huelva con pirita para Londres».

Poli estaba acostumbrado a aquel puerto transatlántico lleno de fletes internacionales. En la ciudad tenía buenos amigos y los contactos de siempre le hacían sentirse seguro. Se había entretenido en la travesía desde Tánger reduciendo máquina, pescando y oteando el horizonte. Todos en alerta, por si veían algo raro. La mar estaba tranquila. La tierra, la tierra de España, no.

Cuando el *Arriluze* entró en el muelle de Levante, Paco Cerro salía de la tenida prolongada de su logia. Pertenecía a la masonería local desde hacía tiempo. El grupo Minerva se había expandido desde la dictadura de Primo de Rivera, pero luego tuvieron una dura recesión. Ahora volvían a aprovechar los nuevos tiempos de bonanza de la República. Dependían de la Regional del Mediodía de Sevilla. Paco Cerro se las había ingeniado para hacer «obreros» y poner en orden la estrategia de crecimiento. Era la una de la madrugada. La tenida se había visto prolongada por ritos iniciáticos para la admisión de nuevos candidatos, las solicitudes de socorro, la lectura de las «planchas», es decir, las cartas y circulares del momento. Solo hubo una exposición de una pieza de arquitectura, discurso, bastante bien hecha por su hermano Juan Salinas sobre la situación de Ayamonte donde se estaban borrando muchos «obreros». El «tronco de beneficencia» se destinó a ayudar a una familia afectada por las últimas inundaciones. Paco Cerro sabía lo que era ser un buen masón y ayudar a los hermanos. Quería despejar la cabeza. Dar un paseo en solitario hasta el muelle de Levante. Como buen onubense, le hacía recordar lo que aquel lugar había supuesto para el progreso de la ciudad y su entorno en la mejor época, cuando la compañía Tharsis Sulphur and Copper Limited sacaba toda su producción de las minas de Riotinto y la repartía por el mundo. El muelle de Tharsis fue la ventana abierta al progreso de Huelva. Ahora estaba casi en ruinas. No era ni sombra de lo que fue.

Paco Cerro vio llegar un buque con sus luces de navegación encendidas. A proa y a babor, roja y verde. Se acercó a la punta del muelle de Levante. Hacía buena noche. Se percató de que era el mercante vasco, el *Arriluze*, que frecuentaba aquel puerto como otras veces. Su capitán, Poli, era un buen amigo suyo. Se alegró y se acercó al punto de amarre diciendo para sus adentros: «¡Qué sorpresa se va a llevar Poli cuando me vea aquí! No se lo espera».

El buque había iniciado sus maniobras de atraque. En el puente se veía moverse al capitán y a su primero dando instrucciones al timón y voces a la marinería. En la proa, a babor, se apreciaba un singular pasajero con traje de hilo y corbata de seda con ganas de echar pie a tierra.

«¡Qué extraño cabotaje! —pensó Paco Cerro—. ¿Qué traerá y de dónde vendrá el *Arriluze* cuando sabemos que las tropas del alzamiento de Sanjurjo ya están en Sevilla?»

El capitán se percató de que había alguien esperándole en tierra. Cuando arrió la escala real un marinero saltó al muelle. Poli, desde el puente, conoció a aquel hombre. Era su amigo.

—Paco, ¿qué haces aquí a estas horas? ¿Esperándome? No

lo puedo comprender. ¿Quién te ha advertido de mi llegada? ¡Si no he telegrafiado a nadie!

—Poli, ¡bienvenido a Huelva! Vigilo el puerto, no vaya a ser que nos entren por aquí los amotinados de Sevilla. Pero lo que menos esperaba es que tú, un chicarrón de Bilbao, aparecieras buscando o trayendo carga con lo complicadas que se están poniendo las cosas.

Mientras él hablaba Poli había descendido a tierra. Se fundieron en un abrazo. Larga debía de ser la amistad e intensa. Poli explicó su travesía.

—Vengo de Tánger a media carga camino de Bilbao. Es una escala breve para carbonear, hacer víveres y agua y seguir costeando por Portugal.

—Pues no están los tiempos para andar de acá para allá. Más bien te aconsejaría que te guarezcas en Lisboa hasta ver a dónde vamos con esta España revuelta. Supongo que te habrás enterado de lo que pasó esta semana en La Pañoleta, cerca de Sevilla.

—No. Las comunicaciones con Tánger y la radio en el Estrecho no son muy buenas. Solo se oyen por las noches las arengas de Queipo de Llano, que está dispuesto a matar a todos los liberales que no se unan al alzamiento de los sublevados. La situación es confusa. He dejado Tánger tranquilo pero lleno de conspiraciones, espías y negociantes que venden armas para el que pueda pagarlas. Allí se compra y se vende la victoria. Pero la guerra allí no le duele a nadie. Viven inmersos en su mundo de ciudad internacional. Siguen copiando el vivir bien imitando a París y a Londres. Aparentemente no pasa nada. Hay mucha vida social y en ella, como siempre, pescando en el río revuelto del contrabando, medran los que más tienen y más quieren.

—Lo que no entiendo es cómo no te has quedado allí. Es ahora un puerto seguro, querido capitán. ¿Qué necesidad tienes de correr riesgos? Con tu cascarón de plata, el *Arriluze*, puedes vivir donde quieras.

—A mí me duele la guerra, Paco. Soy hombre de paz. No sé

qué estará pasando en mi tierra y en mi familia. Mi hijo Paco ha dejado de estudiar medicina para enrolarse en los batallones de gudaris. Estoy muy preocupado por él. Tiene solo veinticuatro años. Las líneas telefónicas desde Tánger están copadas y no he podido hablar con casa desde hace mucho tiempo. Lo voy a intentar mañana desde aquí. Pero ¿qué pasó en La Pañoleta?

Los dos amigos paseaban por el muelle bajo una luz plateada en plena noche. Era luna en cuarto creciente, era noche de estrellas Perseidas y de fugas. Una noche espléndida. En el barco, asomado a la barandilla de estribor, el inspector Leguina les observaba como siempre fumando un cigarrillo emboquillado. Paco Cerro dio rienda suelta a su narración. Los motores del *Arriluze* se habían parado y solo se oían de vez en cuando las bombas achicando las sentinas. Como si por ellas respirara el viejo carguero inglés harto de mares.

—Poli, tú sabes que soy un hombre de bien. Amo y quiero a mi gente, a Huelva, mi ciudad, y a España. Pero estos militares no se contentan con nada. La República es un fracaso por más que yo he ayudado a mi amigo Diego Martínez Barrio, que es incapaz de controlar el gobierno de Madrid. Es un presidente fallido en una España desvertebrada por las ambiciones de los partidos políticos y de las personas. Ni aun siendo presidente de la República ha podido manejar este desgobierno. Aquí se están levantando y sublevando las derechas. El orden constitucional se rompe fácilmente. El desorden es la anarquía. La casa se destruye. El arquitecto no tiene poder sin la disciplina del constructor y sus obreros. Los obreros construyen la casa bajo la armonía del cerebro del arquitecto. Aquí no hay armonía, hay anarquía. Quieren vivir ricamente de una España pobre. Hablan más de derechos que de obligaciones.

Poli no entendía nada. Paco Cerro manifestaba sus maneras de cultivador de su doctrina, en la que se asomaban los sagrados misterios del gobierno del universo. No era la primera vez que

Poli oía cosas así a su amigo. Recordaba una larga estancia en Huelva, con el barco en dique seco, donde había llegado a confraternizar con Paco y sus amigos asistiendo a alguna cena de francmasones. Le producían un cierto recelo como cristiano educado en los Hermanos de La Salle en su colegio de Sestao. Sabía que el Papa en el siglo XVIII prohibió a los católicos su participación en la masonería. No por eso dejaba de admirar a Paco Cerro, a quien volvió a preguntar:

—¿Qué pasó la semana última en La Pañoleta?

—Para entenderlo, tienes que saber cuál es el origen de lo que está sucediendo en España y en la Segunda República. Aquí en Huelva, como en muchas otras ciudades andaluzas, las izquierdas están divididas: los de Lerroux y los socialistas se tiran continuamente los trastos a la cabeza en el Ayuntamiento. Insultos y descalificaciones están a la orden del día. A nivel nacional la entrega en octubre de hace un par de años de los radicales a los cedistas de Gil Robles marcó una época histórica que nunca debía de haber ocurrido. Eso pasó también en Huelva. Todo cambió y no a mejor. Las calles de esta ciudad, Poli, cambiaron de nombre de nuevo: Manuel Azaña se convirtió en Eduardo Dato. Las últimas elecciones del pasado febrero han sido efervescentes. Tenías que haber visto lo que era esto. Las derechas gritaban: «¡Si ellos triunfan, no serás más libre!». Los curas predicaban que los tres enemigos de España eran el bolchevismo, el judaísmo y la masonería con una pasión desenfrenada, con un odio impropio de su condición cristiana. Yo fui un buen cristiano hasta la adolescencia. Me eduqué en un colegio católico pero no supieron explicarme el amor a Dios. Solo el temor. No veía el ejemplo de la caridad en los propios curas que rapiñaban todo lo que podían. Solo les interesaba el dinero de mi tía abuela, que tenía posibles y pagaba mi educación. Mis padres habían muerto ya. Yo era huérfano. Mi tía corría con todos los gastos. Era una mujer admirable. Todos los días iba a misa. Los curas se aprovecharon de ella hasta dejarla en la indigencia. Murió en el hospital de las Hermanitas de los Pobres. Solo estuve yo para despedirla y para enterrarla.

Paco Cerro iba tomando confianza en sí mismo. Había odio en sus palabras. Poli lo escuchaba en silencio dejando dar rienda suelta a sus confidencias. Poco a poco los dos amigos se acercaban al caserío más inmediato al puerto. En él se veían luces tenues, pero luces de bombillas tímidas que denotaban la presencia de gente sencilla, estibadores del muelle o acaso pescadores. Estaban alineadas en casitas blancas. Enjalbegadas las paredes de adobe con las techumbres pajizas. Poli seguía sin saber qué había pasado en La Pañoleta. Recordaba que estaba a la entrada de Sevilla, cerca de la carretera de Camas, en pleno Aljarafe. Pero su amigo continuaba con su análisis de la situación.

—A partir de ahí, amigo Poli, lo que está desencadenando los enfrentamientos sociales es el paro obrero. Las minas no dan más que lo que dan. Ya sabes cómo lo controla la Tharsis y los ingleses. La reforma agraria con las invasiones de fincas que afectan a los grandes y a los medianos llamados «pelentines» cargándolos de jornaleros no productivos. Un jornal de cada obrero son cinco pesetas al día. Las cuentas no salen. El campo no da para tanto. A pesar de todo cuando el pasado 18 de julio se proclamó el alzamiento en Sevilla, nuestra ciudad y casi toda la provincia logramos mantenernos fieles a la República, que para mí es la legalidad. ¡Hoy por hoy es la legalidad!

Poli le interrumpió:

—Para mí también, Paco. Navego aún bajo su bandera. No sé si por mucho tiempo.

—Sí, pero esto no va a sostenerse. Juan, el Palomero, que tiene sus mensajeras junto al santuario de la Virgen de la Cinta, me ha dicho esta mañana que ya hay tropas llegando a la Península desde Marruecos, con el general Franco a la cabeza. Por lo visto él o Mola van a ser los que mandan después de la muerte trágica de Sanjurjo, que no sabemos si ha sido un atentado. No veas cómo Queipo de Llano nos calienta todas las noches desde

Radio Sevilla. Nos amenaza. Es un cacique sediento de sangre y de venganza. La información es confusa. Insulta y provoca. Los rumores del movimiento ya son hechos. En Huelva no hay militares partidarios de una sublevación que se impongan a las autoridades civiles. Aquí aún manda la República. Por eso ha ocurrido lo de La Pañoleta, lo de la columna minera. Esta semana acudió nuestra escasa dotación militar y los voluntarios mineros para tratar de ayudar al gobierno de Sevilla a sofocar la rebelión de los militares. Todos creíamos aquí que esto era fácil, que la asonada inicial se podía parar. En Huelva el fervor popular estaba por defender la legalidad republicana en contra de las maniobras de Queipo de Llano. Se formó la columna con la esperanza de que llegaran fuerzas leales desde Madrid. Los mineros, por un lado, y las fuerzas del orden público con los pocos militares de nuestra escasa guarnición, por otro, separados en dos columnas se dieron cita en La Pañoleta, a la entrada de Sevilla. En el camino se iban sumando voluntarios de los pueblos con escaso armamento y mucha buena voluntad. Al mando de todos ellos iba el comandante de la Guardia Civil, Gregorio Haro. Un hombre de prestigio en nuestra ciudad. Sucedió que la columna militar iba por delante. A su paso por Triana, entrando en Sevilla, eran aclamados por las gentes de izquierda según cuentan los que han regresado con vida, mientras los ciudadanos preparaban barricadas contra los militares sublevados en la ciudad. La columna unida pasó sin enfrentarse a nadie hasta el centro de la ciudad. Fueron a acuartelarse con los militares de la capital. Al día siguiente reaparecieron para reconquistar el barrio. Nadie lo entendía. Los mineros que llegaban más tarde estaban desconcertados. Los militares ya no eran fieles a la República.

—¿Cómo pudo ser eso? —preguntó Poli, cada vez más sorprendido por lo que su amigo le estaba contando.

Habían llegado a la puerta de un colmado solitario de marineros de barrio. Se sentaron en el porche de cañizo en unas sillas de enea. Pidieron unos vinos blancos del Condado a una joven que parecía ser la hija del dueño. En un rincón cuatro paisanos jugaban a las cartas al fondo del colmado. No había nadie más. Se escuchaba una radio que transmitía marchas militares interrumpiéndose de vez en cuando por la voz de una locutora que daba partes, consignas y anuncios, todo mezclado hasta con esquelas mortuorias de la capital y de los barrios. A la luz de una bombilla plagada de mosquitos, Paco continuó su relato.

—Los mineros habían requisado siete automóviles de los directores de las minas, catorce camiones y doscientos cincuenta kilos de dinamita para su columna. Eran cerca de trescientos. Iban escasamente armados con hoces y con palos, algunas carabinas, escopetas y unas pistolas. Los militares apenas llegaban a cien, pero iban bien dotados y pertrechados con lo mejor del arsenal de Huelva. Desconocían ambos la situación real de Sevilla creyendo que los militares de la plaza estaban divididos. Que serían más los defensores de la legalidad republicana. El comandante Haro llegó a los altos de La Pañoleta con las tropas y los guardias civiles antes que los mineros en la mañana del pasado domingo día 19. Les esperaron llegados por la cornisa del Aljarafe, después de haber pasado la noche reunidos con los sublevados en Sevilla. Haro mandó desplegarse a aquella tropa que había salido de Huelva con intenciones de defender a la República. Solo tuvieron que disparar cuando la confiada columna minera hizo su presencia. Su aspecto rural, poco marcial, su escaso armamento, su falta de disciplina y mando les convirtió en un blanco fácil. Al estar además desprevenidos, saludaban a sus conocidos bien asentados en los cerros del desfiladero pensando que eran paisanos y amigos.

»—Los de Huelva, los de Huelva... van a salvar a España —se oía gritar desde la carretera hasta los altos.

»A cambio recibían una descarga mortal de aquellos con los que horas antes, concentrados en Huelva, habían pactado la victoria. La traición estaba servida. Fue un desastre. Los chicos que han vuelto cuentan y no acaban. Hubo más de veinticinco muertos, cientos de heridos y prisioneros. Tenemos noticias de que a los prisioneros los están fusilando estos días ante las murallas de la Macarena. Son chicos veinteañeros, Poli, mineros de Valverde, Minerva y Riotinto, hijos de amigos y familiares conocidos. De hermano a hermano no se merecen esto.

Paco no pudo por menos que enjugar unas lágrimas haciendo un receso. Tomó un sorbo de aquel vino blanco fresquito. Poli se quedó sin palabras. Le acompañó y bebieron juntos en silencio. Miró al horizonte. Allí, un poco herrumbrado y en la sombra, estaba el muelle y el cargadero de las minas de Tharsis. La esperanza de progreso que los ingleses habían alentado en la comarca desde 1873 con la extracción del mineral. Eran sombras de un futuro herido. Se reflejaba en las marismas la tímida luz de la luna con el presagio de una ciudad triste que iba a la ruina.

—¡Cambia esa radio, chiquilla! —exclamó uno de los jugadores de cartas—. ¡Que no da más que miserias!

La niña se precipitó a buscar en el dial otra emisora distinta hasta que la encontró. Era la voz de Estrellita Castro que cantaba una copla.

Es Maricruz la mocita,
la más bonita del barrio de Santa Cruz.
El viejo barrio judío, rosal florío,
le ha dado su rosa de luz.

La melodía era un alivio, la canción un descanso a la pena. Durante un rato solo se oyó el cante de la tonadillera describiendo llena de romanticismo la historia de aquella mujer. Su copla mecía los sentimientos de la escasa concurrencia en la taberna del pueblo.

Y desde la Macarena,
la vienen a contemplar
pues su carita morena
hace a los hombres soñar.
Y una noche de luna
el silencio rompió
la guitarra moruna
y una voz que cantó:

¡Ay, Maricruz, Maricruz!
Maravilla de mujer.
Del barrio de Santa Cruz,
eres un rojo clavel.
Mi vía solo eres tú.
Y por jurarte yo eso,
me diste en la boca un beso
que aún me quema, Maricruz.
¡Ay, Maricruz, ay, Maricruz!

Fue como pluma en el viento.
Su juramento y a su querer traicionó.
De aquellos brazos amantes
huyó una tarde
y a muchos después se entregó.

Señoritos con dinero
la lograron sin tardar.
Y aquel su cuerpo hechicero
hizo a los hombres pecar.

Pero solo hubo un hombre
que con pena lloró
recordando su nombre
y esta copla cantó:

¡Ay, Maricruz, Maricruz!
Maravilla de mujer.
Del barrio de Santa Cruz
eres un rojo clavel.
Mi vía solo eres tú
y por jurarte yo eso,
me diste en la boca un beso
que aún me quema, Maricruz.
¡Ay, Maricruz, ay, ay, Maricruz!

Cuando Paco Cerro se repuso continuó:

—El cabrón del comandante Haro nos ha traicionado. Dicen los chicos que han vuelto que los despreció exclamando: «¡Yo no mando mineros sino caballeros!»... ¡Valiente hijo de puta!

Era más de la una de la madrugada. En los aledaños, junto al colmado, el caserío tenía una sencilla plaza iluminada por cuatro farolas que daban luz y cobijo a las casitas blancas alineadas a su alrededor con sus porches de cañizo. Allí se concentraban a tomar el fresco de la noche sus habitantes. Un airecillo marino calmaba el sofoco de la tierra. En el centro de la plaza tenían su tinglado unos titiriteros. Parecían seres venidos de otro mundo con su camioneta que hacía de albergue, vestuario y telón de fondo a sus chirigotas. Una bocina ampliaba sus palabras y sus músicas. Había un hombre joven que tocaba un viejo saxo acompañando los recitados de una bella señorita. Eran tres chicos y dos chicas, una pareja hacía de payasos y como tal iban vestidos con mallas bastante desgastadas y descoloridas. Otros semejaban malabaristas. Destacaba un personaje ataviado con levita y sombrero de copa. Tenía aire de ser el presentador o quizá el dueño del pequeño circo. Según ellos contaban, venían de recorrer pueblos y ciudades. En un cartel se leía: «Hoy aquí, mañana en el Paraíso, pero hoy el Paraíso está aquí». Se ufanaban de hacer reír a los niños, llenar de historias las fantasías de los mayores y quitar el hambre rifando cada noche un pollo entre los asistentes. Seguramente robado en el anterior caserío, decían las malas lenguas. Repartían higos recogidos de las higueras del camino, a los que adornaban con papel de plata como si fueran caramelos para atraer así a la chiquillería de la aldea. Era todo una economía de pobreza sobre la que destacaban las plumas de avestruz color fucsia que la joven bailarina se colocaba en el cuello sobre su raída malla negra. Aquella bondad de la noche hizo que Poli y Paco se acercaran al espectáculo tratando de distraer la memoria de la tragedia narrada; la vida del pueblo más humilde no se había destruido aún. Hasta allí tardarían en llegar los rumores. Solo llegarían los hechos cuando inevitablemente hubieran sucedido. Los hechos podrían ser tragedias como las de La Pañoleta. En cada familia había quedado un muerto o un herido.

El presentador se cambiaba de sombrero para imitar personajes de la vida política a los que dedicaba duras críticas llenas de ironías y ridiculizaciones. De repente con una chistera hacía de Lerroux:

—Señor Gil Robles, con tal de conservar el poder estoy dispuesto hasta ir a misa los domingos —proclamaba.

Todos se reían. Aun los que no conocían la profundidad de la crítica. Paco pensó que aquel titiritero no era vulgar. Le parecía muy sutil en todo lo que decía y desde luego un libre pensador propio de la época que estaban viviendo. Como mago hacía trucos sencillos que entusiasmaban a grandes y a chicos. De aquella misma chistera sacaba pañuelitos de colores anudados, un vaso de agua que se bebía y hasta un conejo vivo que arrancaba los aplausos de toda la concurrencia. La chica del maillot negro se presentó con una trompeta entre las manos. Miró a la luna creciente y al respetable público. Aplicó sus labios a la boquilla, hinchó sus pulmones, alzó la trompeta hacia el cielo y comenzó a sonar una balada triste. Se hizo un silencio total. Solo se oía la triste y romántica melodía. Paco se acercó al presentador y le preguntó en voz baja:

—¿Cómo se llama?

—¿Ella?

—No, ¡usted!

—Me llamo León Felipe.

—Me ha sorprendido su ironía.

—Es un modo de ver las cosas...

—¿De dónde vienen?

—Venimos de Lepe. Hemos hecho una parada en esta barriada antes de entrar en la ciudad. Mañana estaremos en Huelva. Preferimos los barrios. En la ciudad hay que pedir permisos, cobran tasas, hay otras diversiones... Nosotros solo hacemos reír a los pobres, a la gente sencilla que no tiene ni para escuchar la radio.

Poli estaba embelesado viendo lo que veía, y gratamente sorprendido de aquella conversación y de aquel personaje que le parecía sacado de la fantasía de un cuento. Se atrevió a preguntarle:

—¿Es usted feliz?

—¡Por supuesto! La chilena, mi amiga, y yo somos felices. Vivimos como en familia. Nos repartimos la gorra. Sacamos para comer y para la gasolina de este viejo Ford que es nuestra casa. Salimos a hacer la gira en primavera con el buen tiempo. Siempre por los pueblos hasta que llega el frío y se acaba la temporada. Mi mujer se llama Flora, los chicos no son nada sino amigos y Canela nuestra perra es toda la compañía. Para mí toda una fortuna. No hay dinero para pagarlo.

La gente aplaudía el final de la trompeta. León Felipe se apartó de nosotros. Se puso bajo la luz del farol. Por la amplificación de la bocina se oía su voz clara que daba fin al espectáculo.

—Espero que les haya gustado nuestra fantasía. Este circo es el Paraíso. Los acróbatas son los mejores del mundo. La magia nos acompaña siempre. Los payasos han llegado hasta aquí desde el mejor circo de Madrid, el Price. Canela se va haciendo una perra inteligente con nosotros, pronto bailará sola al son del saxo. Flora, mi mujer, y yo os damos las gracias por esta noche maravillosa en la que hemos querido haceros felices con la magia del circo Paraíso. Todo es cuento, como la vida misma, queridos amigos.

De repente cambió la voz y declamó con toda naturalidad, poniendo énfasis en cada palabra:

> *¿Cuento?*
> *Yo no sé muchos de verdad.*
> *Digo tan solo lo que he visto*
> *y he visto*
> *que la cuna del hombre*
> *la mecen los cuentos.*
> *Que los gritos de angustia del hombre*
> *los ahogan los cuentos.*
> *Que el llanto del hombre*
> *lo taponan con cuentos.*
> *Que los huesos del hombre*
> *los entierran con cuentos.*
> *Yo no sé muchas cosas, es verdad*
> *pero me han dormido con todos los cuentos*
> *y sé todos los cuentos...*

—Damas y caballeros, gracias por habernos escuchado. Todo era cuento. Buenas noches.

León Felipe se quitó su sombrero negro de copa para despedirse y pasar entre la gente pidiendo la voluntad.

Paco Cerro y Poli se acercaron para corresponder con algo más que un real o una perra gorda, que era lo que abundaba en el fondo del sombrero. Los paisanos no eran muchos, aplaudían y se regocijaban mientras sonaba una placa con un pasodoble que algunos querían aún bailar. Las Perseidas corrían por el cielo. Se habían unido al fin de fiesta de aquel modesto espectáculo. Eran fuegos naturales gratuitos, polvos de estrellas que a chicos y a grandes hacían exclamar:

—¡Oh, oh, oh.... qué bonito!

Y los más ancianos decían:

—Son el camino de Santiago. Las estrellas que traen la suerte a los españoles.

Paco acompañó a Poli hasta su barco en el muelle de Levante. Eran más de las dos de la madrugada cuando el capitán mandó virar la escala real al marinero de guardia, como todas las noches, por seguridad, después de despedirse de su amigo al que le oyó decir tras un abrazo:

—Poli Barañano, ¡qué buena gente eres! Merecerías ser uno de los nuestros.

Poli se acostó pensando en los últimos versos de León Felipe. Quería dormirse con «todos los cuentos». No pensar. Mañana haría su plan de ruta.

Poli había dado orden a Benito de mantener vigilado a Jacobo Leguina.

—En cuanto ponga pie en tierra trata de sonsacarle dónde va y qué hace. Toma nota del tiempo que permanece fuera del *Arriluze*. Cómo va, cómo vuelve... ¡todo! Benito, sondea a nuestros marineros si ves que el inspector intercambia conversación con alguno de ellos.

—Sí, capitán —asintió el fiel camarero y hombre de confianza de Poli.

No en vano Benito le había servido durante muchos años en su casa del campo de Amurrio donde vivían como guardeses su mujer y sus hijas. Paca y Benito eran como parte de su familia.

—Jacobo Leguina no es de fiar, Benito —afirmó el capitán—. No es de fiar y está aquí cumpliendo una misión. Hemos de averiguar cuál es.

—Lo sé. Su presencia en el buque, capitán, no es fortuita. Le he observado tomar notas. Escribe a alguien. Cuando atracamos en un puerto lo primero que hace es ir al telégrafo, a

Correos o a llamar a algún contacto. Para mí, don Poli, que espía para los alemanes.

El capitán miró fijamente a su ayudante de confianza. Nunca se le había pasado por la cabeza que eso fuese posible. Admiró la ocurrencia de su camarero. Arqueó las cejas como signo de sorpresa.

—Jamás hubiera pensado que el inspector trabajara para una potencia extranjera. Me has dejado sorprendido.

Benito se acercó en un ademán de confidencia.

—Usted no sé si lo sabe pero habla en alemán y escribe en alemán. He visto papeles en su camarote que él encierra en ese maletín escondido bajo la cama. Le sorprendí antes de guardarlos cuando fui a llevarle una tisana y él se paseaba por la cubierta. No se dio cuenta.

—¿Alemán? No le he oído nunca que supiera hablar en alemán. Es un tipo siniestro. No me extrañaría nada de él.

—Capitán, el alemán es inconfundible, por lo que sea él lo oculta. Pero le digo a usted, por la salud de Paca mi mujer, que él sabe hablar y escribir en alemán.

Poli se ratificó en sus sospechas de que algo había tras Jacobo Leguina. No era un simple pasajero. Jacobo era un agente secreto. Benito podría estar en lo cierto. Pero ¿qué hacía y por qué estaba en su barco?

—No lo pierdas de vista —insistió a Benito—. Gracias por la confidencia. Esta travesía está llena de sorpresas. No acabamos de llegar a un puerto y aparecen otras. Lo normal en la aventura del *tramp* es la variedad de sus cargas, pero aquí las cargas vienen aparejadas de historias personales. No sabemos aún lo que nos espera hasta llegar a Bilbao.

Leguina permaneció aquella noche en el barco. Pidió una cena ligera en su camarote. Era de madrugada cuando Poli ya había vuelto de su excursión nocturna con su amigo Paco Cerro. Benito vio que la luz del camarote de Leguina se apagó sin ni siquiera salir a ver la lluvia de estrellas de las Perseidas que había convocado al resto de la marinería en cubierta. Benito se fue a su litera a descansar pensando: «No me cabe la menor duda, éste es un espía alemán. Emboscado en nuestro barco pasa información de todo lo que está ocurriendo alrededor. Tendré en cuenta el consejo del capitán. No voy a dejar de observar al tal Jacobo. Pero ¿a favor de quién están los alemanes? Lo que es seguro es, que ése de Bilbao no tiene nada...».

Aquella mañana el capitán Barañano se levantó temprano. Eran las ocho y ya había desayunado. Despachó los temas del día con Ibáñez, su primero. Le parecía un hombre competente, buen profesional, enrolado por su amigo Eulogio el Pelao en Cartagena. Durante la reunión comprobó sobre las cartas náuticas que se sabía a la perfección la ruta y conocía muy bien las aguas hasta llegar al punto de destino. Juntos elaboraron la hoja de ruta, contando con una escala de avituallamiento y carbón en Lisboa para ir holgados. Revisaron el cuaderno de bitácora y lo pusieron al día. Lisboa era un puerto conocido por experiencia. Desde allí trazarían la complicada navegación costera por Galicia, alejándose de los peligros que la ruta entrañaba. Poli se quedó bastante tranquilo. Consultó a Andoni por si había novedades en la radiotelegrafía. Nadie había contactado con el *Arriluze*, aparte lo habitual de la navegación del día anterior desde Tánger. Todo parecía estar en calma. Quizá demasiada calma para los rumores y las noticias de Radio Sevilla que eran alarmistas con sus músicas de marchas militares, sus avisos, premonitoras de un estado de zafarrancho, de un estado de guerra. Pero en Huelva no pasaba nada.

Como tenía por costumbre cuando llegaba a esta ciudad, le gustaba subir a lo alto del Conquero. A divisar el paisaje con las amplias marismas del Odiel, río y remanso de aguas repartidas. Admiraba ese verde propio de las algas que llamaban la espartina densiflora refugio de aves. Allí donde confluían las aguas dulces y saladas era uno de los humedales más grandes de España. Anidaban las espátulas, los flamencos en invierno, las garzas reales, las grullas, hasta rapaces como el águila pescadora y el aguilucho lagunero. A Poli ese paisaje le gustaba más en invierno porque se veía la fauna más que en verano. Después pasaría a visitar a la Virgen de la Cinta, patrona y enclave predilecto del pueblo de Huelva y de todos los visitantes. El cerro era magia de tradiciones y de historia. Se asentaba sobre un cabezo que asemejaba un altar hacia el cielo. La Virgen era devoción de los creyentes y respeto de los paisanos que no lo eran. En el mirador se seguían declarando amores y pactos del pueblo liso y llano. Continuaba siendo un lugar de encuentros, de fin de trayecto y de nuevos horizontes. No había escala de Poli en Huelva que no acudiera a descansar su mirada por aquellos campos y suplicara a la Virgen que cuidara de su gente, la familia de la mar y la familia de la sangre. Ahora con más ahínco si cabe.

«... Que las cosas, Amatxu, se complican con las guerras —le habló mentalmente a la Virgen—. Y no sé lo que llevo dentro de las bodegas de mi barco, si armas para la paz o armas para más guerra.»

Por la cabeza de Poli bullían todas las ideas. Se subió al taxi que le había procurado su buen Benito, del que se despidió diciendo:

—No pierdas de vista al inspector. Si es preciso mándale a alguien que lo siga. No es trigo limpio. Pero con cuidado. Hay que evitar toda sospecha. Puede ser peligroso.

—Descuide, capitán. Corre de mi cuenta.

Una mirada de complicidad subrayó sus palabras. También Benito tenía amigos en todos los puertos. En aquél sabía de una comadre especial para estos mandados. Iría a buscarla para confiarle el encargo.

—Al Conquero —dijo Poli al conductor del taxi—. Y luego me esperas porque vamos a echar toda la jornada.

Poli se había vestido de paisano con un traje ligero de lino color paja, y se tocaba de jipijapa. Hacía un calor insoportable aunque aún no habían dado las diez de la mañana en el reloj inglés del Ayuntamiento. Pasó por la avenida de las Palmeras hasta desembocar en la plaza de las Monjas. Era un día normal pero no se veía gente. Quizá por el calor, por las vacaciones...

«Estarán en las playas de Islantilla —pensó Poli—. ¿Acaso por el miedo a lo que está amenazando?»

Las noticias de la guerra en la capital ya corrían como el viento. Los heridos y los muertos en La Pañoleta eran muy recientes y habían desmoralizado a los republicanos que aún creían en la legalidad del gobierno. La ciudad estaba desierta; apenas algún automóvil y dos o tres taxis circulaban rápidos, como con prisa por llegar a sus destinos.

A aquellas horas de la mañana el cerro aparecía más solitario que nunca. Las gentes de la barriada del Carmen y de la Navidad permanecían dentro de sus casas. Algunos niños jugaban a las puertas guarecidos en las escasas sombras. El sol abrasador aunque tempranero dominaba todo. Quizá al atardecer tomaría el aspecto del acostumbrado lugar de paz y de sosiego. El conjunto de cabezos era más grato al sol poniente sobre las marismas del Odiel, cuando la mar de espartinas se convertían en rojas y doradas. Poli se apeó del taxi y avanzó hacia el mirador.

—Esta luz de Huelva es impresionante —exclamó—. Deja ciegos a quienes solo ven los paisajes, las personas y las cosas. La luz de Huelva penetra más allá y te hace descubrir su interior.

El joven taxista que le acompañaba, como buen paisano, se regodeó con la expresión de su cliente. Le contó que amaba su pequeña ciudad. Se había criado en ella. Sin trabajo, aceptó conducir el viejo Ford que había pertenecido a un directivo de las minas. Ahora era propiedad de un prestamista llamado Cobos muy popular por su oficio en la ciudad.

—Señor, me llamo Jesús, Jesús Muñoz. Soy feliz de acompañarle en este día. Veo que ya conocía de antes nuestra ciudad. Si necesita alguna explicación me lo sé todo.

Jesús era un muchacho regordete, con la sonrisa siempre en los labios tratando de agradar a su cliente. Se manifestaba cabezón y reiteraba:

—Capitán, estoy aquí para servirle. Que a mí no se me escapa una. Aunque vaya usted así vestido ya me he dado cuenta de que es usted el capitán del buque.

—Gracias, Jesús. Vamos a compartir esta mañana en Huelva.

Poli admiró la expresión sencilla y la buena disposición de quien le acompañaba como chófer. Se atrevió a preguntarle:

—¿Es usted católico?

—Sí. A mucha honra, y devoto de la Virgen de la Cinta. Aunque le confieso que solo voy a misa en las fiestas gordas, por Navidad y por Semana Santa.

—Bueno, pues ya somos dos —le contestó el capitán, contento por el encuentro y por la sinceridad.

—Este lugar histórico de tiempos de los tartesios y los romanos es algo más que el mejor mirador de la ciudad. Es un lugar mítico, sagrado —se atrevió a afirmar el joven taxista—. Pero me da, capitán, que usted se lo sabe todo y conoce más que yo de la historia. No es la primera vez que viene, ¿no?

—No. Soy asiduo visitante. Por razones de mi oficio hago escala en este puerto. Casi siempre subo al Conquero a inspirarme y dar gracias a la Virgen.

El calor era sofocante a pesar de estar rodeados de la mar y los humedales de la marisma. Ni una pequeña brisa lo hacía soportable. Poli decidió subir al santuario cercano y entrar para salvarse de la solana. El sol arreciaba como propio de un buen verano. Era agosto. Poli sintió que no había mucha humedad. Al entrar, se encontró con Paula la santera, a quien ya conocía de anteriores visitas y a la que siempre regalaba unos duros bien acogidos.

—¡Capitán, cuánto *güeno* por aquí! Dios y la santísima Virgen de la Cinta te acojan.

Aquel santuario era reducto de la fe de los siglos. Parecía una blanca paloma al aire en el conjunto de cerros que formaban la parte más alta de la ciudad. La arropaban a sus pies barrios marineros de tejados humildes y gentes sencillas. El nombre de Virgen de la Cinta le venía dado porque en el cuadro que presidía el altar del antiguo cenobio monacal del siglo xv la Virgen tenía en sus brazos un Niño Jesús sonriente, desnudo, con una cinta en sus manos. Paula no era una mujer anciana, más bien de mediana edad. Llevaba siempre un vestido que sin ser un hábito monacal denotaba un cierto aire conventual y místico. La falda era larga hasta los tobillos en tonos azules y la blusa blanca bien abrochada. Colgaba de su cuello una cadena con una extraña medalla. No había cruz en su relieve, solo signos. El pelo era lacio, negro y peinado con raya en medio hasta caerle por los hombros. Decía que la medalla era un recuerdo de su madre que había peregrinado a Tierra Santa. Ella había contado a Poli en alguna ocasión que vivía obsesionada por hacerlo ella también antes de morir y que todo el dinero que obtenía de las limosnas lo ahorraba en un lugar seguro para poder peregrinar a los Santos Lugares. Porque, según ella, Dios le iba a comunicar allí algún secreto.

A Poli le impresionó volver a ver a Paula. La consideraba una mujer llena de misterios. Siempre iba muy limpia y aseada. En sus ojos oscuros, enmarcados por unas profundas ojeras, había al final de un túnel una luz del Mediterráneo que le brillaba. Más de una vez le hizo confidencias. Le contó que era una conversa árabe procedente de Marruecos. Había adoptado el nombre de Paula en honor de san Pablo al bautizarse. Antes se llamaba Fátima, su verdadero nombre era Fátima al-Mukrí. Vino huyendo a estas tierras de una venganza y una condena.

Fátima se había convertido en Paula de Tarso. Tenía la pasión de la conversión y el apasionamiento de lo misterioso. Sus manos eran fuertes y curtidas por el trabajo rudo. Nunca se supo si de la mar o del campo. Nadie conocía su origen ni por qué empezó a ser la santera de la Cinta. Todo el mundo decía que llevaba allí toda la vida, pero no era así. El único que conocía la verdad era Paco Cerro, que se la había contado a Poli. La Paula tenía dichos que hacían temblar al capitán.

Marinero, marinero,
buscas la vida en la mar.
En la tierra siempre esperan
los que te van a matar.
Marinero, marinero,
no huyas del mar a tierra.
Que allí hay paz
y aquí está la tormenta
de los que te van a matar.

Lo declamó en tono bronco nada más entrar al claustro donde ella hacía sede desde el abrir de la mañana hasta el cerrar de la noche. Paula tenía en sus manos un gato blanco que acariciaba sin cesar. Recibía a los visitantes como una pitonisa más que como una demandadera del culto a lo sagrado. Permanecía casi todo el tiempo sentada ante una destartalada mesa desde donde ejercía de vigilante permanente de todo lo que pasaba por ese lugar. Como dijo el taxista a Poli:

—¡Hasta el párroco le tiene un respeto!

Paula sacó agua fresca de un botijo de barro para el capitán y su acompañante. El sofoco era patente. Solo en el claustro, el patio claustral que rodeaba el edificio, ofrecía sombra y un airecillo fresco de alivio.

Antes de entrar al santuario Paula preguntó al capitán por su familia.

—¿Cuántos hijos tienes?

—Cuatro que viven más uno que se me ha muerto.

—Tu mujer, marino, ¿es flaca o gorda?

—Está en carnes. Es muy buena.

—No te lo he preguntado, cariño.

—Pero yo te lo adelanto.

—¿Qué llevas hoy en tu barco?

—Carga variada, como siempre.

—Carga que atrae disputas.

—Carga normal.

—Carga que te va a costar la vida.

—Paula, ¿por qué me dices eso? ¿Qué extraño maleficio de santera me quieres provocar?

—Es que, marinero, cuando te he visto me ha salido esa copla que te he dicho y si quieres te la puedo cantar.

Poli miró a un lado y al otro. No había nadie. Estaban solos. Únicamente el joven taxista asistía confuso y asustado a aquella extraña conversación de su cliente y la conocida santera de la Cinta.

—¡No, por favor! —dijo Poli. Pero ya era tarde.

Paula miró hacia la celosía del claustro, se levantó de su silla y en pie se puso a cantar por seguidillas como un lamento apoyándose con pitos y con palmas de sus manos mientras el gato blanco corría a refugiarse en el patio.

Ay, ay, ay.
Marinero, marinero,
buscas la vida en la mar.
Pero en la tierra te esperan
los que te van a matar.
Marinero, marinero,
No huyas de la mar a la tierra que allí tienes la paz,
y aquí la tormenta espera, porque te van a matar.
Ay, ay, ay.

Poli, con su sombrero de paja entre las manos, estaba profundamente serio. Un escalofrío de incertidumbre recorrió su cuerpo. No sabía cómo interpretar la letra de aquella copla que resonaría en su memoria durante mucho tiempo. Cuando Paula acabó fue como si hubiera salido de un trance. Esbozó una sonrisa. Sus ojos negros se tornaron amables y el gesto distendido.

—Paula, ¿por qué me has hecho esto?

Ella se sentó a la mesa camilla y explicó con toda naturalidad:

—No lo sé. Últimamente creo que tengo poderes espirituales. Pero... entra y vete a la Virgen. Aquélla sí que los tiene. Yo no soy más que una santera...

Cuando entró en el santuario, Poli no sabía si reír o llorar ante la Virgen de la Cinta. Se sentó en el último banco con la cabeza entre las manos. No se atrevía a levantar la mirada. Temía que la copla fuera realidad.

«¡Esa mujer parecía una visionaria, qué miedo!», pensó Poli con temor.

El ambiente umbrío de la iglesia le proporcionó alivio. Estaba sudando pero no era por el calor. Era un sudor frío. El valiente capitán se sentía débil ante el más allá. Levantó los ojos. Se encontró con el cuadro de la Virgen. Parecía sonreírle. Eso le tranquilizó. Recorrió con la mirada las paredes. Allí estaban en los muros del testero las aún recientes pinturas de Daniel Zuloaga que representaban la historia del templo y la promesa de Cristobal Colón a la Virgen en momentos difíciles de su travesía al Nuevo Mundo. Él también prometió a la Virgen visitar su templo si volvía con vida. Poli oró aún unos momentos. Salió todavía conmovido por el cante de Paula y el misterio de sus versos. No quería pensar en lo que había dicho. Se despidió con una buena limosna como tenía por costumbre y le dijo:

—Pídele a la Virgen todos los días que tus augurios no se cumplan.

Paula parecía arrepentida.

—Así lo haré, Poli. Dame un beso, marino.

—Esta vez no, Paula... Esta vez no.

Y volvió a su barco con el taxista. No tenía ganas de más paseos.

Por la tarde había rumores en Huelva que desde Sevilla fuerzas leales a los sublevados iban a presentarse de un momento a otro para tomar la ciudad, restablecer el orden y organizar la provincia. Benito se lo comunicó al capitán en cuanto llegó porque lo había oído en la radio y se comentaba en la taberna del puerto. También le informó de que Jacobo Leguina había salido a pasar el día en la ciudad. Pero que volvería a la noche al barco por si había novedades o decisión de zarpar. Mientras, el aprovisionamiento se estaba efectuando. El carbón se había estibado con cantidad en demasía. Incluso una reserva en las bodegas por lo que pudiera pasar. Poli había ordenado:

—Debemos estar listos para zarpar cuanto antes con las suficientes provisiones posibles y carbón para la travesía que nos espera.

El diario *Las Provincias* en sus notas locales del puerto dio cuenta de la presencia del *Arriluze* en los muelles. Algunos ciudadanos se acercaban a verlo. En todos los puertos ver los barcos que llegan es una de las costumbres propias de las ciudades que lo tienen. Como en otras ir a ver los viajeros a la estación del ferrocarril. Aquella tarde, cuando el sol perdía fuerza y calor, el muelle de Levante tenía curiosos y familias con niños que preguntaban a los marineros:

—¿De dónde vienen?

—¿Adónde van?

—¿Cuándo se marchan?

Y hasta querían saber el nombre del capitán. Pero eso y las cargas eran secretos bien guardados por toda la marinería. Por supuesto ignoraban lo que iba dentro de sus bodegas en aquellos cincuenta cajones bien embalados que portaba el *Arriluze*. Poli, solo en su camarote, había sacado de la caja de seguridad, cerrada con llave, el sobre lacrado número 1 que le entregaron en el puerto de Cartagena cuando el secretario del gobernador le confió la carga.

«Lo abriré cuando esté prescrito, al salir de aguas territoriales españolas. Justo en la costa de Portugal —se dijo a sí mismo—. Ya sé que ahí está escrito mi destino. Espero que no sea mi final.»

Las coplas de Paula seguían en su mente. No podía borrar el recuerdo de la mañana y el santuario de la Virgen de la Cinta. A media tarde apareció Paco Cerro con Juanito Tirado, un abogado amigo común con el que alguna que otra vez habían coincidido al salir a tomar unas cañas y lo que fuera. Al parecer Juanito había pasado de ser concejal a ejercer el control de la ciudad en el Ayuntamiento.

Preguntaron por el capitán. Benito los reconoció y les dio paso hasta el comedor. Poli se sorprendió gratamente. Llegaban en un buen momento. El capitán estaba sumido en un mar de preocupaciones y de nostalgias. Juan Tirado lo encontró tan cabizbajo que no pudo contenerse:

—Capitán Barañano, no veo tu semblante tan radiante como la última vez. ¿Qué te pasa?

Para Poli no era fácil expresar sus sentimientos. Su mundo interior era un tesoro bien guardado. Aquellos hombres eran amigos de cabotajes que son amigos pasajeros y, en la mayoría de los casos, interesados amigos de cumplimiento. El trueque era su moneda. Y la fidelidad, confianza que dura el tiempo de una escala aunque siempre había alguno que añoraba volver a verle. Pero nunca un marino de cabotajes sabe si va a volver al mismo puerto. Menos aún si los amigos van a estar ahí en sus mismas condiciones y trabajos. Poli puso cara de circunstancias. Le había tocado la fibra interior: la copla de Paula la santera. Se expresó con poca sinceridad.

—Estoy pasando un mal rato —puso como disculpa—, recordando a mi hijo Pedro que falleció en Amurrio a los quince años. No sé por qué Dios se lo llevó tan joven.

Cuando dijo esto tenía entre sus manos un devocionario usado, de pastas marrones, de hojas amarillentas. Era el devocionario que le acompañaba en todos sus viajes. Había pertenecido a su hijo Pedro hasta que murió. A veces era como un amuleto en el puente de mando. Más que rezar lo miraba. Los domingos invitaba a su tripulación donde quiera que estuviera a escuchar al menos el Evangelio del día. Poli era religioso. No místico. Ni discutidor de dogmas o crítico con las cosas de la Iglesia. Mucho menos beato. El amor a Dios y al prójimo le salía de su natural bonhomía y de una educación familiar bien asentada en los principios de la fe cristiana.

Paco Cerro y Juan Tirado conocían y apreciaban todo esto. Por el poco trato en las repetidas escalas del *Arriluze* cargando pirita para transportar a Londres, habían valorado los sentimientos morales del capitán Barañano. Ellos dos pertenecían a la Gran Orden, que aprovechando la bonanza de la Segunda República en aquel tiempo se extendía dominando los más amplios sectores de la política y la empresa. Hasta infiltrándose en la propia Iglesia católica, a pesar de que ser masón estaba castigado con la excomunión. Sin embargo el secretismo más severo ocultaba filiaciones y pertenencias de personalidades con amplia influencia social. La influencia de la logia de Sevilla Isis y Osiris 377 se había dejado notar en Huelva. La logia local Minerva reverdecía buscando el oportunismo de que su gente tuviera lugares predominantes en la gobernanza de la ciudad y los organismos públicos donde actuar con poder. El poder era lo que importaba.

Desde el siglo XIX fue en Andalucía donde la masonería tuvo más arraigo social. El deterioro político de la Restauración influyó en su auge. «La República es nuestro patrimonio», llegaron a decir. El centenar y medio de diputados estaban trufados de francmasones infiltrados en todos sus partidos. Hasta tal punto que durante este período veintidós ministros del gobierno eran masones «durmientes» o «activos». En aquella situación había influido mucho el liderazgo de un gran amigo de aquellos dos hombres que venían al encuentro de Poli. La personalidad de Diego Martínez Barrio, gran maestre de la Regional del Mediodía y del Gran Oriente Español, tuvo fuerza definitiva en la militancia y observancia masónica de Paco Cerro y Juan Tirado.

—Saint-Just quiere conocerte —dijo Paco a Poli.

—Venimos a buscarte para ello con órdenes muy estrictas —continuó Juan.

—¿Quién es Saint-Just? —preguntó Poli.

El capitán sabía que entre los masones se colocaban motes que adoptaban según sus funciones o su manera de ser.

—Saint-Just es nuestro gran maestre de Huelva. Su verdadero nombre es Alfonso Morón de la Corte. Él quiere romper contigo el sigilo y conocerte. Le hemos hablado mucho y bien de ti. Cree que ha llegado el momento de proponerte. Poli, tú escúchale. Luego lo piensas y te decides.

Juan Tirado quiso completar la información:

—Saint-Just es también el presidente de los Derechos Humanos de Huelva. Está haciendo una gran labor. Es muy amigo de Diego Martínez Barrio. Tiene hilo directo con él. Te conviene conocerle y escucharle. Ahora mismo es, sin duda, la persona con más influencias del país.

—Poli, ser masón no es ser de una secta o de una religión —añadió Paco Cerro—. Tú puedes seguir siendo católico o cristiano. Tener tus devociones. Ser masón no te condiciona a un partido político. De hecho estamos en todos. Ni siquiera es pertenecer a un círculo de estudios o a una escuela filosófica.

Paco era un buen cajista de la imprenta del Odiel. Estaba acostumbrado a las letras y era un buen lector. Todo lo que pasaba por sus manos de escritos y pensamientos era objeto de su deseo. Se explicaba bien y con contundencia.

—Ser masón es pertenecer a una orden fraternal basada en la creencia de un ser superior al que llamamos Gran Arquitecto del Universo. Nuestro origen viene de la construcción de las catedrales en el medievo hasta el siglo XVIII. Procedemos de la artesanía de la arquitectura y tomamos de ahí el nombre de masón que es albañil o cantero. En la logia, verdadero taller del pensamiento, nos reunimos para cultivar la fraternidad con un código de conducta basado en la tolerancia. La vida es un continuo aprendizaje, Poli, en búsqueda de la perfección en la que educamos las pasiones y ambiciones. Las logias son nuestras comunidades y los triángulos, la composición de obreros hermanos.

Mientras Paco tomó aliento de su discurso, Poli mandó a Benito que sirviera algo a los invitados. La tarde declinaba en el reparto de agua plateada del Odiel. Era un río de lujo en el horizonte. Poli permanecía sereno y atento. Tenía un rictus de cierta tristeza, como si hubiera perdido la espontaneidad de la inocencia. Era lógico, la sospecha había anidado en su interior. «¿De qué?», se preguntaba a sí mismo.

Cuando Paco y Juan Tirado se hubieron refrescado con la zarzaparrilla helada que Benito había servido, Paco continuó diciendo:

—Las ideas liberales y democráticas son nuestra mística de acción: libertad, igualdad y fraternidad. A lo largo de muchos años hemos sido anticlericales y opuestos a los regímenes conservadores. Por supuesto también a los dictatoriales de uno y otro signo político. Pero ahora no. Sabemos que hay que convivir. Nuestro venerable maestro Saint-Just aconseja convivir e infiltrarnos, aunque parezca mentira. Durante la República no está siendo un tiempo propicio. Se ha reducido la militancia de los obreros, pero en el Partido Radical crecemos ahora. En Huelva de nuestros hermanos un veintisiete por ciento son empleados como yo y el propio Saint-Just. Un veintinueve por ciento son artesanos y obreros. El resto, labradores y propietarios. La militancia política es activa porque en los talleres se proponen acciones sociales que solo en la política son alcanzables. A nivel nacional, Poli, vas a tener todo nuestro apoyo. Aquí un hermano es un hermano de verdad, para lo bueno y para lo malo.

—Eso, eso —jaleaba Juanito Tirado—, para lo bueno y para lo malo, porque los tiempos que vienen son muy difíciles y de lucha.

Poli tenía la cabeza llena de ideas contradictorias: se encontraba solo en un viaje que suponía ya una travesía incierta, hacia un punto indeterminado aún en su hoja de ruta con un destino final, Bilbao, para el que había que sortear dificultades en tiempos día a día revueltos; por otra parte le ofrecían una pertenencia nueva que significaba más poder. Pero él, el capitán Barañano, había salido a buscar dinero para pagar su barco, para vivir en paz con su familia en Euskadi o donde fuera. Él no quería poder. El poder político no le interesaba nada. Su pertenencia al Partido Nacionalista Vasco que lideraba José Antonio Aguirre era lo más lógico que podía pensar como buen vasco. Pertenecer a lo que uno es, le resultaba un deber. Le salía de dentro ser nacionalista vasco. Casi como ser cristiano, porque toda la vida lo había mamado así de su familia. En él no cabían más filiaciones. Bueno, también era socio del Athletic, pero eso era anecdótico. Gracias a Mandaluniz habían ganado la copa ese año. También le seducían las traineras. Siendo de Sestao era lógico que defendiera a Kaiku.

Pero ¿ser masón qué le añadía? ¿Qué le quitaba? Le quitaba su libertad personal. Siempre había querido ser libre. Por eso dio el paso de comprar el *Arriluze*, para ser libre, elegir sus tiempos y sus derroteros. Escuchaba a aquellos dos hombres preocupados por su misión de seducirle en una militancia que no era conforme a sus ideas y sobre todo a su arraigada fe cristiana. Tenía la leve sospecha de que a la Iglesia católica no le era propicia la masonería. Benito observaba atentamente lo que estaba pasando en el comedor del *Arriluze* aquella tarde. Servía té frío y zarzaparrilla que tanto gustaba a su capitán. Según él mismo decía le salía mejor que el gazpacho. La fórmula se la había dado la suegra de Poli, la señora Rosalía:

Ingredientes:
– 7 tazas de miel
– 4 ½ tazas de agua caliente
– 1 ½ tazas de extracto de zarzaparrilla
Disolver la miel y la zarzaparrilla en agua caliente.
Revolver hasta que estén completamente mezclados.
Agregar dos cucharadas de este jarabe al agua mineral con gas.
Beber bien frío.

El ventilador eléctrico no daba más para atemperar la tórrida última hora del sol. A pesar de ello todavía había niños y personas del pueblo que se acercaban a ver el barco. Pedían a los marineros terrones de azúcar blanquilla como era costumbre. El azúcar escaseaba en aquel tiempo y se suponía que los barcos la traían de allende los mares como algo exótico y privilegiado. Ese don preciado Benito de vez en cuando lo regalaba a los niños. Cuando el sol era ya poniente hasta la sombra del buque era valorada en tierra. Agrupaba a las personas en su muelle como gatos agazapados al disfrute de la espera. Era marea alta y se prolongaba en su tamaño sobre el malecón. Allí se sentaban mujeres con niños sobre los adoquines calientes del muelle para esperar una gracia o una limosna de los importantes señores que habían subido al Buque de Bilbao. También estaba allí esperando un coche del Gobierno Civil con su chófer de uniforme.

—¿A qué hora quedamos mañana por la mañana en el café Central en la plaza de las Monjas para ver a don Alfonso? —preguntó Juan Tirado dando por hecho que Poli, aunque solo fuera por cortesía, acudiría a la cita.

Poli se atusó el bigote. Miró frente a frente a los enviados de Saint-Just. Adivinó la corte de discípulos jacobinos, de discípulos del líder, de inquebrantables ejecutores de órdenes superiores, y les contestó:

—Os agradezco la confianza que me habéis demostrado. No tengo inconveniente en conocer a don Alfonso y tomarme un café con vosotros mañana en el café Central. Pensaré en todo lo que me habéis contado. Si os parece quedamos allí mañana a las diez.

Poli tenía la percepción de quien quiere conocer los secretos de este mundo. Los masones tenían esa aureola del secretismo. Le tentaba entrar en un mundo desconocido. ¿Por qué no descubrir cómo era el prócer de aquellas fuerzas ocultas?

Paco Cerro sonrió como si tuviera una batalla ganada.

—Te mandaré un coche, Poli —le dijo Juan—. Estará a las nueve y media en el muelle a recogerte. Aunque de momento no pasa nada, no están las cosas como para andar por las calles muy seguro.

—Gracias —contestó Poli haciendo un claro ademán de levantarse como fin de la reunión.

Se despidieron en la toldilla de popa. Cuando el coche se perdió, Poli invitó a su fiel Benito a dar un paseo por el muelle. Llegaron hasta el caserío cercano y entraron en la taberna. Algunos marineros estaban echando la partida al dominó. Saludaron con respeto y cortesía al capitán.

—¡Una ronda para todos! —dijo Poli a la joven que atendía al personal—. Pago yo.

Benito sabía muy bien medir los gestos y los silencios de su capitán. Se atrevió a decirle:

—Le ha cambiado el humor. ¿Qué está maquinando?

—Nada, Benito. En todas partes si escuchas y ves, aprendes de los que vienen a hablarte. Esta travesía nos está enseñando mucho. No me esperaba nada de lo que está sucediendo. El cuaderno de bitácora se va a convertir en una sorpresa para el que lo lea el día de mañana. Parece una novela.

Apuraban unas cervezas acompañadas con aquellas aceitunas machacadas de la tierra encurtidas de ajo, tomillo, vinagre y sal rezumantes de su jugo.

Al día siguiente Poli madrugó. Se afeitó y se arregló el bigote. Antes de desayunar un café con galletas en su camarote echó mano al devocionario de su difunto hijo Pedro, que le acompañaba siempre en la mesita junto a su cama. Extrajo de entre sus páginas el recordatorio de Pedrito. Era una foto de él vivo aún sobre la cama en la casa del barrio de Lejarza en Amurrio. Poli había construido con la ayuda de su suegro una preciosa villa estilo caserío con su torre para vivir en familia. Era una finca plagada de frutales y de avellanos a los pies de un arroyo que nacía en el monte de Mendiko, donde se daban muy bien los cangrejos de río. Su hijo Pedro estudiaba en el colegio de los jesuitas de Orduña. Era un chico avispado, listo y buena persona. Admirado por sus superiores y sus compañeros. Pedro había manifestado a su madre Asun la intención de ser jesuita. Una imprevista gripe le hizo regresar a casa antes de acabar el curso y lo obligó a guardar cama. La gripe se complicó en neumonía. La neumonía en tisis. La tisis horadó los pulmones y debilitó al joven, que no respondía al tratamiento médico. En una carta su mujer Asun le había dicho: «Es como si dentro tuviera un bicho que se lo come». Ni siquiera el especialista venido de Barcelona pudo ponerle remedio. Todos estaban consternados y su padre, embarcado en el *Arriluze*, sabiendo las malas noticias a distancia. Dios lo había arrancado de la vida. Tan joven. Poli se rebelaba.

—No me ha dado tiempo a conocerle, solo a quererle —le decía a su mujer Asun.

Por eso cada mañana Poli hacía una oración con aquel devocionario, habitual en los jesuitas del colegio de Orduña, que su hijo le había legado. Para Poli era como hablar con él. Siempre empezaba:

—Pedrito, hijo mío que estás en los cielos...

Luego se calmaba y comenzaba la tarea de su día. Parecía como si el devocionario completo del padre Remigio Vilariño, aquel librito titulado *El caballero cristiano*, le diera templanza y ánimo.

A las nueve y media en punto Poli vio desde el puente de mando de su barco aparecer un coche en el muelle de Levante hasta colocarse al pie de la escalerilla. A esas horas Benito ya le había informado del regreso de madrugada en un taxi del inspector Leguina. Nadie pudo saber dónde había estado todo el día. Pero llegó de muy buen humor y, cosa extraña, generoso con el marinero de guardia a quien había dado una espléndida propina por arriar la escala real. Benito se atrevió a asegurar al capitán:

—Leguina está contento porque le van bien las cosas. ¿Cuáles? No lo sabemos, pero nada bueno puede pasar por la mente de ese hombre que a mí se me hace un intrigante y un traidor. Tiene cara de traidor.

Poli le regañó.

—No te pases. Una cosa es que recele de él, pero el inspector es un hombre leal a la República según nos informó Eulogio en Cartagena. Lo único que le puede pasar es lo que a todos nosotros, que estamos deseando acabar con esta travesía tan incierta.

Benito ya sabía que no iban a zarpar al día siguiente a pesar de haber terminado toda la estiba. Por tanto ni lo preguntó. Solo le dijo a su capitán:

—Jefe, tenga cuidado con esa cita. Esos pajarracos de ayer no me gustaron nada. Huelen a cadáveres.

—¡Jesús bendito! Estás demasiado agorero. Si te contara lo que me dijo ayer Paula, la santera de la Cinta, que incluso me lo cantó, sería el colmo del mal agüero.

—¡Bah! No le haga caso, ésa es una vieja chiflada que a la sombra de los curas y nada menos que del santuario de la Virgen patrona, cultiva las malas artes e incluso el espiritismo.

Habla con los muertos. Ya me lo dijeron ayer en la pescadería cuando compré la merluza que vamos a comer hoy y me preguntaron con cariño por usted. Les dije que había ido a la Cinta. La pescadera me advirtió: «¡Que tenga cuidado con la santera!». La pescadera dice que es médium y que practica a las noches, cuando cierra el santuario, en un tugurio con trastienda, una vieja botica que hay cerca de la Soledad. Hasta dice que mueve la mesa y hace hablar a los difuntos. Dios me perdone si es calumnia.

—Pero qué cosas dices, Benito. Estoy asustado de tu mala lengua, ésos son chismes...

—No, jefe. Que es verdad. A mí no se me ha perdido nada en la Cinta. Pero usted cada vez que viene va. Supongo que a rezar a la Virgen. Pero no se relacione con Paula. Es como una bruja. Le va a traer malas consecuencias.

—Benito, ¿la pescadera es de fiar?

—¡Por supuesto! Sabe que en los dichos populares están las verdades de Dios y en los rumores de las gentes buenas corre el acierto. La pescadera no miente. A usted le admira y le quiere.

Poli estaba sorprendido y asustado. Sí que había visto la evolución de Paula con cierta extrañeza.

«Los tiempos están revueltos. Las cosas cambian. Uno no sabe qué pensar de lo que está viendo», reflexionó.

El chófer que le iba a conducir hasta el café Central a entrevistarse con Saint-Just le estaba esperando. Se atildó la pajarita y se fue con él.

Leguina, que paseaba bajo la toldilla de popa, le preguntó a Benito:

—¿Qué jaleo se trae nuestro capitán? Lo veo entrar y salir continuamente a la ciudad. Por otra parte no sé qué hacemos tanto tiempo aquí parados en tierra. Me preocupa todo esto. No vamos a llegar nunca a nuestros puertos de destino. No es normal una travesía tan lenta como ésta, deteniéndonos en puertos donde no hay carga.

Benito no respondió. Jacobo dio una calada a su cigarrillo Camel emboquillado y, tras descargar en volutas su humo, prosiguió:

—Por otra parte, me tiene asombrado la cantidad de visitas en coches aparentemente oficiales que recibe en apenas dos días en este puerto. No sabía que nuestro capitán tuviera tan distinguidas amistades o ¿es que le está persiguiendo la justicia?

Benito seguía mudo, simulaba tener la mirada en un punto indeterminado. De vez en cuando arrojaba por la borda una moneda de perra gorda a los niños del muelle que le gritaban alborozados:

—¡Capitán, aquí, aquí! ¡Eche aquí!

Leguina se cansó de no tener ninguna respuesta y se resignó a pedir:

—Bien. ¿Me puedes servir un té, pero con esas pastas de mantequilla tan buenas que tienes?

—Con mucho gusto, señor Leguina —afirmó el camarero y se retiró a su cocina a prepararlo.

El terremoto de Lisboa el 1 de noviembre de 1755 duró apenas ciento veinte segundos y llegó a nueve grados en la escala de Richter. El terremoto de Lisboa fue la ruina de Huelva. Desapareció casi todo el patrimonio histórico de la ciudad. La ciudad del misterio y el milagro de lo blanco hecho luz, como la describió Juan Ramón Jiménez, se estaba rehaciendo al paso de los años. La plaza de las Monjas se llamaba así por los restos del convento de las Agustinas que aún quedaban en el punto céntrico de la ciudad. El café Central era el lugar más popular de encuentros y de citas. Cuando Poli llegó ya le esperaban en un velador de su interior, cerca de un buen ventilador, don Alfonso Morón de la Corte acompañado de Paco Cerro y Juan Tirado.

Don Alfonso, llamado Saint-Just por los miembros de la orden, era un personaje distinguido, alto, bien portado y mejor vestido. Su traje gris de raya diplomática era impecable. Su pañuelo blanco de seda asomaba las puntas en el bolsillo del pecho. Una camisa bien planchada con su correspondiente corbata negra de crespón y puños blancos ornados con gemelos negros de azabache: todo ello daba solemnidad a su figura. Estaba en el centro con porte de mando. Destocado pero con un sombrero flexible ribeteado al lado y un bastón de caña con puño redondo de plata más por ornato que por necesidad. A menudo le saludaba la gente que advertía su presencia. Él hacía el rendibú simulando levantarse sin moverse e inclinando la cabeza al paso.

Poli, antes de llegar a la mesa, preguntó al chófer que le acompañaba:

—¿Don Alfonso a qué se dedica?

—Es periodista —dijo bajando la voz en tono confidente—. Es periodista y escritor, oficial mayor del Ayuntamiento. Muy buena persona, se preocupa por los demás.

No le dio tiempo a seguir. Paco Cerro se había adelantado y salió a su encuentro. Él le condujo hasta la mesa interior en el rincón, lugar visible pero reservado. Era evidente la habitual asistencia y la destacada permanencia de aquellos caballeros en el lugar. Los camareros estaban prestos a sus órdenes. Tras los saludos de rigor Juan hizo la presentación de Poli a don Alfonso. No así al contrario pues suponían que Poli sabía muy bien con quién estaba hablando.

—Don Alfonso, éste es Poli Barañano, vasco, de Sestao, capitán del mercante *Arriluze*, que frecuenta nuestro puerto desde hace años a la búsqueda de carga de pirita. Hace tiempo que Paco y yo lo conocemos. Confluyen en él todas las virtudes para ser iniciado. Es serio y responsable, buen profesional, experto capitán en todos los mares de Europa, hombre de buenas costumbres, de moral intachable y de prestigio entre sus compañeros.

Poli no salía de su asombro. Una cosa era conocer a Saint-Just y otra presentar su candidatura a la francmasonería. Estaba sorprendido. Dejó hablar hasta que don Alfonso intervino, sin darle tiempo a mediar palabra:

—Capitán Barañano, tengo mucho gusto en conocerle. Me han hablado de usted mis hermanos. Sé que es usted un hombre de bien, amante del progreso. Tenía ganas de conocerlo personalmente. En estos días no lo estamos pasando bien en Huelva. Ni en España. Supongo que conoce usted los últimos acontecimientos. Nuestras columnas de mineros que salieron a ayudar a la República han sido traicionadas y masacradas en la entrada de Sevilla. La lealtad está en entredicho. No sabemos quién es de fiar y quién no. Pero necesitamos personas como usted que, según me han contado, ha dejado atrás el cómodo puerto internacional de la ciudad de Tánger para venir a cumplir con su deber de español en una patria herida. Esto le honra. Su trayectoria de patrón ha sido siempre intachable. Mi más profunda enhorabuena, capitán.

Poli había pedido un café con leche. Entre sorbos miraba con serenidad a don Alfonso. No exento de cierto asombro por el modo de su discurso. Parecía que estaba hablando en un acto público. Por fin, llegado su momento, le respondió:

—Don Alfonso, es muy grato oír alabanzas de uno y llegar a conocer a un personaje como usted que en esta ciudad lo pondera todo el mundo, hasta los mineros y los pescadores, por su preocupación social. Pero me va a disculpar si yo, un humilde capitán de un mercante, me aleje de este puerto siendo su amigo pero no su hermano. No puedo admitir otras militancias que las que tengo. Algunas serían incompatibles. Soy católico y nacionalista vasco. No doy para más. Y usted lo que me propone no es hacerme socio del Recreativo de Huelva... En mí tiene usted un amigo pero nada más. No soy candidato ni lo pretendo. Lamento defraudar a estos amigos que solo me habían invitado a conocerle y a tomar un café juntos.

Poli, de manera instintiva, se atusó el bigote y mantuvo un rostro firme y sereno. Paco Cerro y Juan Tirado por el contrario se pusieron nerviosos, visiblemente nerviosos. Aquello fue un jarro de agua fría para los dos. Se miraron mutuamente sorprendidos. Don Alfonso apenas se inmutó. Se le veía acostumbrado a la cautela. Saludó con cortesía. Pagó la consumición de todos con una escueta propina. Se caló su sombrero y salió andando haciendo uso de su bastón de puño de plata con elegancia y sin necesidad camino del Ayuntamiento. Se le vio cruzando la plaza.

Una vez más Poli era así: contundente con sus ideas, tolerante con sus amigos y reservado en sus convicciones más íntimas. La adulación no era el mejor medio para ganarse su confianza. Paco y Juan trataron de recoger velas y justificar sus deseos. Juan se atrevió a decir:

—Pensábamos, Poli, que estabas decidido a ser de los nuestros. Paco me había hablado después de tu última visita a este puerto que mostrabas una gran curiosidad por saber cómo es la Gran Orden y cómo nos comportamos los hermanos entre nosotros.

—Lo siento. No me conocéis bien. Una cosa es curiosidad y otra pertenencia. Solo tengo una mujer y me he casado con ella para toda la vida. Pertenencia, pertenencia... para mí no hay más hermanos que los de sangre y éstos te los da Dios, te gusten o no te gusten. Creo que nos hemos equivocado. Lo siento de verdad. Yo no tenía que haber venido.

Poli estaba enfadado consigo mismo, no daba crédito a lo que le estaba pasando. Paco y Juan se despidieron como pudieron. A Poli le aguardaba el joven chófer con el coche para devolverlo al muelle de Levante como habían quedado. El conductor esperaba en la plaza. Ajeno a lo que había sucedido, el muchacho le dijo a Poli:

—Señor, de camino me han ordenado darle un paseo por el Barrio Obrero y enseñarle los símbolos de nuestra orden. Están en las casas inglesas. Para que vea la fuerza que tiene nuestra historia en esta ciudad. La verdad es que como dice mi padre Huelva no es inglesa, es masona. Eso no lo sabe mucha gente.

El joven lo decía con tal simpatía y convicción que Poli no se atrevió a contradecirle y se dejó guiar. Al fin y al cabo necesitaba tiempo para pensar, tiempo para decidir y tiempo para que su tripulación se relajara, hiciera acopio de víveres, agua dulce y carbón. Siempre el carbón... era la obsesión de un vapor que necesitaba de expertos fogoneros y palistas dispuestos a hacer mover los émbolos engrasados de aquella máquina de sueños. Le agobiaba llegar al barco tan pronto, con una sensación de fracaso, o al menos de contrariedad.

Según iba llegando al barrio Reina Victoria, aquella barriada construida por los ingleses para sus trabajadores, el taxista explicaba:

—Señor, verá usted en algunas fachadas nuestra cruz de tetragrama con sus cuatro brazos, símbolo de la totalidad del mundo. Seguramente usted conoce más que yo nuestra doctrina porque ya viene preparado para ser iniciado. Una produce a dos, que produce a tres, que produce a cuatro, que restablece la unidad primordial. Es el tetragrama el signo del poder absoluto. La cruz esvástica es secular. Viene de la antigüedad india, en Harappa. La cruz íntegra con los cuatro ejes en dirección rotatoria, según explica mi padre que es bibliotecario de la logia y muy instruido, está tomada de la idea de que como el sol gira así gira la cruz. La rotación de las estaciones y la acción evolutiva del principio universal de la creación. Nosotros los masones pintamos la esvástica en el centro de la logia, por eso ponemos la letra «G» pendiente de un hilo en el techo. Es una plomada suspendida para recordarnos la del Gran Arquitecto. La cruz potenzada es la de los templarios, que también tiene un significado esotérico: es la unión de la verticalidad y la horizontalidad, lo físico y lo metafísico, el círculo cósmico.

Poli estaba entusiasmado con la elocuencia del joven taxista aunque su ciencia era vertida más como un papagayo que como un sabio. Todo aquello debía pertenecer al arcano conocimiento transmitido en el seno de una familia francmasona. Le estaba sirviendo de entretenido divertimento mientras se cruzaban escasos automóviles y atravesaban las calles de la ciudad. El conductor continuó con sus explicaciones:

—También tenemos vínculos con el espíritu del cristianismo. En una leyenda en Escocia del año 1314 donde los templarios confiaron en su rey Robert Bruce y crearon la Orden de San Andrés del Cardo. El espíritu de la acción templaria es el que convierte simbólicamente al masón de grado treinta en un nuevo caballero que asciende por la escala mística. Pero eso, uf... es muy difícil, como dice mi padre. Mírela, mírela, en esa casa, junto al alero. Aparentemente no solo es una casita victoriana e inglesa sino diseñada por un masón. ¡Es la gloria del Gran Arquitecto! —exclamó.

Y se paró con el coche en una de aquellas callecitas alineadas para que Poli bajara del auto y lo viera. Luego siguió:

—Esto me lo enseñó mi padre que es del grado dieciocho. Mire usted, mire usted la estrella de cinco puntas. El cinco dice mi padre que es el número perfecto del microcosmos del hombre. Es el número de los dedos de una mano, de los cinco sentidos y las cinco llagas de Cristo. También el islam tiene las cinco columnas de santidad. Los alquimistas buscaban siempre la quintaesencia para descubrir el espíritu generativo de la larga vida.

De pronto se volvió a parar y señaló:

—Mírela, mírela, la estrella de cinco puntas en el remate de esa casa. Sin duda hecha o diseñada por un arquitecto masón.

Poli se asomaba y lo contemplaba. De nuevo emprendió la marcha observando un motor de arranque cansado de tanta parada. Pero él se deleitaba diciendo:

—Señor, la estrella flamígera es símbolo del hombre que empieza a reconocerse parte del cosmos, que aspira a ser rey del universo. Para un buen masón como usted y como yo son los cinco puntos de la perfección: fuerza, belleza, sabiduría, virtud y caridad. También hay estrellas de seis puntas que son triángulos entrelazados: un hexagrama. El triángulo del agua hacia abajo es femenino, el triángulo del fuego hacia arriba es masculino. Es el sello de Salomón.

»En la calle B y en la calle C hay dos fachadas con los signos tradicionales de la escuadra y el compás: ¡nuestros signos!

Poli estaba visiblemente cansado de tantas vueltas y explicaciones, de aquella enciclopedia viviente sobre la masonería. Hacía un calor insoportable. Se sentía mareado. Deseaba acabar y llegar al barco, darse una ducha y quitarse aquel traje de lino crema, la pajarita y los zapatos. Ponerse cómodo. Por eso atajó al chófer:

—Muchacho, estoy maravillado de tus conocimientos como hijo de un buen masón. Llévame derecho al muelle porque tengo muchas cosas que hacer para salir mañana al amanecer en mi barco camino de Lisboa. He de aclararte que no soy masón ni pienso serlo.

El joven le miró asustado. Se quedó mudo considerando que había ido más allá de lo que sobre el pasajero le habían advertido.

—Gracias, señor —se limitó a contestar—. Cumplía las instrucciones que me habían dado. Ha sido usted muy amable.

Cuando llegó al barco Benito le tenía preparada la comida.

—Hay merluza en salsa verde con almejas, capitán.

Aquella buena nueva tan de su gusto le hizo cambiar el humor. Se aseó en su camarote y pasó al comedor. Benito se afanó en servirle y darle las novedades.

—Leguina se ha ido con el comisario Lumbreras de la ciudad a comer juntos. Antes de marcharse me ha preguntado si zarpamos mañana.

—Sí, mañana al amanecer. Así que haz acopio y da instrucciones a los chicos. Yo voy a trazar la ruta con el primero. Por cierto, ¿dónde está Ibáñez?

—Se ha ido también con el comisario Lumbreras que le ha invitado a comer. Los tres se han marchado juntos.

«Uy, ¡qué extraño contubernio!», pensó el capitán.

Poli torció el gesto. Benito abundó:

—Últimamente Leguina y él hablan, pasean y se sientan juntos en el pañol del castillo de proa para charlar y fumarse un cigarrillo.

—¡No me gusta nada! —exclamó Poli—. Tendremos que andarnos con ojo. Esta travesía se está complicando por momentos.

En la siesta Poli tuvo un mal sueño con la Orden del Cardo por medio: Azaña en nombre de Su Majestad el rey Eduardo VIII del Reino Unido le condecoraba con la Orden de la Jarretera y le decía solemnemente: «Poli, nemo me impune lacessit». Nadie me ofende impunemente.

Con aquella frase se despertó sobresaltado. Parecía que todo lo que le había sucedido aquella mañana era un mal sueño.

Decidió salir a dar un paseo por la ciudad. Estaba ya descendiendo el calor. Era la hora de cenar pero no tenía hambre. Comprobó que su primer oficial y el inspector de buques habían regresado al barco. Se reunió en el puente de mando y explicó al oficial con detenimiento la ruta que al amanecer iban a emprender rumbo a Lisboa, su próxima escala. Sobre las cartas náuticas todo estaba claro. Era una ruta muy conocida. Después de las aclaraciones técnicas Poli propuso a su ayudante:

—Ibáñez, ¿quieres que demos una vuelta juntos para despedirnos de esta ciudad?

Poli tenía ganas de entablar conversación con su primero y tratar de adivinar cuáles habían sido las posibles confidencias entre él y Jacobo Leguina. Pero no lo consiguió. El oficial se disculpó.

—Capitán, hemos parrandeado bien con el comisario Lumbreras, que se conoce todos los garitos de la ciudad donde se comen buenas tapas y se beben los mejores vinos. Prefiero quedarme en el barco. Gracias por su invitación.

—A propósito, ¿qué tal es ese comisario Lumbreras?

—Como todos los comisarios: un tanto desconfiado. No hacía más que preguntarme por usted y por la carga.

—No me extraña. ¿Qué le contestaste?

—Lo que sé de usted y lo que no sé de la carga.

—Buena contestación.

Poli no quiso ahondar más. Se despidió. Bajó a tierra. Ya las dunas del Odiel cambiaban de color y su asperillo verde se tornasolaba. Instintivamente tomó el camino hacia el alto del Conquero. Cuando llegó a él, el sol era una hoguera que caía poco a poco en la profundidad del mar donde las aguas parecían acogerlo con su bondad infinita. Se sentó en el poyete del mirador. Repasó uno a uno los acontecimientos de aquellas escasas horas pasadas en Huelva. La ciudad estaba amenazada por la invasión del ejército sublevado, que iba a llegar de un momento a otro desde Sevilla. Todo le pareció insólito e inesperado pero más aún la proposición de sus amigos francmasones. Saint-Just se le quedó grabado en la memoria como el gran conspirador.

Poli vestía de un modo informal con unos pantalones y una camisa blanca de manga corta. Llevaba alpargatas y su sombrero de paja para guarecerse del sol. Tenía así un porte desenfadado y agradable para caminar ligero. Le beneficiaba andar. Era consciente de que a su edad había que tomar en serio los cuidados del cuerpo. Había pasado muchos años de travesías a riesgo de los mares; los fríos, las tempestades y los calores tórridos eran propensos a catarros y neumonías nada fáciles de borrar. Cuando entró sudando por la caminata en el santuario de la Cinta advirtió que la santera no estaba en su lugar. Se alegró. Le había cogido respeto a aquella mujer convertida en adivinadora y espiritista más que en simple guardesa del santuario. El aspecto del templo era apacible. Hacía un agradable fresco con la inquebrantable solidez de sus muros. Apenas dos o tres personas contemplaban a la Virgen. Una señora con un niño en brazos oraba ante la pequeña imagen que llamaban la «Virgen chiquita», en uno de los ábsides laterales. Era una Virgen muy venerada de pequeño tamaño que sacaban en procesión en las festividades patronales. Poli se puso a rezar en el primer banco. Como siempre le venía el recuerdo de su hijo Pedrito. Habían pasado años de su muerte pero seguía siendo el primer objeto de sus plegarias.

—Para que esté en el cielo y nos ayude que él sabe muy bien las penurias de su padre... y nos dé buena mar, buena travesía y salud a todos —oró Poli.

Cuando salió del templo en la plaza de los Capellanes, encontró a un hombrecillo que también salía del santuario, y éste le dijo:

—Le he oído susurrar una plegaria a través de alguien muy suyo que está en los cielos.

Poli se sorprendió.

—Sí, mi hijo Pedrito muerto. ¿Adivina usted los pensamientos o qué?

—No, simplemente usted ha pensado en alto y yo he escuchado. Yo también lo hago a veces.

—Pues sí. Perdí mi hijo muy joven, a los quince años. Era un santito y trato de que sea mi intercesor en el cielo.

—¿Quiere hablar con él?

Poli se paró. Miró a aquel hombrecillo con pinta de obrero parado y le preguntó:

—Oiga, ¿me está usted tomando el pelo? ¿Cree que yo soy un ingenuo para no saber que los muertos están muertos para siempre?

—No. Perdone, no quisiera haberle ofendido. Lo tengo en buena consideración. Lo vi en el café Central. Con, nada más y nada menos, que el señor Cerro, Tirado y Saint-Just, don Alfonso, la trilogía de Huelva, el poder. Lo que no me imaginaba era encontrarlo aquí en el santuario de la Cinta, orando con gran fervor. Por lo que me imagino que es usted creyente. Pues bien, le digo a usted que yo soy cristiano apostólico y romano, por eso creo en los espíritus, hablo con ellos y practico el espiritismo. Si usted quiere podemos probar. Podemos hablar con su hijo.

Poli estaba sorprendido por la convicción de aquel hombre al que había visto rezar en la iglesia normalmente, sin llamar la atención. Dudó en su interior pero algo superior a sus fuerzas le llevó a decir:

—Hombre, a mí me gustaría hablar con mi hijo Pedrito al que no pude ver en sus últimos días. Pero comprendo que eso es imposible. Su alma está con Dios.

—Sí, pero podemos hacerle hablar. Usted se puede comunicar con los espíritus porque usted es espiritual. Seguro que es un hombre bueno. Si no, no se lo ofrecería.

—Soy un vulgar cristiano que no practica la fe todo lo que debiera.

—Acompáñeme. Le voy a comunicar con su hijo. Nosotros somos kardecianos, seguidores de Allan Kardec, famoso pedagogo de Lyon del siglo pasado. Su verdadero nombre era Hippolyte Léon Denizard Rivali. *El libro de los espíritus* nos enseñó a comunicarnos con el más allá. Usted, amigo, puede hablar con su hijo Pedrito si lo quiere y tiene una voluntad fuerte que le permita transitar de lo inmaterial a lo material. Nosotros le ayudaremos a ponerse en trance para ello. Es muy sencillo. No tiene nada que temer.

Poli no salía de su asombro. Le parecía inverosímil que aquel hombre desconocido le hablara con tal persuasión que captaba por momentos su interés. Sintió curiosidad por todo aquello. Se dio cuenta de que aquel inesperado caballero se expresaba con elegancia y con convicción. No le pareció un charlatán al uso. Tenía modales educados y aunque iba vestido con sencillez había detalles de pulcritud y de orden en su persona y en la ropa que llevaba. Descendían de los cabezos y caminaban hacia la ermita de la Soledad en la plaza de San Pedro. Caminaban sin saber, al menos Poli, a ciencia cierta a dónde iban. Hasta que le interrumpió para preguntarle:

—Oiga, señor, pero ¿usted quién es? ¿Cómo se llama?

—Me llamo Román. Soy palmista. Leo las rayas de las manos. También ejerzo de quirósofo, clarividente y astrólogo. En el espiritismo que practico me guío por Kardec. ¿Usted cómo se llama?

—Me llamo Poli Barañano. Soy capitán de un mercante atracado en el muelle de Levante por poco tiempo, mañana me marcho de este puerto.

—Me lo estaba imaginando. Es una maravilla que nos hayamos encontrado en estas circunstancias. Todo, aun la fe, nos es propicio para que esta misma noche hable usted con su hijo.

—Pero ¿esto cómo puede ser? —preguntó el aturdido capitán.

Nunca le había pasado tal cosa. A él, viajero de medio mundo, nunca se le hubiera ocurrido asistir a una sesión de espiritismo. Tampoco se le había presentado la ocasión. Pero aquel hombre estaba allí, en un puerto rincón del mundo, Huelva, ofreciéndole hablar con su hijo muerto. Diversas contradicciones se juntaban en su interior. Sabía por sus conocimientos que hablar con un muerto era imposible. Pero dejó tomar fuerza a la duda: ¿y si era verdad? Había probado muchas cosas a lo largo de la trashumancia de un puerto a otro. Pero aquella proposición de hablar con los espíritus le era inédita. Por otra parte nadie lo vería. Si era un cuento el costo del engaño podría ser saldado. Por si acaso había que pactar el precio antes de aceptarlo.

—Oiga, Román, ¿cuánto vale esta experiencia?

—No se preocupe. Para usted nada. Si lo conseguimos, nada. Para mí será un placer y una prueba más de que Allan Kardec tenía razón. Las teorías de *El libro de los espíritus*, que publicó en 1857, son necesarias en nuestros días.

Román hablaba iluminado. Poli parecía inclinado a probar suerte. Juntos habían llegado cerca de la Soledad. Era una ermita de devotos frecuentada por todos en el centro de la ciudad. Poli creyó que iban a entrar en ella pero no fue así. En un recoveco insospechado se abría el portón que daba paso a una estancia llamada La Botica. Conservaba los estantes y los restos de una vieja botica medio abandonados en desorden de cachivaches y libros llenos de polvo. Aquella escenografía solo era respetada por una mesa camilla redonda con tapete verde. En la penumbra distinguió tres personas sentadas, como jugando una partida de cartas. Ellos dos se quedaron en el dintel de la puerta esperando un permiso de entrada. Román explicó en voz baja:

—Señor, estamos en el sitio adecuado. Lejos de toda sospecha aquí se produce el misterio del espiritismo. El espiritismo kardeciano no tiene liturgia ortodoxa. Sus adeptos son liberales. Dependemos de la libertad de los médiums. Ellos o ellas son los que nos introducen. Necesitamos su venia. Esto es maravilloso. Usted tiene la suerte de Dios marcada en su frente. El espiritista a través de sus acciones virtuales genera representaciones sensoriales y desdobla su personalidad imitando a determinados espíritus. Pasan de lo imaginario a lo real. Cuando esto se repite transforma al individuo. Le hace más como siente que como en realidad es. Hay modelos paradigmáticos y existenciales que convierten a algunos santos en algo más cerca de su realidad histórica hasta el fetichismo.

Poli empezaba a estar preocupado y asustado. La escena trascendía de la realidad a la fantasía. Su acompañante había cambiado el tono de su voz y parecía ser un instruido dogmático. Permanecían quietos en el corto espacio de la distancia entre el acceso y la lóbrega habitación de la botica.

—Conductas y leyendas se entrelazan con poderes y cualidades —continuó aleccionando Román—. Toma realidad el mito del hombre que quiere ser como Dios. Así hay fenómenos sobrenaturales, curaciones, comunicación de los espíritus. Así hay aguas milagrosas, pócimas secretas y fenómenos paranormales. No todo el mundo puede conectar el más acá con el más allá. Hay personas privilegiadas que intermedian en favor de los normales.

Toda aquella filosofía desconcertaba a Poli. Le quebraba su cultura, le rompía por dentro. Le hacía luchar en su interior con sus convicciones. Román hablaba como un iluminado. Parecía que se dejaba poseer. Poli, asustado, no dijo nada. Siguió sus pasos y entraron en la botica.

Los concurrentes no se levantaron. Ni siquiera los miraron. Parecía no interesarles conocer quiénes acudían a la cita de los espíritus. Había una mujer y dos hombres. Se escuchó levemente:

—Hola.

—Bienvenidos.

—Estamos empezando.

Se sentaron en las sillas vacías. Se quedaron en silencio, con las miradas extraviadas en el aire. Por gestos, Román invitó a Poli a adoptar la misma postura con las manos hacia arriba sobre el tapete verde de la mesa. Parecían tener la mente en blanco. Pero cada uno pensaba según su propia naturaleza y sus propios deseos de llegar al más allá de la vida.

A Poli le seducía poder hablar con su hijo Pedro, al que apenas había podido tratar. Pedro murió una mañana de diciembre de 1924, la víspera de Nochebuena. Él estaba en Cardiff tratando de que la niebla se despejara para navegar con el vapor hasta Bilbao. Quería llegar a pasar la Navidad a su nueva casa de Amurrio. Pero no hubo suerte, la niebla persistió. Llegó cuando ya lo habían enterrado «como un santito», dijo Asunción, su madre. Tenía quince años. Era listo y guapo. Los jesuitas lo querían para ellos, pero se lo llevó Dios víctima de la tuberculosis. Después de una gripe por un partido de fútbol mal sudado en el colegio de Orduña. El doctor Garro, médico del pueblo, había hecho todo lo que pudo y hasta un famoso especialista de

Barcelona se desplazó a verlo. Todo fue inútil. Poli tenía muchas preguntas para hacerle a su hijo muerto. A pesar de ser un fornido marinero vasco, curtido en muchas tormentas, le temblaban las piernas. Disimulaba debajo del tapete verde. Estaba en una situación extraña, ajena por completo a todas sus vivencias. Se sentía más inseguro que en la mar. Puso las manos sobre la mesa como le ordenó la única mujer que asistía al rito, abiertas con los dedos separados. Invocó en su interior a Dios como si fuera una plegaria aunque no había ningún signo religioso a la vista. Las manos se movieron hacia delante sobre el tapete verde hasta tocarse los pulgares y los meñiques los unos con los otros. Una luz sola en candileja, con una pantalla verde de porcelana, caía sobre el centro de la mesa de modo que no se veían las caras de los asistentes aunque sí se vislumbraban sus formas. El silencio era absoluto. Al cabo de un rato la médium, que parecía sudar, empezó a gemir como un niño. Su grito era agudo e hiriente como el llanto de un bebé. Como si respondiera a la herida o al daño y al dolor punzante. Crecía y retumbaba produciendo a veces dentera como la fricción de un hierro contra otro rechinando. De repente uno no pudo contenerse más y estalló en un grito.

—¡Nooo!

Pero todos los demás permanecían en silencio, aguantando. Aquel hombre fue sacudido como un rayo y cayó al suelo. Tenía los ojos en blanco. Se le produjo una tos continua con vómitos de bilis y espuma que echaba por la boca. Parecía un ataque epiléptico. Estaba poseído. Nadie se atrevía a moverse. Todos parecían presos del temor. A la médium se le movían los pechos grandes como manzanas reinetas queriendo salir de su cautiverio, provocativamente iluminados por la lámpara central que no llegaba a desvelar su rostro. Parecía una mujer joven, agraciada en carnes. Su gemir se hizo llanto y gritó:

—¡No se muevan! Permanezcan unidos por los dedos cubriendo el lugar de la vacante.

Curiosamente Poli estaba sereno. Román tenía los ojos cerrados pero aparentaba una gran calma. La señora, con una voz especialmente bronca, empezó a contar una cuenta atrás. Se fue desvaneciendo el horror del peligro. El atacado parecía que estaba dormido. Nadie decía nada. La monotonía de la cantinela de los números era envolvente y progresiva. En el ambiente había un bochorno residual del calor del día hasta parecer que la asamblea era víctima del sopor. De repente la médium dijo un nombre:

—Isaac, Isaac, Isaac Fernández.

En la penumbra se oyó contestar:

—Servidor.

—Isaac, Isaac, Isaac Fernández. ¿Con quién quieres hablar?

—Con Matilde, mi mujer, muerta hace dos años.

—¡Matilde, Matilde, Matilde! —gritó la médium—. Tu marido Isaac, Isaac quiere hablar contigo.

Lo repitió tres veces alzando cada vez más la voz, aquella voz grave y ronca no propia de una dama. No se oía nada más que la respiración cansina de los asistentes. En medio de aquel silencio tenebroso susurró el viento que entraba por la ventana entreabierta hacia un patio central. La ventana se había abierto sola. Flotaban los restos de un visillo en el aire y tenía un estertor en sus blondas. Isaac pensó que era Matilde desde el otro mundo. Poli estaba expectante ante cualquier fenómeno parapsicológico que le diera la oportunidad de comunicarse con su difunto hijo. Era consciente de que había caído en la tentación de algo que su conciencia ya le reprochaba. El visillo se movía en el capricho voluptuoso de un aire venido del más allá. ¿Quién lo sabía? Resistió, resistió pensando que pronto sabría si aquello era eficaz o una patraña. Él quería que Isaac lograra hablar con Matilde. Algunas de las diez manos sobre la mesa temblaban. Por momentos los pulgares se distanciaban de los meñiques. Eran determinantes de la tensión que sus dueños tenían. La fuerza espiritual debía de sentirse alterada por el conocimiento de los desconcertados participantes. Isaac imploró con un grito:

—¡Matilde, ven a mí! Te deseo, te necesito. ¡Háblame! Quiero decirte que jamás te fui infiel, ¡que era mentira! No tenías que haberte suicidado.

Y rompió a llorar como un niño.

Todos clavaron su mirada en él y observaron que sus lágrimas, acordes con su tensión, provocaban una congestión exagerada hasta exudar sangre.

La patética escena produjo pavor en todos los presentes. La médium se sintió mal. Pidió disculpas por la tensión generada, estaba frustrada. Todo parecía ir bien y haber conseguido el clima fenomenológico adecuado para la comunicación de los espíritus según las reglas de Kardec. Nada de todo aquello era lógico. El susurro se quedó en susurro del viento. Matilde no acudió a la cita. Isaac estaba inconsolable. Alguien inició el levantarse de la mesa. El que había padecido el ataque se levantó del suelo. Román tenía cara de frustración. Nadie hablaba. La candileja de la luz se movía con el aire cada vez más fuerte que entraba por la ventana. Dibujaba sombras en las paredes de la destartalada botica. Pero también descubría los rostros de los asistentes que habían permanecido anónimos en la oscuridad. Frente a Poli, con temor de ser descubierto, había una persona conocida. Torció su rostro cuando la luz se reflejaba en él. Había reconocido al capitán Barañano como uno de los participantes en la frustrada sesión de espiritismo. Es más, le había sorprendido su presencia en tal lugar en compañía de Román, a quien también conocía por sus andanzas y trapicheos en la ciudad. Poli se quedó perplejo. Prefirió no saludar, tratar de pasar inadvertido. Aquel personaje era Paco Cerro, con quien se acababa de ver aquella mañana en el café Central para conocer a Saint-Just. Sí, Paco Cerro el que decía ser su amigo, masón, que al parecer hacía de todo con tal de controlar la vida de la ciudad. Se miraron pero no se saludaron. Poli despidió a Román en el portal. En la cercana plaza de las Monjas cogió un taxi en la parada para regresar al barco.

«¡Uf, qué noche!», se dijo a sí mismo, sin percatarse de que el joven taxista era el mismo de la mañana.

—Señor, ¡vaya día que lleva usted!

—Muy largo para ser el último en Huelva. Mañana, de madrugada, salgo camino de Lisboa. No puedo aguantar más esta ciudad teñida de fantasmas.

—Mañana es hoy —dijo el joven—. Han dado ya la una de la madrugada en el reloj del Ayuntamiento.

—¡Cómo se me ha pasado el tiempo!

—¡No me extraña! En Huelva no pasa *ná* hasta que pasa de *tó*.

El taxista se despidió de él cuando llegaron al pie de la escala real.

—Con Dios, señor. En Huelva de día hay mucha luz, señor capitán, pero de noche todo es penumbra.

Poli recordó los versos de Rafael Duyos y se felicitó de estar vivo.

«¡Vaya día!», se repitió a sí mismo.

Poli estaba destrozado por fuera y por dentro. Sentía en conciencia el delito de haber jugado con sus convicciones más profundas. Ser cristiano y francmasón era imposible. Pero más aún jugar al espiritismo pretendiendo romper las barreras de la vida y de la muerte por el capricho de hablar con su difunto hijo Pedro. Se quedó solo en su cama tendido por fin. Antes de dormirse le dio tiempo a mirar el devocionario de su hijo que estaba sobre su mesilla, compañero de viaje, y musitar:

—Pedro, Pedrito que estás en los cielos: ¡dile a Dios que me perdone!

Él sabía muy bien que la santidad no sale de la perfección sino del arrepentimiento.

Tenía la sensación de que Jacobo Leguina había espiado sus devaneos en la escala de Huelva. Es más, hasta pensó si a través del todopoderoso comisario Lumbreras, alguien descubrió su entrevista en el café Central con el grupo de la Gran Logia. Quizá Román, a quien no conocía de nada, era un personaje interpuesto para saber sus actuaciones. Todo eran sospechas. Cuando el *Arriluze* dejó atrás Huelva y estaban en aguas internacionales, se decidió a abrir el primer sobre lacrado que le revelaría el contenido de la carga. Debía de ser una carga singular la que le había comisionado oficialmente el gobernador de Cartagena. Él sospechaba que transportaba dinero. Seguramente dinero para auxiliar la asfixiada economía de la República en el norte de España. Lo lógico es que en aquella situación se ocultara el dinero, no las armas. Las armas eran legales en el trasvase de la República. El dinero era peligroso. Eran momentos de codicia. Se luchaba por el poder y por el dinero que podía traer más poder.

Al ver que dejaba atrás Huelva se sintió feliz. Hizo navegar al *Arriluze* a toda máquina. Tenía la sensación de que dejaba atrás la sospecha de una gran tragedia. Como así fue. Al poco tiempo la radio hablaba de cómo los sublevados eran los leales. Ya se contaban venganzas y traiciones en la ciudad. Franco estaba en Sevilla y su discurso ante tantas masacres para limpiar las ciudades y los pueblos de Andalucía era: «Que Dios perdone a los que la justicia de los hombres no ha podido perdonar». Se estremeció cuando en la Philips de su camarote escuchó cómo la parroquia de la Concepción en el centro de la ciudad, donde él escuchaba misa cada vez que llegaba a Huelva, había sido destruida. Abrió las páginas de su devocionario y encontró el recordatorio de la comunión general del año anterior, acto al que él asistió con algunos de su tripulación un 8 de diciembre de 1935. También por la radio escuchó cómo en la punta del Sebo, lugar que él conocía muy bien, el vapor *Vázquez López* recogió precipitadamente ante el avance de las tropas sublevadas a algunos personajes famosos de la ciudad como Cordero Bell y sus seguidores masones, José Hernández, Salvador Moreno y Enrique Pérez de Guzmán, tratando de huir a Casablanca sin conseguirlo. Llegaron a apresarlos por un denunciante llamado Román que trataba de hacer méritos de guerra. Otros, incluido Paco Cerro, deambulaban huidos por las marismas hasta que un parte de guerra les dio por detenidos por las nuevas fuerzas del orden que mandaba ya el comandante Haro. Al escuchar todas aquellas noticias, viendo ya la ciudad alejarse en lontananza, Poli pensaba: «Todo está perdido. La Guerra Civil es inevitable. Se matarán entre hermanos...».

El Buque de Bilbao estaba ya fuera de las aguas territoriales españolas. Poli abrió su caja fuerte. Extrajo de ella un sobre blanco de papel recio y verjurado, de buena hechura. Estaba lacrado y llevaba el escudo de la República. Lo forzó con el estilete de abrir cartas. Se sentó ante el buró de su camarote donde tenía sus recuerdos personales, sus papeles y documentos, la foto de la familia: su mujer Asun y los cinco hijos. Paseó la mirada con cariño sobre ellos y leyó la carta escrita a mano. Era una escueta misiva timbrada en papel oficial con firma y sello del Gobierno Civil de Cartagena.

Secretaría General del Gobernador Civil de Cartagena

Capitán de la Marina Mercante, don Policarpo Barañano
Vapor *Arriluze*. Bandera de Bilbao
Transporta usted en su barco por ordenamiento de este gobierno:

50 cajas de munición de fusil de siete milímetros
15 cureñas de cañón Schneider de setenta y cinco milímetros
Efectos varios

Esta carga es legal. Propiedad de la República del Gobierno de España. Tiene como destino los patriotas que defienden a España y a su República. Se le indicará al llegar a aguas territoriales españolas en el mar Cantábrico el punto de entrega de la carga.

¡Viva la República!
Fdo. El gobernador civil de la provincia. Don Adolfo Silván

Poli se quedó confuso. Le pareció poca la carga para el riesgo que conllevaba la travesía. En cierta forma su naturaleza la esperaba: armas o dinero. Hacía tiempo que había desdeñado la idea de que eran máquinas, como rezaba en las etiquetas pegadas en los cajones sin origen ni destino. Pero últimamente se había inclinado más por lo último que por lo primero. El dinero en moneda o en papel era complicado últimamente. Nada fácil de manejar. Había ediciones incluso permitidas algunas en nacientes autonomías. Él guardaba en un sobre doscientas quince pesetas del gobierno nacionalista vasco para comprar una cadena y una medalla de oro a su recién nacido nietecillo. Lo que él no comprendía era por qué la carga no había colmado sus bodegas: «Insuficiente —pensó—. ¿Por qué causa no enviar más armamento al ejército del norte?».

Aquella noticia le ponía ya en circunstancias de guerra. Era patente que su *Arriluze* era un barco requisado para la guerra. Él no se había enterado hasta aquel momento cuando según las pocas noticias que le llegaban por la radiotelegrafía la maniobra diplomática de Franco y el comité de control habían producido el dominio del Estrecho. La verdad era que él lo había pasado a tiempo. Pero ¿qué le esperaba? ¿Podía resistir la República? Él y su gente, la tripulación y el pasajero, ¿dónde estaban situados? ¿En qué lugar de la guerra? Todo era una incógnita por descifrar. Ya se sabía que esa maniobra de Franco había hecho posible el traslado de las tropas legionarias y marroquíes a la Península; los republicanos habían descuidado el dominio del mar. Cartagena y El Ferrol eran sus puntos neurálgicos. Poli recordó que la marina, a pesar de todo, había seguido siendo monárquica. Se acordaba perfectamente del ambiente de Cartagena. Durante la República las señoras de los oficiales, en sus veladas íntimas, tocaban el piano y cantaban la Marcha Real.

Mientras que en los actos oficiales se interpretaba, a pesar suyo, el himno de Riego.

Ésa era la España traidora, pensó.

Salió de su camarote dispuesto a inspeccionar la carga con otros ojos. Era preciso comprobar si estaba bien trincada. Esta vez sabía lo que había dentro de aquellos cincuenta cajones embalados con buena madera de pino. No eran máquinas. Eran una maquinaria de guerra. Había dejado atrás el jardín de posidonias del Mediterráneo. Esa planta endémica que crece en el fondo de sus arenas. Era ya el tiempo en el que empezaban a crecer las «aceitunas del mar», donde se posan y se entrelazan las estrellas del mar con las sepias que se esconden entre sus hojas haciendo de guardería de sus crías. El océano Atlántico majestuoso era un barón fuerte y alado en el que había muchos más vientos que el Levante y el Poniente. Poli tenía el presentimiento de que el romanticismo de su viaje se había perdido. Lo importante ya era llegar cuanto antes. Pero ¿llegar adónde?

Poli no hacía más que considerar la futilidad de su cargamento. Se sentía un tanto descorazonado. Si las autoridades preveían un golpe de Estado, una sublevación como la que estaba sucediendo, ¿por qué no cargaron hasta el límite su barco con más armamento? No lo entendía. ¿Tan mal dotados estaban ya cuando salió de Cartagena? Le parecía absurdo sacrificar una oportunidad, un barco, una tripulación, una lealtad para tan escaso botín. No, no lo entendía. Acababa de suceder algo parecido. Lo había oído contar. Ahora lo recordaba: poco tiempo antes el *Cabo Sillero*, un transporte de Ybarra, salió de Almería con carga general para Bilbao. Su capitán, Higinio Basterra, le había contado por teléfono cómo tuvo que enfilar en ruta a Inglaterra para desde allí, bien aprovisionado, poner rumbo hacia Bilbao. Entró en Castro Urdiales como pudo en medio de la persecución de varios bous armados y de una gran tormenta. El

Cabo Sillero era más grande, tenía el doble de tonelaje que su vapor. Efectivamente el camino de la mar era ya la única vía de comunicación de la cornisa Cantábrica. Estaban cortadas las comunicaciones con Francia y había una creciente barrera hostil hacia la meseta. El enviado especial del diario *El Socialista*, Cruz Salido, decía desde Bilbao: «El norte agoniza si se le cortan los caminos de la mar». Lo sabían muy bien los implicados en aquella mar y aquellas tierras. Día a día el capitán Barañano iba tomando conciencia de estas circunstancias; avanzada ya su travesía a la altura de las costas de Portugal, dejando atrás el golfo de Cádiz, Faro, Portimão, estaban a la altura de Lagos. Deseando doblar el cabo de San Vicente para poner proa al norte, hacia casa.

«Un costero es un costero. Tiene que adentrarse en alta mar pero siempre mirando a la costa», se decía a sí mismo mientras observaba con sus prismáticos los promontorios y tomaba buena medida con su equipo, el primer oficial, de no caer en los peligrosos bajos. Mientras la vida discurría a bordo con calma. Una calma chicha que se rompía a ratos con las noticias, los cables. El incansable Andoni, «el radio de Portu» como le llamaba Poli, se las pasaba confidencialmente a su capitán siguiendo las órdenes pactadas. Una y otra vez las emisoras daban el avance de los sublevados y la colaboración del gobierno de Salazar en Portugal. El Estado Novo de António de Oliveira Salazar se había consolidado. El salazarismo tomaba fuerza.

Poli observaba que eran frecuentes las conversaciones de su primer oficial, Ibáñez, con el inspector de vapores Jacobo Leguina. Los veía a ratos sentados en el castillo de proa sobre las bitas, fumándose unos cigarrillos al socaire de la amura de babor. Era el lugar de citas acostumbrado, sobre todo al caer de la tarde antes de la cena. No en vano es el punto más lejano dentro de los límites de un barco. Las cenas se convertían en el momento de reunión más esperado. No solo por el atractivo de la buena comida que preparaba Benito, sino porque era la hora de verse las caras. El plato estrella era el bacalao al pil-pil. Benito había conseguido en Huelva un bacalao portugués en salazón que guardaba la proporción exacta. Hasta Jacobo Leguina se entregaba a sus delicias regadas con buen vino de Rioja. Otras veces, sacaba una brandada exquisita del mismo producto cuya receta era uno de los secretos de Benito celosamente guardado. No se podía acercar nadie a curiosear en la cocina cuando, con la simple ayuda de un marinero gallego que estaba en calderas, preparaba los menús. El «chipichape», apodaba el capitán al ayudante.

—Hay que dejarlos tranquilos —recomendaba—. Si no están a sus anchas en la cocina no salen bien las cosas.

Era un privilegio comer en el comedor del capitán. Lo hacía el pasajero, el primero y alguna vez el radio y el primer maquinista. Para los demás, el rancho era en el sollado de proa. Pero todos comían lo mismo. A Poli le gustaba ir rotando también al resto de su tripulación en la mesa del capitán. La cena era a las seis, estuvieran en mar o en tierra. En las conversaciones recordaban mucho la presencia de Margarita Xirgu y su joven apoderado. Sin género de dudas había sido lo más extraordinario de aquella travesía. Aun la marinería se jactaba entre sí de haber llevado a bordo a la actriz más famosa de España. Contaban pequeñas anécdotas. Alguno hacía gala de haberle visto las pantorrillas y la liga en una de sus estancias en cubierta. Otro de haberla ayudado a subir sobre los pañoles en una tarde calurosa para tomar el aire. Porfiaban entre ellos si se había dejado tocar o no y si lo había provocado porque el marinero era de buen ver.

Cuando el *Arriluze* llegó a la altura de Sagres Poli recordó las leyendas de aquel lugar. Por la noche en la sobremesa del comedor explicó:

—No sé por qué entre los navegantes se le llama la punta de la Piedad a todo ese lugar que va hasta la playa. En algunos momentos con los prismáticos he visto encenderse pequeñas luces en la aldea mientras el sol se ponía por poniente. ¡Qué belleza de lugar! Aquí se daba culto a Saturno en la Antigüedad. Dicen que en lo alto de los acantilados había un templo donde se sacrificaban seres humanos en tiempos de Estrabón y Plinio el Viejo. El cabo de San Vicente es el último punto de Europa al suroeste del Algarve. Por aquí han desfilado y seguimos desfilando los que queremos hacer desde el mar la historia del viejo mundo en tiempos modernos. Desde el extremo este del Mediterráneo y el mar Negro hasta el norte del océano Atlántico europeo. Hemos dejado atrás la ensenada de los refugios entre Sagres y San Vicente que sirve para guarecerse de los malos vientos del norte. La piratería del siglo pasado conocía muy bien estos lugares. El mismo Drake llegó a su fortaleza, donde existía antes la mejor escuela de navegantes fundada por el infante Enrique el Navegante.

Jacobo Leguina estaba muy serio. Cuando el capitán hubo acabado esta explicación lo interpeló:

—Capitán, no queremos que nos cuente cuentos, sino que nos explique cuál es su hoja de ruta. Estamos atrasando la travesía y a pesar del buen tiempo no adelantamos nada. Los días perdidos en Tánger son irrecuperables. ¿Cuándo piensa llegar a Bilbao?

Se hizo un silencio. Los presentes esperaban que Poli diera respuesta el inspector. A ellos también les preocupaba el dilatado tiempo de una travesía normalmente más breve. Algo estaba pasando que no alcanzaban a comprender. Poli miró al quinqué por no cruzarse la vista con el inspector y contestó:

—Nadie me ha puesto día ni hora de llegada. Nosotros no somos el correo de la Transmediterránea. Esto es una travesía sin fechas. Somos un buque de cabotaje. Afortunadamente el *Arriluze* navega sin novedad. No estamos compitiendo con nadie. Además, ¿quién puede quejarse de las comodidades y la buena comida de este barco? ¿Acaso tiene usted una cita con alguien? —dijo al inspector mirándole a la cara—. Yo no tengo otra misión más que llegar al destino. Si quiere usted desembarcar, le envío en un bote a tierra.

La ironía era patente en las palabras del capitán. Eso exasperó más al inspector. Ibáñez observaba con una cierta mirada de reto. Benito sonreía presto con el servicio de café entre las manos. El joven radio miraba con admiración a su capitán. Jacobo Leguina, con un gesto de desdeño, salió del comedor a pasear por cubierta. La noche era imponente. El barco iba cortando la mar. En la bóveda del cielo había millones de estrellas. Del comedor solo se escuchaba música, alguna placa del gramófono, quizá la radio. Era una música placentera. Salvo en el ánimo de Leguina, toda la tripulación tenía calma y sosiego. La brisa de la mar en la noche había borrado el calor del día. Si en la punta de Sagres había brujas o piratas, a nadie le inquietaba. El faro estaba encendido. Se iba perdiendo. Hasta que quedó atrás.

Setúbal, por fin navegaban a la altura de Setúbal. Era media mañana cuando avistaron por la proa el cabo Espichel. A Poli le parecía estar ya en casa, el «faro del Convento», como se lo conocía, le traía buenos recuerdos. Lo había visitado años atrás. Allí estaba el santuario de Nuestra Señora de Pedra Mua. Tenía muchos devotos desde el siglo xv. Aprovechando una estancia larga en Lisboa por avería peregrinó con su amigo Agustín Beitia. Se quedaron maravillados de los edificios abandonados, como escribió en una postal a su mujer: «Asun, estos portugueses son muy devotos de la Virgen María. Vienen en peregrinación aquí como nosotros a la Amatxu de Begoña».

Poli recordó a su entrañable Agustín. ¿Qué sería de él? Lo echaba de menos en esa complicada travesía. Aunque por otra parte se alegraba de que se hubiera librado de tantas incertidumbres. Lo adivinaba en cualquier lugar de su Euskadi querido. Seguramente que frecuentaba a esas horas las tabernas y los *txokos* conocidos de Sestao y Portugalete. No habría faltado a su habitual costumbre de visitar en Amurrio a su mujer Asun y a sus muchachos, pero ¿qué sería de ellos...?

Las corrientes venían a la contra para tomar la ruta desde el cabo Espichel hacia Lisboa. Poli se reunió en el puente de mando con su gente para decidir si entraban en la ciudad o pasaban de largo. Revisó personalmente con el primer maquinista cómo andaban de carbón.

—¿Cómo estamos? —preguntó.

—Jefe, sería bueno hacer escala. En Lisboa no habrá problemas. Es mejor ir bien pertrechados a la ruta de Galicia —dijo el primer maquinista y añadió—: Nos espera la Costa da Morte. En Finisterre nunca sabe uno lo que se va a encontrar. No hace mucho en otro buque tuvimos que entrar de arribada en las rías de Corcubión para guarecernos de la borrasca. Doblar cabo Finisterre con mal tiempo es muy duro. Es un verdadero fastidio navegar en esas aguas con mal tiempo. Ya se sienten las corrientes que vienen del estuario del mar de la Paja. Es curioso lo que marca la desembocadura del Tajo. Tenemos que tomar una decisión.

—Puede ser prudente lo que tú dices, Manchao —dijo el capitán.

Manchao en castellano, o en euskera Zikin, era un mote cariñoso porque tenía una mancha en la frente que configuraba su personalidad y su imagen. Su verdadero nombre era Isidro. Natural de Bermeo, llevaba navegando con Poli muchos años. Sabía de máquinas y era un experto y adicto jugador al dominó. Curiosamente durante aquel viaje le gustaba hacer pareja con Leguina contra otros jugadores. Aunque no lo tragaba. «En la mesa y en el juego se conoce al caballero», era su axioma. Para él Leguina no era trigo limpio. De sus disputas sobre el juego sacaba la conclusión práctica de que era «un piojo viviendo en las costuras de los demás». Más de una vez Poli le había oído quejarse:

—¿Por qué no le tiramos al agua y nos deshacemos de él? Ahora, con la que se está montando, nadie nos lo va a reclamar.

Poli le recriminaba aquellas ideas.

—Zikin, no digas esas cosas que luego viene una mala tentación y se hacen realidad.

—Vale, capi. Hay que mirar a los ojos y ése no mira limpio ni a su madre y menos cuando juega al dominó. Soy su pareja para ganar, porque es un cerdo astuto.

Aquellos comentarios, los rumores y los bandos eran siempre fruto de las largas y complicadas travesías. El personal se ponía nervioso si no había escalas frecuentes. Un mercante de navegación costera está acostumbrado a ellas. Se empezaba a sospechar de ciertos amiguismos en el reparto del tiempo, la conversación, los detalles de las comidas y hasta las ausencias. A menudo alguno, a pesar de ser convocado, faltaba a la mesa del capitán. El cansancio y la tensión eran patentes. Los desayunos no tenían el mismo aliciente. Lo mejor: el buen café de puchero.

Las comidas del mediodía consistían en comer algo frío de lo que Benito dejaba para que cada uno pudiera tomarlo a su antojo y a su tiempo. Solamente a las cenas confluían todos sentados. De repente la reunión de aquel día fue convocada de urgencia. Manchao se sentía halagado por el patrón y comentó:

—Además en Lisboa podremos echar una cana al aire. Que parecemos ya leche condensada. Lo de Huelva fue un sinvivir. No dio tiempo a nada. Con las amenazas de Queipo de Llano pisándonos los talones. ¡Pobre gente lo que estará pasando allí! Ése es un cabrón que no respeta a nadie. La democracia se la pasa por los cojones.

—Efectivamente —aclaró Poli—. Lo que está pasando allí es una masacre. Las noticias que nos llegan son de asesinatos, venganzas, prisiones y fusilamientos. Se fusila a la gente sin escucharla. Sin conocer sus pensamientos. Por supuesto sin juicios. Lo que llaman consejo de guerra es una farsa. Establecen la justicia por su mano basándose en el bando de guerra.

Jacobo Leguina se puso muy nervioso. De vez en cuando entraba y salía de la reunión del capitán. Sentado en la poltrona larga, la banca roja, tintineaba con sus dedos en la mesa. En una de ésas llamó al primer oficial. Salieron juntos. Tardaron unos minutos en volver. Justo antes de que Andoni, el radio, entrara con un nuevo telegrama en la mano que dio a su capitán. Poli lo leyó. Esta vez en voz alta:

> Te esperan en Asturias. Llega cuanto antes. Te necesitan. Es urgente. Firmado: Eulogio.

Se quedó sorprendido. Hacía mucho tiempo que no sabía nada de su amigo, el de Cartagena. Desde que pasó por Algeciras, donde hablaron de la operación Xirgu felizmente realizada. Es más, había echado de menos su contacto durante la larga estancia en Tánger. Ahora le avisaba. «Seguramente lo ha hecho cuando supone que he conocido la naturaleza de la carga. ¡Es un buen pirata! Seguro que él sabía el contenido y el destino —pensó—. Sabe más que yo. Sabe toda la trama. Pero me lo imagino, ahora ya me lo imagino...»

Se quedó pensativo sin saber qué hacer. Se sentía objeto de una misión perdida en la mar de conspiraciones y de ambiciones personales; que alguien, desde un lugar desconocido, manejaba los hilos de la historia. Nadie esperaba a nadie. El telegrama era otra espera. Lo intuía. La verdad es que él era solo con su gente un náufrago en la mar de las guerras y las disputas. Si la legalidad se había roto, ¿a quién servía? Se apartó por un momento de la reunión para reflexionar. Con el telegrama en la mano paseó por la toldilla de popa. Desde allí vio las escotillas de las bodegas donde estaban estibadas aquellas cajas con armas que no contenían nada importante, o al menos casi nada como le parecía a él en comparación con la vida. Era la vida, la suya y la de aquellos hombres fieles que le secundaban, lo que estaba en juego. Se le antojaba una bagatela el valor de su carga y su misión. Eso le producía rabia, una rabia interior incontenible. Estrujó el telegrama en su puño y lo arrojó a la mar junto a las bitas de amarre. Estaba emocionado y se acordó de los viejos consejos de Samuel, el judío de Algeciras, al verse el tresillo de brillantes en su dedo índice por la generosidad de Sam.

«El hombre tiene dos cosechas: la vida y las lágrimas. Lo demás es sudor y delitos», reflexionó Poli.

No pudo evitarlas. Eran lágrimas de impotencia y de soledad. Volvió a la reunión que le esperaba.

Ante aquello definitivamente decidió entrar en Lisboa. Había que parar el *Arriluze*. Parar las ideas. Parar la mente. Parar el tiempo. Una vez en tierra decidiría qué hacer con el buque, con la carga y con su gente. Los miró. Estaban serios y abrumados por las ideas más vagas y dispersas. No entendían nada. Estaban casi todos menos el timonel, el segundo de máquinas y algún fogonero que permanecían en sus puestos. El barco navegaba a toda máquina. La mar estaba en calma.

—Señores, vamos a hacer escala en Lisboa. Está decidido.

Una alegría inmensa se produjo en toda la tripulación. El Manchao gritó:

—¡Qué gran capitán tenemos! ¡Pago en el puerto la primera ronda!

Aquella decisión no pareció satisfacer al inspector de vapores y al primer oficial. Sus rostros reflejaban el desacuerdo. Leguina se puso en pie. Caminó hacia la puerta del comedor, que daba a babor. Ibáñez hizo lo mismo, ocupando la puerta que daba a estribor. Parecía ensayado. Se miraron entre ellos como tomando posiciones. Tenían las piernas abiertas y firmes sobre la cubierta bien posicionados. Jacobo Leguina, con voz grave, gritó:

—¡Señores, este barco queda confiscado en nombre del gobierno! A partir de estos momentos el capitán está aprehendido y obedecerá a mis órdenes. Soy el comisario político y el primer oficial es mi ayudante. Están todos bajo arresto. Obedezcan nuestras órdenes o si no serán pasados por las armas. ¡Viva el Alzamiento Nacional!

Al mismo tiempo sacó del bolsillo de su chaqueta una pistola Star de nueve milímetros con la que apuntó al capitán. El primer oficial hizo lo mismo con otra pistola de parecidas características. Todos estaban sorprendidos viendo al capitán encañonado por los dos amotinados. Nadie se atrevía a hablar. Se cruzaban las miradas unos a otros. La complicidad del primer oficial y de Jacobo Leguina era patente. Poli bajó la mirada tensa que mantenía con su pasajero. Al cabo de unos momentos de silencio dijo:

—Señor Leguina, está usted muy equivocado promoviendo este motín. Yo soy la autoridad en este barco. Soy el capitán del *Arriluze*. No quiero amotinados. No me va a obligar por la fuerza bajo amenaza. Tendrá que matarme. Si tiene valor, ¡hágalo!

Estaba profundamente tenso. El rostro de Poli dejó de ser bondadoso. Avanzó hacia Jacobo que mantenía la amenaza con su pistola. Lo cierto es que le temblaba la mano. Tenía en ella una cicatriz extraña que nunca Poli había advertido. Le pareció que el inspector no tenía presteza para disparar. Le faltaba valor para matarle. No pensaba lo mismo de su primero, a quien tenía a sus espaldas. Le costaba creer que no fuera capaz de hacerlo. Era un marino bregado que, seguramente, había disparado más de una vez. Lo que no sabía es si había llegado a matar a alguien. Por medio estaba su gente, su tripulación. Algunos veteranos servidores, amigos personales, capaces de sublevarse contra los amotinados. No esperaba Poli que ninguno le defraudara sino al contrario. Al más mínimo conato de involución se unirían a él. Todo esto lo pensó en unos instantes. Le dio valor y confianza. Lo justo para continuar diciendo al inspector:

—¿Sabe usted lo que está haciendo? Amotinar en alta mar a una tripulación en contra de su capitán es un delito grave. Por eso le requiero públicamente a que baje el arma y me la entregue. Lo mismo que usted, oficial. De otro modo tendré que pelear con ustedes hasta apresarles, y les entregaré a las autoridades de Lisboa en cuanto lleguemos al puerto.

Se volvió con rabia, expuesto a que le dispararan por la espalda, y gritó al primer oficial:

—¡Mátame si tienes cojones! Depón el arma, soy tu capitán. No le dio tiempo a seguir. Zikin el maquinista se había abalanzado sobre el oficial como un tigre. El arma se disparó al aire. No dio a nadie. En el suelo forcejeaban los dos hombres. El Manchao tenía buenos puños y pegaba sin compasión en la cara del oficial. Los demás contribuían a sujetarle. Leguina permanecía impasible con la pistola apuntando al capitán. Se vivían momentos de tensión. Le puso la pistola en la sien y gritó:

—¡Ordene salir a toda máquina camino de España o lo mato! ¡No se le ocurra entrar en Lisboa!

Mientras, el Manchao retenía al oficial semiinconsciente por los golpes. Jacobo empujó a Poli y lo condujo hasta el camarote, y allí lo encerró con llave. El primer maquinista resolvió abandonar ruta y buscar salir de aquella situación. Jacobo, pistola en mano, estaba nervioso pero decidido a hacer cumplir sus órdenes a los demás. Entre la tripulación todos estaban desconcertados.

—¡Todos a sus puestos! ¡Obedezcan mis órdenes! ¡Soy la autoridad! Radio, ponga un cable diciendo que el *Arriluze* ha sido tomado por las armas.

El joven telegrafista simuló cumplir las órdenes. En el comedor Benito curaba las heridas y atendía al primer oficial, absolutamente mareado por los puños del Manchao. El Manchao había desaparecido y se refugió en las máquinas del buque guardado por sus compañeros. Las calderas eran un buen lugar para ocultarse.

Era ya alrededor del mediodía. El barco pasaba el faro de Santa María de Cascais. Los motores respondían a las órdenes de todo avante a toda máquina. Jacobo Leguina se había posicionado en el puente de mando cuando ordenó liberar al capitán de su camarote y traerlo a su presencia. Estaba seguro de sí mismo y en alta mar. Por otra parte el primer oficial, aliviado de la paliza gracias a los cuidados de Benito, se había incorporado al puesto de gobierno del barco. Pero no dejaban de exhibir sus pistolas, dispuestos a hacer uso de ellas si era necesario. El barco puso proa al norte por orden de Leguina. Tres marineros se habían puesto de acuerdo con los amotinados bajo las promesas de recompensas que el comisario político les había ofrecido. El *Arriluze* navegaba con la tripulación justa, dieciséis tripulantes en total. Leguina les habló aquella tarde:

—Marineros, sois ya la nueva España que gracias al movimiento nacional va a dar paz y justicia a esta sociedad corrupta. La República se ha terminado. ¡Viva el Alzamiento Nacional!

En aquellos momentos la promesa de una España feliz y mejores salarios era el mayor aliciente para la trama de una revolución popular. Un marinero ganaba unas doscientas setenta y cinco pesetas al mes, el primer oficial cuatrocientas dieciséis pesetas. Las horas extra se pagaban a uno con noventa. La revolución no estaba en la filosofía sino en la penuria y en la necesidad. No era cuestión de ideales para la gente sencilla, sino de aspiraciones a una vida mejor que nunca acababa de llegar. Las promesas de Lerroux habían defraudado con la realidad. La hambruna y la precariedad de la vida les habían llevado a buscar de uno en otro un cambio de gobernantes. Poli había conocido muy bien la evolución de su gente y de su tierra. En el año 1907 inició su carrera como capitán en el vapor *Yandiola*. Llevaba trece años mandando el *Arriluze*, antes en la compañía Catalana Marítima, ahora en la suya. Pero cuando empezaba a ser suyo, a pertenecerle el fruto de sus sudores, se precipitaban los acontecimientos de una guerra civil. Su barco era su vida. Había visto con ilusión que un buen *tramp*, aprovechando bien la estiba, con contactos en los puertos importantes, levantaba de veintidós mil a veinticinco mil pesetas al mes. Era un buen beneficio, además de su salario de capitán que rondaba las setecientas setenta y cinco pesetas al mes. Durante las travesías se sacrificaba al máximo para mandar el giro a su mujer desde el Banco de Vizcaya del puerto más próximo. Poli siempre pensaba que él era hombre antes que español y cristiano antes que católico. Era su particular modo de entender la vida.

Toda clase de cosas le pasaban a Poli por la cabeza cuando, amenazado, contemplaba la situación provocada por aquel inspector de vapores convertido en comisario político de un levantamiento militar. Intentó ponerse en contacto con el radio, pero fue en vano. El muchacho, estrechamente vigilado por uno de los marineros rebeldes, no podía moverse de su puesto. A Poli le confinaron en el camarote. No tenía más que a Benito atendiéndole sigilosamente. El barco seguía la ruta trazada por el primer oficial. A intervalos se oía la radio que daba partes de victorias según encontrara sintonía con las emisoras costeras que iban y venían trufadas de músicas militares, de partes, avisos y consignas. Todo era confuso pero innegablemente se vitoreaba al vencedor.

«¿Quién controlará todo esto?», se preguntaba el capitán a sí mismo.

Benito le decía en voz queda:

—Capitán, no se preocupe, en cuanto podamos lo liberaremos. El Zikin está en las calderas organizándolo todo. La consigna es «hombre al agua». Cuando oiga las voces, apresúrese a subir al puente. Yo abriré el camarote. Tengo la llave maestra.

Poli reflexionó sobre lo que estaba pasando. Comprobó que tenía su pistola reglamentaria en la caja fuerte. Nadie se había dado cuenta de ello. La sacó. Revisó su carga y puesta a punto. El Manchao controlaba parte de la marinería, que no sabía si cumplir órdenes o amotinarse contra el comisario político.

Poli dio las gracias a Benito. Le aterraba pensar que por primera vez en su vida tenía un motín a bordo. Las consecuencias podrían ser graves. Era evidente que él había tratado de evitarlo. Sus hombres se habían puesto todos muy nerviosos ante la audacia del traidor inspector de buques. Mientras, los fogoneros y los palistas con alguno más de los tripulantes esperaban las sombras de la noche para simular un accidente o una huida. Estaban en alta mar. En ruta a Finisterre. Había buena mar. La luz de la luna era suficiente como para no necesitar ninguna linterna de carburo aunque estaban preparadas. El más joven de los palistas, un chicarrón del Alto de Saltacaballo, camino de Castro Urdiales, se había brindado a provocar el simulacro que generaría la alarma general y la confusión para hacerse cargo del mando del buque y tomar preso al comisario, desarmarle y encerrarle junto al primer oficial. La estrategia de quienes se tenían que apoderar del uno y del otro estaba preparada. La hora crítica se fijó a la media noche, cuando los acontecimientos del día tuvieran a los sublevados más cansados. Llegada la hora hubo un silbido casi imperceptible. El comisario estaba en el puente de mando entretenido tratando de sintonizar emisoras de largo alcance. Le interesaba mucho escuchar la BBC que, en español, tenía un boletín informativo pasada la media noche. Ni él ni el primer oficial que también estaba allí sospechaban nada. A ratos consultaban las cartas náuticas y las revoluciones de la máquina y la corredera. En su camarote el capitán tenía a mano su pistola Astra 400, a la que de vez en cuando le echaba una mirada. Pero no presentía la necesidad de su uso. Era un contraste pensar en la fidelidad de sus hombres. Por fin Jacobo había encontrado en el dial la BBC, era casi un susurro. Metió la cabeza en aquel aparato Philips para poder escuchar. Pero lo que se oyó, primero a una voz y luego a voces repetidas desde proa hasta popa, fue:

—¡Hombre al agua! ¡Hombre al agua!

Se oía en todo el barco como si fuera el coro de una tragedia. Para cuando se quisieron dar cuenta el Manchao había entrado en el puente de mando armado con una pistola y diez hombres más con palos, martillos y bicheros amenazantes.

—¡Malnacidos! ¡Cabrones! —gritaba—. ¡Dadnos las armas! ¡Obedezcan nuestras órdenes!

Al inspector de buques y al primer oficial no les dio tiempo a reaccionar. Los pillaron desprevenidos.

—¡Al suelo! —gritó uno de los marinos dándole una patada en sus partes al atribulado comisario inspector.

Leguina se retorció del dolor. El primer oficial obedeció sin resistencia. El marinero que iba al timón gritó:

—¡Manchao, lo que tú digas! ¡A tus órdenes!

En unos momentos Poli se había hecho presente con Benito detrás. Llevaba en la mano derecha la pistola reglamentaria, su Astra 400, y ordenó:

—Confinad al inspector y al primero en sus camarotes. Aislados bajo llave. Son nuestros prisioneros.

Y luego se volvió hacia el Manchao y su gente.

—Gracias, Zikin, gracias. No esperaba menos de vosotros —le dijo emocionado a su fiel maquinista y a sus demás tripulantes.

Le brillaban los ojos al capitán Barañano. Veía recompensado tanto tiempo del intachable valor de su gente. Era mucho compañerismo sembrado en tantos momentos duros del acontecer diario de una tripulación. También apreciaba la solidaridad de los últimos reclutados, de los que Ibáñez el oficial y dos marineros eran la excepción por la ambición personal. Ya más distendido pidió a Benito que sirviera un buen vino y le comentó a su maquinista:

—Zikin, ¿te acuerdas de aquella noche cuando salíamos de Cardiff de las rocas blancas, cuando dejamos la pirita y volvíamos sin carga? Tú al ver que no tendríamos pitanza juraste y blasfemaste de Dios. Yo te corregí. Estábamos juntos en las calderas. Me porfiaste y seguiste jurando contra Dios. ¡Me cago en la leche! Me cabreaste. Yo me dejé llevar por mi ira y te estampé contra la caldera, sin darme cuenta, quemándote toda la espalda. Dios, cómo lo lamenté luego. Éramos más jóvenes, Zikin, éramos más jóvenes...

Poli estaba casi llorando de la emoción que el recuerdo de aquella vieja historia le producía. El Manchao le dijo:

—Sí, capitán, sí. Pero usted luego me pidió perdón de rodillas delante de todos. ¡Será cabrón! Y me cuidó las heridas. Eso no se me olvida en la vida.

Los muchachos habían recompuesto el semblante, la alegría del vino que corría y los cacahuetes tostados hacían olvidar el mal recuerdo del motín. Se entonaron canciones y Poli, en un momento dado, alzó la voz:

—¡Gracias, compañeros! Todos a vuestros puestos. Avante toda. Pronto avistaremos Galicia. Parece que viene mal tiempo. Si hemos sofocado la tormenta dentro que no nos sorprenda ahora la de afuera.

7

Por fin... Galicia

España estaba muy aislada. Cada gobernador en su provincia era un reyezuelo. Ya fuera el gobernador militar o el civil recibían las órdenes de Madrid, muy de tarde en tarde, y tampoco entre ellos estaban muy de acuerdo en sus ideas. Hablar por teléfono con la capital no era tan fácil. La radiotelegrafía era el medio habitual de transmitirse las órdenes unos a otros. Pero éstas podían ser manipuladas e interceptadas. Comunicarse desde provincias con la unidad central de mando que tenía la sede en la Ciudad Lineal de Madrid era toda una aventura. La mayoría de las veces la sobrecarga del trabajo y las deficientes instalaciones dilataban las órdenes y sus respuestas.

José García Rendueles no acababa de entenderlo. Tenía en sus manos un sobre oficial que guardaba un breve comunicado. Lo abrió nerviosamente. Decía:

> Preséntese en la Comandancia de El Ferrol para recibir instrucciones. Es urgente. ¡Viva la República!
>
> VICTORIANO SUANCES
> Jefe de la Base Naval

No se lo podía creer porque acababa de llegar al pueblo con permiso de seis días. José era de Villalba pero se había afincado muy bien en El Ferrol, casándose con una buena moza de gente de su pueblo asentada en la calle Real, de toda la vida. Un mozo de Villalba, como le aconsejaban sus tías, «no importa las perras que tenga, sino la arrogancia que demuestra». Así había llegado al Arsenal de El Ferrol con estudios de jurisprudencia, pocas perras y mucha arrogancia para vestir el uniforme militar de la Armada. Las oposiciones habían sido su primera conquista. Ganar unas oposiciones no era nada fácil pero lo había conseguido. Lo siguiente era hacer carrera.

José se paseaba por los saraos de la ciudad con las botas bien lustradas, el pelo cortito, untado de brillantina, su bigotito fino, la camisa bien planchada, el traje de la Armada pulcro y lustroso con sus botones dorados dentro de su cuerpo enjuto y alto. La corbata de crespón negro se la tocaba mil veces cuando se miraba al espejo. Nudito fino, arruga lacia y provocada, bien prietito al cuello almidonado. Tenía buena facha y le miraban las mozas. Buscaba todos los días la coyuntura de salir de su mesa de funcionario en el vestíbulo de la segunda planta del Arsenal. Le gustaba ser invitado a cualquier besamanos en la ciudad, ya fuera civil o religioso. Ver y dejarse ver era su afán desde que llegó destinado a aquella capital de provincias. Por eso hizo buenas migas con el padre Fermín de los Mercedarios. Aunque él era un fiel militar republicano la presencia en la iglesia le añadía patrimonio personal de hombre decente. Lo que para un chico de Villalba, sin fortuna y buscándola, era un buen camino. Él quería volver al pueblo de visita triunfando en la ciudad. Aún recordaba cómo fueron sus comienzos.

—José, ¿cómo así por aquí? —le preguntó aquella tarde el padre Fermín al verle en los alrededores del centro parroquial.

—Venía porque me han dicho que hay una reunión de jóvenes para apuntarse a Acción Social.

—Efectivamente. Te han informado bien. A los pocos jóvenes que quedan sin ir a filas hemos pedido que se reúnan con las jóvenes y las damas de la caridad para ver cómo podemos ayudar a los muchos necesitados qué están llamando a nuestra puerta. Algunos no tienen qué comer, otros están enfermos. Les faltan medicamentos y atenciones. Esto empieza a ser un caos. Hay que reforzar la acción social de la caridad. La Iglesia siempre lo ha hecho.

—Padre, qué gran obra está usted haciendo. Se habla de ella en toda la ciudad. Aquí me tiene a mí que podré ayudar poco, pero siempre es algo. En Villalba, en casa de mis suegros que son muy generosos y cristianos, hay comida. Yo me ocuparé de que nos manden algo. Su campo y su ganado son afortunados. Allá no hay calamidad, todo el mundo trabaja y no se pasa hambre.

Aquel año no se habían repuesto de la revuelta del año anterior. En realidad no se habían repuesto de la penuria que el desorden de la República estaba provocando en una España falta de liderazgo y de políticos con condiciones para gobernar.

El padre Fermín se dejó cautivar por aquel joven militar y lo introdujo en la asamblea de cristianos comprometidos con la parroquia. Pronto se hizo notar. Entre otras cosas porque había mucha cristiana jovencita de buena familia y pocos varones. Apenas un par de estudiantes liberados del servicio militar por enfermedades y minusvalías. El número de mozas casaderas acosaba a los pocos candidatos. Muchas habían venido de los pueblos a cursar estudios o al servicio doméstico. Susana destacaba entre ellas. Ella fue el amor de su vida desde el primer momento: guapa, joven y rica. José había ido a El Ferrol a eso; a buscar amor y fortuna. Para las chicas la tradición era enamorarse de un uniforme militar bien armado de buena percha. Luego ya, con el tiempo, contaban los galones.

Hacía dos años que el padre Fermín les desposó en el Carmen. Ella tenía el vientre hinchado cuando José acababa de recibir el comunicado en casa de sus suegros, en Villalba. Estaba embarazada de siete meses y habían venido buscando el cuidado de sus padres. Además el permiso de José coincidía con la fiesta de su cumpleaños.

La madre de Susana era una buena guisandera. Trajinaba desde la mañana temprano preparando el lacón con grelos según le había enseñado su madre. Lo ponía cuarenta y ocho horas antes a desalar con agua fría abundante, bien cubierto el lacón por completo. Cambiaba el agua cada ocho horas. La víspera ponía el lacón en agua nueva también cubierto por completo en una cazuela grande para luego cocinarlo. Hervía el agua, bajaba luego el fuego cocinándolo de quince a veinte minutos. Hecho esto, lo retiraba y lo dejaba reposar hasta la mañana siguiente en su caldo. Gertrudis, a la que todos llamaban Gertru, decía que el lacón con grelos era el hermano pequeño del cocido gallego. Pero advertía de que el chorizo cebollero no se debía cocer junto al lacón. En otra olla se ponía a hervir un poco de caldo de la cazuela principal y en ella se cocían las patatas en mitades y los chorizos enteros durante treinta minutos. Ése era un secreto de Gertru. Mientras, se lavaban los grelos en agua fría al grifo y se le cortaban los tallos gruesos así como las hojas mustias. Pasados veinte minutos de cocción de las patatas y chorizos ella añadía los grelos y los tenía a la lumbre otros diez minutos. Pinchaba las patatas con el tenedor para ver el punto y escurría los grelos. Luego retiraba el lacón del caldo y con el propio calor que traía separaba cuidadosamente el hueso de la carne. Todo estaba a punto para su degustación. Cortaba el lacón en rodajas y lo servía bien caliente con los chorizos troceados en una fuente y los grelos y las patatas en otra. Lo acompañaba de un buen aceite de oliva. La sal la portaba el lacón a los otros ingredientes. Estaba exquisito. Se consideraba un plato de domingo o de fiesta. Era muy celebrado en las familias. La pata delantera del cerdo, el brazuelo, era sabroso porque en la casa de los Somoza los cerdos comían berzas, castañas y patatas. Su carne era roja y dura.

Estaba toda emocionada. Tendría a la mesa a su yerno y a su hija embarazada. Gertru era una mujer de aspecto sano y trabajadora. Sabía todo lo que su hija no había querido aprender: ordeñar las vacas, cargarse con las mazorcas de maíz y segar la hierba alardeando de la destreza en la hoz como cualquiera de los paisanos. Gertru pertenecía a esa clase de mujeres que saben sacar adelante el negocio del campo y dar contento a su marido. Cuando se arreglaba era una belleza de mujer enjuta, con el cutis fino, los ojos grises y un dulce mirar que entusiasmaba a su marido y a los extraños. Cuando se ponía el pañuelo en la cabeza parecía una princesa de otro mundo y no una aldeana. Gertru guardaba las distancias con su yerno. Pensaba de él que era un señorito sin razones, que había enamorado a su hija por el interés y que bien podría colaborar en la hacienda cuando en vacaciones todos corrían para acopiar las cosechas. Pero ella mantenía la boca callada por respeto a su marido y por amor a su hija.

—Y de postre voy hacer unas filloas de manzanas reinetas de nuestra huerta —anunció.

José había dejado dormir a su esposa hasta tarde. Él estaba sorprendido del mensaje y del mensajero; Galiana, un compañero de la oficina, había acudido en moto ex profeso a traérselo a su pueblo. «¿Por qué tantas prisas?», se preguntó a sí mismo.

—Galiana, te quedarás a comer con nosotros. Mi suegra está guisando con mucha ilusión. Es la fiesta de mi cumpleaños, San Antonio. Después de esa paliza que te has dado en esa moto vieja del Arsenal, que falla más que una escopeta de feria. Se te habrá perlado ya varias veces la bujía. Debe de ser algo muy importante para que te hayan hecho venir hasta aquí.

José estaba de buen humor, pero Galiana permanecía serio, muy serio. Hizo un aparte sacándolo del brazo al porche de la vieja casa de campo.

—Rendueles, las cosas se están poniendo muy feas por momentos. No creo que nos debamos entretener. Mejor es que te disculpes, dejes la comida y te vengas conmigo en la moto. Por eso he traído el sidecar. En El Ferrol está ahora la salvación de la República. Lo que no sé es cómo no lo han previsto. Suanzes ha dado permisos a voleo sin ver la que se venía encima. La revuelta está en marcha. Si se pierde El Ferrol se pierde España. Es la clave. Sin El Ferrol el enemigo tendría que traer a nado sus fuerzas de choque a la Península. Porque los rumores son que vamos a ser invadidos desde África.

Paseaban ya por el camino de la huerta. José miraba la casa de campo de sus suegros a las afueras de Villalba. Escuchaba con asombro las reflexiones de su compañero. Tenía el propósito de volver a El Ferrol después del permiso cargado de patatas, alubias, huevos y otros alimentos para el padre Fermín. No esperaba la irrupción de estas ideas que anunciaban violencia en su posición de modesto hacendado, recién casado, a punto de tener su primer hijo. «¿Qué España le espera?», pensó.

José era un simple alférez de navío, jurídico, recién acabadas las leyes; no se encontraba a gusto en ese futuro trágico que le pintaba Galiana. No acertaba a comprender el reclamo de urgencia. Él era uno más. Allí estaba el jefe de la base, don Indalecio Núñez, un personaje fiel a la República, que sin duda había sido el verdadero autor de la orden. Bien era cierto que alentaba hacía tiempo planes siniestros que dejaba entrever en las conversaciones con sus más íntimos colegas en el cuarto de banderas de la base. El tema era el futuro sombrío de una República desgastada.

Mientras los dos compañeros paseaban haciéndose sus confidencias, Susana se había levantado de la cama y ayudaba a su madre en el trasiego de la cocina ajena a todo lo que estaba ocurriendo a su alrededor. José decidió con serenidad: pasarían el día haciendo honor a la comida. Explicaría la razón de su regreso al puesto. A la tarde saldrían para El Ferrol en el taxi del pueblo o en el autobús mientras que Galiana volvería en su moto. Lo que estaba claro era que no había que asustar a Susana debido a su embarazo y que, con mucho dolor, la dejaría en casa de sus padres para ir solo. Galiana le observaba pensativo.

—Tengo una mujer y por fin va a nacer mi primer hijo —concluyó José—. No puedo nada más que asumir mis responsabilidades. Esta tarde, después de comer, nos vamos al Arsenal. Pero no iremos juntos. Tú irás en tu moto y yo en el autobús.

Regresaron a la casa mientras una tímida lluvia empezaba a regar los campos para mantenerlos verdes incluso en el verano. La comida fue abundante y rica, como la hacía siempre Gertru, la madre. Durante ella la conversación fue escasa. Cuando degustaron las fillóas y el padre sacó el orujo fuerte destilado en su alambique, José adelantó a su mujer y a sus suegros el contenido de la orden que inevitablemente debía cumplir. Susana bajó los ojos con tristeza y asumía asintiendo con la cabeza la necesidad de separarse de su marido. El padre trató de sacar palabras a los militares de la complicada situación política. Mientras la madre, ocupada en la labores de atender a la mesa, observaba y escuchaba la novedosa situación. Ellos eran una familia de orden y cristianos de toda la vida. Las airadas disposiciones de la República que daba tumbos a un lado y a otro estaban complicando las cosas y creando desconcierto a todos los españoles. Todo tenía que ser controlado por el Estado, pero nada estaba ordenado. El ejército era lo único que parecía fiel y disciplinado a la República. Cundía ya la falta de alimentos y suministros por todas las provincias. Las capitales estaban desabastecidas. Aunque allí, en Terra Chá, la comarca laboriosa y productiva de Lugo, no faltaba que comer, no faltaba trabajo, ni pan ni pólvora para la feria. Desde la casa de los Somoza se veía la calle Real animada de gente venida de todos los *concellos*, ataviados de fiesta, frecuentando los bares y tabernas, paseando hasta el Torreón de los Condes de Andrade para ver «la Pravia», el arce blanco, a la que hacía versos la poetisa Carmiña Prieto en *El Faro de Villalba* y los niños cantaban:

En amo a Terra Chá
siempre tan niña.
En amo a Terra Chá
tal como é:
la sua selva corre
no seu sangre
e alcumanse a sua luz,
oh corazón.

En los pastizales tan inmediatos al casco urbano se veían las vacas rubias gallegas fecundas en ubres y carnes como los mismos prados verdes regados por cien regatos llenos de reflejos de plata que corrían desde las sierras de A Cova Da Serpe y de A Loba hasta las estribaciones de la sierra de Meirás donde nace el río Miño. ¡Qué belleza!

Había que pensar las cosas. Precipitarse no era bueno. Después de hacer alabanzas a la cocinera y a la enjundia de sus platos, la sobremesa fue corta. Susana y José prefirieron dar un paseo mientras bajaban la comida. Los padres subieron a echar la siesta. Galiana dormitaba en la mecedora y a ratos fumaba unos cigarrillos de hebra que liaba con sus propios dedos sacando el tabaco del cuarterón.

Cuando quedaron solos, entre las pacas de heno cortado, José y Susana se cogieron de la mano como dos enamorados. Susana puso la mano de su marido sobre su vientre y él sintió los primeros movimientos de su hijo. Conmovido, dio un beso a su mujer y exclamó:

—¡Es él! Está esperando que le abramos la puerta de este mundo.

—Él tiene ya su mundo dentro del nuestro.

—Ojalá no sea cruel lo que se le avecina...

No llovía. Había quedado una buena tarde. Decidieron dar una vuelta hasta la laguna de Cospeito. Era un lugar que les traía buenos recuerdos. Entre los robledales, los sotos y las fragas se dijeron cosas agradables. No quería José que la orden de reincorporación al Arsenal dejara un mal recuerdo de aquellos días pasados en la casa familiar. Susana estaba radiante en medio de la campiña de primavera. Se echaron sobre la hierba y los dos juntos miraban el sol despejado y sin nubes. Estaba toda la naturaleza tardía brotando en un mar de sensaciones y de susurros. El bosque cercano ponía su tramoya con libélulas y polen por el aire con música de trinos de pájaros empujados por la fuerza de la reciente primavera. En aquel ambiente propicio José quiso confirmar su amor.

—¡Susana, nada nos separará! ¡Te amo más que nunca, madre de mi hijo!

Susana hizo un mohín de complacencia. Alargó la mano y la estrechó contra la de su marido. Luego juntó la cabeza a la suya. Se aproximó a su cuerpo. Ya más cerca se sintió confidente y cobijada en la fortaleza de su esposo.

—José, no sé por qué llevo varias noches presintiendo cosas malas entre nosotros. Es como si el corazón me dijera que nuestras vidas van a cambiar.

—¡A mejor! —replicó José.

—¡No, a peor!

—No seas tonta. Nada nos separará sino la muerte. Te quiero más que nunca, Susana.

Susana había estrechado a su marido por la cintura. Aproximaba sus labios a los de él buscando un beso de salvación como para contradecir lo que expresaba. José cambió su gesto de complacencia por un rostro serio. Se limitó a ayudar a flexionar el cuerpo de su mujer sobre el suyo hasta que oyó su respiración sobre su pecho. Trató de deshacer los negros pensamientos de Susana que velaban el buen día.

—Susana, eso es que no has dormido bien y tienes pesadillas. Debías de tomar todas las noches una tisana de melisa. Ya verás cómo se te quitan. Susana, ¡te quiero! Comprendo que estás nerviosa por el embarazo de nuestro hijo. ¡Te quiero!

—Lo sé —dijo ella un tanto abrumada por la situación dejando caer vencido su rostro sobre el de su marido.

José trazó una caricia sobre sus mejillas. Ella cerraba los ojos para buscar mejor el placer del sentimiento. Pasó el tiempo. Una nube borró la luz del sol y amenazó con lluvia. Era la lluvia que no faltaba nunca para hacer más verdes y fecundos los prados de Terra Chá. La nube les hizo deshacer su encanto y levantarse del prado. Volvieron a buen paso a casa. En los abedules cantaba su última melodía del día un zarapito real buscando a su pareja para recogerse.

—¿Dónde habéis estado? —preguntó el padre al verlos entrar en casa cuando ya arreciaba la tormenta de verano.

—Dando un paseo por el campo —contestó Susana mientras se arreglaba el pelo alborotado y se lo secaba con un pañuelo.

—He oído la radio. La Philips que compré en casa Lago en La Coruña es nuestra compañía. Hay malas noticias. Se teme una insurrección del ejército.

José y Susana se miraron con cierta complicidad. Ahí estaba la razón del llamamiento urgente a su puesto en el Arsenal.

—Esto no puede seguir así —continuó diciendo el padre—. No se debe consentir la deslealtad a la República legítimamente elegida por el pueblo.

Siguió enumerando una larga perorata sobre la disciplina, la ambición de los sindicatos que pedían aumentos de salarios para los obreros y la indolencia de los jornaleros que prolongaban la duración de las cosechas, encareciendo los productos básicos hasta hacerlos inaccesibles para el pueblo.

—Se hacen daño a sí mismos. Los sindicatos son la endogamia del pueblo. Usan la masa para lucro de sus dirigentes.

José más que enamorado, estaba necesitado de su mujer. Era para él ya madre de su hijo y un poco suya. A menudo acariciaba la ternura de los sentimientos filiales de los que había carecido. Su madre murió en su parto. Su padre se lio enseguida con la que era su cuñada poniendo ambos pocos afectos a la criatura que sobrevivió gracias a unas tías, hermanas solteras de su padre. La infancia de José no había sido feliz. Le mandaron interno al colegio de los jesuitas de Gijón en cuanto tuvo la edad para ello. Sus veranos con las tías en Ribadesella habían sido sus mejores recuerdos. Le gustaba la mar y por eso se inscribió en la Marina. Pero era un marinero de tierra más que de la mar. Estudió por necesidad y por soledad; tenía que salir adelante y buscar su independencia.

Era ya tarde. Prefirió dejar a Galiana en su motocicleta y regresar solo. Quedó con Paco Rouco, el repartidor de leche, en cuya tartana se acercaría a coger el autobús de El Ferrol para llegar de noche a la ciudad.

Como a las seis de la tarde sonaban tracas y se percibían de lejos los gaiteros y las zampoñas. La fiesta se prolongaría durante toda la noche. Era la feria. Se despidió de Susana con un prolongado beso. Tardó en separarse de su cuerpo asido por los hombros y por la cintura. Dijo adiós conmovido a sus suegros. La tartana del lechero le esperaba en la puerta con Rouco, su amigo, al volante. Galiana ya había partido. Metió su macuto y un saco con alimentos varios que le habían dado sus suegros para la caridad del padre Fermín en la caja del viejo Austin. Dijo el último adiós desde la puerta. Durante el camino el lechero de Villalba le preguntó incesantemente:

—¿Qué está pasando, José? ¿Vamos a una guerra civil o es una revuelta como la del treinta y tres que se solucionó bien pronto?

—Paco, las cosas no son tan fáciles ahora. El país está muy dividido. Nadie sabe las ideas que hay debajo de la cabeza de cada general. Lo malo es cuando los generales no mandan sino que obedecen a alguien oculto en los entresijos del poder. Entonces es el caos y la división. Ahora no sabemos quién manda en España. Las dictaduras comienzan así.

—Pero tú, ¿a quién obedeces? Te vas del pueblo porque alguien te lo ha ordenado.

—Sí, Paco. Yo soy un marino de la Armada y voy a obedecer a mi superior. Eso es todo. Aunque no sé a quién obedece él.

Habían llegado a la estación de autobuses. Aunque era la fiesta se veían más transeúntes de los normales. Familias enteras cargadas de gran equipaje accedían a los autobuses tratando de colocar maletas y atavíos en los espacios. Algunos iban rebosantes de bolsas y sacos repletos de comida. Todo ello daba una sensación de traslado, de fuga. José se despidió de Paco Rouco y se acomodó en un lugar preferente dedicado a militares con graduación. Rouco permaneció con su mandil recogido en el andén como un amigo fiel, hasta que el autobús salió. Durante ese tiempo le vino a la memoria las penurias de José desde niño y hasta había saldado generosamente algunas de sus deudas cuando eran jóvenes. Bien es cierto que fue agradecido invitándole a ser testigo de su boda con la chica rica de los Somoza. Le consideraba inteligente y sagaz. Sabía subir en la escala de la vida. Mientras él se había quedado en su lugar de lechero. Recogía de las vacas de otros y la distribuía por el pueblo en la furgoneta. Hacía del litro cuartillos. El real y la perra gorda eran sus capitales, difíciles de juntar para hacer la peseta entera. Los ahorros, como buen gallego, los contaba por duros. Aspiraba a tener duros para ir a Madrid a establecerse, aún no sabía de qué, pero a establecerse. Los de Villalba en Madrid, aun los más paletos, pasaban por ser inteligentes y sobre todo muy habilidosos para los negocios. Decían de ellos: «Cuidado, éste es un gallego fino...». Rouco, a su edad, ya no podía pensar en estudiar. Ni lo necesitaba. Medrar por el estudio no era su carrera. Cuando vio marchar el autocar, tuvo el presentimiento de que no volverían a verse más. Regresó al pueblo pensando: «José se ha perdido el Feirón del dieciséis de junio».

José trataba de leer *El Liberal* que había comprado en la estación de autobuses para ver qué decían las izquierdas, aunque él se consideraba de derechas de toda la vida, enrolado inevitablemente en el ejército de la República que era el ejército de España. Era julio. Había ambiente de verano pero nadie se movía con aspecto veraniego hacia las playas como era costumbre en cuanto acababan los colegios. Los comentarios en el autobús eran de reagruparse las familias en sus casas a esperar lo que tuviera que ocurrir. Nadie sabía el qué.

Por aquella tierra aún se recordaban los sucesos de Asturias de hacía dos años. José García Rendueles los había sufrido en sus carnes. Su padre, con el que apenas mantenía trato, había muerto como consecuencia de ellos de un ataque al corazón. Las huelgas de octubre fueron duramente sofocadas por las tropas adictas al régimen. La artillería, los fusileros de la Marina, de la que su padre era sargento, y los infantes actuaron como fuerzas de orden público. Como si fueran guardias de asalto o civiles disolviendo en las calles los piquetes y hasta conduciendo los tranvías. Los cuarenta y cinco kilómetros de viaje, durante más de una hora, recordó lo que le habían contado de aquellos trágicos sucesos que pasaron mientras él estaba en la academia. Por despecho no quiso asistir al entierro de su padre.

Poco duró la calma. El general Salcedo, fiel a la República, trataba de organizar la importante y bien dotada fortaleza de El Ferrol. No solo estaban los arsenales llenos sino que el cuadro de mandos era continuo y personalmente revisado por él y por el segundo jefe de la base naval, el contraalmirante Antonio Azarosa. Además de competentes eran muy buenos amigos. Un día llamaron a García Rendueles a su presencia.

—José, es usted un hombre cabal, buen marino y amigo del orden —dijo el general—. Queremos que como jurídico se ocupe de los consejos de guerra. Nos vienen tiempos difíciles y hay que tomar precauciones contra los traidores. Ante una guerra hay que prever e imponer la justicia.

José era consciente de la responsabilidad que le caía encima. Había participado ya en juicios de desertores. Varias veces como fiscal tuvo que acusar a compañeros de delitos desagradables actuando en defensa del reglamento y del código militar. No le sorprendió aquella proposición.

—Mi general, es un honor la confianza que me otorga. Procuraré en todo momento ser fiel a la República legítimamente constituida y servir a España como siempre lo he hecho.

Se cuadró. Saludó militarmente y pidió la venia.

—Con su permiso, mi general, ¿me puedo retirar?

—Puede.

—Salud, mi general.

Había comenzado el mes de julio y nada se movía en Galicia hasta que algún mando lo hiciese. En el *ABC*, que valía quince céntimos, trataba de leer entre líneas todos los días lo que sucedía en Madrid. El periódico llegaba a El Ferrol de un día para otro. José se lo empapaba en la cantina militar entre sorbos de aquel café negro portugués tan popular.

Una mañana al llegar a su despacho en la base militar conoció la noticia. Era el 18 de julio. A las seis de la mañana se había recibido el siguiente radiograma destinado al almirante de la escuadra amarrada en el Arsenal:

> De su excelencia el ministro de Marina al almirante jefe de la Escuadra:
> Salga inmediatamente con los buques de su mando a 25 nudos de velocidad para Algeciras donde recibirá instrucciones.

José miró desde su ventana. Allí estaban los cruceros *Libertad*, *Cervera* y *Miguel de Cervantes*. Las órdenes se cumplieron con celeridad. El primero salió inmediatamente. El *Cervera* estaba en dique seco reparando. No pudo salir. El *Cervantes* interrumpió su preparación. Estaba rearmándose. Petroleó en La Graña y salió renqueando. No podía correr.

La noticia de una sublevación en África cundió por la marinería. Los oficiales entraban y salían de la cámara a sus puestos de mando, a sus puntos de control en los buques. Tenían órdenes continuas y severas de cargarse a los desobedientes. ¿Desobedientes de quién? ¿Quién mandaba a quién? Era todo muy confuso.

José bajó del imponente edificio del cuartel general y se paseó por los muelles viendo cómo sus compañeros se pertrechaban para salir. Era sábado. Llevaban días concentrados. Algunos como él habían sido llamados de sus permisos. Otros, reclutados de la reserva. A las familias que venían a traer objetos personales y despedirse les contenían en un barracón del muelle. Paso a paso daban el último abrazo a un ser querido; se oía llorar y voces de chiquillos que gritaban:

—¡Te quiero, papá!

José recordó a su hijo a punto de nacer en Villalba. Se alegraba de haber dejado a su mujer al cuidado de sus suegros.

Con los enfriadores de aceite desmontados, sin acabar de reparar, el *Cervantes* levó anclas acuciado por las órdenes de sus mandos. Cuando llegó a la punta del malecón, José lo vio salir por la bahía con el presentimiento de que todo ello hablaba de una sublevación que necesitaba mucho transporte marítimo. Pues ya estaba en marcha y era numerosa. «¿Cuál será el cometido de esta expedición? —pensó entonces—. ¿Defender las plazas leales a la República, o ayudar a los sublevados en África a dar el salto?» Lo cual suponía una traición. O al menos para él.

Todo dependía de la lealtad de quien estuviese al frente de esa operación.

Regresó a paso rápido al cuartel de mando. Cuando llegó a su despacho decidió telefonear a Villalba para contar a Susana y su familia lo que estaba sucediendo. Necesitaba contarlo.

«Seguramente no se han enterado de nada», pensó.

Su mujer no estaba en casa. Había salido a dar un paseo con las amigas. El teléfono lo cogió su suegro que escuchó con atención las novedades. Al otro lado del hilo el señor Somoza estaba perplejo y sorprendido por la gravedad de la situación. Solo se atrevió a advertirle:

—José, sé honesto. No te subleves. Tú no. Por el bien de tu hijo sé honrado y leal. El Frente Popular venció en las urnas con un setenta por ciento de participación ciudadana el pasado 16 de febrero. Es legítimamente la República el gobierno de España.

Habían asesinado al diputado José Calvo Sotelo hacía unos días. Pero al suegro de José, el padre de Susana, esa noticia no le conmocionó nada. Era un patriota. La salida de miles de presos amnistiados por Azaña no le impresionaba. Era un patriota. Miguel Hernández había escrito ya *El rayo que no cesa*. José colgó el teléfono compungido y preocupado. Se imaginaba que iba a suceder lo peor: una guerra civil. Lo más cruel para un pueblo, para una familia. ¿Dónde situarse? Él había elegido ser militar no por patriotismo sino por la seguridad y prestigio que conllevaba serlo. Se le destruía su castillo de naipes. Acababa de leer un folleto con la gacetilla de Miguel Hernández que alguien había dejado en la cantina del Arsenal.

Este rayo ni cesa ni se agota;
de mí mismo tomó su procedencia
y ejercita en mí mismo sus furores.
Esta obstinada piedra de mí brota
y sobre mí dirige la insistencia
de sus lluviosos rayos destructores.

Le dolía la cabeza. Decidió dar un paseo hasta la barra donde se intuyen los horizontes más grandes de la mar. No había gente por las calles. La ciudadanía, ante los rumores, se había metido en sus casas. Estaba atardeciendo aquel pesado y denso 18 de julio. Hacía una buena temperatura. El aire marino le despejaba la cabeza.

«Ya se ha ido el *Cervantes* renqueando —se dijo a sí mismo—. Aquí solo queda el acorazado *España* desarmado. El *Cervera* está en dique seco. Hay un par de destructores: el *Xauen*, un guardacostas y algún torpedero. ¿Qué pasará si atacan los leales El Ferrol?»

La «longa noite de pedra» que escribió Castelao había comenzado. José seguía al son de sus pasos por las calles muertas, recién encendidas las farolas, contando piedras sobre las que dibujaba su aspecto preocupado y fantasmagórico. Era el reflejo de aquellos versos frescos de Miguel Hernández, recién paridos, convertidos en cuerpo de sangre y hueso:

> *Fuera menos penado si no fuera*
> *nardo tu tez para mi vista, nardo,*
> *cardo tu piel para mi tacto, cardo,*
> *tuera tu voz para mi oído, tuera.*
> [...]
> *Garza es mi pena, esbelta y triste garza.*

Y recordó a su mujer Susana cuando la vio y la sintió embarazada en el paseo hasta la laguna de Cospeito, allá en Terra Chá.

El misterio de las constelaciones era el secreto de un buen marino en el cálculo de la situación con la red sideral. Lo demás eran ayudas. La experiencia, una cartilla de datos a tener en cuenta. El cañonazo de costa guiaba las tinieblas de la niebla y de la noche. En otros mares a los barcos faros los marinos los llamaban «las vacas». Balizaban un área y eran muy útiles. Pero en los mares de las costas de Galicia no había «vacas». Poli tenía que continuar su ruta y buscar bien su destino sobre unas cartas náuticas que se sabía de memoria. El trazado era inevitable. Por la mar y el viento la derrota se conseguía con presteza. Estaban en aguas de Galicia. En pleno verano las tormentas eran imprevisibles, si bien navegaban en calma. El sol de agosto era ya gratificante. Al mediodía, en alta mar, el sol se convertía en brasa, en arena de piel curtida y en presunción de bonanza. Parecía que nunca más iba a hacer ese frío húmedo que cala hasta los huesos. Sosegada la tripulación, cada uno en su sitio, los disidentes desarmados y bien custodiados, el *Arriluze* iba al encuentro de la altura de Finisterre. Poli decidió aquel día abrir la segunda carta lacrada para conocer el verdadero destino de su carga según la promesa hecha al gobernador en Cartagena. Por otra parte le daba rabia conociendo las últimas noticias que tan ligera carga no hubiera sido más cuantiosa, aprovechando el viaje hasta abarrotar las bodegas. Pasearse por los puertos de más de media España con tan escaso flete que no era oro ni moneda le había producido un cierto desengaño. Estaba en el puente de mando. Echó mano al sextante, su preciado sextante regalo de su suegro don Pedro de Avendaño a quien tanto admiraba. Recompuso sus conocimientos de los guarismos y buscó las tablas. Consultó la aguja de la bitácora. Tenía que comprobar su situación. Conocer la latitud y la longitud exacta. Observó con los prismáticos si entrando en los mares de Galicia se configuraba la costa. Pero había bruma. No se veía nada.

Cuando estaba solo, Poli pensaba en sus cosas, sus amigos, su gente. La fidelidad para él era una pasión de por vida. La entendía como una devoción sagrada a las personas que amaba y a los ideales en los que creía. Para él la mejor lealtad era la que se ejercía sin juramento. No tenía conflicto con ser leal a Dios y al hombre. Pero la lealtad a una causa tenía que estar en orden con sus sentimientos. La confianza del hombre en el hombre la valoraba como fundamental hasta que el desengaño, la infidelidad y el deshonor marcara a aquella persona como deshonesta o corrupta. Al fin y al cabo solía asegurar a su familia:

—La confianza del hombre en el hombre es fundamental para construir el andamiaje de la vida. Lo que importa es la cultura y la educación. Trabajo para que tengáis ese patrimonio que dura de por vida y no se agota como el dinero. Por eso, queridos hijos, vuestra madre y yo nos hemos empeñado en llevaros a buenos colegios: los jesuitas de Orduña y las mercedarias de Berriz. El espíritu de san Ignacio de Loyola es la mejor enseñanza porque se fundamenta en valores que se os dan en libertad y no en consejos de rutina.

A su esposa, Asun, le gustaba reprocharle a veces sus ideas de bonhomía.

—Así te pasa, Poli, lo que te pasa; confías demasiado en los demás. No ves la mala gente que anda por el mundo. Piensas que todos son como tú y se aprovechan de ti. Pareces un sinsorgo.

Poli siempre le contestaba lo mismo:

—Mujer, la solidaridad es lo único que va a levantar este país. No los políticos, que son de pacotilla. La solidaridad de los emprendedores y de la gente sencilla, de los obreros que son capaces, como lo ha hecho tu padre, de crear trabajo en equipo y nuevas formas de vivir. Tener iniciativas, ser emprendedores y crear trabajo para los demás supone ser arriesgados. El día que Euskadi pierda la solidaridad y el deseo de emprender nuevas aventuras se hundirá. No hay nada que hacer. Nuestro barco da peces sin ser pescador.

Al rememorarlas, aquellas discusiones familiares reavivaban los vínculos y los afectos de los pocos momentos que podían estar juntos. En la mar la añoranza de la tierra y de la familia era inevitable. Poli entró en su camarote. Una vez más conectó la radio. Buscó en el dial alguna emisora hasta que sintonizó Radio Nacional de España que decía:

—Hoy hemos tomado la plaza de...

La guerra estaba servida.

Benito subió al puente de mando con una buena noticia. Andoni y él se habían preocupado de crear un buen ambiente entre la marinería después del percance del amotinamiento.

—Los chicos dicen, capi, que van con usted hasta el final. Con su permiso les he prometido vino en el rancho hasta que se agote. Llevo todavía en bodegas un par de pellejos de la Alhóndiga de Bilbao. Con ello relleno las botas que corren de mano en mano.

—Bueno, Benito, sin pasarte. Hemos de llegar serenos al destino.

—¿Cuál es la ruta y el destino final? —preguntó el camarero como queriendo ratificar los rumores de algún cabotaje inesperado.

—Ya sabéis que el destino final es Bilbao. Pero en ruta tenemos una escala. En El Musel o en Avilés. Allí entregaremos la carga. Por fin estamos cerca.

Poli había leído con detalle la segunda carta lacrada que aclaraba el verdadero destino de la carga:

La recalada en Avilés para entregar «Yerma» con destino a la Naval de Reinosa. Hay pastores con bujías esperando. Permanezca atento a la noche.

Cuando explicó esto a Benito notó que ambos estaban en sintonía. No era fácil. Sabían que no se trataba de una estiba común. El riesgo esta vez no estaba en el cabotaje sino en tierra.

—Los receptores tienen la consigna y esperan la carga —dijo Poli—. Hay vigías en la costa que son cabreros con los rebaños pastando. Al anochecer encenderán bujías de carburo. Seguiremos sus señas. Ellos son los nuestros.

Esperaba que «los nuestros» fueran fieles a la República. Poli cuando lo leyó pensó que evidentemente los jefes tenían noticias de lo que iba a pasar y ya estaba pasando. No entendía muy bien por qué no se habían tomado más serias precauciones. Él era un barco de papel en la inmensa marejada de una guerra que ya sobrevenía.

Benito sabía que la operación era muy importante, no por la

cuantía sino por lo que significaba para su capitán. Le vio preocupado en aquella extraña travesía y en momentos dubitativo. Seguro que más de una vez había tenido tentaciones de echar la carga al mar y desaparecer de aquel siniestro escenario en conflicto. Pero no dudaba de su buen hacer y de su capacidad para superar las más duras adversidades. El *Arriluze* era un desafío y la aventura una consecuencia de la forma de ser de su capitán. Cuando él se refugiaba junto al tambucho de popa era como si se aislara de todo lo demás para analizar mejor las cosas y las personas. Lo que estaba sucediendo no era lo normal de una travesía. Si hacía memoria desde que se embarcaron en Valencia, donde aún traía lechugas tiernas, patatas de la huerta y huevos frescos de su casita en Amurrio, no habían dejado de suceder cosas extrañas. Seguramente ni había dado tiempo a escribirlas todas en el cuaderno de bitácora del *Arriluze*. Como decía su capitán:

—Lo importante es lo que no se ve. Lo que pasa dentro de las personas.

El tráfico de tanta gente ajena a la habitual tripulación de un modesto mercante había dejado huella en la mente de Benito. Aún se preguntaba cómo era posible que Jacobo Leguina estuviera a bordo, confinado en su camarote, pero a bordo. ¿Por qué su capitán no había entrado en puerto y entregado los reos a las autoridades por desacato y amotinamiento en alta mar? En la lógica de Benito no entraba la decisión de soportar al inspector de buques hasta su destino. Seguramente su capitán iría buscando la justicia que él no se permitía tomar por su cuenta. Tanta honorabilidad le angustiaba y le rebelaba.

—¿Por qué no deja que los chicos le den su merecido a ese sinvergüenza? —le espetó—. Yo ya lo hubiera linchado.

—En la mar la ley de linchamiento solo existe para los piratas —replicó Poli—. La justicia se debe hacer en tierra. Nosotros administramos la técnica y el conocimiento de navegar pero de lo demás solo somos porteadores; llevamos y traemos la carga y las personas. Un barco es una familia donde los listos tienen que soportar a los torpes, los buenos a los malos y los más fuertes a los más débiles. La mar, el sol, el viento, la luna y la tierra hacen a los hombres fuertes. Las debilidades se generan dentro. Uno se pudre de dentro afuera por su mal interior. La corrupción está dentro, Benito. Es un bicho peligroso que no hay que alimentarlo con la ambición porque se convierte en un monstruo que puede contigo. Jacobo Leguina todavía es una clave de este viaje que está por descifrarse. En poco tiempo descubriremos quién es y qué pinta aquí el inspector de buques. Aunque ya se barrunta lo peor. No espía para los alemanes como decías tú. Es un traidor.

Benito admiraba la sensatez y clarividencia de Poli, su capitán. Pero, cuando menos, él hubiera castigado públicamente a los dos insurrectos a correr la bolina.

Para el resto de la marinería Poli había crecido en su liderazgo en aquel viaje. Le tenían por un gran hombre capaz de derrotar con su sabiduría y destreza a los míticos gigantes de los mares de un solo ojo en la frente. En cuanto al barco, todos estaban convencidos de que era el más marinero de la ría de Bilbao. Como todo barco que es traído al mundo busca un alma que le dé vida. El *Arriluze* había encontrado a Poli y seguramente no se separarían jamás, porque no hay prueba más dura para un marino que sentir un barco muerto bajo sus pies.

En cierta ocasión Benito le había oído decir a su capitán:

—Si el capitán no se afeita un día no pasa nada. Si no se afeita dos es un mal presagio. Al tercero está desordenado. O deja la barba para siempre o ha perdido el amor a su barco.

Benito admiraba a su capitán porque se afeitaba todos los días. Para Poli su barco era su apoyo moral. Un capitán que busca el apoyo entre sus hombres se siente amparado en su barco. Bien es cierto que el barco y la mar tienen una lucha identitaria mientras navegan juntos, necesariamente juntos.

Aquel día había viento del oeste y navegaban a velocidad de crucero sobre una mar chicha que parecía imposible. Iban remontando ya a la busca del cabo de Finisterre. Dejándolo respetuoso a buena distancia. El Buque de Bilbao llevaba tras de sí una numerosa bandada de gaviotas en busca del desecho o la carroña de cualquier basura que lanzaran por la popa. Benito y un marmitón se recreaban en la escena dándoles las menudencias de los restos del rancho y de los pollos que habían matado y pelado. El viento del oeste provocaba amenazadores ceños de nubarrones que ensombrecían con la fuerza y la lujuria de los vientos que atacan el Atlántico. En el océano Atlántico se guarecen todos los vientos que en el mundo han sido y salen a la mar desmelenados cuando les da la gana. En poco tiempo un aguacero acribillaba la cubierta. El aguacero en un barco es como un torrente de lágrimas desatadas de un cielo inhóspito, lleno de ojos llorones. A Benito y al marinero los cogió por sorpresa. Apenas les dio tiempo a recoger los cubos de las basuras. Entraron en el castillo de proa diciéndose:

—¡Qué jodido temporal! ¡Casi nos arrastra! Mira que lo veíamos venir y no tomamos precauciones.

Era como si la mar de Galicia, el señor Atlántico, quisiera atestiguar sus dominios. Aquello no era el Mediterráneo.

En cada vapor los silbos de los vientos suenan distintos. Se cuelan por los entresijos de la chimenea y de los palos. Poli estaba acostumbrado a oír los vientos. Sabía por el ruido cuándo soplaban los alisios, los del sur, los del norte y los del oeste. Los vientos hacen que los ojos de los marinos sean transparentes. No se quedan ciegos tan fácilmente por los vientos. Los penetran. Ven con el oído cuando los tienen que cerrar. Poli conocía los silbos y metidos en la mar de Galicia temía un torbellino.

El movimiento del *Arriluze* incomodó al inspector de vapores que permanecía continuamente tumbado, con la camisa desabrochada, sudado y con signos de mareo hasta hacerle gritar:

—¿Es que este capitán no sabe navegar? ¡Va siempre a la contra!

Leguina había perdido la compostura, víctima de sí mismo y de su fracasado intento de rebelión a bordo. Se sentía solo, sin saber cómo salir de aquel aprieto. Separaron al oficial cómplice confinándolo con esposas de seguridad en el pañol de proa. A veces se asomaba a ver la proa que surcaba para él una mar desconocida y un destino incierto. Benito le llevaba la comida y agua pero no le dirigía la palabra. Un día le preguntó:

—¿Adónde vamos?

—A Gijón. Vamos derechos a Gijón. A estibar la carga.

Eso fue todo.

En algunos momentos a Poli le surgía la tentación. «¿Qué hago? —pensaba—. ¿Tiro la carga y huyo a Inglaterra?»

También Asunción, su esposa, estaba inmersa en una gran incertidumbre. No había noticias de Poli. En Amurrio el teléfono no sonaba. Ella hacía todo lo posible por saber; recababa de compañeros y amigos si había novedades. Nadie sabía nada del *Arriluze* y su gente. Esto era bueno porque si hubiera pasado algo enseguida conocerían la noticia. El mismo Monroy, el consignatario de Barcelona, le confesó por conferencia:

—Leo todos los días la información marítima de *La Vanguardia*. Leo hasta la lista de desaparecidos, pero afortunadamente no mencionan nada. Las últimas noticias se pierden en Tánger.

Por fin, al cabo de unos días, llegó la carta de Poli a Asun desde Huelva que tranquilizó los ánimos de toda la familia, amigos y compañeros.

Asun pensaba más de una noche en la soledad de su marido, la soledad del hombre de mando en un buque en alta mar. Le admiraba: era capaz de sufrir solo. Para él su barco era su esperanza y la de su familia. Había que comprenderlo.

«¿Por dónde irá navegando? ¿Habrá borrasca o tiempo de bonanza?», se preguntaba a sí misma, y tachaba los días que pasaban en el calendario de la cocina de su casa en Amurrio. Añoraba la vuelta en fechas sin anunciar. La mar no tiene memoria, ni calendario, ni reloj. Solo la rosa de los vientos. Las aguas de la mar borran cada día su propia historia. Barruntaba que estaba por Portugal pues la carta de Huelva lo anunciaba. Le daba miedo el océano Atlántico porque, según decía su marido, «Tiene mucho temperamento y no se deja manipular».

Para ella, la mar siempre es una mala madre que te quiere ahogar. Tienes que ser más inteligente para cruzarla y arrebatarle siempre sus derechos a la muerte. Asunción recorría en su memoria y por la ausencia los más íntimos recuerdos de Poli, su marido. De vez en cuando temía lo peor: el naufragio. Solo le amparaba la seguridad y la profesionalidad que Poli ponía en todas sus cosas. Cada noche para romper su desvelo y poder dormir acababa repitiéndose a sí misma: «Seguro que sabe lo que hace. Si hubiera pasado algo malo ya nos hubiéramos enterado».

A aquellas alturas de la mar, en las tertulias después del rancho, el Gallego contaba todas las tradiciones de Costa da Morte. Él era del Concello de Muxía. Conocía muy bien todo lo acontecido en años desde el cabo Finisterre hasta el cabo Vilán de Camariñas. Para muchos hombres de la mar aquello era el último reducto de la tierra conocida. Parecía que lo que llamaban «el fin del mundo» porque había sido también el fin de muchos hombres. Los naufragios se contaban en Muxía como hitos de su historia desde siglos. El más famoso, sin género de dudas, era el del *Serpent* en 1890, ocurrido en punta do Boi, en Camariñas, donde murieron ciento setenta y dos marineros ingleses y solo se salvaron tres. Gracias al párroco del lugar y su gente, sacaron de la mar la mayoría de los cadáveres. Los enterraron en el conocido cementerio de los ingleses.

—Lo más curioso —contaba el Gallego, que era fogonero,

mientras el *Arriluze* navegaba por aquellas peligrosas aguas de las Islas Atlánticas— es que los ingleses custodiaban cuidadosamente la ruta del *Serpent*, porque en él transportaban oro y la más preciada graduación de sus últimos guardiamarinas. El *Serpent* era un buque escuela inglés con jóvenes mandos que reemplazarían a los veteranos en sus colonias. Todo ello tenía mucho valor moral. Siempre contaba mi padre que al poco tiempo de hundirse vino otro barco inglés a ver si recuperaban el oro. Incluso encontraron un cofre lleno de monedas pero no el resto. En agradecimiento al pueblo de Camariñas regalaron una escopeta de caza al párroco, un reloj de oro al alcalde y un barómetro al Ayuntamiento. La verdad es que en las leyendas de naufragios de mi tierra, unos hablan de *raqueiros* para crear naufragios y robar las cargas. Otros dicen que siempre es un temporal Suroeste que cubre rápidamente el cielo y no tienes forma de utilizar el sextante. El caso es que el *Serpent*, con sus jóvenes cadetes y su tesoro escondido en las bodegas camino de Madeira para carbonear allí y seguir, parecía una coctelera según contó uno de los supervivientes a los paisanos que les acogieron. Su comandante debió de ser tan orgulloso como para solo saludarse con el semáforo de banderas sin querer confrontar a un mercante que pasaba cerca con la arrogancia de un crucero de la Armada inglesa. Desdeñó una oportunidad de ser auxiliado. El *Serpent* siguió su camino con viento ya Noroeste, con olas de más de diez metros y visibilidad reducida por una constante lluvia según contaba el superviviente.

Poli asistía atento a la narración del Gallego en torno a la mesa faldón de la marinería de popa, después de un café con galletas servido a todos por Benito. El navegar era tranquilo. Había dejado de llover. Era un buen atardecer de verano. No hacía nada de frío. Llegado aquel momento de confidencias marineras, Poli explicó a su tripulación:

—De octubre a febrero; cuando se produjo el histórico naufragio del *Serpent* inglés era en ese tiempo. Es tiempo de Suroeste, vientos duros y tenaces, con lluvias continuas y gran cerrazón que aun con navegación costera impide ver la tierra. Joseph Conrad es mucho más gráfico en uno de sus libros describiendo ese tiempo de la mar: «El tiempo de Suroeste es el tiempo cerrado por excelencia. No es la cerrazón de la niebla; es más bien una contracción de horizonte, una misteriosa veladura de las costas encomendada a las nubes que parecen formar una mazmorra baja y abovedada en torno al barco que avanza raudo... No le dice al marino: quedarás ciego; se limita a restringir su campo visual y hace anidar en su pecho el temor de la tierra. Lo convierte en un hombre desposeído de la mitad de su fuerza, de la mitad de su eficacia».

A Poli le gustaban los derroteros más occidentales y tomaba todas las precauciones cuando se acercaba a la Costa da Morte. Estas preocupaciones no estaban exentas de ciertas consideraciones espirituales, incluso mitológicas, que le hacían siempre exclamar a su segundo oficial cuando calculaba estar a la altura de Muxía:

—Avísame si estamos ya cerca de la Virgen de la Barca para que no le falte mi avemaría.

Le impresionaba el recuerdo de aquella historia contada por todo los hombres de la mar de Galicia: la Virgen había venido en una barca de piedra, tirada por los caballos del carro de Poseidón, rodeada de ballenas y delfines para ayudar a Santiago el Apóstol y darle ánimos en su misión evangelizadora ante la que se rebelaban los tercos habitantes de aquella zona. Adoradores de Poseidón y autosuficientes en sus mágicos poderes de quintaesencia con una energía surgida de sus piedras. La Virgen de la Barca era como el antídoto de sus creencias paganas. Al santuario acudían los creyentes y aun los más remisos a la fe cristiana. Aquellas tradiciones se respetaban desde hacía siglos.

Poco a poco habían superado Finisterre. Todo hacía suponer que en tierra reinaba la paz. Por si acaso se alejaban de la costa siguiendo la ruta del retorno como si hubieran salido del último puerto de Gran Bretaña. Dejaron atrás las islas Sisargas vistas con los prismáticos. Pasó la noche y el día. El inspector Leguina, sin apenas cruzar palabra con nadie, por decisión del capitán, andaba ya libremente por cubierta, pero no se atrevía a compartir el comedor. Tanto el inspector como el oficial sublevado recibían puntualmente los servicios de atención de Benito en sus camarotes. Solo de vez en cuando se atrevían a preguntarle:

—¿Hay novedades?

—¿Estamos en ruta a Bilbao?

—¿Cuándo está previsto llegar?

—¿Haremos escala antes en algún puerto? Tenemos que estar ya sin carbón...

Benito era una tumba para ellos, lo cual les exasperaba aún más. El capitán había requisado las armas que salieron a la luz en el motín y las encerró junto con la suya en la caja fuerte de su camarote por mayor seguridad. La carta náutica sobre la mesa del puente de mando estaba plagada de minuciosas crucecitas marcadas a lápiz en las que se mostraba el sinuoso derrotero de aquella travesía. Poli y ahora el segundo oficial buscaron la ruta marítima que baja desde Plymouth hasta Santander para deslizarse por ella como un mercante más en ruta de Inglaterra a la península Ibérica. Cuando vieron escasamente algún vapor a babor o a estribor descansaron. Todo parecía una vuelta a casa al augurio de una buena recalada. Eran conscientes de tomar el rumbo a tiempo para llegar hacia Piedras Blancas, en Avilés, y buscar la arribada en el puerto marcado al encuentro de los milicianos de la República que respondieran a «Yerma», como decía la carta de la contraseña. Poli sabía muy bien y tenía en la carta náutica un marcaje especial para buscar el punto exacto donde la gente de la Naval de Reinosa recogería su preciada carga. El radio Andoni había establecido un contacto con tierra. Conocían la contraseña. Calcularon la posición dejando a un lado la ruta de la mar por la que no había casi tránsito debido a los bloqueos provocados ya por una situación anómala.

Poli buscó afanosamente el rumbo que le llevara a La Muyerona, como llamaban a El Musel. Tenía como punto de referencia el cabo Torres.

—Cabo Torres es la referencia —le dijo a su segundo oficial y al timonel encerrados en el puente de mando— para cumplir nuestros objetivos y entregar la carga en el punto convenido. Podemos navegar con tranquilidad. Creo que lo peor ya ha pasado y hemos hecho bien en buscar la ruta habitual de los mercantes que vienen de la Gran Bretaña a nuestras costas. Llevamos bandera republicana. No nos interceptarán los patrulleros ni guardacostas.

Andoni, el radio, interrumpió la conversación. Venía sofocado.

—He captado ya la costera de Asturias. Están armando los bous, mi capitán. Hasta los bacaladeros están arbolados de piezas de artillería. Acabo de escuchar las noticias de la República.

Al entrar en el mar Cantábrico, Poli divisó con el catalejo un patrullero nacional que les observaba a distancia. Efectivamente al ver la enseña tricolor izada en el palo de popa no hizo maniobra de acercamiento ni señales de detención. Saludó y los dejó pasar. Todos eran conscientes de que se iban a encontrar en España con una guerra civil. Cada uno tenía la incertidumbre de cuál podía ser su situación verdadera y en qué lado de la contienda les iba a tocar ser protagonistas. Benito traía al mando las interrogantes del inspector y el desprecio del oficial que enardecían las opiniones de los demás.

—Éstos son espías y traidores que se han colado dentro de nuestro barco. Seguramente han pasado información a la Península durante toda la travesía, cuando hemos hecho cabotaje en Algeciras y Huelva. Está claro, trabajan para los sublevados. Según donde estemos somos ya objeto de vigilancia y presa.

En la tertulia de marinería se decía de todo:

—A saber lo que contienen esas cajas que viajan en nuestras bodegas. Esas malditas cajas deben de tener algo importante.

—Oro, seguramente oro.

—Para mí que pueden ser dinero emitido por la República. Por eso pesan tan poco.

Poli escuchaba y permanecía en silencio. Él sabía muy bien la complejidad de la carga y hasta le molestaba. En realidad pensaba que el *Arriluze* era un pequeño caballo de Troya en medio de la confusión que reinaba y Leguina, el inspector de buques, el enlace. ¿Adónde le llevaría todo esto?

El Ferrol estaba desarmado. Convertido en un cementerio de chatarra bélica. Todo lo que podía caminar se había puesto en pie para atender a las necesidades del Alzamiento Nacional. García Rendueles se paseaba por los muelles del Arsenal y del puerto como un león enjaulado. Era consciente de lo que estaba viendo y de las conversaciones entre los mandos en el cuarto de banderas, en la cafetería, en los despachos y hasta en las calles de la ciudad. Era un clamor la actitud chocante de la Armada española. No todos entendían lo que pasaba pero todos pensaban lo mismo: «Como esta operación salga mal, nos vamos todos a pique».

García Rendueles estaba confuso. Había nacido su hijo en Villalba y no podía ir a conocerlo y a disfrutarlo. Los permisos estaban todos cancelados. Repetidamente su superior le había conminado:

—José, no estamos para bromas. No puede abandonar el puesto ni un día.

La verdad era que todos los días había insubordinaciones, desertores y faltas de disciplina que hacían inaguantable la convivencia. Muchos eran amigos y hasta familiares que discrepaban de las decisiones de sus jefes. Además, la insoportable carencia y precariedad de los productos básicos tenía a toda la ciudadanía alterada e inquieta.

—¿Qué vamos a comer hoy? —Era la preocupación principal de cada nuevo día.

José recibía alimentos de sus suegros, con lo que mejoraba el rancho patatero y el tocino de cerdo del acuartelamiento. De vez en cuando conseguía café portugués y conoció algo insólito en Galicia, la leche en polvo. Cuando los barcos salían a navegar dejaban barridos los exiguos almacenes de intendencia. Los aprovisionamientos no llegaban para reponer. La tropa era mucha y el pueblo se quedaba sin lo más primario. El aceite y el azúcar se habían convertido en productos de lujo.

García Rendueles se estaba reconcomiendo de odio y de espíritu de venganza. Empezó a ser intransigente con todo. Su asistente, un marinero jovencito del último reclutamiento, era el pagano inmediato de su ira. A veces se sorprendía a sí mismo tirándole de mala manera las cosas y los papeles. Pero sobre todo cuando estaban solos le gritaba despóticamente:

—¡Eres un desgraciado! ¡Hijo de puta! Ya sé que eres un rojillo de izquierdas que has venido a la fuerza. Encima estás enchufado por un general de los que no quieren sumarse al Alzamiento.

El asistente consentía todo con tal de no embarcar e ir a la guerra. García Rendueles estaba amargado porque todos los días se pasaba las mañanas en su despacho de jurídico firmando arrestos, castigos y condenas. Deseaba que el reloj diera la una para salir corriendo hacia las cantinas de oficiales. Era entonces cuando el pobre repostero respiraba y le daba las buenas tardes con alivio.

José se planteó ir a ver al padre Fermín porque ya dudaba de que su comportamiento justiciero estuviera acorde con su fe cristiana. Cuando el padre Fermín oyó su confesión no le puso buena cara. Fue una entrevista en el locutorio del convento de los padres mercedarios. No se les olvidaría jamás ni al uno ni al otro. Por primera vez el religioso se encaró con él y le recriminó su modo de proceder, que estaba pasando de la justicia a la venganza.

—José —le dijo el padre Fermín—, la aplicación de las normas de conducta de un reglamento de régimen interior y del mismo código no pueden estar exentas de respeto al presunto delincuente y a sus derechos humanos. Ser justo es algo que no es fácil sobre todo cuando no se conocen por precipitado las circunstancias de los hechos. El presunto delincuente tiene derecho a su defensa y a ser asesorado para ello. La ausencia de tribunal, el constituirte en único juez, te va a llevar a malas consecuencias.

Al escuchar aquello José se levantó. Saludó militarmente al fraile y no quiso seguir oyendo sus consejos. Buscaba la absolución de sus faltas, el perdón. Los criterios morales él ya los tenía. Estaban marcados por la jurisprudencia militar y por las normas. Antes de salir le dijo altaneramente:

—Padre, no he venido a recibir consejos, sino a que me absuelva de mis pecados. —Su tono era cortante y de desafío.

—En ese caso —le contestó el padre Fermín—, no puedo absolverte. No tienes buenos propósitos. No estás arrepentido de nada, José. No puedo reconciliarte con Dios. Estás en contradicción con lo que rezas, si es que rezas el padrenuestro.

—Afortunadamente viene la guerra civil para hacer justicia, ya que Dios parece que hace tiempo que se ha olvidado de España. Nosotros impondremos la fe cristiana.

El padre Fermín se sintió impotente. Sus consideraciones no habían servido de nada para convencer a aquel joven militar de Villalba de ser respetuoso con el prójimo y justo juez. Solo se atrevió a decirle como despedida:

—José, la fe cristiana no se gana con la espada. Ése no es el mensaje del Evangelio de Jesús. Todo hombre, aunque no piense como nosotros, es sacramento de Dios y merecedor de una justicia que le respete la vida. Vas a ser preso de tus desdichas.

García Rendueles repitió el saludo militar, cosa que nunca había hecho antes con el sacerdote. Tras el taconazo de rigor marchó ligero a la búsqueda de otro consuelo.

Se refugió en la taberna de Plácido. Eran las ocho de la tarde. Le pesaba hasta el correaje del uniforme. Le dolía la cabeza. Hacía un calor de verano y las nubes amenazaban esas tormentas de aguacero rápido que refrescan el ambiente. En Casa Plácido con los ventiladores se estaba bien. Era un lugar frecuentado por oficiales y paisanos de la ciudad. En un pequeño reservado siempre había dos o tres mesas jugando al mus. La radio alta amparaba las voces de los tertulianos. El aire estaba cargado por el humo del tabaco.

—Un tinto y unos calamares para picar —pidió José.

Se sentó a una mesa libre en la misma sala de la barra. Era un mostrador de estaño traído orgullosamente por su dueño al retirarse a vivir en su tierra, después de trabajar muchos años como sereno de Madrid. Aún guardaba la pica en un rincón. José saludó a conocidos clientes del lugar. Llevaba dentro un mal sabor de boca por la conversación tensa con el fraile, al que, por otra parte, admiraba y quería. Pero sus augurios, sus presentimientos nada halagüeños le habían sumido en el desencanto. «Yo iba buscando la paz y me ha provocado más guerra», pensó.

Se acordó de Susana y su pequeño José. Trató así de tranquilizar su ánimo. Ellos, al menos, estaban felices y a salvo en aquel idílico lugar de Terra Chá. Recordó que debería mandarles algo de dinero y una carta o mejor una postal. En aquellas circunstancias había que hacerlo por la mañana, encargándoselo a alguien conocido en la estación de autobuses y si no encontraba a nadie siempre el recurso era el conductor. Lo haría, lo haría personalmente. Esas cosas no se pueden encargar a un tonto repostero como el suyo. Tomó un sorbo del vino que le habían escanciado. Notó que pensando en esto se serenaba. Imaginaba cómo podía ser su hijo, pues aún no lo conocía. ¿Se parecería a ella o a él? Estos pensamientos le enternecían. García Rendueles era ahora otro ser distinto del de todas las mañanas cuando firmaba órdenes de encarcelamiento y arrestos. Admiró el vino.

Era un vino de Cigales, ojo de perdiz, que se estilaba como tinto de chateo aunque era más bien rosado. A él no le gustaba el albariño y menos aún el tinto del Rosal servido en tazones y caliente. Degustó los calamares fritos y pagó. Era ya primeros de agosto. Acababa de cobrar. Todo iba a cambiar por momentos. Se fue andando hasta la residencia de oficiales. Nadie de los que estaban en la taberna de Plácido le mereció su confianza ni su conversación. Él era consciente de que al jurídico le miraban todos con un cierto respeto. Administraba la vida y la muerte de los demás. Una vez en su apartamento de la residencia no sabía si rezar y pedir perdón a Dios o blasfemar. La ira se había apoderado de él. Sentía que había perjurado y se rebelaba con soberbia contra Dios. Pero era tan duro lo que le estaba pasando a él... Se sentía tan incomprendido... Al fin se durmió tras un largo desvelo, agotado y sudoroso. Le pesaba la conciencia sobre una cama mullida.

Mientras navegaba, Poli recordaba el itinerario de su vida y aquel viaje singular cuyo derrotero no acababa. Ya no era aquel joven capitán de Sestao de otros tiempos. Sentía el cansancio de los días y de los años. Estaba convencido de que había pasado lo peor. El motín que protagonizó el inspector de vapores secundado por el primer oficial le sorprendió y le produjo amargura. Sabía que navegar con traidores a bordo era peor que bregar con los sindicatos de la mar, que hacían su agosto a base de enfrentamientos con los armadores. Los capitanes quedaban al margen de reivindicaciones salariales y de los pactos de privilegios en tratos. Todo estaba sofocado. Pero seguía a bordo el enemigo dentro, reducido y bajo control. Ahora a Poli lo único que le preocupaba era la mar y lo que se podría encontrar en la tierra. Avistaba ya la umbría de la costa. Navegaba con buena mar desde Plymouth hacia el cabo Torres en Cantabria. Acababa de marcar la cruz con su lápiz sobre la carta náutica calculando la situación. Las noches y los días en calma habían adecuado los cuerpos y las almas. Todo era de rutina. Benito se afanaba con sus marineros en que comieran bien a sus horas y en que bebieran el buen vino cosechero de La Rioja que guardaba en su alhóndiga particular. Así iban los días transcurriendo con apenas esporádicos contactos de las radios lejanas en tierra. Andoni, el radio, informaba de que perdían las costeras inglesas y de vez en cuando entraban las francesas. Además de por el idioma se distinguían por su espontaneidad y llaneza a diferencia del rigor inglés. También porque metían ráfagas de música con decadentes canciones románticas acompañadas de acordeón. Eso, en medio de la mar, era una muestra de vida que Andoni propagaba a toda la tripulación repitiendo las canciones con una buena voz juvenil de tenor aficionado que sus compañeros coreaban y jaleaban.

Aquella mañana Poli desayunó y subió al puente de mando. El segundo oficial terminaba su guardia e indicó al capitán:

—Sin novedad, señor. Vamos sobre el rumbo marcado. Con su permiso, aunque la noche ha estado tranquila me retiro a descansar. El amanecer ha sido limpio. Solo nos hemos cruzado con dos cargueros de bandera portuguesa en ruta al Canal. Les hemos saludado y nos han devuelto el saludo.

—Gracias, Antero. Me alegro de que todo vaya bien. Nos vamos a acercar al puerto asturiano de El Musel. Aunque no tengo decidido dónde haremos la arribada pactada para la descarga. Habrá que esperar hasta la anochecida. Sería bueno recalar en algún puerto para sacar la carga con la ayuda de las milicias o quien venga a buscarnos. De todas formas habrá que esperar hasta que oscurezca para ver si hay contraseñas desde tierra marcando el camino con bujías de carburo.

Poli había decidido guardar distancia de la costa y derivar hasta el cabo Peñas. Esa sensación de la espera, el encuentro con los destinatarios de la carga le salía de dentro, del alma de Poli fiel a sus ideas. Nadie en la tripulación comprendía su afán de dar cumplimiento a sus promesas. Cuando nadie lo esperaba, en la bruma matinal, se perfiló el contorno no muy lejano de un buque patrullero. Poli se percató apurando los prismáticos hasta percibirlo. Hizo uso de su silbato para dar la señal de alarma a su tripulación. Efectivamente estaba allí el enemigo en medio de la bruma que disipaba el sol. Instintivamente dio orden de aminorar la marcha. El patrullero aún no identificado había distinguido la presa y se acercaba con marcha rápida. A través de los prismáticos de Poli se distinguía ya perfectamente su nombre: era el *Denis*, un patrullero rebelde a la República con la bandera del Alzamiento. La tripulación del *Arriluze* estaba casi toda asomada a la borda. El patrullero dio aviso de parar las máquinas con el código internacional. Poli lo vio perfectamente y transmitió la orden a los suyos. Justo en aquellos momentos Andoni subía al puente llevando en la mano un radio y gritando:

—¡Capitán! ¡Es urgente! Un radiograma, un radiograma débil y entrecortado desde la costa nos indica ir a encontrarnos a Avilés. Vienen de Reinosa a recoger la carga y dice «viva la República».

Poli ya era consciente de que por un lado y el otro estaban avistados, de que el mar Cantábrico podría ya tener campos de minas. Consideró que el *Arriluze* en realidad había sido requisado más que respetado por el gobierno republicano cuando zarpó de Valencia. Su exigua carga era necesaria en la defensa del Cantábrico. El *Denis* permanecía expectante, observando al carguero. Ellos miraban atentos cruzándose los prismáticos para percibir cualquier señal de alarma. ¿Dispararían o no? El capitán no quitaba los ojos del semáforo de banderas y de los cañones Vickers de setenta y seis con dos milímetros, que se movían en dirección a su blanco lentamente. Calculó mentalmente la distancia y el alcance del tiro de los cañones. Si uno u otro avanzaban pronto entrarían en su área de tiro. No entendía por qué el *Denis* no lo hacía. El destructor patrullero se detuvo.

El código volvió a señalar al *Arriluze* para que parara totalmente sus motores. Ya lo habían hecho. Los comentarios en el puente y en la cubierta eran de gran incertidumbre y desasosiego.

—¡Nos van a dar un pepinazo y nos vamos a ir todos a la mierda!

—¡Puta suerte!

—Los cabrones de los militares ya se han vuelto a sublevar. ¡Nos van a machacar!

De repente Poli observó una extraña maniobra del *Denis*. Pareció desistir de cualquier disparo o abordaje. Puso los dos Vickers mirando hacia otro lado, giró a babor y emprendió la marcha. Antero, en el puente de mando, gritó:

—¡Capi! ¡Nos hemos salvado! Ha abandonado la presa. No sé por qué pero han abandonado la presa.

Toda la tripulación estaba en sus puestos y dio gritos de alegría. Leguina e Ibáñez observaban la maniobra desde el portillo del comedor donde permanecían con Benito como custodio. No habían respirado tranquilos cuando oyeron los pitidos de alarma del capitán. La incertidumbre de qué pasaba en el lugar de las decisiones, el puente de mando, les tenía desconcertados. Se animaban entre ellos presumiendo la victoria inmediata del Alzamiento con el que se sentían plenamente identificados. Recibían de Benito los cuidados suficientes y el primer oficial le rogaba no volver al pañol de proa esposado. Benito siempre acababa diciendo:

—Aquí el que manda es el capitán. Yo no hago más que obedecer sus órdenes. Si de mí dependiera os hubiera tirado por la borda.

En escaso tiempo trataron de ordenar sus maniobras, retomar la situación y calcular estar en la derrota al anochecer. En la bondad del tiempo habían avanzado pero no lo suficiente. Pasaron no más de dos horas cuando, de nuevo, sintieron que surgía una nueva amenaza. Un poderoso acorazado, el famoso *Almirante Cervera*, de siete mil novecientos setenta y cinco toneladas, ciento setenta y seis con sesenta y dos metros de eslora y dieciséis con sesenta y un metros de manga, bien armado, con quinientos sesenta y seis tripulantes, se les hizo presente a la vista. Era un gigante del mar que imponía respeto. Cuando esto sucedía, Andoni apareció gritando desde su cabina, otra vez:

—¡Capitán! El *Denis* ha avisado al *Cervera* para bombardearnos, porque él venía vacío de sacudir en San Sebastián y se quedó sin tralla. Lo he interceptado, lo he interceptado en la corta. ¡El *Cervera* viene a por nosotros, capitán! Al parecer fuimos avistados por el *España*, que pasó de largo porque también volvía de vacío de dar leña en Donostia. Él fue el que dio la señal de alarma de nuestra presencia.

Poli trató de serenarse considerando la situación. Consultó con su segundo oficial. Su decisión estaba tomada.

—O nos entregamos como unos cobardes y traidores o hay que evitar ir hacia Gijón a El Musel virando hacia Avilés y tratando de esquivar el blanco. El *Cervera* está muy bien artillado, con piezas de medio y largo alcance. Además es posible que esté pidiendo refuerzos. Querrán apresar la carga y apresarnos a nosotros vivos. Lo único que podemos hacer es intentar sortear el blanco y ganar zona republicana para depositar la carga, que buena falta les hace. Luego Dios dirá... no va a ser nada fácil.

»Antero, baja a las máquinas y yo voy a timonear contigo. Mirad bien la costa. Hay que ganar tiempo. El *Cervera* no se precipitará. Preparará bien la emboscada. Confiemos que se vaya la luz y las tinieblas de la noche nos ayuden. Aunque éstos tienen de todo: prenderán bengalas para iluminarnos, asustarnos y con ello harán fuego a discreción si ven que nos resistimos a entregarnos. Vamos a tener que rezar...

Estaban casi todos en el puente de mando alrededor de su capitán menos los imprescindibles en la máquina. Andoni se santiguó. Antero estaba firme comunicándose con las máquinas por el telefonillo. Zikin, el Manchao, recibía instrucciones de Poli:

—Pon las calderas a reventar. Dile a los grasas que pringuen bien los pistones. Llegado el momento voy a poner el barco a tope. Tenemos un viejo duro de casco que resistirá la prueba. Lo difícil va a ser llegar al punto crítico sin que nos den un pepinazo. Esos salvajes de enfrente tiran piezas de hasta ciento cincuenta y dos milímetros. Corriendo no podemos competir: a pesar de su tonelaje, que puede llegar a nueve mil cargado, hace treinta y tres nudos de velocidad. Habrá que huir en zigzag si la mar y los bajos nos lo permiten acercándonos a la costa. Calculando bien nuestro calado ellos no pueden acercarse. Vamos a buscar los acantilados hacia el cabo Negro. Mirad bien dónde puede ser la recalada porque dudo mucho de que nos dé tiempo a entrar en un puerto.

Su posición era a la altura de la playa de Xagó, pasada punta Forcada. Todos los allí presentes se volcaron sobre la carta náutica a ver las posibles derrotas. Pero todo era confuso. Aparentemente el *Denis* y el *España* les habían dejado pasar. Andoni estaba en lo cierto. Los dos dieron aviso al *Cervera* para que acudiera a prenderles o destruirles.

Era un 19 de agosto. Estaba atardeciendo. El crucero *Almirante Cervera* dio órdenes de detenerse al *Arriluze*. Poli no las transmitió a su tripulación. Pronto sonó un estremecedor cañonazo de advertencia. El capitán Barañano optó por seguir adelante. Provocó una rápida maniobra a la que su barco obedeció con una fidelidad impropia de un viejo carguero. Pudo virar hacia el cabo Peñas. Vislumbraban ya los grandes acantilados de aquella costa salvaje. Todos estaban expectantes ante la decisión de su capitán de no rendirse y seguir adelante. Si la reacción del *Cervera* fuera la de perseguirles para apresarles tenía el límite del calado de sus aguas. La otra opción era hundirles definitivamente a cañonazos. Poli, en su puesto al timón, consultó al segundo oficial.

—Mira dónde podríamos entrar a embarrancar sin grandes consecuencias.

—Jefe, estamos a cuarenta millas al oeste de puerto Llampero, pronto se verán sus aguas tiznadas del viejo mineral. Todavía quedarán restos de un puertito abandonado en el que podríamos encallar. Volver hacia Avilés es imposible. Estamos acorralados por ese monstruo que habrá ya llamado a otros.

—¡Pues vamos allá! —ordenó Poli, haciendo girar el timón con alegría.

Inesperadamente oyeron el vuelo de un avión que se les acercaba como en una maniobra de reconocimiento. Efectivamente eran un par de viejos cacharros leales a la República. Su presencia hostigó al acorazado *Cervera*. Simuló desistir de su objetivo porque carecía de defensa antiaérea.

La tripulación del *Arriluze* respiró al ver que caía la tarde y aparentemente el acorazado no avanzaba sobre ellos ni intervenía. Era una calma tensa la que se vivía a bordo. Benito aprovechó para repartir un rancho. Todos se daban ánimos unos a otros. Mientras Jacobo Leguina y su acompañante el primer oficial no entendían nada de lo que estaba pasando y gritaban en el comedor esporádicamente a Benito:

—¡Esto es una mierda! ¡Por no rendiros nos estáis metiendo en un lío! ¡Os vais a enterar cuando lleguemos a tierra!

Poli y Antero, con el plan trazado, estaban preocupados por divisar la costa y encontrar los puntos de luz. Conforme oscurecía iban apareciendo a vista de catalejo en las cimas de los inhóspitos acantilados.

—¡Mire allí, capitán! —gritó Antero—. Nos hacen señas con los carburos. Deben de ser los que nos esperan.

Estaba la noche clara, pero no pasaban desapercibidas las luces, como si fueran una procesión de luciernagas en movimiento. Una y otra vez se cruzaban los prismáticos.

—¡Son muchos! —exclamó Poli.

Andoni decía que había oído cantar: «Yerma, Yerma». Antero le censuró:

—Eso es imposible. Es una suposición tuya. ¡Estás alucinado!

Mientras, toda la marinería se recreó en las patatas con bacalao que a modo de marmitako había preparado Benito en el fragor de aquella jornada tan siniestra. El *Arriluze* navegaba con precaución. A la vista de aquella situación, el capitán lo tenía decidido. Así se lo confió a su gente en una breve reunión en el puente de mando.

—No voy a entregarme, ni a entregaros con la carga. Decididamente voy a encallar en las rocas o en la playa, para que los compañeros que están esperando puedan hacerse con la carga y ayudar a salvarnos. Si el cauce del puerto Llampero no nos deja entrar buscaremos el lugar más adecuado para embarrancar. El barco resistirá. Tiene el casco muy fuerte. Nos dará tiempo a salvarnos.

La tripulación estaba asustada. La decisión de no entregarse partía de su conciencia, de la misión que se le había encomendado: llevar la carga a su destino y entregarla a manos de la República. Para él el acorazado *España* y el crucero *Cervera* eran la sublevación. No eran leales a la República democráticamente constituida como gobierno de España. En la mente de Poli no cabía la controversia política y mucho menos aún la religiosa. Pensaba en la legalidad de su acción y en la lealtad de sus principios. También pensaba en cómo salvar a su tripulación, que si era apresada iba a ser tratada de rebelde. Por eso decidió que había que sacarlos a tierra como fuese. Entregarse era ser prisioneros y seguramente deportados a campos de castigo como poco. Miró su situación: estaban frente a la playa de Xagó, entre punta Forcada y cabo Negro. Según el radio se cruzaban en la noche mensajes entre los barcos armados y el carguero. Seguían a tiro del *Cervera*. ¿Por qué no atacaba? La larga noche daba para todo, conjeturas, cábalas sobre el futuro que les esperaba. España estaba rota y dividida.

Poli, una vez más, en vela, observó y consultó la carta náutica. A lo lejos, en la orilla, aún seguía alguna linterna encendida. Miró la hora en aquel reloj de bolsillo, recuerdo de su boda, que le trajo nostalgia familiar y se dio cuenta de que no tardaría en amanecer. Habían corrido casi mecidos por la marea hasta la sombra de peña Erbora, cerca de la isla que vigila el cabo Peñas, entre el Castro Castieno y la pequeña playa de Portazuelos. Vio con sus prismáticos, a las luces del alba, un canal más profundo entre las rocas que venía a desembocar entre el Ñeru de los Perros y la punta del Infierno. Mandó parar las máquinas del *Arriluze*. Observó la gran cueva de la punta del Infierno. Lo importante era el calado para llegar hasta allí. Le dio tiempo a considerar la eslora, la manga y el calado de su buque. Desechó la posibilidad de meterse en aquella cueva horadada en los acantilados de más de setenta metros de altura. Diseñó en consecuencia la maniobra cuando ya se oía y se veía de nuevo al *Cervera* disparar su segundo cañonazo de detención.

—¡Pronto! ¡A vuestros puestos! —ordenó el capitán—. ¡Oficial, a toda máquina hacia el acantilado! ¡Luego poca, avante derecho para embarrancar en la punta del Infierno! ¡Es nuestra salvación! ¡Confiad en mí! Estamos al límite de la línea de blanco. ¡No temáis aunque disparen! ¡Cerca está la pequeña playita de Riba Panchón! Cuando encallemos salid a nado y refugiaros allí. Vi luz, debe haber una casa de pescadores y una lancha varada por lo que recuerdo del paso de otras veces. Pedidles auxilio para ayudar a vuestros compañeros. Yo permaneceré en el barco hasta el final.

Las banderas del *Cervera* exigían rendición. Al mismo tiempo vieron cómo salía una lancha con dotación de presa para su detención. Poli silbó con todas sus fuerzas la última señal de alarma y gritó:

—¡No hay tiempo! ¡No hay más tiempo! ¡Vamos adelante, valientes!

Afortunadamente para este empeño estaba la marea alta y la mar en calma. El Buque de Bilbao avanzó hacia el acantilado como si fuera hacia el éxito. Los penachos de humo que salían de su chimenea eran negros como el cabello de una diosa de los mares. Estaba majestuoso y solemne. Se situó frente al imponente acantilado como un guerrero que desafía un castillo. Antero hizo sonar la sirena tres veces como cuando entraba en la ría de Bilbao. La mano de Poli tembló en el puente de mando al ordenar avante despacio. Cada uno estaba en su puesto. Solo se oían las señales y los silbidos del segundo oficial que obedecía las órdenes. Unos rezaban, otros cantaban sus canciones queridas, algunos lloraban temiendo el fin de sus vidas. Todos se sentían aturdidos y desorientados en aquellos momentos que estaban viviendo. Poli sacó fuerzas y les dijo asomándose desde el puente de mando hasta la cubierta:

—Queridos compañeros, no desfallezcáis. Ahora es cuando tenemos que tener valor y serenidad. En tierra está nuestra libertad. He considerado que valéis vosotros más que mi barco. Mi viejo *Arriluze* morirá aquí, pero vosotros viviréis para contarlo. Buscad la orilla. La lancha del *Cervera* viene a por mí. Si alguno quiere acompañarme, que sepa que como yo será prisionero de guerra y acusado de traidor. Nos pueden pasar por las armas. Los demás buscad la orilla, saltad a tierra, bajad los botes; si podéis, nadad y salvaos. Es mejor ser náufragos que no traidores. Si lo conseguís, dad gracias a Dios y rogadle por mí.

Cuando acabó, el *Arriluze* recibió un golpe seco en la quilla. Estaba ya metido en el corredor del agua que va al Ñeru de los Perros. Se siguió de un gran estruendo que conmovió toda su eslora y a toda su gente dejándolo partido en dos, con la proa medio hundida entre las aguas y la popa desgajándose. Era como si el cuerpo inerme de aquel buque quisiera asentarse sobre las rocas. El acantilado era mudo testigo de la catástrofe y la mar, por respeto, no se atrevía ni a hacer olas. Parecía que la naturaleza quisiera respetar a aquellos náufragos asustados que se agarraban a las rocas temerosos de morir en un momento o ser arrastrados por las aguas.

Poli se miraba las manos que estaban ensangrentadas. Por suerte solo tenía algunos golpes y vio que se mantenía estable el castillo de proa. El puente de mando se había destrozado pero en aparente desorden era perfectamente habitable como un paradigma en una situación tan anormal. El capitán insistentemente se miraba las manos llenas de pequeñas heridas, como no creyendo que él hubiera podido conducir a su barco voluntariamente a la destrucción. Pero allí estaba, vivo, dando más valor a sus hombres. Miró a su alrededor. El segundo oficial estaba tirado en el suelo con una brecha en la frente, seguramente producida por la rotura total de los cristales. Cuando se percató de que estaba vivo le dijo:

—¡Capitán! ¡Menuda la ha armado! ¡Es usted la leche! Yo seguiré a su lado hasta el final. Si vienen a por nosotros iremos juntos. Solo estoy un poco mareado.

—Gracias, Antero, gracias. Tu amistad y fidelidad me enorgullecen. Quién me iba a decir a mí que estrellaría el *Arriluze*...

El resto de la marinería estaba a salvo, con heridas leves y roturas de brazos, menos un fogonero que desgraciadamente tenía las piernas aprisionadas por una viga de hierro. Las bodegas y el casco se oían crujir constantemente. Los gritos del fogonero sobrecogían la escena. Estaban escorados a babor pero pocos grados, lo que les permitía aún moverse en el estrecho cobertizo del puente y la marinería entre cristales rotos y objetos diversos rodando por la cubierta. Benito apareció con el inspector y el primer oficial sanos y salvos. Tenían pequeñas lesiones y se abrazaban unos a otros por estar vivos. Echaron mano a los botiquines para curar y aliviar sus heridas. El fogonero gallego, compañero de Zikin, era el más grave con las piernas partidas; aunque le liberaron de las vigas que le tenían aprisionado, una gran hemorragia le hacía perder la vida a pesar de la ayuda de sus compañeros y de los torniquetes que aplicaban sin cesar.

Leguina estaba consternado. No se atrevía a emitir palabra. Solo agradecía a Benito continuamente que le librara de una muerte segura al intentar, en el último momento, alcanzar su camarote para obtener su maletín de documentos justo cuando todo se derrumbaba por la violencia del naufragio. Poli dio gracias a Dios y reunió a los supervivientes en el destrozado puente de mando para darles sus últimos consejos.

—Vienen a por mí. No os quedéis. Sacad los botes que no estén rotos. Al menos el chinchorro pequeño, y saltad a la orilla. Incluso ganad la orilla por las rocas o por la playa los que no estéis heridos. Los más heridos, al chinchorro. Es mejor que cuando lleguen no estéis aquí. Pronto vendrán los leales a ayudaros. Están agazapados en los prados de arriba cuidando el ganado y esperando. Decidles que sois «Yerma», y que «Yerma» está aquí, en la bodega, esperando a que vengan a buscarla.

A duras penas lograron poner un bote en el agua que amenazaba romperse contra las rocas. Algunos pudieron ponerse salvavidas para echarse a la mar. Otros trepaban con dificultad entre las rocas con las manos destrozadas por asirse. Era un espectáculo sobrecogedor y angustioso. Poli, acompañado de Antero, su fiel segundo oficial, lo presenciaba desde el puente y ambos daban voces de ánimos a unos y a otros hasta extenuarse. Jacobo Leguina y el primer oficial se negaron a correr la aventura. Ellos esperaban a la dotación de presa del *Cervera* que venía en camino para acusar al capitán Barañano de traidor a la patria.

Benito no quería por nada del mundo dejar solo a su capitán. Le miraba subyugado por su heroísmo.

—¡Ha hundido su Buque de Bilbao para salvarnos! —repetía una y otra vez como poseído, moviéndose en la angostura del desastre.

Poli le insistió con lágrimas en los ojos.

—Tienes que irte ya, Benito. Eres mi mensajero y mi testigo. Si me pasa algo cuéntaselo a mi mujer y a mis hijos. Cuéntales que fui leal hasta el final a mis compromisos. Te lo pido por favor. Solo te tengo a ti y a Dios por testigos de mis actos. Tú eres necesario en mi casa. Beni, tienes que irte. Salta a tierra ya. Te lo suplico.

Se lo decía mientras le arreglaba el chaleco salvavidas. Le apretaba los cinturones como a un niño. Se abrazó a él llorando y, cuando vio que estaba bien pertrechado, le empujó al agua. Le gritó desde cubierta:

—¡Benito, eres el mejor amigo que tengo!

En un rincón del puente, sin decir palabra, estaban el inspector de vapores y el oficial Ibáñez asustados de lo que sucedía. De los demás solo hubo miradas de desprecio. Solo miradas. Como se mira a unos traidores. Benito chapoteaba en la charca de estribor en un espacio que dejaban las rocas. Veía llegar la lancha del *Cervera* con la dotación de presa. Y se perdió nadando hacia la playita. Poli los seguía desde los restos del *Arriluze* con los prismáticos y respiró hondo cuando, al cabo de un rato, vio que alguien con candiles encendidos le recogía. «Benito se ha salvado. ¡Por fin!», pensó.

Y esperó serenamente la llegada de la lancha militar por aquel lado de estribor que podría abordar al *Arriluze* sin peligro.

Poli sentía un profundo dolor al haber tenido que sacrificar su Buque de Bilbao estrellándolo contra las rocas. El barco de sus sueños estaba herido de muerte en los acantilados de cabo Peñas. Cuando la marea bajara se quedaría casi sin agua bajo su quilla. Un barco señor como el *Arriluze*, un barco pudoroso de sí mismo, si le faltaba el agua bajo su quilla se sentía desnudo. Su capitán no quería verlo así, lleno de heridas. Mientras flotara, aunque existiesen, no eran visibles. Una inmensa sed de mar le invadía en su casco. Se sentía seco al sol como un cadáver expuesto a pudrirse hasta que se hundiera para siempre y se lo llevara al cielo de los barcos el gran Poseidón.

«Tanta lucha por mantener el *Arriluze* a flote para acabar así...», se lamentó Poli.

Desde la amura rota y quebrada la tierra parecía que se le echaba encima. A duras penas podía dar unos pasos por cubier-

356

ta. El barco hacía aguas como un cesto. Pasó un tiempo hasta que la lancha del *Cervera*, de amanecida ya, con un oficial al mando y cuatro marineros armados abordó por estribor. Poli, sereno, se atildó su maltrecho uniforme de capitán de la marina mercante para recibir al oficial en los restos de la cubierta destrozada. Le acompañaba Antero, su segundo oficial. A un lado estaban expectantes y curiosos el inspector de buques y el primer oficial, «los sublevados» como les había llamado Antero. Los demás habían ya conseguido huir a tierra. Poli, con una innegable entereza, dijo:

—Teniente, yo soy Policarpo Barañano, de Sestao, capitán de la marina mercante española al mando del *Arriluze*.

Un rasguño en su despejada frente le hacía correr un hilo de sangre hasta el mentón. De vez en cuando lo contenía con los restos de un pañuelo blanco sin visos de querer usarlo como signo de rendición. En su rostro había todas las señales de cansancio y unas grandes ojeras negras reflejaban tantos días y noches de zozobra en aquella travesía interminable. Pero estaba sereno y erguido. No era un hombre abatido pendiente de rendirse. Se oían los golpes de mar contra los restos y las rocas. El día, que tomaba fuerza y luz, enseñaba los signos del naufragio. Nadie se atrevía a decir palabra. El alférez teniente se cuadró. Saludó militarmente al capitán como mandan las ordenanzas y le dijo con voz autoritaria:

—Capitán Barañano, está usted detenido en rebeldía por no atender las órdenes del almirante jefe de la escuadra. Así como sus oficiales por colaborar. En cuanto a estos señores, ¿quiénes son? —preguntó señalando al inspector y al oficial Ibáñez.

Poli, antes de contestar, miró a su segundo oficial, Antero. Estaba indeciso con la mirada baja. Por fin señaló al primer oficial. Antero se dio cuenta de la maniobra de su capitán para inhibirle de culpa. Pero todo fue en vano. Le hizo señas de no con la cabeza sin mediar palabra. El oficial de la Armada, después de revisar uno a uno y preguntar sus nombres y rangos, advirtió:

—Están todos detenidos. Les hago saber que como tales van a ser conducidos al *Cervera*, donde la autoridad determinará sus cargos que de momento les imputan como traidores.

El inspector de vapores, que había permanecido impasible, miró con desprecio al capitán Poli y al segundo oficial. Luego se dirigió al teniente:

—Mi teniente, yo no soy republicano como esta chusma. Mi verdadero nombre es Pedro Jáuregui Orozgoitia. Soy inspector de vapores costeros del gobierno y viajaba en este buque bajo nombres y documentación falsa como comisario político encubierto para, en su momento, hacerme con el barco y su carga y entregarlo a las autoridades.

Se puso firme en actitud marcial y gritó:

—¡Viva el Alzamiento Nacional! El capitán y el segundo oficial son unos traidores —dijo señalándoles—. No han obedecido mis órdenes. Nos han detenido y hecho presos a mí y al señor Ibáñez por la fuerza.

El teniente se quedó confuso. Había sacado su pistola temiéndose lo peor, y la mantenía en la mano derecha sin apuntar a nadie, presta, sin seguro al disparo. El inspector, afianzado en sus palabras y en su gesto, siguió diciendo:

—He tratado con la ayuda del primer oficial de reducir al capitán y tomar el control del barco, que lleva armas y pertrechos militares. Pero no lo hemos conseguido. Vejados y prisioneros de este capitán rojo y su cuadrilla que ha huido a tierra. Estamos a sus órdenes, mi teniente.

El teniente no salía de su asombro. Tentó su arma por lo que pudiera pasar. Era un hombre joven, formado en la academia. Libró de sospechas al inspector y al primer oficial ante aquella inesperada confesión. Mandó esposar al capitán y al asustado segundo oficial, que dijo llamarse Antero Lujua Mendieta, natural de Lezama (Álava). Poli no había podido evitarlo. Con dificultad, sorteando los destrozos y el agua del mar que poco a poco se apoderaba de su presa, lograron acceder a la lancha.

El gasolino estaba ya en marcha cuando oyeron los gritos del marinero con las piernas partidas que moría desangrado inevitablemente. El pobre fogonero murió solo. El teniente mandó volver a la lancha y aguardar a que dos marineros recogieran su cuerpo y lo tiraran al mar a petición de Poli. Éste, visiblemente emocionado, oró en voz alta:

—¡Dale, Señor, el descanso eterno!

El teniente exclamó sorprendido:

—¿Los rojos también rezan?

Acabado aquel singular sepelio la lancha emprendió ruta al *Cervera*. Mientras los supervivientes, los náufragos, ayudados por los paisanos de las aldeas que forman el concejo de Gozón, alcanzaban exhaustos la tierra firme y se abrazaban a la vida.

En los acantilados arriba, aunque era de día, se veían chispitas de luces amarillas de carburos que denotaban la presencia de los milicianos. En los últimos instantes, por un camino de cabras que baja al Ñeru de los Perros, habían descendido los milicianos a recoger a «Yerma». Haciendo cadena, atados por sogas de seguridad, cuando la lancha se había alejado del maltrecho Buque de Bilbao, consiguieron sacar casi todas las cajas del preciado predio de aquella travesía. Al poco tiempo el barco era un fantasma desolado que se rompía en brazos del mar. «Yerma» caminaba a lomos de mulos hacia su destino de La Naval de Reinosa.

Poli cerró los ojos. Parecía asistir a su entierro. El almirante del *Cervera* no cruzaba palabra con él pero observaba a distancia aquella triste acción bélica de despecho. A Poli le costaba creer el triste desenlace. Solo le consolaba el pensamiento de haber salvado a los suyos y conseguir entregar «Yerma» a sus destinatarios. Había cumplido su misión. El viaje del Buque de Bilbao había terminado. Le invitaron a entrar en el corazón del acorazado, en las celdas de prisión. Iluminados tenuemente por unas bujías él y su segundo se dieron cuenta de que había otros prisioneros en la estancia. Se acercaron a preguntarles:

—¿Sois los del *Arriluze*?

—Sí, somos los del *Arriluze*, el capitán Poli un servidor y mi segundo Antero.

—Un marinero nos dijo al traer el rancho que os habían avistado y que os estaban atacando por un soplo del *España*.

—¿Qué ha sido del resto de la tripulación?

Antero con orgullo explicó:

—Nuestro capitán, aquí presente, tuvo la osadía de embarrancar el vapor en el acantilado de la Peña Negra, entre el Ñeru de los Perros y la punta del Infierno, para lograr que todos los demás saltaran a tierra y se salvaran.

Un rumor de admiración corrió por aquel grupo de presos.

—Vosotros, ¿de dónde sois? —preguntó Poli.

—Nos apresaron los del Chulo del Cantábrico cuando defendíamos Gijón del bombardeo del Real, el colegio de los jesuitas, antiguo cuartel de Simancas. Nosotros les hicimos frente con un bou armado fiel a la República hasta que nos apresaron y lo hundieron a cañonazos. Las milicias obreras, los aviones fieles y la artillería nuestra no han podido contra los sublevados.

El que hablaba parecía ser un oficial degradado con el uniforme destrozado y sin galones. Seguramente fruto de una reyerta. En la celda había unos treinta o cuarenta hombres. Algunos tumbados por el suelo, medio heridos, lamentándose de su suerte, abatidos por las circunstancias. Otros en pie mantenían con resignación su condición de militares derrotados. Uno que dijo ser de Bilbao declaró:

—Paisanos, todo está destruido. Han roto España. Yo no soy nacionalista, ni requeté, ni nada que se le parezca. No sé cómo van a recomponer esto. ¡A base de hostias! Llevamos aquí tres o cuatro días encerrados. Se pierde la noción del tiempo. Solo dan un rancho. No sabemos a dónde nos llevan. Un cabo guardiamarina que nos es afín dice que a El Ferrol. Que allí nos juzgarán... yo creo que nos van a matar a todos.

El que parecía oficial intervino:

—No, hombre, no. No seas pesimista. Al fin y al cabo son

españoles como nosotros y militares. Hay un código ético. A nosotros nos ha tocado estar en esta parte, a ellos en la otra. Pero no somos enemigos.

Poli y Antero se miraban uno a otro, no sabían qué decir.

Manuela salió de su casa despavorida. Oía los gritos de los náufragos y de vez en cuando el estruendo de dos cañonazos después que hicieron blanco en las rocas de la punta del Infierno, al este de su pequeña chabola marinera. Su marido dormía aún después de haber salido al congrio por la madrugada con su hijo Germán. El buen mozo veinteañero estaba a lindar las vacas en el prado de arriba y traer algo de leche. Manuela entró en la casa gritando:

—Juanín, cariño, algo gordo está sucediendo. El mercante que vimos pasar esta mañana se ha estrellado cerca de la gruta del Ñeru de los Perros y dos buques de guerra van a por ellos. ¡Qué horror! Hay náufragos que se han tirado al agua para ganar las rocas. No sé si van a sobrevivir, Dios mío.

—Manuela, vamos a botar la barca y a ayudarlos hasta donde podamos. ¿Y el niño, dónde está?

—Subió a lindar las vacas. Ya bajará.

Mientras Juanín se ponía unos pantalones, Manuela ya empujaba *La Molinera*, su barca. Pronto entre los dos la botaron al agua. Marido y mujer, sorteando las rocas, remaron hasta donde pudieron acercarse a los bajos del acantilado que conocían muy bien. Había diez o doce náufragos agarrados a las piedras, algunos con las manos destrozadas sangrando por la violencia. Benito había ganado ya la playa y permanecía allí extenuado, boca abajo, pero vivo. Se oían gritos de socorro. Juanín remaba, mantenía la barca. Manuela agarraba y trincaba los más cercanos. Hicieron varios viajes yendo y volviendo hasta la orilla. No podían más. Extenuados ellos también, recibieron auxilio de los paisanos que acudían. A la luz del día, sobre la arena, sobre los prados, agotados y heridos recibían las ayudas de los vecinos del concejo de Gozón. Llamados a voces y a gritos por el popular Celín de Xuanón. Él lindaba las vacas por la orilla. Al oír los cañonazos de alerta del *Cervera* avisó a los vecinos de Xagó, de San Martín de Podes, de Zeluán, de Verdicio y de Ferrero. Todos acudían andando y en bicicleta a rescatar a los náufragos. La parroquia de Podes aún era leal a la República. Allí había milicianos venidos de Gijón a las órdenes de José Ramón Somoza, que hostilizó con fuego de fusil y ametralladoras al *Tritonia* y al *Denis*. Ellos fueron los que lograron salvar la carga. Pero no pudieron evitar que a la mañana siguiente volvieran a cañonear los restos del *Arriluze*. Los paisanos se desprendían de sus fajas de tres a cuatro metros de largo haciendo cordeles atadas unas a otras y luego los lanzaban desde la cima hasta los acantilados para subir a las víctimas. Era una arriesgada operación de rescate por la gran altura. Algunos jóvenes bajaban por los senderos para auxiliar a los heridos de la dramática escena. La iglesia se convirtió en improvisado hospital. El cura don Nicolás y un médico practicaban los primeros auxilios. Algunos milicianos custodiaban con sus fusiles y su pasión aquel improvisado hospital de campaña. Era ya de noche cuando se distribuyeron los heridos por las casas. Allí estaba José Bernárdez, uno de los más jóvenes marineros del *Arriluze* alistado en Cartagena. Él contaba reanimado a Manuela mientras otra joven del lugar hacía vendas con lienzos blancos rasgando sábanas:

—Nos hemos salvado por los cojones del capitán. ¡Don Poli nos ha salvado!

—Cálmate —le pidió Manuela—. Ya lo contarás a todos cuando te recuperes.

—Nosotros somos tres hermanos en el barco. ¿Qué habrá sido de mi hermano Baldomero y de otro que se llama Abelino?

En aquella confusión nadie podía hacer recuento. Los vecinos no sabían cuántos estarían enrolados en el barco ni quiénes eran. Solo les preocupaba sacar adelante a todos los heridos y no dejar a nadie perdido en la mar. Algunos vieron desde el acantilado cómo se llevaban preso al capitán del *Arriluze* y a otros tres en la lancha de la Armada con destino al *Cervera*. En boca de todos estaba una sola pregunta:

—¿Qué será de nuestro valiente capitán y nuestros compañeros?

Otros decían:

—Maldito inspector de vapores. Nos han cogido porque él fue el traidor que delataba nuestra ruta y seguro que se ha salvado.

Ya era tarde. Las lamentaciones no llegaban sino a la tortura de sus pensamientos. Cuando pudieron juntarse en la iglesia de San Martín de Podes se dieron cuenta que además del fogonero aprisionado por las vigas, muerto en la cubierta del vapor, también Baldomero se había ahogado. No consiguió llegar a tierra ni asirse a las rocas. Los demás estaban vivos. Benito, el camarero, lloraba sin cesar y tenía prisa por ir a Bilbao para contar lo que había sucedido como prometió a su capitán.

Al poco tiempo de estar en la prisión del *Cervera*, cuando empezaba a tener el consuelo de la compañía de todos los prisioneros, a Poli le aislaron en un calabozo solitario. Según él mismo lo había escrito en su devocionario, tenía apenas cinco palmos y medio por nueve palmos. En aquel cobertizo, ahogado por la sed y el calor sofocante de un agosto implacable, se acurrucó como pudo y empezó a recordar los últimos hechos que había vivido. Todo había sucedido muy rápido hasta encallar su *Arriluze* en las rocas del Ñeru. Fueron momentos de tensión. Sobre todo cuando se aproximaba la lancha del *Cervera* que venía a hacerlos prisioneros. Le aliviaba pensar que su fiel Benito estaba camino de la salvación y de que Antero no cedería en su afán de acompañarle con todas las consecuencias.

Antes de salir del *Arriluze* le había dado tiempo de calarse su chaquetón marino, abrir la gaveta donde conservaba sus pertenencias y recoger el devocionario *El caballero cristiano* del padre Vilariño con el que habitualmente rezaba. Lo tenía allí. Era el don preciado del recuerdo de su hijo Pedro, lleno de estampas, la foto de su hija Asuntxu vestida de primera comunión. En la tenue luz del recinto lo abrió y la besó. Se le humedecieron los ojos con los recuerdos. En la gaveta había un sobre blanco en el que estaba escrito: «215 pesetas para comprarle una medalla y una cadena a mi primer nieto». Había nacido en Amurrio pero no lo conocía aún. También lo tenía consigo. En aquellos momentos, en el fondo de su gaveta estaba su pistola reglamentaria. Levantó la vista por los portillos rotos divisando la cercanía de la patrullera que venía a detenerle. Con aquella pistola había hecho frente al motín a las puertas de Lisboa. Con aquella pistola hacía prácticas en sus viajes disparando al aire y a las gaviotas. En aquellas circunstancias la consideró una tentación y un peligro. Con ella en la mano se dijo: «No voy a matar a nadie ni me voy a suicidar».

Y la tiró al mar. Ahora preso no estaba arrepentido. Hubiera generado un conflicto innecesario. Él era incapaz de matar.

Se quedó medio adormecido e inconsciente. Estaba agotado. Percibía el traqueteo del barco, a toda máquina, que le llevaba a no sabía dónde.

Por fin llegaron los presos al Arsenal de El Ferrol. El *Cervera* entraba en la dársena como en su casa. La ciudad acogía a los sublevados como victoriosos soldados del Alzamiento Nacional. Salieron de aquel puerto republicanos y regresaron nacionales. El acorazado puso banderas de victoria y las sirenas de los otros barcos saludaron de bienvenida al caer de la tarde del 21 de agosto. La tripulación lucía sus mejores uniformes y estaban formados en cubierta. Una banda de música les esperaba en tierra. En sus bodegas, presos y desolados los militares rebeldes habían perdido los brillos de sus uniformes y los botones dorados en esa cruel situación de traidores deshonrados. La siniestra procesión desfiló esposados ante los ciudadanos curiosos que acudieron al desembarco en el malecón. Algunos familiares entre las gentes ocultaban su anonimato, sus lágrimas y sus penas. Iba a empezar la penuria de tanto cautivo injusto. Sin cargos, prejuzgados y degradados fueron trasladados a las prisiones de tierra. Aunque ya barcos como el *Plus Ultra* hacían funciones de presidio fondeados en la bahía.

El padre Fermín, como era habitual, fue avisado de que llegaban presos nuevos y que los iban a matar. Fermín se conmovió de nuevo porque la sangría de la muerte sin juicios, sin consejos de guerra, no paraba. Aunque era tarde para sus costumbres conventuales, dejó la comunidad cenando en el refectorio y se lanzó a la calle. El Ferrol era una pequeña ciudad en la que todo se hacía andando o en bicicleta. Esta vez dejó a un lado la bicicleta y acompañado de un marinero que había venido a avisarle de la llegada de los prisioneros anduvo el paseo hasta el Arsenal.

—¿Cuándo va a acabar esto, muchacho? —le dijo al mozo desahogándose—. Solo hay violencia, odios y venganza. Los hermanos se matan entre hermanos. Ahora a éstos los han pillados en Gijón y los van a matar aquí.

Su acompañante no decía nada. Permanecía con actitud triste hasta que en el recodo de una calle se atrevió a contestarle:

—Padre Fermín, en mi casa van a matar a mi padre, que es republicano hasta las cachas. Y yo, que soy asistente de García Rendueles, no lo puedo evitar. Esto no lo comprende mi madre ni mis hermanos. Si viera cómo decreta sentencias de muerte sin miramiento alguno...

—Lo sé, lo sé —dijo el religioso entristecido.

—Le llaman «el Carnicero de El Ferrol».

—Lo sé. No escucha a nadie. Confunde la justicia con la venganza.

El oficial de guardia tenía orden de paso franco al padre Fermín. Los reos debían confesarse antes de morir. Era una orden del almirante jefe de la base.

—Que sus penas no caigan sobre nosotros —había dicho en un acto público del acuartelamiento en inadvertida hipocresía y remedando, sin querer, la tragedia cristiana.

Acompañado de dos guardiamarinas, el oficial condujo al sacerdote a la celda donde estaba solo el capitán Barañano. El oficial le dijo al padre Fermín mientras abría los cerrojos de la puerta:

—Parece un buen hombre. Es el capitán de un mercante traidor que atrapó el *Cervera* hace unos días en Asturias cuando iban a descargar armas para la resistencia. No quiso entregarse y yo creo que el jurídico lo va a fusilar como a todos. Lo que no sé es cómo siendo rojo republicano y al parecer nacionalista vasco me ha pedido que venga el páter a verle cuando se lo he ofrecido para su arrepentimiento.

Con la frecuencia con que últimamente le llamaban, el religioso mercedario conocía a aquel joven cabo de guardia. Era de asalto y se había pasado a la marina. Buen chico, amigo de hacer favores y obsesionado por su condición de cristiano. Si había misa un domingo en la guarnición se prestaba a ayudarle. El padre Fermín pasaba tabaco y galletas o caramelos cuando los tenía para los presos a través de él. Aquella complicidad le llevó a conocer a Poli. El capitán estaba tendido en un camastro alumbrado por una bujía. Se había lavado y ofrecía un aspecto lúcido y despejado. Al verlos entrar se puso en pie y saludó con afabilidad:

—Soy el capitán Barañano, padre.

—Yo soy el padre Fermín, de la orden mercedaria, redentor de cautivos.

—Gracias por venir. Mis hijas se educaron en las religiosas mercedarias de Berriz. Dios le ha traído para poder morirme como cristiano.

—Don Poli, nosotros tratamos de liberar a los presos de la cárcel aun ofreciéndonos a cambio. Es nuestra misión como mercedarios. Y si no lo conseguimos ayudamos a bien morir.

—Lo sé, lo sé muy bien. En este caso no hay posibilidades de suplirme, para bien suyo. Por tanto escúcheme en confesión.

Fermín y Poli se quedaron solos. El cabo y el carcelero salieron fuera. Muchas cosas se debieron de decir mutuamente en la hora que duró aquella confesión.

El religioso se percató en aquel tiempo de que don Poli era entrañable, creyente, cristiano y tenía un sentido del honor y de la lealtad poco común.

—Padre, ¿cómo le ha ido con el reo? —le preguntó el joven cabo.

—Demasiado bien. Me preocupa como otros tantos su inocencia, la desproporción de los rigores de la guerra en los que la sangre es imposible de recoger y las causas justas, según el lado en que estamos, las convertimos en traiciones al arbitrio del juicio de los hombres. Este hombre es leal y digno de justicia. Cumplió con su deber y no permite la rendición de sus principios. La consecuencia es fatal.

—Bueno, algo malo habrá hecho, ¿no? Cuando está detenido por algo será —insistía el joven mientras acompañaba al capellán por los vericuetos del patio central hacia la calle. Y añadió—: Le invito a tomar café negro en la cantina.

—Con mucho gusto, cabo. A ver si consigo disipar las sombras de la noche... Estoy impresionado. Tendríamos que hacer algo por salvarlo. Recurrir, pedir al menos que sea escuchado en un consejo de guerra en el que alguien defienda su causa.

—Eso es imposible. Ya sabe cómo se las gastan el jurídico y el almirante jefe. No oyen a nadie. Además es un traidor. Traían un comisario político a bordo y no quisieron rendirse. Lo delataron: transportaba armas para la resistencia. Hundieron su barco en cabo peñas a cañonazos. El *Cervera* los trajo como rehenes. Ahora les cae todo el peso de la justicia con el bando promulgado de guerra. Va a ser ejecutado como lo será mi padre. La guerra es la guerra...

El joven no pudo evitar las lágrimas de absoluta impotencia.

Los rumores corrían como una mancha de aceite en los ambientes de El Ferrol. Se contaban las batallas a su modo y manera. El descalabro del Cantábrico era inminente. Las fuerzas leales a la República estaban cada vez más débiles. Gijón, Santander, Oviedo, Bilbao y San Sebastián no tardarían en rendirse con la ayuda de la aviación alemana e italiana. En el campo de Colunga estaban ya los primeros Junkers nazis que había conseguido el general Franco. Estaba cortada la resistencia y la ayuda al norte por tierra. El padre Fermín hizo reflexionar al joven guardiamarina:

—Éste es un hombre que ha sido fiel a su causa: la legalidad vigente. No quiso entrar en la asonada militar por su conciencia. Es un hombre bueno que merece un juicio justo. Yo le voy a ayudar a salvarse.

Poco a poco, ante la taza de café en la cantina iba enardeciéndose:

—No puedo aceptar esta guerra cruel entre hermanos. No son mejores los unos que los otros. Ya vemos que se están cometiendo atropellos por ambas partes. El móvil no es la fe cristiana sino la venganza y la ambición de poder. Quieren dominar España.

Fermín era entonces un joven sacerdote gallego. El cabo pensaba en las consecuencias de aquellas palabras que oía por primera vez. Él era un militar comprometido. ¿Con quién? Sin duda con España, con su pueblo, pero no alcanzaba a comprender más allá de la obediencia, la obediencia ciega a sus mandos. Ahora resultaba que sus superiores habían cambiado de bando. Ya no eran fieles a la República legalmente constituida en la democracia del plebiscito de las urnas. ¡Vaya lío que tenía en su cabeza!

El padre Fermín paró de hablar. Sorbió el resto del café caliente. En la cantina ya no había nadie. Se hizo un silencio hasta que el religioso se levantó, agarró al militar por el brazo y le dijo:

—Esto no puede quedar así. Llévame ante el capitán del destacamento. Quiero pedirle permiso para hablar con García Rendueles.

Se levantaron rápidamente. Salieron de la cantina. El cabo estaba consternado y el miedo empezó a invadir su cuerpo. Sabía del temperamento del joven religioso y de la intransigencia ante la intromisión en sus causas del coronel García Rendueles. Cuando llegaron al despacho del capitán en el acuartelamiento lo encontraron en la puerta, a punto de irse, dialogando con su asistente. El cabo le interrumpió:

—Mi capitán, el padre Fermín que acaba de entrevistarse con uno de los reos quiere hablar a solas con usted. Si da usted su permiso me retiro. He acabado sin novedad mi guardia.

Se cuadró militarmente esperando la orden de retirada.

—Ya me han dicho que llevan ustedes un buen rato en la cantina —contestó el capitán—. ¿Qué están tramando?

—Mi capitán, ¡nada! —contestó el muchacho sin bajar la guardia del saludo—. El páter tenía ganas de confesarse conmigo.

Lo dijo con arrojo y con cierta ironía, lo cual tranquilizó al capitán que le dio orden:

—Baje la mano. Retírese, cabo, y déjeme con el capellán.

El capitán era nuevo como la mayoría de los mandos subalternos que habían quedado en el Arsenal después de la salida y dispersión de sus barcos, abarrotados de tripulaciones para la defensa de los mares españoles, la mayoría al servicio del Alzamiento Nacional. Pocos habían permanecido fieles a la República y no estaban allí. Era un hombre de academia curtido en la guerra de África. Tenía un aspecto deportivo y semblante de estar acostumbrado a los rigores de las batallas. Ahora le preocupaba gobernar la paz y así se adelantó al sacerdote para decirle:

—Padre, ¿cómo cree usted que podemos parar esta cruel máquina de la guerra que todo lo destruye?

Fermín se quedó gratamente sorprendido. En realidad era la pregunta que él se hacía. Habían cerrado la puerta del despacho. Estaban solos frente a frente, su raído hábito blanco mercedario con el rosario colgando a la cintura y el impecable uniforme de la Armada española con su reglamentaria pistola al cincho. El padre Fermín miró a su alrededor buscando algún signo religioso en la estancia. Estaban aún de pie, delante de la mesa, cuando distinguió un pequeño crucifijo de plata. Se fijó en él. Instintivamente se tocó el escudo de la Merced que le colgaba al cuello sobre su pecho. Se apoyó en él con los dedos de su mano izquierda y se atrevió a contestarle:

—Capitán, con el debido respeto, esto es horrible. No podemos seguir matando en nombre de Dios. Precisamente vengo a usted preocupado por lo que estoy viendo. Una vez más trato de evitar la muerte de inocentes. Llevamos más de cien ejecuciones, sin juicios, sin consejos, sin que nadie les oiga nada más que yo en secreto de confesión. Yo no puedo seguir perdonando a los que quitan la vida que es de Dios. Los ejecutados mueren pidiendo perdón y rezando. ¿Qué clase de españoles y de cristianos somos?

El capitán le miraba serio, fijamente; bajó los ojos tras un largo silencio en el que solo se oía un lejano rumor del tráfico lento e impreciso de la calle y del patio del cuartel. El capitán se sobrepuso a sus pensamientos; erecta su figura, dijo con voz disciplinada:

—Padre, tiene usted razón. Yo le comprendo. Pero no hago más que ejecutar órdenes que me vienen de arriba.

El religioso volvió la cabeza con signo de resignación. Apretó en su mano el escudo mercedario y se despidió.

—Gracias, capitán. Por lo menos me ha escuchado. Espero que ahora lo haga Dios.

Y se marchó.

Cuando pasaron los días de aislamiento en prisión preventiva, Poli y Antero fueron llevados al *Plus Ultra* donde pudieron compadrear con otros prisioneros en celdas comunes y darse cuenta de la trágica situación. Se intercambiaban noticias de lo que a cada uno le había sucedido y se contrastaban opiniones de lo que podría ocurrir en adelante. Todo era comprensión. Todo el mundo preso hablaba del motín en torno al *Cervera*, que había sido un mes antes del gran suceso de la sublevación por el que muchos reclusos estaban allí víctimas de su adhesión a los leales. Contaban la historia con verdadera pasión. Eran los protagonistas de un martes 21 de julio inolvidable, asaltado por oficiales y marinos afectos al Alzamiento Nacional. Tenían muy recientes las heridas físicas y morales que contaban detenidamente a Poli y a Antero en aquellas horas de cautiverio e incierto final. Un teniente de navío degradado narraba:

—El *Cervera* estaba en el dique seco de la dársena para limpiar fondos. Era verano. Nadie pensaba que podía ocurrir esto. La gente estaba de permiso y teníamos ganas de disfrutar. Nos llamaron a toda prisa. Cuando yo llegué al buque todo estaba manga por hombro, desarmado, las máquinas de propulsión, los estopines de los cañones de quince centímetros en el pañol de proa... todo un desastre y nos reclutaron de urgencia. El capitán de fragata Vázquez de Castro estaba en el dique dirigiendo una operación de recogida de aparejos cuando estalló un tiroteo. No habíamos hecho nada más que incorporarnos a las tareas. Venían de la zona donde estaba el *España*. Como el tiroteo iba a más todo el mundo subimos a bordo y el segundo comandante dio orden de armarse y municionar. Estábamos *cagaos* porque todo esto sucedía dentro de la base. Unos a otros nos preguntábamos: ¿qué pasa ahora?, ¿éstos qué quieren?

»Los obreros habían paralizado las reparaciones. Era un desconcierto total. Pero el fuego de fusilería arreciaba contra nosotros. Sánchez Ferragut nos ordenó salir del buque y tomar posiciones fuera. Seri, Yuste y yo cumplimos las órdenes.

Estaban todos muy atentos siguiendo la descripción de lo ocurrido. Al fin y al cabo aquella situación se había provocado como consecuencia de aquel enfrentamiento. Encerrados en el *Plus Ultra* como prisión no podían olvidar lo sucedido. Alguien proporcionó agua en unos cubos de zinc de los que los presos bebían con avidez y se echaban agua a la cara. Era una noche cálida de verano. En aquella lata de hierro lo más amable era el dril de la manta militar sobre los bancos y el sudor de unos y otros como una expresión de vida en la sordidez del ambiente. A ratos se movía el buque, a ratos se paraba. Se oían las máquinas como la música sincopada que acompañaba la melodía en aquel cabaret de la muerte. Todo presumía amarga desolación con el pánico en las venas de los cuarenta prisioneros sin precisar. Era un escenario de drama y de tragedia. El teniente de navío siguió hablando ante la curiosidad de Poli y Antero y el asentimiento de los suyos:

—Todo se puso feo. Había una gran confusión y un intenso tiroteo. Parecía que todos los diablos se hubieran desatado contra nosotros. No sabíamos por qué ni quién daba las órdenes. Al pobre corneta al que nuestros mandos ordenaron tocar el alto el fuego, un chavalín de diecisiete años, le dispararon y murió de seguido. Mi compañero Seri abrió la puerta norte de la constructora y por ella entraron en la base un gran número de hombres y mujeres de la ciudad. Todos se abrazaron con los nuestros y daban vivas a la República y a la libertad. Entonces repartieron armas a los civiles. Pero nadie tenía información exacta de lo que estaba sucediendo. El *Cervera* estaba aislado e incomunicado. Sánchez Ferragut y los oficiales trataban de poner orden, recuperar las armas de los paisanos y sacarlos de a bordo. Hasta se produjo un tiroteo dentro del crucero con heridos y un muerto, el segundo comandante Francisco Vázquez de Castro. Era un valiente. La gente se excitaba queriendo salir en grupos armados a combatir contra las tropas sublevadas en las calles de El Ferrol. La dotación defendía el barco y repelía los ataques. Hasta pensaron en usar los cañones contra los insurrectos. No teníamos la radio en funcionamiento y utilizábamos el semáforo de banderas para comunicarnos con el *España*. La preocupación era que había que dar agua al dique para poner el acorazado a flote. Sin el barco a flote no se podían usar los cañones.

—Además —intervino un compañero del alférez de navío—. Teníamos que salir de allí como fuera. El Arsenal se había convertido en una ratonera. Por fin lo hicimos entrada la noche, aprovechando un momento en el que no había tiroteo.

—Al amanecer del martes 21 de julio tuvimos el buque a flote —continuó otro compañero—, tras una noche de locos. Todos estábamos sobresaltados y discutíamos a voces, sin mucho respeto por los galones. Nos amenazaron con un escrito del almirante del Arsenal diciéndonos que si el crucero no se rendía seríamos bombardeados por la aviación y las baterías de Mon tefaro. Colocaron altavoces para amedrentarnos con consignas. Los muy cabrones ponían hasta música religiosa. Y había un cura facha que gritaba: «Arrepentíos. ¡Dios os perdona! ¡Venimos a salvar vuestras almas!».

»Todos estábamos muy desanimados. La moral por los suelos. Los hidroaviones de Marín tiraban pasquines para que nos rindiéramos. La dotación no se quería rendir.

—A todo esto —continuó el alférez de navío—, se arregló la radio y hablamos con Madrid. Nos prometieron ayuda. El martes 21 fue terrible. Nos decidimos, ya en el agua, a hacer fuego de cañones contra los sublevados que tuvieron que abandonar posiciones. Los hidros vinieron a bombardearnos. Nuestra cubierta parecía un campo de batalla. Eran bombas pequeñas que no llegaron a explotar. Nos sentíamos abrumados. Algunos ya pensaban en rendirse. Para colmo recibimos del gobierno de Madrid un cable que decía: «Imposible enviar aviación, evite efusión de sangre». En realidad era falso. Esa orden venía de Marín, de los sublevados, para confundirnos. Como así fue. Se negoció la rendición del buque. Todo lo demás os lo podéis suponer. Aquí estamos, prisioneros y derrotados, amigos del *Arriluze*.

Un largo silencio invadió el ambiente. Se quedaron pensativos, bajas las miradas. Nadie decía nada. Había una reflexión común sobre las consecuencias de la realidad. Alguien que no había hablado todavía explicó:

—Se izó la bandera blanca en cubierta. Un fogonero quería dispararla. Las condiciones de rendición se presentaron al almirante jefe de la base. El *España* no quiso rendirse. A continuación nos desembarcaron y nos llevaron al cuartel de los Dolores y luego al Estado Mayor. El contraalmirante Sánchez Ferragut estaba herido y lo condujeron al hospital. A partir de esos momentos el capitán de fragata Salvador Moreno se hizo cargo del *Cervera*.

—El sábado 25 de julio prestó declaración nuestro comandante el capitán de navío Juan Sandalio Sánchez Ferragut —dijo otro oficial—. García Rendueles ordenó su prisión incondicional.

—Aquí vino, al *Plus Ultra*, el teniente de navío Sánchez Pinzón también procesado y en prisión incomunicada —dijo el oficial que llevaba la voz cantante—. Hace cuatro días fue condenado a muerte bajo acusación de «desobediencia a un superior al frente de rebeldes y sediciosos». Ayer fue pasado por las armas a las cinco y media de la tarde en la galería de tiro. Era de Sevilla, estaba casado, tenía veintinueve años.

De nuevo el silencio pensativo embargó a los presentes. Todo aquello era un tiro en la nuca a su esperanza de seguir con vida.

—Sabemos que nuestro comandante Sánchez Ferragut está aquí, en este mismo barco prisión, a la espera de justicia —añadió el teniente de navío con tono desgarrador.

Poli trató de sobreponerse a la prolija narración de los hechos. Estaba sentado en el suelo a la luz de una bujía que se movía al compás de una lenta marcha del buque. Más bien parecía bornear que estar en ruta. El capitán del *Arriluze* dijo:

—Gracias, amigos, por vuestra confesión dramática y sincera. Ahora sabemos lo que habéis sufrido. Vamos a compartir suerte a partir de estos momentos. No debemos desanimarnos unos a otros. Los que tengan fe que confíen en Dios y todos unidos por nuestro compañerismo trataremos de evitar sentirnos solos ante la pena. ¡Seamos fuertes por Dios!

La bonhomía de Poli se hizo presente por momentos en aquel grupo. Antero cuchicheaba con los hasta entonces desconocidos compañeros de prisión y destacaba las virtudes de su querido capitán.

Al cabo de un tiempo oyeron la recalada del acorazado. Apenas habían tenido un sueño tirados por el suelo de su prisión. Reconocieron sus maniobras por sus ruidos. Efectivamente habían largado anclas. ¿Dónde? No lo sabían. Era la incógnita de todos.

A aquellas horas de la tarde, en Ferrol Vello, los bares del Molinete estaban siempre invadidos por la marinería y por la gente buscando el último receso del día y el fresco de la noche. Pasear por la callecica Mayor era la práctica social de cada atardecer. Las gentes se veían y se miraban. Algunos se conocían y se saludaban. Otros se ignoraban. En aquellos días en la ciudad de El Ferrol todos se preguntaban: «De qué parte estará éste? ¿Será fiel a la República o no?».

La asonada militar, como algunos pensaban hasta que descubrieron que era algo más gordo, se hizo coincidir con los permisos de verano. Solo estaban en El Ferrol 3.780 hombres; los demás, de permiso, habían tenido que ser llamados de urgencia y reincorporados a sus destinos. El almirante Núñez Quijano era el jefe de la base con un impecable historial en la Armada española, profesor de muchos guardiamarinas y un brillante escritor de temas navales.

El proceso de descomposición en la ciudad empezó el 22 de julio, sofocados los últimos reductos de la resistencia por las tropas leales a la República. A pesar de que el almirante Núñez

Quijano y el comandante de la base Sánchez Ferragut firmaron el acta de rendición, luego fueron fusilados. En ese ambiente José García Rendueles se movía como pez en el agua. Él era la justicia en El Ferrol. Aquella tarde del 27 de julio, pasados los festines de Santiago, todo le sonreía. Se sentó en una de las terrazas para ver pasar a la gente después de recorrer pausadamente el camino por la avenida de Esteiro y la avenida Pías. El barrio viejo de los tiempos de Carlos III había dado cobijo histórico a tantos oficiales de la Marina y comerciantes que venían a instalarse desde el siglo XIII en la ciudad. A José el barrio de La Magdalena con sus recovecos le encantaba. Las casas bajas de dos o tres alturas, con amplios miradores para que las luces románticas de Galicia penetren dentro, los balcones para asomarse a la vida de esas calles estrechas y las galerías acristaladas, donde anidan las gotas de las lluvias gran tiempo, le subyugaban. La fuente de San Roque era un lugar que le gustaba frecuentar y, aunque hiciera frío en el invierno, tocar el agua con sus dedos como un rito sagrado de inmersión en la ciudad. Soñaba con vivir en el siglo pasado en Casa Romero, acomodado como un indiano, pero eso era un lujo inalcanzable. Él era un romántico. A menudo le indignaba por dentro cómo iba a pasar el juicio de la historia. No le gustaba su papel de justicicro. Mejor no pensar en ello. Él no era un verdugo. Se refugió en una jarra de cerveza Estrella de Galicia. La sorbió con lentitud como recreándose. Y miró, miró a la gente pasar tratando de ser un desconocido en aquella ciudad en la que pronunciar su nombre era citar a la parca.

García Rendueles aparentemente pasaba desapercibido hasta que alguien le reconoció. Se acercó a él y le dijo:

—José, soy de Villalba, amigo de tu suegro. Están deseando verte. Tu hijo ya está crecido. Te echan de menos.

—Sí, lo sé. Este maldito Alzamiento me tiene clavado a la mesa. Hace mucho tiempo que no voy a verles. Espero hacerlo en breve, en cuanto se serenen un poco las cosas.

No había reconocido a su interlocutor pero lo invitó a sentarse a la mesa y a beber algo. Le apetecía saber cosas de los suyos y huir con el pensamiento hasta el lugar más amable de la casa de sus suegros. El forastero le contó:

—Tu suegro anda pachucho. Menos mal que la Gertru puede con todo. Cuida a su marido y a tu hijo con mimo. En cuanto a Susana está guapísima y empeñada en la caridad de la parroquia que hace alivios para todo el mundo que tiene los hijos en la guerra. Les mandan viandas a los muchachos que están en el frente para que coman. ¡Vaya suerte de mujer que tienes!

José estaba agradecido ante aquellas ponderaciones hasta que le preguntó:

—¿Usted quién es? ¿Cómo se llama?

—Soy Antonio Sánchez. Trabajo en Correos, soy cartero de esta ciudad o lo que sea. También tengo un pequeño obrador donde hago jabón. El jabón escasea porque no hay materias primas. Pero me defiendo.

García Rendueles miró de arriba abajo con gesto inquisitorio a aquel hombre joven. Le pareció una persona singular, iba correctamente vestido con un traje sencillo y usado hasta el extremo, camisa y sin corbata. Lucía una pequeña medalla al cuello desabrochado. Tendría la edad aproximada de él, los treinta y pico, cerca de los cuarenta años. José sintió curiosidad y le preguntó:

—¿Cómo se hace el jabón? ¿Qué ingredientes usa que dice son escasos ahora?

Nunca se lo había imaginado. Le fascinó conocer la receta del jabón. Una fábrica de jabón por pequeña que fuera tendría que tener sus secretos.

—Señor Rendueles, ¿no querrá que ahora, aquí, al sabor de estas cervezas, le cuente cómo se hace el jabón?

—Pues sí. Mire usted, me divertiría mucho saberlo y ¿por qué usted tiene ahora dificultades en conseguir los productos?

—Es fácil. El principal ingrediente es el aceite vegetal usado.

Ahora tanto el aceite usado como sin usar escasean. No hay quien tire el aceite viejo. Se guarda. También la sosa cáustica está por las nubes porque al parecer se emplea en la fabricación de bombas. Ahora son más necesarias las bombas que el jabón.

—Nunca lo había pensado —interrumpió el coronel Rendueles—. Qué curioso.

Permanecieron en la celda común del *Plus Ultra* casi medio día. En el transcurso de aquel tiempo los prisioneros contaron a Poli y a Antero quién era José García Rendueles.

—Es la expresión máxima de la injusticia y seguramente será nuestro último destino. Él juega con la vida de todos nosotros como jugó con la de nuestro contraalmirante y ex ministro de Marina, don Antonio Azarola Gresillón; actuando como juez instructor lo inculpó de traidor, de entregar armas al pueblo para combatir la insurrección por órdenes del gobierno de la República y ordenar abrir las puertas del Arsenal.

Enseguida se arremolinaron de nuevo los presos. Hicieron corro. Y entre dos o tres, como antes, iniciaron la narración de los hechos que les había llevado a aquellas circunstancias. El teniente de navío que hacía de portavoz tomó la palabra.

—¿Quién traicionaba a quién? Lo cierto es que de los doce testigos que prestaron declaración en el consejo de guerra, ninguno pudo testimoniar la veracidad de la imputación a excepción de Ángel Suances Piñeiro, a la sazón capitán de fragata y ayudante mayor del Arsenal. Luego se contradijo en posteriores declaraciones con el oficial de guardia en las puertas.

»Rendueles metió en la cárcel a Azarola deteniéndolo en las habitaciones de la Capitanía General. Luego lo pasaron al cuartel de los Dolores de infantería de marina. Preso e incomunicado estuvo allí con el alcalde de la ciudad llamado Santa María y el concejal Morgado que eran socialistas. Le aplicaron el artículo 161 del Código Penal de la Marina de Guerra. Quien también intervino fue el fiscal de la base Luciano Conde Pumpido. Él estaba ya detenido cuando se produjo el tiroteo y el altercado en el Arsenal. De nada le valió que en cada comparecencia siguió negando los cargos y proclamando su inocencia pues jamás se opuso al movimiento militar.

»A primeros de agosto, García Rendueles decretó el consejo de guerra. Fue presidido por el contraalmirante más antiguo y lo completaban varios generales de artillería, intendencia y sanidad. Como era audiencia pública en el cuartel de los Dolores, hasta el padre Fermín asistió impotente ante la injusticia que se estaba cometiendo. Nadie pudo evitar su condena a pena de muerte.

—Un crimen más —dijeron varios.

—¡Una injusticia más!

—¡No se sabe hasta dónde puede llegar la sed del Carnicero!

El teniente de navío prosiguió su relato:

—El pasado día 4 de agosto, antes del amanecer, ya lo habían llevado al lugar de la ejecución. En la parte trasera del cuartel, las fuerzas designadas en formación la componían un piquete de marinos, otro de infantes de marina y un tercero del regimiento de infantería de Mérida número 35. También estaban allí el juez, el secretario y el médico forense. Al padre Fermín no le llamaron pero acudió. Nadie se lo impidió. Sabemos que el joven cabo que tiene de enlace le había avisado por si, en última instancia, el almirante quería confesar y morir en gracia de Dios.

»A las seis en punto de la mañana, custodiado, llegó Azarola, sin uniforme, de paisano. Intercambió unas palabras con el sacerdote con el que ya se había confesado. Luego fue colocado en el lugar designado para el fusilamiento. Pidió que no le vendaran los ojos. Fueron unos minutos sobrecogedores. Nos contaron que el padre Fermín se puso a rezar a media voz. El piquete de marinería que le daba frente fue el encargado de ejecutar las órdenes. Tras la descarga el cuerpo fue examinado por el comandante médico que certificó su muerte. A continuación sus tropas desfilaron al son de trompetas y tambores ante su cadáver rindiéndole honores. Allí quedaron sus servicios a la patria, España.

Se hizo un silencio sepulcral.

Poli pidió a sus carceleros en el *Plus Ultra* que le facilitaran papel y sobre para poder escribir una carta a su mujer e hijos. Cuando le prestaron el recado de escribir y la pluma, hizo sitio aparte, donde había más luz, donde era posible la intimidad requerida. Fue respetado durante largo tiempo y untando paulatinamente el plumín en la tinta escribió:

> A bordo del *Plus Ultra*
> El Ferrol, 28 de agosto 1936
> Señora Asunción Avendaño
> Amurrio
>
> Mi queridísima esposa:
>
> No sé cuándo llegará ésta a tu poder, pero es por el único medio que hoy puedo comunicarte que me encuentro bien por ahora gracias a Dios.
> Mi pensamiento no se aparta de ti, la impresión que te causaría la noticia de que el pobre barco había sido torpedeado y que nos cogieron presos al segundo oficial, a un señor que venía de pasaje (inspector de los vapores costeros) y a mí, quiera Dios que hayas tenido resignación y valor para soportarlo, que es lo que más me ha preocupado, todos los demás tripulantes se debieron de salvar y llegaron a Avilés, y quizá para ahora estén algunos en sus casas, dichosos de ellos.
> Ya puedes figurarte las cosas que pasaron por mi cabeza pensando en vosotros y los hijos, y estoy deseando que termine esta lucha para ver si podemos vernos, pues mientras esto no termine no puede ser.

En el barco de guerra nos tuvieron seis días y ahora nos tienen aquí en un camarote presos a Antero y a mí, no nos podemos quejar porque si en el barco de guerra nos trataron bien únicamente las camas que eran duras, aquí estamos mejor y más tranquilos, y esperando que nos tomen declaración.

Como del barco solo sacamos lo puesto, todo lo demás hemos perdido, y ahora andamos comprando lo más preciso.

Estamos deseando que venga la paz y rezar para que venga pronto.

Yo cogí el libro de misa de nuestro llorado hijo Pedrito y él me sirve de mucha satisfacción y consuelo.

Ya hacía muchos días que no oía misa porque en Valencia quemaron todas las iglesias, y el señor comandante del barco de guerra nos invitó a misa el domingo pasado estando en la mar.

Desde Valencia te mandé por transferencia al Banco de Bilbao 1.500 pesetas y espero que las recibirías.

Paciencia y resignación, esposa mía, y Dios ya nos dará valor para soportar estas tribulaciones, y algún día podernos abrazar, pero es necesario que tú lo tomes con tranquilidad y no te pongas enferma, ten valor que nuestro hijo pedirá por nosotros, aunque por eso no dejaremos nosotros de pedir.

Mi ilusión es saber cómo te encuentras tú, y los hijos, y en cuanto puedas me escribes aquí, y en caso de que nos llevasen a otro lado yo te lo diría.

Ya sabéis lo mucho que os he querido, y quiero, y mi mayor alegría será saber que estáis bien.

Adiós, esposa e hijos queridos, hasta otra, que volveré a escribiros cuando sepa que ya podéis recibir.

Recibid fuertes abrazos de este que siempre ha sido vuestro amante esposo y padre vuestro:

POLI

Las señas son:
A bordo del *Plus Ultra*.

Después de escrita esta carta nos van a fusilar, adiós esposa e hijos queridos hasta la eternidad, esto escribo a las cinco de la mañana del día 29 de agosto, dentro de breves momentos seremos fusilados. Perdonadnos todos, como yo os perdono de todo corazón. Adiós, esposa e hijos, hasta la otra vida voy a unirme con los que allí nos esperan.

Vuestro Poli que se fue.

Poli, en la soledad de su celda, leía con frecuencia el devocionario de su hijo Pedro *El caballero cristiano*. Inevitablemente pensaba en su muerte. En aquellos momentos, después de entregar la carta a su carcelero cogió el devocionario y lo abrió... por la página 436. Era la oración de extremaunción: el sacramento de los enfermos, el viático de los que van a morir.

> Entren al mismo paso que este siervo tuyo, oh Señor Jesucristo, la felicidad eterna, la prosperidad divina, la alegría serena, la caridad fructuosa, la salud perpetua, no tengan entrada en ella el demonio; tomen sitio en ella los Ángeles de la Paz y huya la discordia.

Poli recordó cómo habían administrado a algún enfermo la santa unción en los ojos, en los oídos, en la nariz, en los labios, en las manos, en los pies y en los riñones. Él se vio constreñido por una sensación próxima a la muerte. Se le ocurrió escribir en el mismo devocionario con un pequeño lapicero de tinta que mojaba en la lengua para resaltar sus textos con el afán de que, algún día, llegara a las manos de su mujer e hijos para ser leídos.

> Mi compañero de prisión *Devocionario Completo*.
> El 20 a las tres de la tarde nos cogieron presos. A las cinco bombardean mi pobre *Arriluze*.
> El 21 a las tres de la tarde vuelven a bombardear el barco.
> El 21 a las cinco traen al segundo comandante provisional nuestra tripulación.
> Entré en la prisión calabozo del *Almirante Cervera* el 20 de agosto a las ocho de la tarde.

El 23 oí misa a bordo del *Almirante Cervera*.

El 25 agosto al anochecer llegamos a El Ferrol.

El 26 a la noche nos llevaron presos al vapor *Plus Ultra*.

El 27 nos metieron en un calabozo.

En aquel mismo devocionario había escrito antes:

Recomiendo hagan llegar este libro a mi esposa Asunción Avendaño en Amurrio (Álava).

21 de agosto de 1936 en la prisión del *Almirante Cervera*.
Mucho te he querido, esposa mía, y moriré pensando en ti y en la triste situación que os dejo.
Adiós hasta la eternidad.
Que Dios me perdone todas las faltas cometidas como yo perdono a todos.

Era la anochecida del 28 al 29 de agosto cuando de nuevo Poli fue avisado de traslado. Entre las luces del amanecer dejó el inhóspito recinto del *Plus Ultra*, anclado en la bahía, para subir a la lancha que le llevaba al puerto del Arsenal. Pensaba en libertad aunque ya le habían anunciado que seguramente lo iban a fusilar. Al atracar le estaba esperando el padre Fermín. Sus guardianes le permitieron acercarse a saludarlo. Llevaba las esposas frías de la muerte.

—Padre Fermín, me van a matar.

El religioso bajó la cabeza en actitud de duelo y respeto. Horas antes le había comunicado el capitán llamándole al convento que se diera prisa porque aquel preso que le había conmovido en el trasiego del *Cervera* al Arsenal y luego al *Plus Ultra* iba a ser fusilado con otros más por orden inapelable de García Rendueles. Ni siquiera había sido oído en consejo, ni se fundamentaron las acusaciones de traidor con testimonios de testigos. No hubo defensa. No hubo justicia. No hubo tribunal. Solo un juez omnímodo: José García Rendueles. Estaban en el lote desde hacía cuarenta y ocho horas.

Fermín quiso consolar al reo:

—Aún no está todo perdido, Poli.

Fue conducido a una celda. El mercedario caminó tras él. Cuando se quedaron solos se miraban y no tenían palabras. Poli llevaba su chaquetón azul marinero y en sus bolsillos los recuerdos íntimos: el devocionario, las fotos de su familia, dos mecheros, había perdido la pipa, el sobre con el dinero para su nieto, los gemelos de oro que le regaló su mujer al cumplir los cincuenta años y otro sobre con los ahorros de su última nómina en el *Arriluze*, dos mil seiscientas cincuenta pesetas. Tan simple como la vida. Por fin se arrodilló a los pies del religioso. Se los besó por encima de las sandalias. Fermín trató de evitarlo pero mostraba su desnudez sobre la que quedaron las lágrimas de aquel hombre bueno que iba a morir sin siquiera ser escuchado.

—Padre, escúcheme al menos en confesión y déjeme estar postrado a sus pies porque para mí usted es Dios presente, —dijo con voz clara y decidida.

—Poli, en nombre de Dios, el dueño de la vida, yo te escucho y te perdono.

No le salían fácilmente las palabras. Era como un susurro perceptible solo en un silencio trascendente más allá de la vida. En realidad él pensaba que no había hecho nada malo. A Poli solo le preocupaba haber sido fiel al amor de su vida: sus hijos y su mujer. A Poli le preocupaba haber cumplido con su palabra.

—Un hombre sin palabra no es nadie, padre Fermín. Yo he querido ser fiel a mi palabra. Porque los hombres que no tienen palabra no pueden cumplir lo que Dios les pide. Me he callado muchas veces para no incumplir mis palabras. Ahora mi silencio me traiciona. Quisiera poderle decir a la gente que soy inocente, quisiera explicarles por qué estoy aquí preso. Pero no puedo. Nadie me escucha. Nadie me entiende. Y voy a morir como mueren los cobardes, los traidores. Dios mío, voy a morir como tú sin defenderme. Enséñame a morir sin defenderme. ¡Ten piedad de mí!

El padre Fermín comenzó a llorar. Nunca le había sucedido aquello. Se sentó en una silla que había en la estancia junto a la mesa. Era aquél el lóbrego lugar de los oficiales que estaban en capilla. Una lámpara iluminaba la austeridad del lugar. Sobre la mesa un cenicero lleno de colillas seguramente resto de los anteriores ejecutados. En una esquina un catre sin colchón, con los muelles descarnados saltados a la vista y una manta militar sucia. El ventanillo alto dejaba aún entrar la luz de la luna que huía y una cierta brisa de la madrugada. Poli se levantó, empezó a dar vueltas en la pequeña habitación mientras afirmaba:

—Padre, ¿por qué Dios me abandona a mi suerte? No tengo fuerzas para rebelarme contra Él. Lo necesito más que nunca, lo necesito...

Fermín se mordió los labios. No sabía qué responder. Se atrevió a decirle:

—Poli, Dios no te abandona. Me manda aquí para consolarte y estar contigo hasta el final. El final es un paso a la otra vida, la vida eterna, donde te vas a encontrar con Dios. Dios te devolverá tu barco, tu gente, en un mar bondadoso siempre en calma. Es la felicidad de la fidelidad. Yo sé que conmigo están las personas que te aman: tu mujer, tus hijos, los amigos... si no fuera así no se puede soportar. No te voy a dejar a tu suerte. Dios me pide lo único que puedo hacer: acompañarte.

Poli se sentó en la cama desvencijada. Oyeron abrir la cerradura de la puerta. Entró su compañero Antero esposado y custodiado. La sorpresa causó impacto en el padre Fermín y en el capitán. El carcelero preguntó:

—Páter, ¿todo va bien?

—Todo va bien —contestó el fraile.

—Aquí tienen al compañero que va a ser también fusilado. Cuando quiera salir llámeme. Ya saben que hay tiempo, cuando menos hasta el 29 al amanecer según las órdenes.

—Gracias —musitó el capellán—. Tráiganos agua fresca y algo de comida como mandan las normas.

—Sí, padre, lo haré.

«No me consientas morir de muerte arrebatada porque no vaya mi alma de este mundo sin entera fe y confesión y satisfacción de todos mis pecados.»

Poli acabó de leer desasosegado la página 447 de *El caballero cristiano*. Era la oración de san Anselmo contra las muertes repentinas. Miró a su compañero Antero que en otro rincón de la estancia, tumbado, tenía al menos los ojos cerrados simulando descanso. Encima de la mesa estaban los restos de una cena tardía que habían traído a los condenados: pollo asado, patatas fritas, unos vasos de vino tinto, la libreta de pan a medio consumir y unos pastelillos que apenas habían probado. Era ésa su última cena. El padre Fermín permanecía acurrucado en otro rincón de la estancia rezando el rosario. Se oían deslizar sus dedos sobre las cuentas que llevaba colgadas al cincho y, a media voz, las avemarías o el sisear de un gloria. Por los ventanucos que daban al patio de armas se empezaba a vislumbrar el alba y se escuchaban movimientos de tropas que acudían y formaban. Era un madrugador orden de formación y marcha. Sonó el cornetín antes del tiempo acostumbrado. Poli observó que tenía aún todas sus pertenencias encima, el chaquetón marino y la guerrera de capitán mercante. Miró el reloj. Eran las cuatro y media de la madrugada del día 29 de agosto. Quería contener en su cabeza los últimos recuerdos gratos de su vida y olvidar el presente cautiverio, lo sucedido en los últimos días. ¡Horrible! Imposible borrar de su mente el hundimiento voluntario de su *Arriluze*, la dispersión de su gente, el naufragio...

El padre Fermín se dio cuenta de la duermevela de sus cautivos. Se levantó del suelo. Había considerado que sus intentos de intercesión por los condenados a muerte eran vanos. Estaba profundamente triste. Se acercó a Antero. Le besó en el rostro. Antero lo abrazó. Era el único signo posible de afecto en aquellas circunstancias.

—Padre, ¡deme su bendición! —exclamó—. Quiero morir como buen cristiano que soy. Mi gente, en mi pueblo, me harán un funeral lleno de flores rojas que veré desde el cielo. ¡Señor, perdona las putadas que he hecho a los demás!

Poli estaba sereno. Era consciente de que le quedaban escasas horas de vida. Se refugió en escribirlo en el devocionario para dejar constancia de su ánimo. Mojó de nuevo en los labios el cabo de lápiz tinta que tenía y anotó en la última página del libro:

Nos van a fusilar hoy a la madrugada sin tomar declaración, estamos esperando al confesor y al notario.

29 de agosto de 1936

Adiós hasta la eternidad, que Dios os proteja y ampare.

Muero inocente.
Dejo hecho testamento.

Cuando terminó besó el devocionario. Era su despedida. Tenía la lengua azul y la boquera tiznada del lápiz.

—Lávate, Poli, lávate en el cubo de agua. —le dijo el padre Fermín—. Si no van a pensar que te han envenenado...

Así lo hizo. Se sentaron los tres a la mesa. Entró el notario. Poli y Antero pensaban en la reciente narración de sus compañeros presos en el *Plus Ultra* cuando contaron las secuencias previas y el fusilamiento del contraalmirante Azarola.

—El nuestro no será así —dijo Poli—. Nosotros, Antero, solo somos vulgares traidores a la patria.

El notario solo quería levantar acta de sus últimas voluntades. No hubo ni una palabra de consuelo. Fue un mero trámite. Lo único que alivió el dolor de los condenados fue la noticia de que el primer maquinista que había sido hecho prisionero con ellos acababa de ser liberado sin cargos. Poli expresó al notario su deseo de morir con los ojos vendados, por lo cual las órdenes de «¡Carguen! ¡Apunten! ¡Fuego!» no se darían a la voz de mando del oficial sino que se ejecutarían con las señales de su sable.

—No quiero ver el rostro de quienes me asesinan —dijo Poli—. Temo ser débil y no perdonarles como ahora los perdono. ¡Quiero morir en paz!

—Lo entiendo —aseguró el padre Fermín.

Antero pidió seguir la misma suerte que su capitán. Al acabar la declaración ante el notario y el capellán, los dos condenados se fundieron en un abrazo entre lágrimas. El notario se retiró.

—No he visto tanta entereza y valor entre los muchos condenados a muerte a los que he atendido en este Arsenal —dijo a sus asistentes.

El padre Fermín, contradiciendo sus costumbres, no quiso leer las «Recomendaciones del alma» según era habitual. El religioso tuvo el antojo de servir vino en los vasos y decir:

—Muchachos, sois dignos del Reino de los Cielos. Dentro de poco estaréis con el Señor, en su paraíso. Acordaos de nosotros aún en este mundo. Bienaventurados vosotros porque habéis perdonado a vuestros verdugos y sois dignos del amor de Dios.

»Yo cumpliré vuestros deseos. Peregrinaré hasta vuestras casas para dar testimonio de vuestra muerte en paz. Ojalá sirviera de ejemplo para que no haya más guerra entre hermanos y los pueblos de España se respeten.

Una sensación cálida recorrió el ambiente. Los tres compartieron el brindis y el amor del religioso mercedario. Los jóvenes guardianes se miraban el uno al otro ante la insólita escena. Llegó la hora. Fueron avisados de ello. Al momento entró un joven oficial de infantería de marina con una dotación que esposó a los dos condenados. Poli y Antero se prestaron a ello ofreciendo sus manos juntas. El padre Fermín miró para otra parte. La procesión se puso en marcha por los vericuetos y pasillos de la base. Los reos custodiados recorrieron andando el camino hasta el Martillo, junto a un castillo viejo. Esperaban ya allí un grupito de civiles con un sacerdote joven vestido de sotana negra. Tenía una medalla falangista prendida al pecho y un detente de tela con la imagen del Sagrado Corazón de Jesús. Aquel signo heredado de los carlistas tenía una inscripción que decía: «¡Detente bala!». Estaba cosido en la sotana en el lugar adecuado del corazón. Cuando llegaron al lugar designado para el fusilamiento, el grupo dirigido por el sacerdote entonó canciones de misericordia:

Perdona a tu pueblo, Señor, perdona a tu pueblo.
¡Perdónale, Señor!
No estés eternamente afligido.
¡Perdónale, Señor!

Y rezaban al santo patrón san Julián por la conversión de los que iban a ser ajusticiados. Permanecía enfrente de ellos un solo piquete de infantes de marina. El pelotón que los iba a fusilar estaba compuesto de guardiamarinas muy jóvenes. Se les veía nerviosos. Cuando el cortejo se posicionó en el lugar, el oficial les mandó municionar. Algunos no acertaban. Un par de cabos les recordaba cómo manejar sus armas. El ambiente era desconcertante y tétrico. Amanecía y se empezaban a distinguir los colores de las sombras.

Poli había aprendido desde chico aquella oración de san Ignacio de Loyola que luego gustaba repetir con sus hijos cuando tenían ocasión de estar juntos en la iglesia de Amurrio. La recitaba ahora a punto de ser ejecutado como si ya hubiera comulgado con Dios aceptando la muerte injusta.

Alma de Cristo, santifícame.
Cuerpo de Cristo, sálvame.
Sangre de Cristo, embriágame.
Agua del costado de Cristo, lávame.
Pasión de Cristo, confórtame.
¡Oh buen Jesús! Óyeme.
Dentro de tus llagas, escóndeme.
No permitas que me aparte de ti.
Del maligno enemigo, defiéndeme.
En la hora de mi muerte, llámame.
Y mándame ir a ti
para que con tus santos te alabe
por los siglos de los siglos. Amén.

Antero por el contrario cantaba para sí, a media voz, su *zortziko* preferido, que arrullaba sus pensamientos como una nana:

Maite, yo no te olvido
ni nunca nunca
te he de olvidar
aunque de mí te alejes
leguas y leguas
por tierra y mar.

¿Adónde volarían sus pensamientos? Seguramente a las faldas del monte Gorbea, como si aquella madrugada fuera un *Aberri Eguna* extraordinario. Sí, era su último *Aberri Eguna.*

También a Poli aquella melodía le hizo pensar en su gente y en su tierra. El carácter profundamente católico del nacionalismo vasco no tenía nada que ver con el secularismo de la Segunda República Española. Eran cristianos antes que republicanos.

Estaban los dos ante el pelotón de fusileros. Se acercó el padre Fermín, los cogió por las manos atadas, los juntó lo que pudo y les dijo:

—Poli y Antero: Dios Todopoderoso tenga misericordia de vosotros, perdone vuestros pecados y os lleve a la vida eterna.

Y poniendo las manos sobre sus cabezas, uno por uno los bendijo, diciendo:

—*Ego te absolvo a peccatis tuis in nomine Patris, et Filii et Spiritus Sancti. Amen.*

Bajaron sus cabezas humilladas. El primer rayo de sol de un día espléndido apareció por el este de los montes del Cantón de Molins como naciendo fresco de sus bosques y de su umbría.

Al separarse para volver a ocupar sus puestos según las indicaciones del oficial que había consentido la actuación preceptiva del capellán, Poli y Antero entonaron su canción de despedida:

Eusko gudariak gara
Euskadi askatzeko,
gerturik daukagu odola
bere aldez emateko.

Irrintzi bat entzun da
mendi tontorrean
goazen gudari danok
Ikurriñan atzean.

Faxistak datos eta
Euskadira sartzen
goazen gudari danok
gure aberria zaintzen...

[*Somos los guerreros vascos*
para liberar Euskadi,
estamos dispuestos a dar
nuestra sangre por ella.

Se oye un irrintzi
en la cumbre:
¡vamos todos los guerreros
detrás de la ikurriña!

Vienen los fascistas
a entrar en Euskadi.
¡Vamos todos los guerreros
a cuidar de nuestra patria!]

Se formó el pelotón. Los civiles con sus sacerdotes guardaron silencio. Los militares levantaron las armas. Mientras acababan la melodía a los dos reos les vendaron los ojos los asistentes del juez. Solo se oían los ruidos del correaje de los militares al cumplir las órdenes de firmes a la posición de disparo. Al fin la voz de Poli, Poli Barañano, el capitán del *Arriluze*, como un suspiro rompió con fuerza el silencio del amanecer:

—¡Dios mío! Perdónanos a todos por quitar la vida que Tú nos diste.

A continuación el oficial que mandaba el pelotón desenvainó su sable y ejecutó con él las órdenes sin que se oyeran palabras:

—¡Carguen!

—¡Apunten!

—¡Fuego!

Las pausas parecían eternidades. Cayeron los dos cuerpos al suelo el uno junto al otro. Era pedregal y pronto corrió la sangre. El médico y el oficial se acercaron enseguida para comprobar si permanecían con vida. No hicieron falta tiros de gracia. Estaban acribillados. No se movían. El forense los observó detenidamente. Se levantó después de palparlos, poner sus dedos en la vena aorta y la luz en sus ojos abriendo los párpados.

—¡Están muertos! —proclamó.

Un joven guardiamarina del pelotón de fusilamiento no había podido disparar. Se derrumbó de rodillas llorando como un niño con el fusil entre las manos. El oficial se acercó a él y, sin mediar palabras le asestó con su pistola un tiro en la sien. Su cuerpo, manchado de sangre en su uniforme blanco, quedó allí tendido un buen rato hasta que los asistentes se dispersaron. Todos marcharon con sus penas más que con alegrías. Aquello no eran victorias sobre el enemigo. La muerte así no es una victoria.

El padre Fermín se acercó a atender al muchacho. Ya era vano. Antes el joven mercedario se había postrado ante los cadáveres de Poli y Antero para cerrar sus ojos abiertos al cielo y reiterar su bendición. Todo estaba hecho. Los sanitarios recogieron los cadáveres. Los juntaron en una caja de zinc. En la camioneta el religioso acompañó a los tres difuntos abrazados por la muerte. Hacía un día espléndido aquel 29 de agosto de 1936.

Poli era mi abuelo. Yo soy el nieto que no llegó a conocerlo.

Agradecimientos

A mi madre, Ebi Barañano, que siendo niño me contó por primera vez esta historia.

A mi familia, que ha esperado durante años para poder leerla y legarla a sus hijos.

A los que me habéis ayudado a documentarla, que sois muchos, y a escribirla, que sois unos pocos.

A Rafael García Lekue, capitán de la marina mercante de Baquio, que con su experiencia me ha asesorado técnicamente.

A Toño Heres y los vecinos del concejo de Gozón, supervivientes y descendientes de los náufragos del *Arriluze*, cuyos testimonios están vivos.

Al padre Fermín Álvaro, mercedario, sin cuya aportación en vida hubiera sido imposible conocer lo que pasó en los últimos días de la vida de Poli y Antero.

A los que guardan la historia y la cuentan a sus hijos.

Índice